चुनी हुई इक्यावन व्यंग्य रचनाएं

अश्विनी कुमार दुबे

डायमंड बुक्स

www.diamondbook.in

प्रकाशक : डायमंड पॉकेट बुक्स (प्रा.) लि.
X-30 ओखला इंडस्ट्रियल एरिया, फेज-II
नई दिल्ली - 110 020
फोन : 011- 40712200
ई-मेल : sales@dpb.in
वेबसाइट : www.diamondbook.in

Chuni Hui 51 Vyangya Rachnayein
By : Ashwani Kumar Dubey

अनुक्रम

व्यंग्य के शोर में अलहदा सुर

श्री अश्विनीकुमार दुबे की व्यंग्य-कथाओं को पढ़ने के बाद मुझे लगा कि साहित्यकार भी व्यंग्य में अपनी धाक जमा सकता है। मूलतः कहानीकार एवं उपन्यासकार होने के बाद भी व्यंग्य लेखन में उनकी पकड़ बरकरार है। श्री हरिशंकर परसाई, शरद जोशी को हम स्वातंत्र्योत्तर व्यंग्य के पुरोधा मानते हैं। वे भी पत्र-पत्रिकाओं में स्तंभ लिखकर, आम लोगों की समस्याओं को बखूबी अपने पैने व्यंग्य के माध्यम से लोगों के सामने रखते थे। उन्हें शाश्वत व्यंग्य लिखने के लिए किसी साहित्यिक भाषा की आवश्यकता भी नहीं होती थी। बात बड़ी से बड़ी, साधारण शब्दों में जन-जन तक पहुंचाने की कला ही उन्हें महान् बनाती है।

आज कुछ लोग व्यंग्य की कोचिंग क्लास चलाकर या महामंडलेश्वर बनकर व्यंग्य पर प्रवचन देते हैं कि व्यंग्य कैसे लिखें, हास्य-व्यंग्य की मिलावट कितनी हो? आदि। व्यंग्य, लेखक में 'इनबिल्ट' होता है, जो ऊपर से थोपा नहीं जा सकता। जो सूँघ सकते हैं, जासूसी कर सकते हैं, वे ही सफल व्यंग्य लिख सकते हैं। श्री दुबे की व्यंग्य-कथाओं में भी बहुत सहज ढंग से आम आदमी के दुःख-दर्द को व्यक्त किया गया है। उनकी भाषा में भी वही भाव है, कहीं शब्दों की नक्काशी और थोपे हुए शब्दाडंबर नहीं है।

श्री रवीन्द्रनाथ त्यागी और श्रीलाल शुक्ल स्टाइल में, वे अपनी बात सफलतापूर्वक कहते हैं। उनकी व्यंग्य रचनाओं में हास्य और व्यंग्य के साथ एक कहानीपन जरूर है। यही विशेषता उन्हें अपने समकालीन व्यंग्यकारों से पृथक् करती है। उनकी व्यंग्य-कथाओं में भी कुचक्रों का दिग्दर्शन हुआ है। हम आसपास से ही तो व्यंग्य का मसाला उठा पाते हैं।

विषय पर सीधे प्रहार करने को ही व्यंग्य कहा जाता है। घुमा-फिराकर बात कहना, विषय से भटकना ही है।

इन दिनों व्यंग्य इतना लोकप्रिय हो गया है कि हर कोई व्यंग्य लिखकर परसाई, जोशी बनने को पगलाए जा रहा है। अब 70-80 के दशक की न 'धर्मयुग' और न 'साप्ताहिक हिंदुस्तान' जैसी पत्रिकाएं रहीं और न ही उस युग के संपादक। इसीलिए व्यंग्य के जंगल में शोर ही शोर सुनाई दे रहा है।

श्री दुबे ने भी अपनी पुस्तक का शीर्षक 'चुनी हुई इक्यावन व्यांग्य रचनाएं' रखा है और इसकी प्रथम रचना 'जुरासिक पार्क' में विलुप्त हुए डायनासोर की तलाश की कथा है। सचमुच में इस तलाश के बीच इस जंगल के शोर-शराबे में भी उनकी व्यंग्य-कथाओं में हमें एक अलहदा सुर सुनाई देता है, जो सुकून देता है कि व्यंग्य की धार अभी सूखी नहीं है।

हो भी क्यों नहीं, 70 के दशक से श्री दुबे कहानी, उपन्यास और व्यंग्य में डूबकर लिख रहे हैं और खूब लिख रहे हैं। मैंने इस संकलन की 51 रचनाएं पढ़ीं। 'जुरासिक पार्क', 'एक बेताल कथा', 'कदम्ब को पेड़', आत्महत्या के बाद शैतान के दिलचस्प कारनामें', 'अभिव्यक्ति के खतरे' और 'इफ्तार संस्कृति' आदि उल्लेखनीय रचनाएं हैं।

व्यंग्य के जंगल में, शोर के बीच इस व्यंग्य के सुमधुर सुर के लिए श्री अश्विनीकुमार दुबे बधाई के पात्र हैं।

—डॉ. शिव शर्मा
सी-142, ऋषि नगर, उज्जैन (म.प्र.)

भारतीय शैली में जुरासिक पार्क

पिछले सालों एक फिल्म आई थी, जुरासिक पार्क। इस फिल्म की धुआंधार सफलता और करोड़ों का व्यापार देखकर मुंबई के फिल्म निर्माता परेशान हुए। यह हमारी फिल्म इंडस्ट्री की पुरानी परंपरा है कि कोई एक फिल्म हिट हुई नहीं कि उसी प्रकार की सैकड़ों फिल्में बाजार में आ जाती हैं। इधर 'जुरासिक पार्क' सुपर हिट हो गई तो हमारे देश के फिल्म निर्माताओं की नींद हराम हो गई। इन्हें भी भारतीय शैली में एक अदद 'जुरासिक पार्क' होना।

एक निर्माता मेरे पास कपड़े फाड़ते हुए आए और बोले, "आप बड़े लेखक हैं। आपकी कलम में दम है। आप ही मुझे बचा सकते हैं।"

मैंने कहा, "पहले आप यहां आराम से बैठिए। ठंडा पानी पीजिए। फिर बताइए कि मैं आपको कैसे बचा सकता हूँ?"

वे भड़भड़ाकर बोले, "भैया, मेरी कई फिल्में पिछले दिनों बॉक्स ऑफिस पर दम तोड़ गईं। मेरे ऊपर लाखों का कर्जा है। अब मुझे एक 'जुरासिक पार्क' जैसी फिल्म ही उबार सकती है। आप तो फटाफट इंडियन स्टाइल में 'जुरासिक पार्क' टाइप एक बढ़िया-सी पटकथा घसीट दो तो हमारा उद्धार हो जाए।"

मैंने पूछा, "भाई, जुरासिक पार्क तो एक विज्ञान कथा है। करोड़ों साल पहले पृथ्वी पर डायनासोर जैसे विशालकाय जानवर हुआ करते थे। इनके कंकाल भी कहीं-कहीं मिले हैं। इस विषय पर आप किस प्रकार की फिल्म बनाना चाहते हैं?"

वे छूटते ही बोले, "हम उसी कथा पर भारतीय शैली में फिल्म बनाना चाहते हैं। हमने अपने सुपर स्टार एंग्री यंगमैन हीरो को इस फिल्म के लिए साइन कर लिया। हीरोइन के लिए भी नंबर वन हीरोइन से बातचीत करने मेरा सेक्रेटरी

गया हुआ है। संगीतकार-गीतकार भी फेमस हैं। सब टॉप के लोगों से बात तय हो गई है। अब चाहिए तो सिर्फ एक बढ़िया-सी पटकथा, जिसमें इन सारे नामी-गिरामी लोगों का पूरा उपयोग किया जा सके। मैं और उधार ले लूंगा। अपना बंगला, गाड़ी, सब गिरवी रख दूंगा, परंतु फिल्म होना, जुरासिक पार्क से ज्यादा सुपरहिट। बिलकुल तहलका मचा देने वाली। बस, आपकी मेहरबानी चाहिए।"

"लेकिन उस कथा पर जब एक सफल फिल्म बन चुकी है, तब आप उसी विषय को दुहराना क्यों चाहते हैं?" मैंने पूछा।

"माना कि 'जुरासिक पार्क' एक सफल फिल्म है, परंतु उसमें मसाले की कमी है। हम उसमें भारतीय मसाले; मारधाड़, एक्शन, सेक्स, नाच-गाने आदि डालकर उससे भी ज्यादा सुपरहिट फिल्म बनाना चाहते हैं। हमारी फिल्म में विषय का दोहराव नहीं, बल्कि उसे नई दृष्टि के साथ प्रस्तुत करने का प्रयास रहेगा। यह शैली हमारी अपनी है, इसलिए हमारा 'जुरासिक पार्क' उनसे ज्यादा भव्य, भयानक और अद्‌भुत रहेगा," इतना कहकर वे उठे और जाने लगे, "गीतकार के पास जा रहा हूं। जल्दी में हूं। फिल्म के लिए छह गीत बिलकुल तैयार हैं। आज म्यूजिक सेक्शन की सीटिंग है। गीत और धुनें फाइनल करनी हैं। आप भी परसों तक पटकथा दे दें तो अगले हफ्ते मुहूर्त कर लेते हैं।"

मैं कुछ और पूछता उसके पहले ही वे लंबे डग भरते हुए बाहर निकल गए।

मैं सोच में पड़ गया कि इस हिंदी 'जुरासिक पार्क' का छोर कहां से पकडूं? हिंदी फिल्मों में नायक किसी न किसी से बदला जरूर लेता है। इसी भावना से मैं शुरू करता हूं। फिल्म के पहले दृश्य में हमारा नायक एक बड़े-से फ्रेम में जड़ी हुई 'डायनासोर' की तस्वीर को घूर रहा है। वह लाल-लाल आंखें किए हुए बहुत गुस्से में है। सहसा वह चीखते हुए डायलॉग बोलता है—"मैं तुझे नहीं छोडूंगा। मेरे सीने में बदले की आग जल रही है। मां कसम, मैं तेरा नामोनिशान मिटाकर रख दूंगा।"

इस डायलॉग के साथ ही कहानी फ्लैश बैक में चली जाती है। करोड़ों साल पूर्व जब धरती पर डायनासोर थे, तब डायनासोर के किसी झुंड ने नायक के पुरखों को, जो उस समय आदि मानव थे, चबाकर खा लिया था। नायक को आज इस अत्याचार का बदला लेना है। वह बदले की आग में जल रहा है।

समस्या ये है कि करोड़ों साल बाद आज डायनासोर को वह कहां खोजे? परंतु नायक की खोज जारी है। वह उदास रहता है। दारू पीता है और गुमसुम यहां-वहां डायनासोर की तलाश में भटकता रहता है।

पड़ोस में ही हमारी हीरोइन रहती है। वह कॉलेज में 'प्राणीशास्त्र' पढ़ाती है। उससे नायक का दुःख नहीं देखा जाता। वह रोज अपनी छत पर से नायक को घूरती रहती है। नायक सुबह से ही पान की दुकान पर आकर खड़ा हो जाता है और लाल-लाल आंखें किए हुए लगातार सिगरेट फूंकता रहता है। छत पर हीरोइन उसे देखकर आहें भरती है। आज हीरोइन ने दृढ़ निश्चय कर लिया कि वह हीरो से उसकी उदासी का कारण जरूर पूछेगी।

अगले दृश्य में हीरोइन से हीरो का मिलन होता है। हीरोइन धीरे से कहती है, "रमेश, मैं तुम्हें रोज अपनी छत पर से देखती हूं।"

"मैं भी तुम्हें रोज इसी जगह से देखता हूं, पर तुम्हें मेरा नाम किसने बताया?"

"यही, पान वाले भैया ने बताया। शाम को मैं डैडी के लिए दो बीड़ा पान बंधवाकर यहां से ले जाती हूं। कल ही तुम्हारा नाम मैंने पूछ लिया।"

"अच्छा, तो ये बात है। अब तुम अपना नाम नहीं बताओगी क्या?"

"मेरा नाम रजनी है। मैं कॉलेज में 'प्राणीशास्त्र' पढ़ाती हूं।"

'प्राणीशास्त्र' शब्द सुनकर रमेश उत्तेजित हो गया। उसकी सांसें तेज चलने लगीं। आंखें और ज्यादा लाल हो गईं। हीरोइन घबराकर पूछती है, "क्या हुआ रमेश? तुम अचानक इतने परेशान क्यों हो गए?"

थोड़ी देर बाद रमेश होश में आता है, फिर उदास होकर कहता है, "कुछ नहीं रजनी।"

"कोई बात तो जरूर है रमेश। प्लीज, मुझे अपनी उदासी का कारण बताओ। शायद मैं तुम्हारी कुछ मदद कर सकूं।"

"अच्छा, चलो कहीं जाकर कॉफी पीते हैं। वहीं बातें करेंगे।"

दृश्य बदलता है। रमेश और रजनी किसी बड़े रेस्टोरेंट में कॉफी पी रहे हैं। (यहां निर्देशक अपनी सुविधानुसार कोई कैबरे डांस डाल सकता है) सामने मंच पर डांस चल रहा है और इधर मेज पर रमेश डायनासोर द्वारा अपने परिवार की बर्बादी की कथा रजनी को सुनाता है। रजनी रुमाल निकालकर अपने आंसू

पोंछती है। रमेश उसे अपने जीवन का मकसद बताता है—बदला, बदला और सिर्फ बदला।

रजनी कहती है, “रमेश, दुःखी न हो। मैं तुम्हारा साथ निभाऊंगी। मुझे अपना साथी बना लो।” इस वाक्य के साथ दोनों आलिंगनबद्ध हो जाते हैं।

अगला दृश्य प्रेम दृश्य है। रजनी और रमेश में अब पवित्र प्रेम हो गया है। पान की दुकान और रेस्टोरेंट में मिलते-मिलते अब वे एक झील के किनारे दिखाई देते हैं। वहां दोनों मिलकर गाते हैं। (निर्देशक अपनी प्रतिभानुसार यहां हीरोइन को अल्प वस्त्रों में नहाते हुए दिखा सकता है) गाना समाप्त होने के बाद रजनी गंभीर होकर कहती है, “रमेश, अब हमें जल्द ही शादी कर लेनी चाहिए।”

“मैं अभी शादी कैसे कर सकता हूं? मेरी जिंदगी का तो एक ही मकसद है, बदला। जब तक मैं अपना इंतकाम नहीं ले लेता, तब तक मेरे लिए सारी खुशियां बेमानी हैं।”

“मैं तुम्हारे मिशन में पूरी तरह साथ हूं और तुम्हारा दुःख भी खूब समझती हूं, परंतु अब तुम भी मेरी परेशानी समझने की कोशिश करो।”

“क्यों, तुम्हें अब क्या परेशानी है?”

“मैं तुम्हारे बच्चे की मां बनने वाली हूं।”

(यहां तेज झनझनाता हुआ संगीत बजता है।)

अगला दृश्य सुहागरात का है। रजनी दुल्हन के रूप में सजी हुई पलंग पर बैठी है और रमेश वही फ्रेम में जड़ी हुई डायनासोर की तस्वीर को घूर रहा है। रमेश की सांसें तेज हो रही हैं। आंखें लाल हैं। मारे गुस्से के वह हाथ में लिया हुआ व्हिस्की का गिलास तोड़ देता है। रजनी घबरा उठती है। रमेश का हाथ लहूलुहान है। वह झट अपनी साड़ी फाड़कर उसके हाथ में पट्टी बांध देती है। फिर दोनों मंद-मंद मुसकाते हुए बिस्तर में दुबक जाते हैं।

इस बीच बहुत समय बीत जाता है। रजनी और रमेश के दो बच्चे (एक लड़का और एक लड़की) हो जाते हैं। रमेश के घर में चारोंओर दीवारों पर डायनासोर की अलग-अलग मुद्राओं में तस्वीरें लगी हैं। रमेश उन्हें प्रायः घूरते हुए गुस्से का पोज बनाता रहता है। एक दिन रजनी कॉलेज से लौटकर एक पत्रिका हाथ में लिए रमेश...रमेश चिल्लाती हुई घर में प्रवेश करती है। रमेश अपने कमरे में डायनासोर की तस्वीर को चाकू से चीर-फाड़ रहा है। रजनी

उत्साहित होकर बताती है, "रमेश, ये पत्रिका देखो, तुम्हारी मंजिल मिल गई है।"

रमेश झट पत्रिका के पन्ने पलटने लगता है। उसमें लंबे और ऊंचे डायनासोरों के चित्र छपे हुए हैं। साथ में यह समाचार भी छपा है :

बस्तर के घने जंगलों में पिछले दिनों डायनासोरों के कुछ कंकाल पाए गए थे। बस्तर का जादू-टोना और तंत्र-मंत्र बहुत प्रसिद्ध है। वहां कुछ तांत्रिकों ने मिलकर डायनासोरों के कंकाल में अपनी मंत्र-शक्ति से प्राण फूंक दिए। इस प्रकार वहां बैगाओं, तांत्रिकों और जादू-टोना जानने वालों ने मिलकर एक विशाल 'पौराणिक पार्क' विकसित किया है, जिसमें ये जीवित डायनासोर एक साथ घूमते हुए देखे जा सकते हैं।

रमेश समाचार को पढ़कर उछल पड़ता है, "रजनी, सामान बांधो। हम कल ही बस्तर चलेंगे। साथ में अपने गुड्डू और बिन्नी को भी ले चलेंगे। बच्चों को मालूम होना चाहिए कि करोड़ों साल पहले इन्हीं डायनासोरों ने हमारे परिवार के अधिकांश सदस्यों को नष्ट कर दिया था।"

अगले दृश्य में एक खुली जीप में रमेश, रजनी और दोनों बच्चे बस्तर के जंगलों में घूमते हुए दिखाई देते हैं। पास ही एक बड़ा-सा द्वार बना हुआ है, जिसके ऊपर मोटे-मोटे अक्षरों में लिखा है, 'पौराणिक पार्क'। जीप उस द्वार में प्रवेश करते हुए एक बड़ी-सी गुफा के सामने जाकर रुकती है। गुफा की बाह्य दीवारों पर तरह-तरह के चित्र बने हुए हैं। कुछ आदिवासी तीर-कमान लिए हुए जीप के पास आ जाते हैं। रमेश उन्हें अपना परिचय बताकर मुख्य तांत्रिक से मिलने की इच्छा व्यक्त करता है। आदिवासी उन लोगों को गुफा के भीतर मुख्य तांत्रिक के दरबार में ले जाकर खड़ा कर देते हैं। (यहां आदिवासी बालाओं का अल्प वस्त्रों में एक समूह नृत्य रखा जा सकता है, लोटन कबूतर टाइप।) रमेश अभिवादन करने के बाद उस समाचार का हवाला देते हुए बताता है कि वह और उसका परिवार पौराणिक पार्क देखने की इच्छा से यहां आए हैं। मुख्य तांत्रिक यह विचार सुनकर बड़ा खुश होता है। वह इनके ठहरने के लिए बाहर एक झोंपड़ी एलॉट करा देता है।

अब यहां से हमारी कहानी में सस्पेंस और रोमांच की बाढ़ आ जाती है। रमेश उसी दिन शाम को आदिवासियों के एक दल के साथ 'पौराणिक पार्क' देखने जाता है। पार्क को चारोंओर से मंत्रों द्वारा बांध दिया गया है। कोई भी

डायनासोर इस घेरे के बाहर नहीं जा सकता। हाथी से भी कई गुना ज्यादा बड़े डायनासोरों के झुंड को देखकर रमेश अंदर से तिलमिला उठता है। उसे अब बदला लेना है। दुश्मन सामने है, परंतु साथ में आदिवासियों का दल भी है, इसलिए वह चाहकर भी अभी कुछ नहीं कर पाता। हालांकि उसकी इच्छा होती है कि ज्यादा नहीं तो दो-तीन डायनासोरों को तो अभी यहीं दबोच दे। खैर...

रात काफी हो चुकी है। बच्चे सो गए हैं। रमेश सिगरेट फूंकता हुआ झोंपड़ी में यहां से वहां बेचैन-सा चक्कर लगा रहा है। रजनी उनींदी-सी कहती है, "रमेश, अब सो जाओ, रात काफी हो गई है।" इतना कहकर वह सो जाती है। (बाहर लोक संगीत की धुन गूंज रही है। कबीले के आदिवासी 'घोटुल' में व्यस्त हैं।)

रमेश को अब चैन कहां? वह रात-भर जागकर कुछ नक्शे आदि बनाता है। सुबह वह रजनी को अपनी योजना समझाता है। योजना के अनुसार सारा सामान जीप में लादकर मदहोशी की गैस वाले कई बम (जो रमेश अपने साथ लाया था) उन्हें फोड़ता हुआ वह 'पौराणिक पार्क' में प्रवेश करता है। बम के धुएं के कारण आदिवासी लोग बेहोश हो जाते हैं। पूरे पार्क की व्यवस्था छिन्न-भिन्न हो जाती है। मंत्रों से पार्क की सीमा बांधने वाले भी गैस के प्रभाव से बेहोश हो जाते हैं। इधर रमेश मास्क पहने हुए जीप ड्राइव करता हुआ 'पौराणिक पार्क' में भीतर तक धंसता चला जाता है, उधर कई डायनासोर उसका पीछा करते हैं। एक जगह जाकर जीप उलट जाती है। रमेश जीप से कूद पड़ता है और अकेले ही डायनासोरों के झुंड से भिड़ जाता है। रजनी और बच्चे अपनी जान बचाते हुए कभी पेड़ पर चढ़ जाते हैं, कभी मैदान में दौड़ते दिखाए जाते हैं। रमेश डायनासोरों के पेट में अपना छोटा-सा चाकू जिससे वह कभी डायनासोरों की फोटो फाड़ा करता था, आज उससे वह सचमुच के डायनासोरों के पेट फाड़ रहा है। घमासान युद्ध दिखाया जाता है। हमारा नायक क्योंकि एंग्री यंगमैन है, इसलिए लंबे संघर्ष के बाद अंततः वह 'पौराणिक पार्क' के सभी डायनासोरों के पेट फाड़ डालता है। जब सारे डायनासोर मर जाते हैं, तब वह हांफते हुए आगे बढ़ता है। एक ओर से रजनी और बच्चे दौड़ते हुए आते हैं। वह पसीने से लथपथ सबको अपने सीने से लगाता है। रजनी उसका मुंह चूमकर कहती है, "आज आपका इंतकाम पूरा हुआ।"

"नहीं, अभी नहीं।" रमेश चीखकर कहता है, "रजनी, अभी मेरा इंतकाम पूरा नहीं हुआ। मुझे डायनासोर का नामोनिशान धरती से मिटाना है। आओ, इस काम में मेरी सहायता करो।" रमेश, रजनी और बच्चे बहुत सारी सूखी लकड़ियां और पुआल आदि डायनासोरों के मृत शरीरों पर डालते हैं। थोड़ी ही देर में ये सब मिलकर वहां लकड़ियों का ऊंचा ढेर बना देते हैं। फिर रमेश उसमें आग लगा देता है। पूरे पर्दे पर आग ही आग दिखाई देती है।

अगले दृश्य में राष्ट्रीय झंडा फहराते हुए दिखाया जाता है। रमेश झंडे को सलामी देता है। पुलिस कमिश्नर, कलेक्टर और नेताजी वहां खड़े दिखाई देते हैं। पुलिस की लारियों में मृत डायनासोरों की अस्थियां भरी जा रही हैं। हमारे नेताजी मुख्य तांत्रिक और उनके सहयोगी जादू-टोना वालों को समझाते हैं, "देखो, प्रकृति से खिलवाड़ करना ठीक नहीं है। वो तो अच्छा हुआ कि ठीक समय पर रमेश बाबू आ गए और उन्होंने तुम लोगों के इस 'पौराणिक पार्क' को नष्ट कर दिया, वरना ये बड़े-बड़े जानवर तो एक दिन हम सबको मार डालते।"

सामने से रमेश बाबू मंत्रीजी से आकर कहते हैं, "सर, डायनासोरों की अस्थियां ट्रकों में भर ली गई हैं। अब इन्हें गंगा नदी में प्रवाहित करने की इजाजत दीजिए, ताकि ये कंकाल पूरी तरह नष्ट हो जाएं और फिर कोई तांत्रिक या बैगा इनको पुनर्जीवित न कर सके।"

नेताजी हंसकर कहते हैं, "इजाजत है।"

अब आगे-आगे रमेश की जीप, जिसमें रजनी और दोनों बच्चे सवार हैं, जा रही है। पीछे प्रशासनिक अधिकारियों की गाड़ियां और डायनासोरों की अस्थियों से लदे ट्रक जाते दिखाई देते हैं।

अंतिम दृश्य : गंगा नदी में डायनासोरों की अस्थियां बहाई जा रही हैं। पार्श्व में कोई संस्कृत का श्लोक गूंजता है। खिलखिलाते हुए रमेश और उसका परिवार दिखाई देता है। इसी के साथ पर्दे पर 'द एंड' आ जाता है।

राजधानी : तीन संदर्भ

"मेरा ट्रांसफर रुक जाएगा न भैया!" अफसर ने मिमियाते हुए कहा।

"अरे, क्यों नहीं रुकेगा? यह तो स्साला पिद्दी-सा काम है। मैंने तो मंत्रीजी से बड़े-बड़े काम कराए हैं। आपने पूरा इंतजाम कर लिया है न?" मुन्नू भैया ने सिगरेट का कश लेते हुए अफसर से पूछा।

चुनाव जीतकर कस्बे के नेताजी मंत्री हो गए। अब वे राजधानी में रहते हैं और विदेशों का दौरा करते हैं। कस्बे में रह गए उनके कार्यकर्ता, सेवक और एजेंट मुन्नू भैया। ये पूरे क्षेत्र की जन-समस्याएं निपटाते हैं। जिस प्रकार मंत्रीजी सरकारी खर्चे पर देशी समस्याएं विदेश में निपटाते हैं, उसी प्रकार मुन्नू भैया समस्याग्रसित व्यक्ति के खर्चे पर राजधानी की सैर करते हैं। फिलहाल एक अफसर, जो मुन्नू भैया के कस्बे में पंचवर्षीय योजना पूरी कर चुका है, अपना स्थानांतरण रुकवाने के लिए मुन्नू भैया को अपने खर्चे पर राजधानी लेकर आया और एक बड़े होटल में ठहरा हुआ है। मुन्नू भैया पिछले तीन दिनों से उस अफसर के साथ राजधानी में घूम रहे हैं। अब कहीं जाकर मंत्रीजी से मिलने का मुहूर्त निकला है। सुबह भरपेट नाश्ता करके मुन्नू भैया मंत्रीजी से मिलने निकले। जाते वक्त अफसर ने उनके हाथ में ब्रीफकेस थमा दिया।

"आप बिलकुल चिंता न करिए। आपके काम के लिए हम जान लड़ा देंगे।" मुन्नू भैया ने जाते-जाते अफसर को दिलासा दी। वे होटल की सीढ़ियां उतरकर सड़क पर आ गए। उनकी जान उनके हाथ में थी, जैसे पुरानी कथाओं में किसी जादूगर की जान किसी पक्षी में हुआ करती थी। पक्षी की गर्दन मरोड़ दो तो जादूगर टें हो जाता था। ठीक आजकल के जो जादूगर हैं, इनका स्वास्थ्य ब्रीफकेस के साथ हरा-भरा रहता है। और यदि ब्रीफकेस मिलने बंद हो जाएं तो

इनके चेहरे पर मुर्दनी छा जाती है। फिर लगता है कि अब मरे कि तब मरे। एक भरोसे वाले के घर में ब्रीफकेस को सुरक्षित रखकर मुन्नू भैया मंत्रीजी से मिलने उनके बंगले पर पहुंचे। संत्री ने बताया कि मंत्रीजी बहुत व्यस्त हैं। थोड़ी देर प्रतीक्षा के बाद मुन्नू भैया मंत्रीजी की बैठक में दाखिल हुए।

"पांव लागी मंत्रीजी।" मुन्नू भैया भावविभोर मुद्रा में मंत्रीजी के चरणों की तरफ लपके।

"खुश रहो। कैसे आना हुआ? हुआँ के का हाल हैं? मुझे अभी एक जरूरी मीटिंग में जाना है। कल हाईकमान के साथ एपॉइंटमेंट है। जो कुछ कहना होए, जल्दी कहो।" मंत्रीजी बड़ी फुर्ती में यह सब कह गए, फिर किसी फाइल को आंखें गड़ाकर देखने लगे।

"बस, आपकी कुशलक्षेम पूछने आए रहे। यहां सब ठीक है न? भाभी, माताजी, गुड्डू, बेबी सब मजे में तो हैं?" मुन्नू भैया ने आत्मीयता उड़ेली।

"हां, सब मजे में हैं।" मंत्रीजी ने फाइल में आंखें गड़ाए हुए कहा।

"दद्दा, वो एक-दो ठो काम लेके आए रहे। आप जरा...।" मुन्नू भैया ने धीमे स्वर में बात आगे बढ़ाई।

"तुम्हें अपने काम की पड़ी है। यहां अपोजीशन वालों ने हमारी नाक में दम कर रखा है। दल में भी विरोधी गुट वाले दिन-रात टांग खींचते रहते हैं। इस समय तो मैं श्वास भी लेता हूं तो पत्रकार पट्ट से अखबार में छाप देते हैं कि आजकल मैं श्वास में ज्यादा ऑक्सीजन लेने लगा हूं। और तुम हो कि मुझे ज्यादा ऑक्सीजन लेने पर विवश करते हो। पिछली बार तुम्हारी लिस्ट देखकर मैंने स्थानांतरण की सूची जारी कर दी थी। देखा तुमने, कितना विवाद हुआ! और वो, जिसे तुमने एक बड़ी सप्लाई का ठेका दिलवाया था, चुनाव के दिनों में निरा निकम्मा साबित हुआ। अब तुम जाओ। मेरा भेजा मत चाटो। मैं पहले ही बहुत परेशान हूं। पता नहीं हाईकमान के कान किसने भर दिए हैं।" मंत्रीजी फाइल टेबल पर पटककर खड़े हो गए।

"प्रबिस नगर कीजे सब काजा। हृदय राखि कौसलपुर राजा। दद्दा, आप तो बड़े अनुभवी हैं। कूटनीति में तपे हुए हैं। भला आपका कौन बाल बांका कर सकता है। ठीक है। आप अभी जल्दी में हैं। फिर कौनऊं दिन आपके दर्शन के लिए पधारेंगे। अच्छा, पांव लागूं दद्दा!" इतना कहकर मुस्कराते हुए मुन्नू

भैया कमरे के बाहर आ गए। कमरे के बाहर मुन्नू भैया को जानने वाले उन्हीं के क्षेत्र के कई प्रार्थी खड़े हुए थे। मुन्नू भैया ने घोषणा की, "मंत्रीजी आज किसी से न मिल पाएंगे। एक जरूरी मीटिंग में जा रहे हैं।"

कुछ लोग अपनी दरख्वास्तें लेकर मुन्नू भैया के पीछे दौड़े। मुन्नू भैया ने सबकी समस्याएं सुनीं। फिर तौल-मौल कर बोले, "आप सबका काम हो जाएगा। आप लोग शाम को मुझसे होटल 'भारत-भारती' में आकर मिलिए।"

इस प्रकार मुन्नू भैया पूरे एक सप्ताह राजधानी में रहे। रात में बार जाते, दिन में बढ़िया रेस्टोरेंट में भोजन करते, दोपहर को किसी थियेटर में घुस जाते। शेष समय में लोगों की समस्याएं सुनते। साथ आए अफसर से उन्होंने कहा, "आपका काम जल्द हो जाएगा। कुछ समय लग सकता है। वैसे मंत्रीजी ने पूर्ण आश्वस्त किया है। आप चिंता न करिए।"

'सुफल मनोरथ होहुं तुम्हारे राम लखन सुनि भए सुखारे'—यह मंत्र वाक्य राजधानी में मुन्नू भैया ने जाने कितने लोगों से कहा। राजधानी से वापस जाकर वे फिर इसी मंत्र-वाक्य का सहारा लेंगे। कौन कहता है, मंत्रों में शक्ति नहीं होती?

दो

मुन्नू भैया अबकी राजधानी एक रैली लेकर आए हैं। पांच साल पूरे होने को आए और उनके क्षेत्र में अभी तक कोई अकाल नहीं पड़ा, कोई बाढ़ नहीं आई और राहत-कार्य नहीं खुले। यह सरासर अन्याय है। दूसरे क्षेत्रों में साल में दो-दो बार अकाल पड़ गया। पास के जिले में तो गरमी के दिनों में बाढ़ राहत फंड आया और खत्म हो गया। फिर भी वे लोग राजधानी में आएदिन बाढ़-पीड़ितों के लिए रैली, अनशन और प्रदर्शन करते रहते हैं। इधर पांच साल पूरे हो रहे हैं और अभी तक हमारे यहां एक अदना-सा सूखा भी नहीं पड़ा। यह कार्यकर्ताओं की कमजोरी है। सब अलाल हो गए हैं। क्षेत्र की किसी को कोई चिंता ही नहीं है। अरे, क्षेत्र में जब अकाल, सूखा और बाढ़ नहीं आएगी तो क्षेत्र का विकास कैसे होगा? विकास के लिए ये सब जरूरी है। इस आदर्श को लेकर मुन्नू भैया ने गांव, शहर, मोहल्ले और अपनी गली से लगभग दो सौ अकाल-पीड़ित लोगों को इकट्ठा किया और राजधानी की ओर कूच कर गए।

मुन्नू भैया के साथ जाने वाले शहर के उठाईगीर, छुटभैये नेता, कुछ किसान, मजदूर और छात्र थे। सबके सब अकाल-पीड़ित ठहरे, इसलिए किसी को भी ट्रेन की टिकट लेने की कोई जरूरत न पड़ी। पूरी एक बोगी में ये लोग घुस गए। रास्ते-भर ये अकाल-पीड़ित लोग जोशीले नारे लगाते रहे। कई स्टेशनों पर इन्होंने फल वालों, चाय वालों, खोमचे वालों और बुक स्टॉल वालों तक के यहां लूटपाट की। लुटने वाले लुटते हुए हाय-तौबा मचाते रहे, परंतु कोई कुछ नहीं बोला। अब अकाल-पीड़ित हैं, वे तो लूटेंगे ही। राजधानी में रैली निकालने जा रहे हैं। उनको कौन छेड़े? जो उन्हें छेड़े उसी की शामत आ जाए। लोग कहेंगे, अकाल-पीड़ितों पर अत्याचार कर रहे हैं। इस प्रकार इठलाती, मचलती और धूम मचाती अकाल-पीड़ितों की यह टोली राजधानी पहुंची।

दूसरे दिन राजधानी में अकाल-पीड़ितों की जोरदार रैली निकली। मुन्नू भैया उस रैली का नेतृत्व कर रहे थे। आमसभा में मुन्नू भैया ने आंखों में आंसू भरकर बताया, "किस प्रकार उनके क्षेत्र में भीषण अकाल पड़ा हुआ है। आदमी घास की रोटियां खाने को विवश है। अनाज के चंद दानों के लिए माताएं अपने बच्चे बेच रही हैं। माताओं-बहनों की अस्मत असुरक्षित है। थोड़े-से अनाज के लिए लोग एक-दूसरे का सिर फोड़ रहे हैं। खेतों में दरारें पड़ गई हैं। पूरे क्षेत्र में कोई विकास कार्य नहीं चल रहे। सैकड़ों मजदूर, किसान रोजी-रोटी की तलाश में पलायन कर रहे हैं। सरकार ने अभी तक वहां राहत-कार्य क्यों नहीं खोले? यहां उपस्थित सैकड़ों भूखे, नंगे, अकाल-पीड़ितों की सरकार से दरख्वास्त है कि वह उनके क्षेत्र के लिए तुरंत राहत फंड एलॉट करे। जब तक सरकार फंड एलॉट नहीं करती, हमारा क्रमिक धरना यहां चलता रहेगा।" (तालियों की जोरदार गड़गड़ाहट)

मुन्नू भैया के भाषण का असर हुआ। क्षेत्र के नेता, अफसर और पत्रकार चाहते थे कि क्षेत्र में राहत-कार्य खोले जाएं। सबने मिलकर अकाल की ऐसी भूमिका बांधी कि सरकार को झुकना पड़ा और उनके क्षेत्र को 'अकालग्रस्त' घोषित कर दिया गया। इस महत् कार्य के लिए मुन्नू भैया बधाई के पात्र हैं। वैसे क्षेत्र की अकाल-पीड़ित जनता का भी सराहनीय योगदान रहा।

मुन्नू भैया की रैली बहुत सफल रही। इधर जैसे ही हाईकमान ने उनके क्षेत्र को अकाल-पीड़ित घोषित किया, वैसे ही पूरे क्षेत्र में अपार खुशी की लहर

दौड़ गई। दस करोड़ रुपए राहत-कार्यों के लिए स्वीकृत किए गए, यह बात दफ्तर-दफ्तर फैलते देर न लगी। सभी अफसर मुन्नू भैया को बधाई देने लगे। लोग कहते, “नेता हो तो मुन्नू भैया जैसा। देखो, एड़ी-चोटी का पसीना एक करके उसने अपने क्षेत्र में अकाल पड़वा ही दिया। कई नेता अपने-अपने क्षेत्र में अकाल, सूखा, महामारी और बाढ़ की फाइलें लिए घूमते रहे, परंतु मुन्नू भैया की रैली रंग ले आई।”

राजधानी के अखबारों ने रैली के फोटो मुख्य पृष्ठों पर छापे। मुन्नू भैया का ‘इंटरव्यू’ भी कई समाचार-पत्रों में छपा, जिसमें मुन्नू भैया ने कहा, “मैं अपने क्षेत्र के विकास के लिए अपने प्राण भी न्योछावर कर सकता हूं।”

किसे मालूम है कि मुन्नू भैया के प्राण तो ‘ब्रीफकेस’ में रहते हैं।

तीन

मुन्नू भैया राजधानी से प्रकाशित होने वाले एक नए दैनिक के संपादक हो गए। क्षेत्र के बड़े नेता दद्दाजी को राजधानी में अपने लिए एक अखबार की जरूरत पड़ी। हर राजनीतिज्ञ को पड़ती है। वह नेता, नेता ही क्या, जिसका अपना एक अखबार न हो। जो सक्षम हैं, वे किसी भी सेठ-साहूकार को उपकृत करके अपना अखबार शुरू करवा लेते हैं। कुछ लोग पुराने अखबारों के मालिकों से मधुर संबंध बनाते हैं। उन्हें अखबार का दफ्तर खोलने के लिए राजधानी में मिट्टी के मोल जमीनें दिलवा देते हैं। इस प्रकार वे लोग समझदार और दूरदृष्टि वाले हैं, जो समय रहते मीडिया में अपनी पकड़ बना लेते हैं। उन्हें कालांतर में विरोधी गुट की पोल खोलने, दूसरों को भ्रष्ट और निकम्मा कहने और खुद को एकमात्र गरीबों का मसीहा साबित करने में कोई कठिनाई नहीं होती।

कहते हैं, आवश्यकता आविष्कार की जननी है। इस सिद्धांत को ध्यान में रखकर दद्दा ने राजधानी से अपना एक अखबार शुरू किया। जब अखबार अपना है तो संपादक भी अपना ही होना चाहिए। भला मुन्नू भैया से अच्छा संपादक दद्दा के लिए कौन हो सकता है? वैसे तो एक से एक लिक्खाड़ और बुद्धिजीवी संपादक दद्दा को मिल सकते थे, पर वे हर जगह अपनी बुद्धि की टांग अड़ाते। इसलिए बुद्धि, विवेक और तर्क को बलाये ताक में रखकर

काम करने के लिए मुन्नू भैया को एक महत्त्वपूर्ण पत्र का प्रधान संपादक बना दिया गया।

अब मुन्नू भैया राजधानी में एक बढ़िया सरकारी बंगले में रहते हैं। मारुति में भ्रमण करते हैं और बड़े-बड़े नेताओं के साथ विदेश जाते हैं। गांव की गलियों में 'दद्दा जिंदाबाद' के नारे लगाने वाले आठवीं पास मुन्नू भैया सहसा देश के बहुत बड़े बुद्धिजीवी हो गए। वे साहित्य सम्मेलनों में जाते हैं। विश्वविद्यालय की सभा में अध्यक्ष-पद से शिक्षा, साहित्य और कला पर गंभीर मीमांसाएं प्रस्तुत करते हैं। उनके दफ्तर में उनसे मिलने के लिए कई बड़े लेखक, कवि और कलाकार लाइन लगाए रहते हैं। उनका अखबार जिसे उछाल दे वह मसीहा, जिसे लथेड़ दे उसकी मिट्टी-पलीत। वे खुद अखबार के दफ्तर से बीस हजार रुपए महीना तनख्वाह लेते हैं। दीगर लाभ बेहिसाब हैं। परंतु अखबार के लिए लिखने वाले लेखकों, कवियों को वे कोई पारिश्रमिक नहीं देते। उनका कहना है, "यह तो सेवा का काम है। लिखकर के लेखक-कवि राष्ट्रभाषा की निश्छल सेवा करते हैं। सेवा का कोई मोल नहीं होता। वह अनमोल है। साहित्य-सेवा जैसे पवित्र कार्य के लिए चंद रुपयों की बात करना उस महान् कार्य का अपमान है। रुपए और साहित्य का भला क्या संबंध? एक तुच्छ माया है और दूसरा कृत्य महान् साधना।"

उनके ये विचार बहुत लोकप्रिय हैं। धीरे-धीरे राजधानी के कई अखबार इन विचारों से प्रभावित होते जा रहे हैं।

पिछले दिनों राजधानी में साहित्य का एक बड़ा समारोह हुआ। मुन्नू भैया उस कार्यक्रम के अध्यक्ष थे। लच्छेदार भाषणबाजी के पश्चात् मैंने भोजन कक्ष में उनका रौद्र रूप देखा। वे आयोजकों को इस बात के लिए डांट रहे थे कि वहां 'पीने' का इंतजाम नहीं था। साहित्य का इतना बड़ा जलसा और पीने की कोई व्यवस्था नहीं। सचमुच आयोजकों का यह बहुत बड़ा अपराध था। इस जघन्य अपराध के लिए अध्यक्ष महोदय उन्हें न डांटते तो क्या शाबाशी देते! बुला लेते हैं अध्यक्ष-पद के लिए और अध्यक्ष का मीनू तक नहीं जानते। कैसे नासमझ हैं ये आयोजक। पीने की बात को लेकर कई साहित्यकारों ने आयोजकों को लताड़ा।

आयोजकों को हारकर पीने का इंतजाम करना पड़ा। वहां जाम टकराने

की बजाय सुरा प्राप्त करने की होड़ में साहित्यकारों के सिर टकरा रहे थे। बहरहाल सबको थोड़ी-थोड़ी मिली, परंतु नशा लोगों को ज्यादा चढ़ा। बड़े-बड़े नामी लेखक और पत्रकार मुन्नू भैया के चरणों में पड़े हुए दिखे। कुछ लोग निवेदन कर रहे थे, "भैया, अगले हफ्ते जो डेलीगेशन विदेशी दौरे पर जाने वाला है, सुना है, आप ही उसमें प्रमुख हैं, अपना भी ध्यान रखिएगा।" दूसरे प्रार्थना करते दिखे, "भैया, अकादमी के पुरस्कारों की घोषणा होने वाली है। आप तो उसमें मेंबर हैं। हमारी किताबें भी लगी हैं। जरा ध्यान...दूरदर्शन के महानिदेशक को आप जरा फोन कर देते...मेरा साक्षात्कार आपके कार्यालय में अब तक विचाराधीन है। ...राजभाषा समिति में मेरा नाम आ जाता तो...भैयाजी, इस वर्ष आपको पद्मश्री मिलने वाला है...। क्रांति, संवेदना, यथार्थ और मानवता का ढोल पीटने वाले लिक्खाड़ों के गले में अभी छटांक-भर ही उतरी होगी कि उनके सही चेहरे दिखाई देने लगे।

मुन्नू भैया अब देश के बहुत बड़े बुद्धिजीवी हैं। उनके नाम से लंबे-लंबे लेख छपते हैं। राजनीति की हर छोटी-बड़ी घटना पर उनकी त्वरित टिप्पणी आती है। किसी भी विषय पर विचार व्यक्त करने के लिए उन्हें अकसर दूरदर्शन पर आमंत्रित किया जाता है। मुन्नू भैया को राजधानी की आबोहवा रास आ गई।

फिलहाल दद्दा की दयादृष्टि उन पर बनी हुई है।

चला मुरारी देश-सेवा करने

गांव का किशोर मुरारी मैट्रिक पास करके शहर आ गया। यों तो गांव की पाठशाला में पढ़ते हुए हर वर्ष स्वतंत्रता दिवस एवं गणतंत्र दिवस पर उसे देश की याद आती थी, परंतु शहर आते ही चहुंओर समस्याएं ही समस्याएं देखकर देश की हालत पर उसे तरस आने लगा। उसके भीतर सोया हुआ कर्तव्य-भाव जाग उठा। वह युवा था। पढ़ा-लिखा था। अतः देश-सेवा करने के अपने भावी कार्यक्रम पर विचार करने लगा।

शहर में उसने पहली बार लंबी-लंबी रैलियां देखीं। रैलियों में उसने ऐसे लोगों को जिंदाबाद और मुर्दाबाद के नारे लगाते हुए देखा, जो यह जानते ही न थे कि वे 'किसके' समर्थन में या 'किसके' खिलाफ नारे लगा रहे हैं। यहीं उसने विशाल और भव्य मंच और उन पर होने वाली कारगुजारियां देखीं। खादी से उसे प्रेम था और यह प्रेम इसलिए था कि उसका घरेलू बजट उसे खादी ही पहनने की अनुमति दे रहा था। खादी पहनकर मंच पर चढ़ जाना उसे सुगम लगा। एक दिन खादी के शुभ्र कुरते-पाजामे में वह मंत्री महोदय के बंगले पर पहुंच गया। खादी के प्रभाव से द्वार पर खड़े संतरी ने सलाम ठोंका। वह प्रसन्न हो गया। अगले ही क्षण वह मंत्री महोदय के सामने था—"महाशय, मेरा नाम मुरारीलाल है। मैं पढ़ा-लिखा, मेहनती और ईमानदार युवक हूं। पिछले दिनों आपने दूरदर्शन पर एक भेंटवार्ता में कहा था कि राष्ट्र की सच्ची सेवा करने के लिए आज हमें मेहनती और ईमानदार युवकों की आवश्यकता है। तो श्रीमान्, मैं हाजिर हूं। कृपा कर के राष्ट्र-सेवा के लिए उचित मार्ग बताकर अनुगृहीत करें।"

एकाएक मंत्रीजी की समझ में नहीं आया कि वे क्या करें। वे तो पिछले चालीस सालों से अपने हर भाषण में यही कहते आ रहे हैं, परंतु आज पहली बार इस तरह कोई उनसे राष्ट्र-सेवा का मार्ग पूछ रहा था। आखिर उन्होंने भी

अपने संपूर्ण बाल राजनीति में ही सफेद किए थे। अतः सदासुहागन विनयशील मुद्रा में वे शुरू हो गए, "बेटा मुरारी, स्वार्थ की इस अंधेरी वेला में आज भी तुम्हारे हृदय में राष्ट्र-प्रेम की मशाल जल रही है, इसलिए तुम धन्य हो। बेटा, राष्ट्र-भक्ति का मार्ग बहुत कष्टदायक है। इस मार्ग में तरह-तरह की बाधाएं हैं। भीषण दुःख हैं, विपदाएं हैं और तुम अभी युवा हो। मैं तुम्हें सरल-सुबोध मार्ग सुझाता हूं। दुःख, पीड़ा और परेशानियों के तो हम आदी हो गए हैं। वे हमारी झोली में रहने दो। तुम अभी सुकुमार हो, नौनिहाल हो इस देश के। तुम्हारा कर्तव्य है कि हर दशा में हमारे हाथ मजबूत करो, हमारी सभाओं में नारे लगाओ, विपक्षियों, राष्ट्रद्रोहियों की सभा में पत्थर फेंको, उन्हें काले झंडे दिखाओ, और येन-केन-प्रकारेण हमें हर चुनाव में जितवाओ। फिलहाल तुम्हारी इतनी सेवा ही देश के लिए पर्याप्त है।"

मुरारी को रास्ता मिल गया। उसकी देश-सेवा फटाफट शुरू हो गई। वह मंत्रीजी की सभाओं में गला फाड़-फाड़कर चिल्लाने लगा। उसने विरोधियों को काले झंडे दिखलाए, बेमतलब आंदोलनों में जमकर हिस्सा लिया। कॉलेज में हड़ताल करवाई। शहर में तोड़-फोड़ की और अपने 'आका' के इशारों पर सांप्रदायिक ताकतों को उकसाया। इधर मंत्रीजी के हाथ मजबूत होते गए और उधर एक दिन देशभक्ति का यह सरल-सुबोध रास्ता मुरारी को जेल के सींखचों तक ले जाकर खत्म हुआ।

आखिर एक दिन मुरारी जेल से छूटा। अब भी उसके सामने देश और देश की समस्याएं ज्यों की त्यों थीं। उसका अनुभव अब काफी विस्तृत हो चुका था। देश के लिए कुछ कर गुजरने की तमन्ना अब भी उसके हृदय में कुलबुला रही थी। सड़क पर घूमते हुए उसकी निगाह नगर के सर्वाधिक लोकप्रिय दैनिक समाचार-पत्र के दफ्तर पर केंद्रित हो गई। वह सीधे अखबार के दफ्तर में जा घुसा और संपादकजी को अपनी आपबीती सुनाकर देश-सेवा का उचित मार्ग पूछ बैठा।

"पत्रकारिता..." संपादकजी झट से ऊंचे स्वर में बोले, "प्रेस प्रजातंत्र का चौथा महत्त्वपूर्ण पाया है। प्रेस वाले ही सही माने में जनता की आवाज सरकार के कानों तक पहुंचाते हैं। अन्याय, अत्याचार, उत्पीड़न एवं भ्रष्टाचार के खिलाफ प्रेस वाले ही अपनी कलम से सार्थक लड़ाई लड़ रहे हैं। इससे बड़ी देश-सेवा भला और क्या हो सकती है?"

मुरारी को लगा, जैसे अंधे को चार आंखें मिल गई हैं। वह संपादकजी के चरणों में गिर पड़ा और लगा गिड़गिड़ाने, "श्रीमान्, मुझे अपने देश से अपार प्रेम है। कहा भी गया है, जननी जन्मभूमि स्वर्ग से भी महान् है। मैं इस स्वर्ग की गरिमा के लिए अपने प्राण भी न्योछावर कर सकता हूं। आपने मुझे उचित रास्ता दिखा दिया है। कृपा करके आप मुझे अपने कार्यालय में रख लीजिए। मैं जनता के दुःख-दर्द को वाणी दूंगा। भ्रष्ट अफसरों का भंडाफोड़ कर दूंगा और अपनी कलम से राजनेताओं को उनके कर्तव्यों का स्मरण भी कराऊंगा।"

संपादकजी ने मुरारी का उत्साह देखा और उनकी बाछें खिल गईं। उन्होंने उसे रख लिया। मुरारी पढ़ा-लिखा युवक था। मैट्रिक की परीक्षा में उसे भाषा में बहुत अच्छे नंबर मिले थे। उसकी कलम धीरे-धीरे धार पकड़ने लगी। उसने आम आदमी के दर्द की कहानियां लिखीं। भ्रष्टाचारियों, मुनाफाखोरों, तस्करों और भ्रष्ट राजनीतिज्ञों के खिलाफ खुलकर मुहिम चलाई।

चार महीने तक वह निरंतर अखबार के दफ्तर में कलम घिसता रहा, परंतु उसे वेतन नहीं मिला। एक दिन उसने संपादकजी से वेतन के लिए कहा तो उन्होंने उसे वेतन के स्थान पर 'गीता' थमा दी। वे मुरारी को गीता पढ़कर निष्काम कर्मयोगी बनने का उपदेश सुनाने लगे। उन्होंने ठीक 'कृष्ण' की भांति ही समझाया—"मुरारी, तू सिर्फ कर्म कर, फल की चिंता क्यों करता है? फल देना मेरे बस की बात नहीं है, वह तो भगवान के अधीन है।"

मुरारी के सहयोगी कलमबाज आगे बढ़ते रहे। उन्हें मालूम था कि किसके खिलाफ लिखना है और किसका समर्थन करना है। उनकी शाही पार्टियां आयोजित होती रहीं और इधर मुरारी चुपचाप निष्काम कर्मयोग की साधना में खोता चला गया। फिर जिस दिन उसने गीता के मर्म को ठीक से समझा, उसी दिन दफ्तर के 'भगवान कृष्ण' को खरी-खोटी सुनाकर फल की तलाश में निकल पड़ा।

उसका मन बहुत बेचैन था। उसे समझ नहीं आ रहा था, वह किस प्रकार अपने राष्ट्र की सेवा कर अपना जीवन सार्थक करे। सहसा सड़क के बाईं ओर वाले मैदान में उसे एक बड़ा-सा पंडाल दिखाई दिया। वह कौतूहलवश उस ओर चल दिया। पंडाल के पास ही लगे हुए एक बड़े से बोर्ड पर लिखा था—'धर्मगुरु के भावातीत ध्यान द्वारा विश्व की समस्याओं का निराकरण।'

मुरारी तो जैसे सोते से जागा। वह तो सिर्फ अपने राष्ट्र के लिए ही चिंतित

था, यहां तो समस्त मानव जाति के कल्याण का कार्यक्रम चल रहा था। मुरारी को अपनी वैदिक परंपरा 'वसुधैव कुटुंबकम्' याद हो आई। उसे लगा, अब वह बिलकुल ठीक जगह आ गया है। यहां रहकर वह संपूर्ण विश्व के साथ अपने देश का भला कर सकता है। सौ रुपए का टिकट कटाकर वह पंडाल के भीतर पहुंच गया। भीतर का दृश्य अत्यंत विहंगम था। सामने ऊंचाई पर एक भव्य मंच फूलों से सजाया गया था। मंच के सम्मुख सैकड़ों गेरुए वस्त्रधारी शांत एवं गंभीर मुद्रा में बैठे हुए थे। थोड़ी ही देर में एक विदेशी कार पंडाल में प्रवेश करते हुए मंच के निकट आकर रुकी। उसमें से धवल वस्त्रधारी, श्वेत लंबी दाढ़ी वाले धर्मगुरु प्रकट हुए। उनके मंचस्थ होते ही पंडाल में उपस्थित सैकड़ों लोगों की गर्दनें उनके नमन में झुक गईं। गुरुजी ने अपनी गंभीर एवं प्रभावशाली वाणी में प्रवचन आरंभ किया—"मौत जीवन के द्वार पर दस्तक दे रही है..." मुरारी डर के मारे कांपने लगा। उसने खड़े होकर पंडाल के द्वार की ओर देखना चाहा, परंतु अविलंब एक गेरुए वस्त्रधारी ने उसकी गर्दन दबोचकर उसे वहीं बिठा दिया। गुरुजी आगे कह रहे थे—"तीसरा विश्वयुद्ध कभी भी हो सकता है। अभी इसी क्षण, यहीं हो सकता है..." उनकी वाणी से मृत्यु का आतंक मूर्त हो रहा था। मुरारी को लग रहा था कि इस पंडाल पर बम अब गिरा, तब गिरा। लोग मौत के डर से थर-थर कांपने लगे। अब तक वह भूमिका पूरी तरह बन गई थी, जिसमें गुरुजी अपना अध्यात्म विक्रय के लिए परोस सकते थे। वे लीक पर आते हुए बोले—"सज्जनो, इस समय विश्व एक संक्रमण काल से गुजर रहा है। खासकर यह महान् देश आज समस्याओं की दलदल में धंसता चला जा रहा है। राम और कृष्ण के इस महादेश को हमें रसातल में जाने से बचाना है। यह देश सारे विश्व का गुरु है। यहीं से अध्यात्म का प्रकाश सारे विश्व में फैलेगा। विश्व-शांति के लिए और समस्त मानवता के कल्याण के लिए बस एकमात्र उपाय है—ध्यान। विश्व-कल्याण के पुण्य कार्य में अपना योगदान दीजिए।"

मुरारी को लगा, सचमुच यही एकमात्र सच्चा और सरल उपाय है, जिससे संपूर्ण विश्व के साथ अपने राष्ट्र का भी लगे हाथ कल्याण हो जाएगा। वह सोचने लगा, जब लोगों की आत्माएं पवित्र हो जाएंगी तो समाज में नैतिकता का प्रादुर्भाव होगा और जब समाज ही नैतिक हो जाएगा तब बेईमानी, भ्रष्टाचार और लूटपाट का प्रश्न ही नहीं उठता। मुरारी का मन गद्गद् हो गया। उसने

झट गुरुजी के चरणों पर अपना सिर रख दिया और 'मोहि अबकी बेर उबारो' वाली मुद्रा में विनय करने लगा—"गुरुजी, राखो लाज हमारी। मैं वर्षों से भटक रहा हूं गुरुजी! आज आपके अमृत वचन सुनकर धन्य हो गया। आप तो कृपा कर मुझे अपनी शरण में ले लीजिए और फटाफट ध्यान की ट्रेनिंग दे दीजिए, फिर देखिए मैं इसे देश के कोने-कोने में पहुंचाकर ही दम लूंगा।"

गुरुजी ने स्नेहिल आंखों से देखा। उसे लगा, गुरुजी की आंखों में सौ-सौ वाट के बल्ब जल रहे हैं। गुरुजी मधुर मुस्काए, फिर अपनी जादुई आवाज में बोले—"वत्स, भटकना बंद कर। अब तुझे राह मिल गई है। मन, वचन और कर्म से तू इस पावन पथ पर अग्रसर हो और देश का कल्याण कर..."

इस प्रकार मुरारी अपने गुरुजी के आश्रम में रहने लगा। आश्रम में चौबीसों घंटे गुरुजी के गुणगान गाए जाते थे, गोया गुरुजी ही समस्त विश्व हैं और उनका कल्याण ही संपूर्ण विश्व का कल्याण है। सुबह-शाम ध्यान की कक्षाएं भी चलती थीं, जिनमें सौ रुपए का टिकट कटाकर ही प्रवेश मिल पाता था। आश्रम में विदेशियों का जमघट लगा रहता था। ये विदेशी अति संपन्नता से ऊबकर यहां अध्यात्म खरीदने आते हैं। इस देश में धर्म और अध्यात्म की कई दुकानें हैं। इस आश्रम में भी अध्यात्म कई रूपों, रंगों और डिजाइनों में सजाकर बेचा जाता है।

मुरारी मगन था कि उसे गहन अंधकार में एक प्रकाश-पुंज मिल गया है। वह देश और देश की समस्याओं से बेखबर ध्यान में डुबकियां ले रहा था। उसकी तंद्रा तो तब टूटी जब एक दिन अध्यात्म की इस दुकान पर छापा पड़ा था। दुकान में लाखों का गोलमाल पाया गया। टैक्स की बकाया रकम आश्रम का कीमती सामान बेचकर वसूल की गई। तस्करी का सामान भी वहां निकला। उधर गुरुजी विश्व-कल्याण के लिए विदेश भाग गए और इधर मुरारी जैसे लोग सरकारी मेहमान होकर 'बड़ी हवेली' की शोभा बढ़ाने लगे।

मुरारी का दिल एक बार फिर टूट गया। कहते हैं कि जब आदमी का दिल टूट जाता है, तो वह कवि बन जाता है। '*वियोगी होगा पहला कवि, आह से उपजा होगा गान*' की उक्ति को चरितार्थ करता हुआ मुरारी कवि बनकर देश की सोई चेतना में नवप्राण फूंकने की कोशिश में संलग्न हो गया। वह कलम का धनी तो था ही। इस बीच उसने समाज के विभिन्न वर्गों की असलियत भीतर तक घुसकर देखी थी। बस, अपने भोगे हुए यथार्थ के बल

पर मुरारी लंबी-लंबी कविताएं लिखने लगा। उसने अपनी कविताओं में आग उगली, यथार्थ का सजीव चित्रण किया और देश को बर्बाद करने वालों की ओर खुलकर उंगली उठाई। परंतु हाय रे दुर्भाग्य, उसकी कविताओं को किसी ने नहीं सराहा। कवि-सम्मेलनों में चुटकुलों पर तालियां पिटीं, और उसकी कविताओं पर पत्थर बरसे।

वह प्रकाशकों के पास अपनी कविताएं लेकर गया, उन्होंने छापने से साफ इनकार कर दिया। प्रकाशकों को पैसा चाहिए था, जो उसके पास नहीं था। वह किसी मंत्री या सांसद का रिश्तेदार भी नहीं था कि उसकी पुस्तक पर सरकारी खरीद का भरोसा करके प्रकाशक उसे छाप देते। वह अपनी पांडुलिपियां लेकर आलोचकों के पास गया। उन्होंने नाक-भौं सिकोड़ी और अपनी हेडमास्टरीय शैली में वे मुरारी को साहित्य-आंदोलन, झंडे, खेमे और गुटबाजी का महत्त्व समझाने लगे। वह अपनी रचनाएं छाती से चिपकाए लेखक-संघों में भी गया। वहां उसने देखा, बड़े-बड़े नामी लेखक राजनीतिक पार्टियों के घोषणा-पत्र लिख रहे हैं। कुछ स्थापित लोग नेताओं के आलंकारिक भाषण लिख रहे हैं। कई धुरंधर कवियों को चुनाव-प्रचार के लिए उसने कव्वालियां लिखते देखा। कुछ विदेश जाने के लिए अपनी रामनामी चदरिया मंत्रीजी को ओढ़ा रहे थे। किसी को पुरस्कार पाना है, किसी को अलंकरण हथियाना है। वहां किसी को फुरसत नहीं थी कि वे मुरारी की पांडुलिपि पढ़ सकें, भले ही इस पांडुलिपि में युग की कालजयी रचना छुपी हो।

सीधा-सादा गांव का मुरारी आज जिंदगी से हार गया है। वह प्रतिभावान है, पढ़ा-लिखा है, फिर किंकर्तव्यविमूढ़ क्यों है? वह साफ-साफ देख रहा है कि चौराहे से जाने वाले अलग-अलग रास्ते, बस थोड़ी दूर पर एक होकर भयानक अंधेरी सुरंग में जाकर खो जाते हैं। चालीस साल का युवा मुरारी आज दुःखभरी कविता क्यों गुनगुना रहा है :

ये नगरी दुःख की नगरी है, पर कोई कहो हम जाएं कहां?
दुःख चारों खूंट बिराज रहे, सुख-सहर का रास्ता पाएं कहां?
कुछ पत्थर टूट गिरेंगे ही, कुछ रात का सीना चाक होगा
ये वक्त जो हम पर आन पड़ा, इस वक्त का गम बहलाएं कहां?

●●

प्रभुजी, मोरे अवगुन चित न धरो

चुनाव आ गए हैं। नेतारूपी भक्तों को अपने परम प्रभु की याद सताने लगी है। नेताओं के परम प्रभु तो जनता-जनार्दन में बसते हैं। जनता की आराधना का समय प्रजातंत्र में तय है—पांच वर्ष में एक बार। अब वह पूजा का समय आ गया है। भैयाजी महान् आत्मा हैं। मैंने सुना है, आज से लगभग सत्तर वर्ष पूर्व सोने का चम्मच मुंह में दबाए वे एक संपन्न परिवार में अवतरित हुए थे। तब से लेकर आज तक, वे सोने का चम्मच मुंह में दबाए भलीभांति जी रहे हैं। यों चमचा सोने का हो अथवा किसी भी धातु-अधातु का, चम्मचों से उन्हें बड़ा प्रेम है। भैयाजी का यही कहना है कि उनकी भीषण सफलता का राज 'कर्मप्रधान विश्व रचि राखा' की उक्ति में निहित है।

इन दिनों भैयाजी को तांत्रिकों, साधुओं और ज्योतिषी किस्म के व्यक्तियों की तलाश रहती है। भैयाजी सफलता के लिए सभी प्रकार के तरीके इस्तेमाल करना पवित्र मानते हैं। उनका आदर्श है—सफलता ही सत्य है।

कल तक जो पुजारी बमुश्किल इस पुराने मंदिर के सहारे अपना पेट पाल रहा था, आज वह सहसा एक बड़ा महंत बन गया है। बड़े-बड़े टोपीधारी आज उसकी देहरी पर नाक रगड़ रहे हैं। वह शांत-गंभीर मुद्रा में अपनी उंगलियों पर मन ही मन कुछ गिन रहा है। मटमैले कागज पर उसने कुछ खाने बनाए और उन खानों में अंक लिखकर कुछ हिसाब लगाते हुए वह बोल पड़ा—"बच्चा! यूं तो तुझ पर शनि की छाया है, परंतु तू उचित प्रयास करे तो ग्रह-शांति संभव है।"

भैयाजी 'मोहिं अबकी बेर उबारो' वाली मुद्रा में गि ड़गिड़ाने लगे—"महाराज, मेरी रक्षा कीजिए, आप जो कहें...जितना पैसा कहें...और...आप तो बस, इस दीन को आज्ञा करें। परंतु बस, एक बार मुझे इस जनता-जनार्दन के दिलों में

किसी तरह स्थापित-भर कर दीजिए।"

"ठीक है, ठीक है, बच्चा! तू मेरी आज्ञा शिरोधार्य कर, तेरी इच्छा अवश्य पूर्ण होगी।" महंत जी ने भैयाजी को शुभाशीर्वाद दिया। भैयाजी गद्‌गद्‌ हुए।

महाराज की आज्ञा से मंदिर में एक स्वर्ण-कलश चढ़ाया गया। एक महायज्ञ का भी आयोजन किया गया, जिसमें कई टन खाद्य सामग्री का सदुपयोग हुआ। बदले में भैयाजी की झोली में एक आश्वासन आया कि बच्चा, तेरी मनोकामना अवश्य पूर्ण होगी। मजे की बात यह है कि जनता को आश्वासनों की घूंटी पिलाने वाले लोग, स्वयं इस बीमारी से अछूते नहीं रहते।

इस प्रकार भैयाजी अपनी समझ में भगवान को खुश करके चुनावी अभियान का प्रथम चरण पूर्ण कर चुके थे। अब दूसरे महत्त्वपूर्ण चरण के अंतर्गत उन्हें शहर के बहुचर्चित असामाजिक तत्त्वों की जरूरत थी। यह काम भी मुश्किल न था। भैयाजी स्वयं शहर के सभी शराबखानों, जुआघरों और चकलाखानों से भलीभांति परिचित थे। उन्होंने दानवीर कर्ण की भांति सबकी यथायोग्य सेवा की और इस तरह उनके चुनावी कार्यकर्ताओं की मंडली भी तैयार हो गई। अब भैयाजी को जुलूस और सभाओं में भौंकने के लिए चाहिए थी एक भीड़। चुनाव-प्रचार के लिए इस प्रकार की भीड़ विश्वविद्यालयों के अलावा भला कहां मिल सकती है! विद्यालय-महाविद्यालय कभी अतीत में शिक्षा के केंद्र रहे होंगे, अब तो राजनीति के सक्रिय अखाड़े हैं।

भैयाजी ने अपने क्षेत्र के विश्वविद्यालय के लिए बहुत महत्त्वपूर्ण कार्य किए हैं। प्रिंसिपल और प्राध्यापकों के बेमतलब ट्रांसफरों से लेकर अपने कई सेवकों को डिग्रियां दिलाने तक, उनके कई ऐसे उल्लेखनीय कार्य हैं, जिनकी सराहना की जानी चाहिए। पिछले दिनों यूनिवर्सिटी प्रेसीडेंट के चुनाव में भैयाजी का विराट स्वरूप देखने को मिला। युवकों का एक दल विशेष भैयाजी का समर्थक है। इस दल को भैयाजी का तन-मन-धन वाला संपूर्ण सहयोग प्राप्त है। भाई, हो भी क्यों न! भैयाजी इधर प्रेसीडेंट का चुनाव करवाते हैं, उधर छात्रों का वह दल भैयाजी का चुनाव प्रचार ही नहीं, उनके इशारे पर दंगा-फसाद, लूटपाट और मारपीट भी करता रहता है। हिसाब दोनों ओर से बराबर। हां, तो पिछले वर्ष प्रेसीडेंट के चुनाव में भैयाजी ने अपने दल को कमजोर देखते हुए, विरोधी दल के कुछ महत्त्वपूर्ण लोगों को रातोरात शहर से उठवाकर गांव के अपने फार्म

हाउस में दो दिन तक बंद रखा था। भैयाजी के लिए यह कोई खास बात नहीं है। यह तो चुनाव-समर का एक दांव मात्र है।

हां, तो भैयाजी का 'वह' छात्रों वाला दल उनकी सेवा के लिए तत्पर है। छात्रों को उचित निर्देश दे दिए गए हैं। बिल्ले, झंडे और भाषणों का वितरण कर दिया गया है। जीपों, कारों और साइकिलों का भी इंतजाम कर लिया गया है। शहर में भैयाजी का अपना पेट्रोल पंप है, लिहाजा पेट्रोल और डीजल का उनके प्रचारकों ने वैसा ही उपयोग किया, जैसा कि अरब निवासी करते हैं।

तमाम प्रबंध करने के बावजूद भैयाजी बहुत चिंतित हैं। उन्हें रह-रहकर अपने मिनिस्ट्री के दिन याद आ रहे हैं। मिनिस्ट्री के परम पद पर रहकर उन्होंने बहुत गुल खिलाए थे। उनके मन में चोर है, अगर मैं हार गया तो? अपनी पिछली पंचवर्षीय योजना में उन्होंने इस छोटे-से नगर में एक शानदार बंगला, एक एयरकंडीशंड टॉकीज, एक भव्य होटल और एक पेट्रोल पंप स्थापित कर लिया था। यह सब उनकी आंखों में नाच रहा है। उनके सुपुत्र के, जो नगर के दस नंबरियों में श्रेष्ठ हैं, बलात्कार, लूटपाट और मारपीट के कई कारनामों की एक बहुरंगी फिल्म, भैयाजी को पसीना-पसीना किए दे रही है। ये तमाम कारनामे भैयाजी के प्रभाव में दब गए थे।

भैयाजी के लिए मंच सुसज्जित कर दिया गया। वे विनम्र हैं। वे सुशील हैं। शालीनता और करुणा उनके चेहरे से प्रतिक्षण टपक रही है। भैयाजी ने माइक संभाला। थोड़ा-सा खांसा और फिर शुरू हो गए—"मेरी प्यारी जनता! यूं तो मेरी उम्र अब कुछ करने की नहीं रही, परंतु अपनी प्यारी जनता का दुःख-दर्द देखकर मेरा हृदय द्रवित हुआ जा रहा है। अब तक मैंने आपकी अपार सेवा की। जीवन के संध्याकाल में आपकी सेवा करते हुए शहीद हो सका, तो खुद को धन्य समझूंगा। जनता की सेवा तो प्रभु की सेवा है। संतों ने कहा है, जन-समूह में ही ईश्वर का वास होता है। इसलिए हे मेरी जनता, हे मेरे प्रभु, अनजाने में मुझसे कुछ भूलें हुई हों तो उन्हें अपने हृदय-सागर से निकाल फेंकें तथा एक बार पुनः मुझे सेवा का अवसर प्रदान करें।" अंत में भैयाजी ने अपनी बहुपरिचित नमस्कार की मुद्रा बनाते हुए अंतिम उद्गार प्रकट किए—"मेरी जनता-जनार्दन, मेरे प्रभु, मोरे अवगुन चित न धरो, समदर्शी है नाम तुम्हारो अपने पनहि करो...।"

भैयाजी की जय! भैयाजी जिंदाबाद! भैयाजी अमर रहें! निःसंदेह भैयाजी के भाषण का असर गहरा होता है। कुल मिलाकर उनमें बस यही एक प्रतिभा है, जिसका वे सही-सही उपयोग जानते हैं।

आज की रात भैयाजी के लिए बहुत महत्त्वपूर्ण है। सुबह से ही मतदान प्रारंभ हो जाएगा। अब तक लाउडस्पीकरों की चिल्लाहट बंद हो गई है। भैयाजी के कार्यकर्ता जीप में देशी शराब की बोतलें भरकर मजदूरों की बस्ती का राउंड लगा चुके हैं। रात में ही उन्हें अपने क्षेत्र के सभी गांवों का चक्कर लगाना है। भैयाजी ने कोई कसर नहीं छोड़ी है। उन्हें तो हर कीमत पर चुनाव जीतना है। उनके द्वारा जी भरकर दारू पिलाई जा रही है, कपड़े और रुपए भी बांटे जा रहे हैं। मजदूर, खेतिहर और सामान्य जन के लिए तो आज की रात मस्ती की रात है। उन्होंने अब तक कई चुनाव देखे हैं। चुनाव के पूर्व और चुनाव के पश्चात् उनकी हालत में तो कोई परिवर्तन नहीं आता। जब कहीं कुछ नहीं होता तो वे क्यों मुफ्त की शराब छोड़कर आज की रात का सुख-चैन गंवाएं। उन्हें मालूम है, 'कोउ नृप होय हमें का हानी।' सुबह-सुबह जीप आएगी। उसमें शान से लदकर वे मतदान करने जाएंगे। उनके लिए तो मतदान अति साधारण बात है। परंतु उनकी यह अति साधारण बात किसी के जीवन का महत्त्वपूर्ण फैसला है।

तो भैयाजी जीत गए। भैयाजी जिंदाबाद! भैयाजी जिंदाबाद...एक भव्य जुलूस निकाला गया। भैयाजी फूलमालाओं से लदे-फदे हैं। फिर उसी तरह के मंच पर भैयाजी ने पदार्पण किया, जिस तरह के मंच पर वे चुनाव प्रचार के समय, करुण रस विभोर होकर बोले थे। अबकी बार फूलमालाओं और रंग-बिरंगी झंडियों का टीमटाम कुछ ज्यादा ही है। भैयाजी अशांत हैं और एक जोरदार भाषण देने के लिए बेचैन भी हैं। उनका मुखमंडल जीत के गर्व से देदीप्यमान हो रहा है। वे अपनी सदासुहागन शैली में शुरू हो जाते हैं—"मेरी प्यारी जनता! मैं जानता था कि सिर्फ मुझे ही इस चुनाव में जीतना है और मैं जीता। यह सब मेरी मेहनत, लगन और आत्मविश्वास का ही प्रतिफल है। आप सबका योगदान भी सराहनीय रहा। मेरे पास अब समय कम है और काम ज्यादा है। प्यारी जनता के लिए मेरा यही संदेश है कि मेहनत, लगन और ईमानदारी से हमारे हाथ मजबूत करे। इसी से देश में खुशहाली आ सकती है। हमारा देश महान् है। हमारी भारतीय संस्कृति विश्व में सबसे पुरानी है। हम निरंतर

प्रगति कर रहे हैं और यूं ही प्रगति करते हुए अगली सदी में प्रवेश कर जाएंगे। हमें कोई रोक नहीं सकता। अब आपकी मेहनत और हमारी योजनाएं देश को खुशहाल कर देंगी। जयहिंद।"

वास्तव में भैयाजी ने कई योजनाएं बनाईं। सर्वप्रथम उन्होंने अपने पूज्य पिताजी, जो एक कुशल कृषक थे, के नाम पर अपने क्षेत्र में एक विज्ञान महाविद्यालय की स्थापना करवाई। महाविद्यालय में अत्यंत कुशल, प्रतिभाशाली और मेहनती प्राध्यापकों को नियुक्त किया गया। भैयाजी की बुआ का लड़का संस्कृत में एम.ए. है और इस महाविद्यालय में भौतिकशास्त्र का प्राध्यापक है। अब सोचो, कितनी मेहनत करनी पड़ती होगी बेचारे को पढ़ाने में। विश्वविद्यालय के कोर्स में भैयाजी के सुपुत्र की लिखी हुई किताबें जाती हैं, जिसके नाम मात्र से गलियों और चौराहों में आतंक छा जाता है। किताबों में उसके महान् व्यक्तित्व और कृतित्व से नई पीढ़ी प्रेरणा ले रही है। भैयाजी ने कई महानगरों में अपने बंगले बनवाए, जमीनें खरीदीं और नगर में अपने छोटे सुपुत्र के नाम पर एक नए मल्टी स्टोर का निर्माण-कार्य भी पूर्ण करवा लिया है। हत्या, बलात्कार और लूटपाट की घटनाएं धड़ल्ले से हो रही हैं, महंगाई, गरीबी और बेरोजगारी सर्वत्र व्याप्त है। भ्रष्टाचारियों का सम्मान हो रहा है। मेहनत करने वाले मेहनत कर रहे और योजनाएं बनाने वाले योजनाएं बना रहे हैं। ठीक पांच साल बाद भैयाजी फिर नजर आएंगे और फिर उसी करुणा मिश्रित वाणी में कहेंगे—"जनता की सेवा तो प्रभु की सेवा है, इसलिए हे प्रभु, मोरे अवगुन चित न धरो..."

गिरगिट

पहले वे समस्याविहीन थे। सुखी प्राणी थे। सुबह उठते, मुंह-हाथ धोकर चाय बनाते, खुद पीते, पत्नी और बच्चों को पिलाते; फिर ड्यूटी पर—अर्थात् साहब के घर पर हाजिर हो जाते। वहां मेम साहब से वे पूछते—"मैडम, घर का कोई कामकाज हो तो बताएं?"

मैडम उन्हें थैला और एक लिस्ट पकड़ाते हुए कहतीं—"बाजार से ये-ये सामान ला दीजिए।"

वे खुशी-खुशी जाते और बाजार से सब सामान लाकर, मैडम को सौंपकर उनसे इजाजत लेकर घर आ जाते। फिर नहा-धोकर तैयार होते और आधा घंटे तक भगवान को खुश करते—अर्थात् पूजा-पाठ करते। तत्पश्चात् घड़ी देखते हुए जल्दी-जल्दी खाना खाकर ऑफिस की ओर चल देते।

ऑफिस में वे ऑफिस का कार्य छोड़कर सिर्फ साहब का कार्य करते। साहब को कहीं दौरे पर जाना है, रिजर्वेशन वे करा रहे हैं। साहब को कोई चीज चाहिए तो सेवा के लिए वे तुरंत हाजिर हैं। उनके कोई क्लेम साहब की टेबल पर कभी नहीं रुके। वे साहब का खयाल करते और साहब भी उनका खयाल रख लिया करते। उन्हें कुछ यों लगता—'हम बने तुम बने, एक-दूजे के लिए'। इस प्रकार उनका जीवन सुखपूर्वक बीत रहा था।

वे सुखी तो संसार सुखी। उनसे कहो—"महंगाई बहुत बढ़ गई है और कर्मचारियों के लिए महंगाई भत्ते की किस्त अभी तक स्वीकृत नहीं हुई।" वे कोई रुचि न लेते।

कोई उनसे कहता—"साहब कर्मचारियों से ओवर टाइम लेते हैं, परंतु उसका भुगतान करने में विलंब करते हैं।" वे दूसरी ओर मुंह फेर लेते।

ऑफिस में चर्चा चलती–"कर्मचारियों के यात्रा भत्ता बिल और मेडिकल बिल आदि निकालने में साहब आनाकानी करते हैं। वे बिना किसी कारण के लोगों के बिलों पर लाल स्याही से आपत्तिजनक टिप्पणियां लिखते रहते हैं। साहब का यह रवैया ठीक नहीं है। इसके लिए उनका घेराव होना चाहिए। उनसे जवाब-तलब किया जाना चाहिए।"

वे चुपचाप वहां से उठकर बाहर लॉन में टहलने लगते।

कर्मचारी संघ की किसी भी मीटिंग में वे कभी नहीं आए। उनकी दृष्टि में संघ में रहना, छोटी-छोटी मांगों के लिए लड़ना और महंगाई भत्ते की किस्त, समय पर इंक्रीमेंट एवं पदोन्नति आदि न मिलने पर रैली निकालना, धरना देना–ये सब बातें ठीक नहीं हैं। इससे साहब नाराज हो जाते हैं। भई, नौकरी करनी है तो साहब को कभी नाराज मत करो। नौकरी का अर्थ ही है कि नव के रहो–अर्थात् साहब के सामने हमेशा कमर से झुके रहो। यही नौकरी का मूल मंत्र है। साहब यदि डांटें तो मुस्कुराते रहो। वे यदि गाली-गलौज भी कर दें तो खीसें निपोरो। साहब से वेतन-वृद्धि, प्रमोशन और ओवर टाइम की बातें करना अनुशासनहीनता है। वे जो खुशी-खुशी कर दें तो ठीक, न करें सो ठीक। 'जेहि विधि राखें राम, तेहि विधि रहिए।'

कुछ दिनों पश्चात् ऑफिस में एक जांच दल आया। कई अनियमितताएं और भारी गोल-माल की शिकायत ऊपर तक हुई थी। जांच दल ने सभी पुराने रिकॉर्ड देखे और उनकी विस्तृत जांच-पड़ताल की। जांच प्रक्रिया के दौरान सबसे पूछताछ की गई। लोगों ने एक-दूसरे के ऊपर गलतियों की जिम्मेदारी सौंपी। साहब ने अपने आप को कर्मठ और ईमानदार सिद्ध किया। अनियमितताओं की सारी जवाबदेही उन्होंने अपने मातहतों पर थोप दी। मातहतों ने आपस में एक-दूसरे पर कीचड़ उछाला। जांच दल ने अपनी रिपोर्ट ऊपर भेज दी। कुछ दिनों पश्चात् तीन लोगों पर कार्रवाई होगी, इस आशय का एक पत्र ऑफिस में आया। साहब से विशेष टिप्पणी चाही गई। साहब ने आनन-फानन में उन्हें ही दोषी बताते हुए अपने आप को भलीभांति बचाया। अंततः वे तीन लोग सस्पेंड हो गए, जिनमें एक 'वे' साहबभक्त भी थे।

अब उनके तेवर देखते बनते थे। सुबह से शाम तक वे साहब को बुरा ही बुरा कहते। मेम साहब और बच्चों को भी कोसने में वे पीछे नहीं रहे। साहब

के लिए जिस प्रकार की शब्दावली का प्रयोग वे करते, उसे सुनकर लगता कि संसार में यदि कोई उनका जानी दुश्मन है तो एकमात्र उनके साहब। जिनके लिए कभी वे 'हम बने तुम बने, एक-दूजे के लिए' का भाव रखते थे, उन्हीं साहब के पुरखों तक को गरियाने में वे न चूकते।

कभी वे समस्याविहीन व्यक्ति कहे जाते थे। अब उनके इर्द-गिर्द समस्याएं ही समस्याएं हैं। सहसा उन्हें लगा कि सचमुच महंगाई बहुत बढ़ गई है। बच्चों की फीस, उनकी किताबें और कपड़े आदि के खर्चे पहले उन्हें कभी याद न रहते थे। आजकल वे उन्हीं की चर्चा करते हैं। उन्हें शिकायत है, पब्लिक स्कूल में पढ़ाई की फीस बहुत ज्यादा है। ढेर सारी किताबें बच्चों को क्यों पढ़ाई जाती हैं? हमारे जमाने में तो एक या दो किताबों से ही काम चल जाता था। स्कूल की ड्रेस बहुत महंगी है। सिटी बस में आजकल किराए बहुत बढ़ गए हैं।

धीरे-धीरे उनका चिंतन और विकसित हुआ। अब उन्हें दूसरों का दुःख भी दिखाई देने लगा। वे प्रायः कहने लगे—"देश की आम जनता बहुत पिस रही है। उसकी आवाज कोई नहीं सुनता। सारा माल ऊपर हजम हो जाता है। जरूरतमंदों तक कोई राहत नहीं पहुंचती। प्रशासन में बहुत भ्रष्टाचार है। बड़ी मछलियां छोटी मछलियों को बड़ी आसानी से खाए जा रही हैं। कोई सुनने वाला नहीं है। पूरे देश में जंगलराज चल रहा है। इस अराजकता के खिलाफ सबको मिल-जुलकर संघर्ष करना चाहिए।"

जब उनकी मांगें भलीभांति पूरी हो रही थीं तब देश में कोई समस्या न थी, महंगाई न थी, भुखमरी न थी, अराजकता न थी। सब शांतिपूर्वक चल रहा था। उन दिनों उनसे कोई अधिकार, न्याय और संघर्ष की बात करता तो वे मुंह बिचका लेते थे। अब वे क्रांतिकारी हो गए हैं। इन दिनों वे कर्मचारी भाइयों के बीच ही बैठे रहते हैं। कभी साहब के बंगले, साहब के चेंबर और अपनी सीट के अलावा वे कहीं और नहीं बैठे। आजकल उन्हें सभी कर्मचारियों के दुःख-सुख की चिंता रहती है। चपरासी के कंधे पर हाथ रखकर वे उसकी बीमार बिटिया का हालचाल पूछते हैं। डिस्पैच बाबू से वे उसके पढ़े-लिखे किंतु बेरोजगार लड़के के हालचाल पूछते हैं—"कहां-कहां एप्लाई किया? आगे क्या करने का इरादा है? नौकरी न मिले तो उसे कोई काम-धंधा ही करा दो।"

अब उन्हें आधी तनख्वाह मिलती है। वे बड़े ऑफिस में संलग्न हैं।

विभागीय रूप से और विस्तृत जांच-पड़ताल चल रही है। यदि वे इस जांच में भी दोषी पाए गए तो पूरी तरह सेवामुक्त कर दिए जाएंगे। आजकल वे साहब के बंगले पर बिलकुल नहीं जाते। साहब कभी सामने पड़ जाएं तो मुंह फेर लेते हैं। हां, इन दिनों वे कर्मचारी संघ के नेताओं के साथ घूमते हुए देखे जाते हैं। कभी वेतन-वृद्धि, प्रमोशन और ओवर टाइम के लिए चिंतित लोगों को देखकर उन्हें हंसी आती थी। आजकल वे इन बातों को समय से पूरा न होने के लिए एकमात्र साहब को दोषी मानते हैं। उनका कहना है–"अफसर अफसर होता है। वह कभी किसी का सगा नहीं होता। उसके सामने निवेदन की भाषा नहीं, अधिकार की भाषा बोलनी चाहिए। यदि वह न माने तो उसके लिए रैली, प्रदर्शन और घेराव करना चाहिए।"

फिर एक दिन सुना कि वे विभागीय जांच में पूरी तरह दोषी सिद्ध नहीं हुए। उन्हें मात्र एक चेतावनी पत्र देकर पुनः सेवा में ले लिया गया। वे एक नए ऑफिस में पदस्थ हुए। वहां उन्होंने नए अफसर से नए सिरे से परिचय बढ़ाया और जल्द ही अफसर के बहुत घनिष्ठ हो गए। अब फिर साहब के बंगले, साहब के चेंबर और अपनी सीट तक उनकी दुनिया सिमट गई। उनके अनुसार देश में अब कहीं कोई समस्या नहीं है। आजकल वे विभागीय कर्मचारियों के बीच यह कहते हुए पाए जाते हैं–"मुसीबत में मेरा किसी ने साथ नहीं दिया। सब स्वार्थी हैं। सब अपना-अपना देखते हैं। सामूहिक संघर्ष और अधिकार की बातें सिर्फ किताबी हैं। मैं अकेला सारी परेशानियां झेलता रहा। कोई विभागीय कर्मचारी या कर्मचारी संघ का नेता मेरा हालचाल पूछने तक नहीं आया। वो तो मेरी हिम्मत, लगन और मेहनत का ही परिणाम है कि मैं पुनः अपने पद पर आसीन हुआ।"

सहसा उनमें आए इस परिवर्तन को देखकर लोग हतप्रभ हैं।

मैं उन्हें देखता हूं तो मुझे गिरगिट की याद हो आती है।

राजधानी में चार दिन

उस दिन सुबह ठीक सात बजे ट्रेन राजधानी पहुंच गई। हमें किसी सस्ते होटल को तलाशना था। बहुमंजिली इमारतों वाले होटल जगह-जगह मुंह चिढ़ाते हुए नजर आ रहे थे। पूछते-पूछते, थके-हारे आखिर एक साधारण-से होटल के कॉमन हॉल में हमने अपना डेरा पटक ही दिया। नहा-धोकर तैयार होने के बाद हम शिक्षामंत्री से मिलने चल पड़े।

हमने शिक्षामंत्री महोदय के बंगले को देखा तो मन तरह-तरह की शंकाओं से भर गया। वहां बहुत सारे लोग जमघट लगाए खड़े थे। पहला प्रश्न तो दिमाग में यही कौंधा कि मंत्रीजी देखते ही पहचान लेंगे या नहीं? मुख्य द्वार के सामने वाले बरामदे में खासी भीड़ जमा थी।

सामने के ग्रुप में मेरे पिताजी अपनी उम्र के लोगों से बतियाने लगे। किसी की कुंवारी बेटी, जो शिक्षिका है, का ट्रांसफर दूर किसी गांव में हो गया था। इसलिए उसके पिता हाथ में एप्लीकेशन लिए खड़े थे। किसी कस्बे के प्राइवेट स्कूल में सरकारी ग्रांट न पहुंच पाने के कारण वहां के शिक्षकों को पिछले सालभर से वेतन नहीं मिल रहा था। वहां खड़े सभी लोगों के हाथों में कोई न कोई दरख्वास्त जरूर थी। दूर-दूर से आकर राजधानी में इकट्ठा हुए लोग अपने-अपने दुःखड़े लिए मंत्रीजी के बंगले के सामने बेचैन-से खड़े थे।

सहसा फटाक् से मुख्य द्वार के भारी-भरकम दरवाजे खुले और झकाझक श्वेत खादी के वस्त्रों से सुसज्जित मंत्रीजी प्रकट हुए। मंत्रीजी के आते ही संपूर्ण वातावरण में विद्युत् की-सी लहर कौंध गई। उपस्थित जनसमूह अभी ठीक से मंत्रीजी को देख भी न पाया था कि अधेड़ उम्र के मंत्रीजी किसी युवा खिलाड़ी की तरह कुर्सी से अपनी कार की ओर लपके। कुछ लोग कार के

दरवाजे की ओर झुके तो मंत्रीजी लगभग चीखते हुए बोले, "मेरे पास समय बिलकुल नहीं है। आप लोग अपनी एप्लीकेशन भीतर बाबू को दे दें।"

"सर, एक मिनट तो..." "सर, मेरी बिटिया का ट्रांसफर..." "मंत्रीजी, हमें सालभर से वेतन नहीं मिला।" "मंत्रीजी, हमारे गांव के स्कूल में एक भी शिक्षक नहीं है। बड़ी मुश्किल है।" "मंत्रीजी, पिछले साल आपने हमारे गांव में स्कूल के लिए अनुदान की घोषणा की थी। अभी तक अप्राप्त है।" मंत्रीजी की कार कसैला धुआं उड़ाती हुई राजधानी की सुंदर-सजीली सड़कों पर दौड़ने लगी।

मंत्रीजी के इस क्षणिक दर्शन के पश्चात् हमारे पास अब क्या करें, यह सोचने के अलावा कोई काम न था। समस्या विकट थी कि राजधानी में हम अपना पहला भरा-पूरा दिन कहां और कैसे बिताएं। मैं जिस अखबार में पिछले कई वर्षों से कलम घिस रहा हूं उसके राजधानी प्रतिनिधि से मिला जाए, ऐसा विचार आते ही थोड़ा प्रसन्न हुआ। अखबार के राजधानी प्रतिनिधि मुकेशजी, यों हमें भलीभांति जानते थे, मुझे देखकर क्षणिक मुस्कराए। बैठने को उन्होंने कहा, फिर टेबल पर सिर औंधाए कुछ लिखते रहने का अभिनय करते रहे। राजधानी का पत्रकार विशेष होता है। मैं कुछ खांसूं-खखारूं, इसके पहले ही मुकेशजी ने अनुमान लगा लिया कि बच्चू राजधानी आया है। जरूर कोई काम होगा। अभी मेरे से गिड़गिड़ाएगा।

मुझसे देर तक वह गाढ़ा-गंभीर वातावरण बरदाश्त न हुआ तो एकाएक मैं बहुत जोर से खांसा।

"कहो, राजधानी कैसे आना हुआ?" वे सचेत हुए।

मैंने बिना किसी भूमिका के कहा, "पिताजी को नौकरी से रिटायर हुए चार साल हो गए, अभी तक उनका पेंशन प्रकरण नहीं सुलझ पाया। कुछ मदद कर सकते हो?" उनकी माथे की नसें सिमटीं। कुछ सोचने का अभिनय किया, फिर राजधानी की नेताई शैली में बोले, "ठीक है, मैं मंत्रीजी से बात करके देखता हूं।"

अब रात घिर आई थी। निराश मन से हम लोग होटल आ गए। पिताजी के चेहरे पर चिंता की रेखाएं साफ झलक रही थीं। बिस्तर पर लेटते हुए वे बोले, "राजधानी आए हैं तो मुख्यमंत्री से भी मिल लिया जाए।"

मैंने सहमति की मुद्रा जताते हुए अपना सिर हिलाया।

राजधानी में दूसरे दिन की सुबह एक नई समस्या लेकर आई। पुलिस वाले ने कंधा पकड़कर जोर से झटका देकर जगाया, तब नींद खुली। पूरे हॉल में एक हंगामे का-सा दृश्य देखकर मैं घबरा गया। रात में बगल वाले बिस्तर पर सोए किसी आदमी के पांच हजार रुपए चोरी हो गए थे। होटल के किसी नौकर ने रात देर तक मुझे ही किताब में आंखें गड़ाए देखा था, सो यही बात उसने पुलिस वाले से कह दी। अब मेरी हालत तो पानी-पानी हुई जा रही थी। पुलिस वाला मेरे सामान को बेरहमी से उलट-पलट रहा था और भीड़ में कई जोड़ा आंखें मुझे छेदे जा रही थीं। भला हो होटल मैनेजर का, जिसने ऐन वक्त पर स्थिति संभाल ली। नहीं तो पुलिस वाले भगवान जाने मेरी क्या दुर्गति करते।

दिन की शुरुआत इतने शानदार ढंग से हुई। मैंने मुख्यमंत्री महोदय के सचिव को फोन लगाकर मुलाकात के लिए समय मांगा। फोन पर मैंने पूरा परिचय सचिव को बताया और यह भी कहा कि मुख्यमंत्रीजी मुझे व्यक्तिगत रूप से भलीभांति जानते हैं। सचिव पर मेरे वाक्-चातुर्य का कोई असर न हुआ। आखिर वह भी मुख्यमंत्री का सचिव ठहरा। उसे तो रोज ऐसे जाने कितने लोगों से निबटना होता है। उसने बहुत ही सपाट ढंग से मुझे निबटाया—"मुख्यमंत्रीजी बहुत व्यस्त हैं। फिलहाल तो उनसे मिलने के लिए समय नहीं मिल सकता।"

मुख्यमंत्रीजी से आज मुलाकात नहीं हो पाएगी, यह जानकर पिताजी का मन उदास हो गया। समस्या यह थी कि अब दिनभर क्या किया जाए। चाय पीकर हम लोगों ने अलग-अलग अखबार उठाए और उन्हें इस तरह पढ़ा कि कहीं कोई लघु विज्ञापन तक नहीं छूटा। पिताजी ने एक सरकारी विज्ञापन की ओर मेरा ध्यान खींचा। शीर्षक था—'प्रदेश के संवेदनशील मुख्यमंत्री जनता के बीच'। नीचे विवरण में लिखा था कि आगामी बुधवार से मुख्यमंत्री महोदय अपने निवास पर सप्ताह में एक दिन अपनी जनता से आमने-सामने मिला करेंगे। आगामी बुधवार तो कल ही था। इसलिए यह विज्ञापन कल और राजधानी में रुकने का कारण बन गया। समस्या थी कि आज का यह पहाड़-सा दिन कैसे काटा जाए। धीरे-धीरे उस हॉल में ठहरे हुए लोगों से हमने परिचय बढ़ाया। कोई ट्रांसफर के लिए आया था तो कोई अपनी तनख्वाह न पाने की शिकायत लेकर।

ट्रांसफर की चर्चा सुनकर बगल में लेटे हुए एक युवक ने भी अपने दुःख की दास्तां सुनाई—"भैया, ये ट्रांसफर पर प्रतिबंध तो एक बहाना है। प्रभावशाली

लोगों के ट्रांसफर तो वे जहां चाहते हैं वहीं हो जाते हैं। उनके लिए कोई नीति नहीं है।" ये सब चर्चाएं सुनते हुए पिताजी के चेहरे पर तनाव की रेखाएं उभर रही थीं और मेरे भीतर का आत्मविश्वास खंडित होता जा रहा था।

दोपहर का भोजन करके पिताजी तो आराम करने के लिए लेट गए, लेकिन मैं होटल के बाहर मुख्य सड़क पर टहलने के लिए निकल गया। अभी दो-चार कदम ही चला था कि एक टैक्सी ठीक मेरी बगल में आकर रुकी। टैक्सी में अपने शहर के एक आयकर अधिकारी चौबेजी दिखे। शायद उन्होंने मुझे दूर से देख लिया था। हाथ हिलाकर बोले, "कहिए, लेखकजी, यहां राजधानी में क्या कर रहे हैं? किसी साहित्यिक जलसे में आए हैं क्या?"

"नहीं, किसी जलसे में नहीं आया। यों ही एक व्यक्तिगत काम से आया था। लेकिन आप यहां क्या कर रहे हैं?"

"अपना तो कोई-न-कोई काम राजधानी में लगा ही रहता है। बस यों समझो कि एक पैर अपना राजधानी में और दूसरा वहां शहर में रहता है। अच्छा, आओ मेरे साथ चलो। मैं यहां पास में ही रुका हूं।"

मैं उनके साथ टैक्सी में लदकर ब्लू डायमंड होटल में आरक्षित उनके कमरे में पहुंचा। वह कमरा क्या था, एक आलीशान सुसज्जित हॉल था। उसमें दो पलंग, दो सोफे और एक बड़ी-सी ड्रेसिंग टेबल सजी हुई थी। पांच-छह कुर्सियां भी पड़ी थीं, जिससे सहज अनुमान होता था कि कुछ देर पहले यहां बहुत सारे लोग बैठे रहे होंगे। "अपने कई मित्र इस होटल में ठहरे हुए हैं। हर शाम ड्रिंक का प्रोग्राम यहीं जमता है। आज आप भी रुकिए। रात का खाना हमारे साथ खाकर जाइए।" चौबेजी ने आग्रहपूर्वक कहा।

मैंने घड़ी की ओर देखा। शाम के पांच बज रहे थे। अभी मैं सोच भी न पाया था, क्या उत्तर दूं कि दरवाजे पर दस्तक हुई। चौबेजी ने उठकर दरवाजा खोला। उनकी मित्र मंडली पधार चुकी थी। चौबेजी ने सबसे मेरा परिचय कराया। कुछ देर बैठे-ठाले हम सब इधर-उधर की गपशप करते रहे। फिर जैसे-जैसे रात गहराने लगी, उस कमरे में और भी तरह-तरह के लोग जमा होने लगे। अनेक विभागों के बड़े अफसर, कुछ बिचौलिए किस्म के नेता और कुछ ठेकेदार थे। सब अपने-अपने हाथों में गिलास थामे हुए बहुत उन्मुक्त होकर बतिया रहे थे। चौबेजी ने जब सबसे मेरा परिचय कराया तो शुरू में ही कह दिया था कि हमारे नए मित्र ड्रिंक नहीं लेते।

"भई, मैंने तो अपनी पसंद की जगह पर अपना ट्रांसफर करा लिया है। आज तो ऑर्डर भी साथ ही लेता आया हूं।" गिलास से घूंट गटकते हुए सिंचाई विभाग के एक अफसर बोले।

विकासखंड अधिकारी अब पीछे कैसे रहते। उन्होंने जाम भरते हुए बताया—"हमने भी अपने क्षेत्र को सूखाग्रस्त घोषित करा लिया है। राहत कार्य स्वीकृत कराने में एड़ी-चोटी का पसीना एक करना पड़ा।"

चौबेजी ने काजू चबाते हुए सामने वाले से पूछा, "सरदारजी, आपके उस पुल वाले टेंडर का क्या हुआ?"

सरदारजी मुस्कराते हुए बोले, "अपना काम भी हो गया, चौबेजी। टेंडर तो पिछले हफ्ते खुल गया था। आज वर्क ऑर्डर भी मिल गया है।"

मैं पेटभर भोजन कर चुका था। होटल में पिताजी प्रतीक्षा कर रहे होंगे। मैंने चौबेजी से विदा मांगी। होटल में पिताजी बेसब्री से प्रतीक्षा कर रहे थे। मुझे देखते ही बोले, "कहां चले गए थे?"

"कुछ मित्र मिल गए थे, इसलिए आने में देर हो गई। खाना तो मैं खाकर आया हूं। आप निश्चिंत होकर सोइए।"

अगले दिन सुबह छह बजे तक हम दोनों पूरी तरह तैयार हो चुके थे। आज राजधानी में हमारा तीसरा दिन था। ठीक साढ़े छह बजे हम लोग मुख्यमंत्री निवास के सामने थे। लोहे के ऊंचे गेट के सामने लंबी कतार लगी थी। हम भी उस कतार में शामिल हो गए। गेट पर मेटल डिटेक्टर से हमारी भलीभांति तलाशी हुई। जब यह तय हो गया कि हम कोई आतंकवादी नहीं हैं, इसी देश के मूल निवासी हैं तब हमें गेट के भीतर प्रवेश मिला। कुछ दूर पैदल चलकर हम एक बड़े हॉल में दाखिल हुए। वहां लगभग दो सौ से ज्यादा प्रार्थी एक बड़ा-सा घेरा बनाए खड़े थे। हम भी उस घेरे में सम्मिलित हो गए। सामने मुख्य द्वार पर जैसे ही मुख्यमंत्री महोदय अपने धवल वस्त्रों में प्रकट हुए कि दूरदर्शन का कैमरा सक्रिय हो गया। लोगों ने अपने-अपने हाथ के आवेदन-पत्र उन्हें थमाने शुरू कर दिए।

मुख्यमंत्री महोदय ने मुझे भी भीड़ में देखा। शायद पहचान भी गए होंगे। जब वे मुख्यमंत्री न थे तो कई बार उनसे मुलाकातें हुई थीं। उन्होंने मुझसे भी आवेदन-पत्र लिया, परंतु कुछ बोले नहीं। मैं कुछ बोल पाता, उसके पूर्व ही वे बगल में खड़े कई लोगों से आवेदन-पत्र लेते हुए आगे बढ़ गए। भीड़ में लोगों

की आपबीती सुनने की मुद्रा में मुख्यमंत्रीजी के कई फोटो उतरे। ये फोटो अखबार में छपेंगे। नीचे शीर्षक होगा–'हमारे संवेदनशील मुख्यमंत्री'। दूरदर्शन पर भी इसी रूप में हमें हमारे मुख्यमंत्री दिखाई देंगे। आधे घंटे में मुख्यमंत्री महोदय दो सौ लोगों की मुश्किलें आनन-फानन में निबटाकर न जाने कहां अंतर्धान हो गए।

मुख्यमंत्री महोदय से मिलने के बाद हम अभी गेट के बाहर निकल ही रहे थे कि मुख्यमंत्री के छोटे भाई, जो एक बड़े पत्र के संपादक और प्रदेश के नामवर पत्रकार व लेखक हैं, वहीं दिख गए। मेरे पुराने परिचित हैं। सैकड़ों बार मेरी उनसे मुलाकात हुई है। मैंने सोचा, शायद इनसे कुछ मदद मिल सके। इसलिए लगे हाथ हमने उन्हें भी अपनी व्यथा-कथा सुना डाली। पिताजी ने उत्साहपूर्वक अपने प्रकरण से संबंधित कागजों का एक पुलिंदा उन्हें थमा दिया। वे धीरे से बोले, "ठीक है, देखेंगे।" इतना कहकर वे अपने साथियों के साथ बतियाने लगे।

मेरे पिताजी आजादी के पहले वाली आबोहवा के हैं, इसलिए सीधे-साफ नाटक में भी उन्हें जाने कहां से आशा की किरणें दिखाई दे जाती हैं। वहां किसी ने उनसे कह दिया कि मुख्यमंत्री महोदय सारे आवेदन-पत्र अपने साथ सचिवालय ले गए हैं। वहां वे उन पर विचार कर अपनी टिप्पणी के साथ अग्रिम कार्रवाई के लिए आज ही संबंधित विभाग को भेज देंगे। पिताजी उत्साहित हो सचिवालय जाने की मंशा बना बैठे। मैंने घड़ी की ओर देखा, सुबह के दस बजे थे।

हमने होटल आकर दोपहर का भोजन किया। फिर मेरे मन में विचार आया कि मुख्यमंत्री के छोटे भाई, जो आज सुबह मिले थे, से एक बार और बात की जाए।

वे जिस पत्र के संपादक थे, राजधानी में स्थित उनके प्रमुख कार्यालय में हम पहुंचे। मैंने उन्हें अपनी व्यथा बताई–"पिताजी गांव में शिक्षक थे। नौकरी से रिटायर हुए उन्हें पूरे चार साल हो गए। अभी तक उन्हें विभाग से न तो भविष्य लेखा निधि (जी.पी.एफ.) का कोई पैसा मिला है और न ही उनकी पेंशन निर्धारित हो पाई है।"

उनके चेहरे पर जब कोई भाव न आए तो मैंने उन्हें और स्पष्ट करके समझाया। वे भावुक बनते हुए बोले, "आप इतनी दूर से आए हैं तो कुछ न कुछ तो करेंगे।"

"तो मैं आपसे कब मिलूं?" मैंने पूछा।

"मुझसे मिलने की अब जरूरत नहीं है। वैसे तो आपने जो आवेदन-पत्र मुख्यमंत्री निवास पर सुबह उन्हें दिया था, उस पर आज ही मुख्यमंत्री की कार्रवाई हो गई होगी और संबंधित विभाग को वह भेजा जा चुका होगा। यह अतिरिक्त आवेदन-पत्र मैं भी दे दूंगा। कल आप सचिवालय में जाकर पता कर लीजिएगा। आपने यह छोटा-सा काम कहा है तो हो जाएगा। मैं देख लूंगा।"

अगले दिन ठीक दस बजे हम लोग भोजन आदि से निबटकर सचिवालय के सामने पास बनवाने के लिए लगी हुई लंबी लाइन में शामिल हो गए। कोई डेढ़ घंटे पश्चात् प्रवेश पत्र हमारे हाथ लगे। पहले माले पर एक चपरासी से हमने पूछा, "शिक्षा विभाग का ऑफिस कहां है?" उत्तर मिला—"तीसरे माले पर।" हम तीसरे माले पर पहुंचे। वहां सामने ही हमें शिक्षा सचिव का कार्यालय दिखा। उस कार्यालय में सभी बाबू इतने व्यस्त दिख रहे थे मानो आज ही इस कार्यालय से कोई नई शिक्षा नीति पूरे प्रदेश में लागू होने वाली है।

हमने एक बाबू को नमस्ते की। कुछ देर तक तो उसने हमें देखा ही नहीं। टेबल पर बिखरी फाइलों में ही वह देर तक आंखें गड़ाए रहा। हमने खांसकर फिर नमस्ते की। वह गुर्राया—"हुंह, क्या है?"

मैंने कहा, "भाई साहब, नाराज न हों। एक आवेदन-पत्र कल सुबह मुख्यमंत्री महोदय के हाथ में सौंपा था। वहां से आपके कार्यालय में कार्रवाई के लिए आया हो तो कृपा करके बताएं।"

उसने नाक पर रखे हुए चश्मे को उतारकर सामने रखी फाइल पर पटका। फिर मुझे घूरते हुए ऊंचे स्वर में बोला, "यहां रोज सैकड़ों आवेदन-पत्र आते हैं। इतना बड़ा ऑफिस किसलिए है? कृपा करके हमारा समय बरबाद न करें। हमें अपना काम करने दीजिए।"

टका-सा जवाब सुनकर हम सहमे-से बाहर आ गए। अब यहां किससे क्या कहें, मुख्यमंत्रीजी कम-से-कम मुझे पहचानते तो थे। यहां सचिवालय में तो मुझे कोई जानता तक नहीं। किससे पूछें, इसी उधेड़बुन में हम सामने के बरामदे में टहल रहे थे। थोड़ी देर बाद वही चपरासी, जिससे हमने शिक्षा विभाग की जानकारी ली थी, आता दिखा। हमने समस्या उसे बताई।

वह मुस्कराया। फिर बोला, "लगता है, आप यहां पहली मर्तबा आए हो। भैया, ये भवन तो कागजों का समुद्र है। इसमें कोई कागज डूब गया तो समझो,

डूब गया। फिर वह नहीं मिलने वाला। हां, यदि आप कसम खाकर ही आए हैं कि कागज निकलवाकर ही दम लेंगे तो यहां यत्र-तत्र किराए के गोताखोर मिलते हैं। वे ही इस समुद्र में डुबकी लगाकर आपका कागज निकाल सकते हैं।"

सचिवालय के उस अनुभवी चपरासी के वचन सुनकर हम निराश नहीं हुए। हमने पुनः शिक्षा सचिव के कार्यालय में घुसपैठ की। शाम पांच बजे तक हम सचिवालय में भटकते रहे; परंतु उस महासागर में हमें अपनी फाइल ढूंढ़ने में सफलता नहीं मिली।

राजधानी में आज हमारी पांचवीं सुबह थी। आज हमारे मनोमस्तिष्क में एकमात्र चिंता थी कि किसी प्रकार पहली ट्रेन से वापसी के लिए रिजर्वेशन मिल जाए। राजधानी से कहीं भी वापस जाने के लिए कई साधन हैं। कई बसें हैं। सुबह, दोपहर और शाम तक कई ट्रेनें हैं। परंतु यहां आने वाला हर आदमी वापसी के लिए पहले रिजर्वेशन नहीं लेता; क्योंकि वह कब लौटेगा, यह अनिश्चित रहता है। पता नहीं यहां की मृगतृष्णा उसे कितने दिन रोक ले।

नाश्ता करने के पश्चात् हमने अपने होटल का बिल चुकाया। सामान टैक्सी में लादकर हम रेलवे स्टेशन आ गए। पिताजी ने बुकिंग ऑफिस से रिजर्वेशन के लिए पूछताछ की। मालूम हुआ कि ट्रेन में बहुत भीड़ है। रिजर्वेशन नहीं मिल सकता। थोड़ी देर प्लेटफॉर्म पर टहलने के पश्चात् पिताजी ने एक अखबार खरीदा। सहसा मुझे सामने से चौबेजी आते दिखे। शायद उनके लौटने का कार्यक्रम अचानक बन गया था। मैंने उनसे नमस्ते की और बताया कि आज बहुत भीड़ है। रिजर्वेशन नहीं मिल रहा। वे मुस्कराए। उन्होंने एक कुली को पास बुलाया। कुछ रुपए और अपना टिकट थमाते हुए वे बोले, "इस गाड़ी में मुझे आज ही रिजर्वेशन चाहिए।"

"हो जाएगा, साहब।" कहकर कुली चला गया।

ट्रेन आते ही कुली ने उनके रिजर्वेशन की पर्ची और टिकट लाकर उन्हें थमा दिया। वे मेरे कान में फुसफुसाए—"राजधानी की यही परंपरा है।"

मैं कुछ नहीं बोल पाया। चौबेजी अपनी बोगी में चढ़ गए। मैंने देखा, पिताजी जनरल बोगी के पास खड़े अखबार पढ़ रहे हैं, जिसमें छपा है—'लोकसभा में जनप्रतिनिधियों की पेंशन का विधेयक मंजूर'। अखबार में आगे यह भी लिखा है कि इस विधेयक के अनुसार, अब सांसदों को एक वर्ष सेवाकाल के बाद जीवनपर्यंत पेंशन मिलती रहेगी।

●●

डॉ. साहब की कथा

सुमनजी के यहां एक कवि गोष्ठी में डॉ. साहब से मुलाकात हुई थी। गोष्ठी की अध्यक्षता कस्बे में नए-नए आए तहसीलदार साहब कर रहे थे। जिले में जिलाध्यक्ष महोदय और कस्बे में तहसीलदार साहब का रुतबा बराबर होता है। गांव में सरकारी जमीन को अपने खेत में मिलाना हो और कस्बे में घर के पीछे की सरकारी जमीन दबानी हो तो तहसीलदार से आपके मधुर संबंध जरूरी हैं।

गोष्ठी में क्षणिकाएं, ग़ज़लें और गीत पढ़े जा रहे थे। संचालक महोदय ने जब डॉ. साहब को आमंत्रित किया तो लगा कि ये हिंदी के विद्वान् होंगे। कहीं कॉलेज में प्राध्यापक होंगे या विश्वविद्यालय में अपनी सेवाएं दे रहे होंगे। डॉ. साहब ने लोक शैली में अपने कुछ प्रेमगीत गाकर सुनाए। गोष्ठी में एक कवि से सिर्फ एक रचना पढ़ने के लिए संचालक महोदय का अनुरोध था; परंतु डॉ. साहब ने बिना किसी की परवाह किए तीन गीत गाए। अंतिम रचना उन्होंने विशेष रूप से अध्यक्ष महोदय अर्थात् तहसीलदार साहब की सेवा में अर्पित की।

डॉ. साहब से परिचय के बाद मुलाकातों का सिलसिला बना रहा। मालूम हुआ, पास के ही गांव में डॉ. साहब की बहुत सारी जमीन है। वे अपने चारों पुत्रों के साथ यहीं कस्बे में अपने बड़े से भवन में रहते हैं। खेती-किसानी का काम उन्हें नहीं भाता, इसलिए सारी जमीन उन्होंने बटाई पर दे रखी है। अकसर गांव जाते रहते हैं और हिस्से की फसल ले आते हैं। यों उन्हें कोई किसान कहे तो वे प्रसन्न होते हैं। जमीन से जुड़े हुए कलाकार, किसानों और मजदूरों के हमदर्द तथा भारतीय संस्कृति के पुरोधा–ये विशेषण सुनना उन्हें अच्छा लगता है। प्रायः हर गोष्ठी, सम्मेलन और किसी भी सभा में, जहां वे आवश्यक रूप से उपस्थित रहते हैं, संचालक को यह हिदायत देना नहीं भूलते कि जब उन्हें

मंच पर बुलाया जाए तो ये विशेषण जरूर जोड़े जाएं। कभी कोई संचालक सीधे नाम लेकर मंच पर उन्हें आमंत्रित कर दे तो वे नाराज हो जाते हैं। अपने भाषण में सर्वप्रथम वे संचालक की गलती सुधारते हैं, फिर विषय पर आते हैं।

मेरी तरह बहुत लोगों को यह भ्रम था–और कुछ को अभी भी है कि उन्होंने हिंदी साहित्य में स्नातकोत्तर उपाधि प्राप्त की होगी, फिर किसी विश्वविद्यालय से साहित्य में शोध किया होगा–इस प्रकार वे 'डॉ.' हुए होंगे। इस 'डॉ.' शब्द के कारण ही उनका कस्बे में अच्छा रौब-दाब है। प्रायः स्कूलों में सरस्वती-पूजन और निराला जयंती के दिन वे अध्यक्ष पद पर सुशोभित पाए जाते हैं। शिक्षा, संस्कृति और साहित्य का कोई भी कार्यक्रम हो, 'डॉ.' साहब की उपस्थिति जरूरी रहती है। लोग समझते हैं, डॉ. साहब परम विद्वान् हैं, पुराने जमाने के पढ़े-लिखे हैं। गोष्ठियों में कोई कितनी ही अच्छी रचना पढ़ ले, परंतु डॉ. साहब की समीक्षा या टिप्पणी अपनी तरह की होती है। उन्हें हर श्रेष्ठ कृति में ढेर सारी खामियां दिखाई देती हैं।

डॉ. साहब के अनुसार, जो भी अच्छा होना था वह सब अतीत में हो चुका है। भविष्य में क्या धरा है! कुल मिलाकर उनके अनुसार भविष्य अंधकारमय है। एक-दो संस्कृत के श्लोक और कुछ अंग्रेजी लेखकों के नाम उनके भाषण के अनिवार्य तत्त्व हैं। आलोचना के पुरातन और घिसे-पिटे हथियारों को वे भांजते रहते हैं। आलोचना और प्रशंसा के लिए उनका मानदंड अत्यंत व्यावहारिक है। बड़ा अफसर, नामी नेता, प्रकाशन जगत् में जिसके ज्यादा से ज्यादा संबंध हों, ऐसा लेखक–इन लोगों की रचनाएं, जो भले ही कूड़ा हों, उनकी नजर में श्रेष्ठ हैं। कोई नया और संघर्षरत लेखक कितनी ही बढ़िया रचना पढ़ दे, वह साधारण। लेखक को अभी और कलम मांजने की जरूरत है। "नए और युवा लेखक आजकल पढ़ते तो बिलकुल नहीं हैं और कागज ज्यादा से ज्यादा काले करते रहते हैं।" नए लेखकों के लिए इस प्रकार की टिप्पणियां डॉ. साहब के मुंह से सदा झरती रहती हैं।

फिर कुछ दिनों बाद एक मित्र ने बताया–"डॉ. साहब की 'डॉक्टरेट' साहित्य में नहीं है। उन्होंने कहीं से 'इलेक्ट्रो-होम्योपैथी' में डॉक्टरेट का सर्टिफिकेट प्राप्त किया है।"

मैंने आश्चर्यपूर्वक उस मित्र से पूछा, "परंतु डॉ. साहब की बैठक में दवाइयों

की शीशियां तो कहीं दिखाई नहीं देतीं। वहां तो अलमारी में चारों ओर किताबें सजी हुई रखी हैं।"

मित्र ने मेरी जिज्ञासा शांत की–"डॉ. साहब ने डॉक्टरेट का सर्टिफिकेट कोई दवा बेचने और मरीजों का इलाज करने के लिए नहीं लिया।"

"तो काहे के लिए लिया है?" मैंने फिर पूछा।

"उन्होंने यह सर्टिफिकेट साहित्य जगत् में अपनी साख जमाने के लिए लिया है। वे यदि यहां-वहां कोशिश करके ये सर्टिफिकेट अपने लिए न भिड़ाते तो आज उन्हें कोई डॉ. साहब कहता! फिर उन्हें साहित्य जगत् में कौन पूछता? साहित्य में अपनी जगह बनाने के लिए साधना करनी पड़ती है। साधना, श्रम और सृजन का रास्ता उन्होंने आप लोगों के लिए छोड़ दिया है। वे तो 'डॉक्टरेट' लेकर साहित्य में स्थापित हो गए।" मित्र ने मुझे विस्तार से बताया।

डॉ. साहब से मेरी मुलाकातें होती रहती हैं। मैं उनके डॉक्टरी सर्टिफिकेट का जिक्र करके उन्हें उत्तेजित नहीं करता। वे मधुमेह और उच्च रक्तचाप के मरीज हैं। खाते-पीते संपन्न आदमी हैं। साहित्य को सीढ़ी बनाकर उन्होंने अब तक बहुत प्रगति कर ली है। शुभकामनाएं!

उनके एक निकटस्थ मित्र ने एक दिन बताया–"साहित्य उनके लिए परिचय बढ़ाने का एक सरल उपाय है। इस क्षेत्र में बने रहने से सब प्रकार के लोगों से प्रायः मेल-मुलाकात होती रहती है। परिचय का दायरा बढ़ता है। नेताओं, अफसरों और प्रभावशाली लोगों को खुश करने के अवसर मिलते हैं। इसलिए डॉ. साहब साहित्य में भीतर तक धंसे हुए हैं।"

उस दिन चौक में डॉ. साहब मिल गए। चेहरा उतरा हुआ था। दुःखी लग रहे थे। मैंने पूछा, "डॉ. साहब, तबीयत तो ठीक है?"

वे आह भरकर बोले, "क्या बताएं दुबेजी, अत्यंत परेशान हूं। ये नया-नया तहसीलदार छोकरा जाने अपने आपको क्या समझता है! पहले मैं सोचता था, सज्जन आदमी होगा। उस दिन पुत्तनजी को बोलकर मैंने ही उसे गोष्ठी में अध्यक्ष पद के लिए आमंत्रित किया था। मैंने उसे इज्जत दिलाई, मान-सम्मान दिलाया, कवियों-लेखकों से उसे माला पहनवाई, नए कवियों को समझा-बुझाकर उसके सम्मान में स्वागत गीत गवाया। अब उसको देखो, मुझे नोटिस भेजा है उसने। लिखा है कि आपने अपने घर के सामने शासन की एक एकड़ जमीन

पर अवैध कब्जा कर रखा है। उसे तत्काल खाली करिए।"

मैंने कहा, "सचमुच यह तो बहुत बुरा हुआ। प्रशासन से साहित्य हार गया।"

वे फिर शुरू हो गए—"अब उस तहसीलदार को कौन समझाए कि हम तो पर्यावरण-सुधार कर रहे हैं। खाली मैदान पड़ा था। लोगबाग वहां कचरा फेंकते थे। कूरे का ढेर था उस मैदान पर। मैंने सफाई कराकर वहां साग-सब्जी लगा दी। फूल के पौधे लगा दिए उस घूरे पर। जानवर घुसकर पेड़-पौधों को नुकसान न पहुंचाएं, इसलिए अपने पैसों से वहां पक्का घेरा बनवा दिया। अब इसमें भला कौन-सा अपराध हो गया! अपुन तो साहित्य सेवक, संस्कृतिकर्मी और राष्ट्रभक्त लोग हैं। हम तो पर्यावरण का सुधार कर रहे हैं। हमारे काम की तारीफ करना तो दूर रहा, ऊपर से हमको उसने नोटिस भिजवाया है कि उस मैदान को तत्काल खाली करिए।"

मैं उनके दुःख से अभी पूरी तरह दुःखी भी न हो पाया था कि वे फिर शुरू हो गए—"कलेक्टर से बत्ती दिलवानी पड़ेगी इसको, तब सुधरेगा ये।"

मैंने पूछा, "डॉ. साहब, फिर अगली गोष्ठी कब है?"

वे बोले, "बस कलेक्टर साहब से डेट ले लूं और नए कवियों को कुछ नई रचनाएं लिखने के लिए बोल देता हूं।"

इतना कहकर डॉ. साहब साहित्यिक आयोजन पर विचार-विमर्श करने के लिए पुत्तनजी के यहां जाने लगे।

उनसे नमस्ते करके मैं घर की ओर लौट रहा था कि सहसा मुझे ये पंक्तियां याद हो आईं—

बाजीगरों के शहर में हम-तुम बसे हैं दोस्त,
हर पल मदारियों का तमाशा मिला यहां।
अपनी तमाम उम्र तहें खोलते कटी,
जो भी हमें मिला है वो दोहरा मिला यहां।।

बुद्धिजीवी की कथा

वे एक स्थापित बुद्धिजीवी हैं। उनकी कविता और कहानियों की कई पोथियां प्रकाशित हो चुकी हैं। साहित्य जगत् में वे 'दद्दा' के नाम से विख्यात हैं। लोग उन्हें 'कॉमरेड' कहते हैं। वे खुद को प्रतिबद्ध रचनाकार मानते हैं। वे गरीबों के मसीहा, मजलूमों के हमदर्द, महिला मुक्ति मोर्चा के नेता, दलितों के उद्धारक, कई साहित्यिक-सांस्कृतिक संस्थाओं के अध्यक्ष और चंद प्रमुख नेताओं के आदर्श लेखक हैं।

आज महिला मुक्ति मोर्चा की ओर से उनका अभिनंदन है। वे मंच पर फूलमालाओं से लदे-फंदे आसीन हैं। संस्था की अध्यक्ष श्रीमती रजनी झुनझुनवाला ने कहा, "कवियों के कवि, लेखकों के लेखक और चिंतकों में महान् चिंतक आज हमारे बीच उपस्थित हैं। आपने जीवनभर नारियों की स्वतंत्रता के लिए समाज से संघर्ष किया। आपकी रचनाओं में आज की नारी के लिए दिशा और संदेश है। हमारा सौभाग्य है कि साहित्य जगत् में 'दद्दा' के नाम से मशहूर प्रसिद्ध लेखक, कवि और विचारक आज हमारे बीच मौजूद हैं। हमें उनका अभिनंदन करते हुए अत्यंत हर्ष हो रहा है।"

शॉल, श्रीफल और अभिनंदन पत्र प्राप्त करने के पश्चात् दद्दा बोलने के लिए माइक पर आए—"देवियो! आप सब तो जानती ही हैं कि हमारे देश की संस्कृति में नारियों की महिमा अपरंपार है। वेदों, पुराणों और उपनिषदों में नारी की महत्ता के किस्से भरे पड़े हैं। नारी को हमारे देश में आदि शक्ति कहा गया है। जो देश और समाज नारी जाति का सम्मान नहीं करता वह कभी उन्नति नहीं कर सकता। स्त्री और पुरुष जीवन-रथ के दो पहिए हैं। एक पहिया ठीक हो और दूसरा कमजोर एवं जर्जर हो तो यह रथ ज्यादा दूर तक नहीं जा सकता। इसलिए हमें नारी की महत्ता को जानकर, समझकर उसे सर्वोच्च सम्मान देना चाहिए।"

वे जब महिला मुक्ति मोर्चा के मंच से ये उद्गार प्रकट कर रहे थे तब

उन्हें यह ज्ञात नहीं था कि उनकी पत्नी चार बच्चों के साथ गांव में किस प्रकार जीवन बसर कर रही है। उन्होंने विवाह के पश्चात् अपनी पत्नी से चार बच्चे पैदा किए, फिर उसे मुक्त कर दिया। आज बीस साल हो गए उन्हें गांव छोड़े हुए। उन्होंने कभी यह जानने की चेष्टा नहीं की कि पत्नी और उनके चार बच्चों का उदर-पोषण कैसे होता है। बच्चे कभी बीमार भी पड़ते होंगे। उनका स्कूल में दाखिला हुआ कि नहीं? वे क्या पढ़ते हैं, क्या पहनते हैं और कैसे रहते हैं? ये ज्वलंत प्रश्न उन्हें कभी नहीं झकझोरते।

वे 'यायावर' कहलाते हैं। यह नाम उनका बहुत प्रसिद्ध है। एक झोला कंधे पर डाले वे कहीं भी चल देते हैं। लोग कहते हैं कि साहित्य के लिए उन्होंने लंबी-लंबी यात्राएं कीं। जी हां, ऐसी ही एक लंबी यात्रा पर वर्षों पहले जब वे घर छोड़कर निकले तो पूरी तरह घर से निकल आए। कभी घर जाना ही पड़ा तो मेहमान की तरह गए। अपने ही घर में अतिथि की तरह रहे। खाया-पिया, पहना-ओढ़ा और बिना यह जाने कि यह सब कहां से आया, यह सब इंतजाम कौन कर रहा है, वे फिर लंबी यात्राओं पर निकल गए।

बीस साल का लंबा जीवन 'दद्दा' की पत्नी ने अकेला काटा—चार बच्चों की देखभाल करते हुए। मुझे तो 'दद्दा' के काम से ज्यादा महत्त्व का काम उनकी पत्नी का लगता है। भले ही दद्दा को उनकी साहित्य सेवाओं के लिए कई राज्यों के बड़े-बड़े पुरस्कार मिले, परंतु मुझे उनका कद उनकी पत्नी से बहुत छोटा लगता है।

दद्दा ने कई अखबारों में नौकरी की। उन्होंने साहित्य की कई पोथियां लिखीं। रॉयल्टी, पुरस्कार, अलंकरण, सम्मान और पैसा दद्दा को भरपूर मिला। परंतु इस सबका उन्होंने क्या किया? दद्दा को कुछ पता नहीं। लोग उनकी इस प्रवृत्ति को संत स्वभाव कहकर उन्हें चढ़ाते रहते हैं। दद्दा दारू की बोतल मंगाना नहीं भूलते। संत जो ठहरे। पत्नी, बच्चे, भाई और उनके मां-बाप उनकी कमाई का एक पैसा नहीं जानते। अब संतों से क्या अपेक्षा! पत्नी सुबह से शाम तक घरेलू काम में खटती रहती है। बड़े भाई दमे के मरीज हैं, फिर भी खेत में पसीना बहाते हैं। पिता-मां, बड़े भाई और पत्नी ने 'दद्दा' के सब बच्चों को पढ़ाया-लिखाया और शादी-ब्याह भी कर दिया। 'दद्दा' अपनी ही बिटिया की शादी में ऐन मंडप के दिन पहुंचे। विदा होते तक मुश्किल से रुके और एक अच्छे मेहमान की तरह तुरंत न जाने कहां गायब हो गए। यायावर जो ठहरे।

स्त्रियों पर हो रहे अत्याचारों पर 'दद्दा' ने चार उपन्यास, पचास कहानियां और सौ से ज्यादा कविताएं लिखीं। उपन्यासों पर टी.वी. सीरियल बने।

कहानियां विभिन्न पत्र-पत्रिकाओं में छपीं और चर्चित हुईं। 'दद्दा' जहां कहीं भी अध्यक्ष या मुख्य अतिथि के रूप में बुलाए जाते, भले ही वहां कोई भी प्रसंग हो, परंतु वे स्त्रियों पर अत्याचार वाली अपनी आठ-दस कविताएं सुनाना कभी न भूलते। उनकी कविताएं सुनकर पुरुष ताली बजाते और स्त्रियां पर्स से रूमाल निकाल सुबकते हुए आंसू पोंछने लगतीं।

'दद्दा' को पशु-पक्षियों से बड़ा प्रेम है। उन्होंने अपने कुत्ते, कबूतर, चूहे और मच्छरों तक पर बड़े ही रोचक और हृदयस्पर्शी निबंध लिखे। इन रचनाओं को पढ़ते हुए लगा कि 'दद्दा' का हृदय कोई हाड़-मांस का पिंड नहीं, प्रेम और करुणा का अथाह सागर है। मजे की बात सिर्फ यही है कि दद्दा को अपने कुत्ते, कबूतर और मच्छरों से इतना प्रेम है परंतु उन्हें पता नहीं कि उनके बच्चे कहां, किस हाल में हैं। पिछले दिनों उनका छोटा बेटा टाइफाइड का शिकार हुआ। मां ने अपनी बाली बेची, उसका इलाज कराया। फिर भी वह बच न सका, चल बसा। मां कहती कि काश, उसे शहर ले जाकर बड़े अस्पताल में दिखाते तो वह जरूर बच जाता! मझली की शादी की जहां बात चल रही है, लड़के वाले स्कूटर मांगते हैं। मां ने तय कर लिया है कि चार एकड़ खेत में से दो एकड़ बेचकर वह मझली के हाथ पीले कर देगी। मां सोचती है, अपने पेट का क्या! बच्चों की जिंदगी संवर जाए। अपने पेट के लिए तो वह कहीं मजूरी करके भी गुजारा कर लेगी। 'दद्दा' को अपने घर में, परिवार में कभी प्रेम और करुणा के दर्शन नहीं हुए।

जिस दिन मझली के ब्याह के लिए खेत बिके उस दिन 'दद्दा' राजधानी में दहेज विरोधी समिति के सालाना जलसे में सभापति पद से बोल रहे थे। 'दद्दा' का भाषण दूरदर्शन पर प्रसारित हुआ। 'दद्दा' ने दहेज लोभियों को जी भरकर गालियां दीं और नारियों को निरंतर संघर्ष करते रहने का उपदेश दिया। शाम को समिति की ओर से 'अशोका' में भव्य डिनर हुआ। 'दद्दा' के भाषण की सर्वत्र तारीफ हुई। अखबारों ने मुखपृष्ठ पर समाचार को कवर किया। मझली के ब्याह में मां का आखिरी जेवर और पुरखों की दो एकड़ जमीन बिक गई, यह समाचार कहीं नहीं छपा।

एक दिन सुना, 'दद्दा' राज्यसभा के सदस्य हो गए। गांव में उनकी पत्नी और बच्चों तक को लोगों ने बधाई संदेश भेजे। पत्नी गांव की सीधी-सरल, बेपढ़ी-लिखी औरत, उसे समझ नहीं आया कि मुन्ना के बापू क्या हो गए। बधाई संदेश और गांव के लोगों की बड़ी-बड़ी बातें सुनकर उसे लगा कि कहीं कुछ अच्छा ही हुआ है। मुन्ना के बापू तो वैसे ही बड़े आदमी रहे, अब उससे

भी बड़े हो गए होंगे। उसने अपनी मैली-कुचैली धोती के छोर से मुड़ा-तुड़ा पांच का नोट निकाला और मंदिर में अपने सोहाग की उन्नति के लिए भोग चढ़ाकर पूरे मोहल्ले में प्रसाद बांटा। क्षणभर को भी उस स्त्री के मन में यह भाव नहीं उभरा कि उनकी उन्नति से मुझे क्या, वे तो यहां आने से रहे।

आज महिला मुक्ति मोर्चा ने 'दद्दा' का अभिनंदन किया। उनका भाषण बहुत जोरदार रहा। खूब तालियां पिटीं। उन्हें दलित, शोषित और समाज में अपने पतियों द्वारा उपेक्षित महिलाओं का नेता कहा गया। उन्होंने राज्यसभा में भी महिला आरक्षण विधेयक की जोरदार वकालत की है। उनकी पत्नी कहां, किस हाल में है, उनके बच्चे आजकल क्या कर रहे हैं, 'दद्दा' को इस संबंध में कुछ नहीं मालूम। वे इस समय कई राष्ट्रीय और अंतर्राष्ट्रीय समस्याओं को सुलझाने में लगे हैं। उनके अपने परिवार में क्या समस्याएं हैं, उन्हें नहीं पता। साहित्यिक, सांस्कृतिक और सामाजिक संस्थाओं में आएदिन वे सभापति बनाए जाते हैं। विभिन्न समस्याओं पर वे विस्तार से बोलते हैं। कई संस्थानों, सेमिनारों और सभाओं में उन्हें विचार-विमर्श के लिए बुलाया जाता है। परंतु अपनी पत्नी और बच्चों के साथ उन्होंने आज तक कोई विचार-विमर्श नहीं किया।

'दद्दा' राज्यसभा के सदस्य हैं, बड़े लेखक हैं, नामी पत्रकार हैं, लेखक संघ के अध्यक्ष हैं, संस्कृतिकर्मी हैं, बड़े समाजसेवी हैं। कुल मिलाकर वे अच्छे-खासे प्रभावशाली व्यक्ति हैं। जगह-जगह उनका अभिनंदन होता है, फूलमालाएं पहनाई जाती हैं, सम्मान मिलता है। समाचार-पत्रों में उनके उद्गार प्रमुखता से छपते हैं। टी.वी. पर प्रायः उनके दर्शन होते रहते हैं। उनकी पत्नी—जिसने अपना जीवन उनके परिवार को संवारने में स्वाहा कर दिया—उसने पलायन नहीं किया। अपने सीमित साधनों के साथ वह आज भी संघर्षरत है। महिला मुक्ति मोर्चा वालों को ऐसी प्रतिभा क्यों नहीं दिखाई देती? आज मैंने 'दद्दा' का भाषण बहुत ध्यान से सुना। महिलाओं की दुर्दशा का उन्होंने विस्तार से वर्णन किया। वेदों, पुराणों और उपनिषदों के उदाहरण देकर उन्होंने नारी शक्ति की महत्ता प्रतिपादित की। फिर आज के संदर्भों में नारी शक्ति की उपेक्षा और महिलाओं पर हो रहे अत्याचारों पर उन्होंने विधिवत् चार आंसू भी बहाए। इस प्रकार उनका भाषण अत्यंत प्रभावशाली रहा। मुझे ये पंक्तियां याद हो आईं—

बांझ है संवेदना जिनकी, नपुंसक हैं विचार,
वे ही कहते फिर रहे हैं, पैदा करेंगे शायरी।

एक वेताल कथा और

विक्रम फिर पेड़ के पास गया और वेताल को कंधे पर लादकर चल पड़ा। वेताल बोला, "सुनो विक्रम, इस बार मैं तुम्हें एक अजीब कहानी सुनाता हूं। तुमको इसका सही-सही न्याय करना है, वरना तुम्हारा सिर टुकड़े-टुकड़े होकर बिखर जाएगा।"

विक्रम ने चुपचाप सिर हिला दिया। वेताल कहानी कहने लगा—किसी कबीले में मुर्दों को जमीन में गाड़ने की परंपरा थी। वहां जब कोई मर जाता तो परिवार के लोग उसके मृत शरीर को बस्ती से दूर ले जाकर दफ़ना देते।

वहीं पीपल के पेड़ पर एक बूढ़ा गिद्ध और नीचे झाड़ियों के झुरमुट में एक चालाक सियार रहता था। गिद्ध और सियार में गहरी दोस्ती थी। कहते हैं, आवश्यकता आविष्कार की जननी है। इन दोनों की दोस्ती भी आवश्यकता के आधार पर टिकी हुई थी। गिद्ध दूर-दूर तक उड़ता फिरता और पता लगाता कि आज मुर्दा कहां दफ़नाया जा रहा है। वह आकर यह खबर सियार को बताता। सियार वहां जाकर मिट्टी हटाता और मुर्दे को गड्ढे से बाहर खींच निकालता। फिर गिद्ध और सियार दोनों मिलकर उसे खा जाते।

गिद्ध भरी दोपहरी में सियार को किसी ताजी कब्र की सूचना देता, परंतु सियार प्रायः कब्र खोदने के लिए कोई-न-कोई बहाना बनाकर देर करता, ताकि शाम हो जाए। दिन में कब्र खोदते हुए सियार थक जाता था और गिद्ध तो सिर्फ शव के निकलने का इंतजार करता रहता। शव के बाहर आते ही गिद्ध उसका बहुत-सा भाग चट कर जाता। सियार थका-हारा होने के कारण ठीक से नोच-खसोट न कर पाता था। इसलिए सियार कोशिश करता कि किसी भी प्रकार शाम हो जाए, अब अंधेरे में कब्र खोदकर मुर्दा निकाला जाए। शाम होते ही बूढ़े गिद्ध की आंखें जवाब देने लगतीं। अंधेरा गहराते तो उसे कुछ भी

दिखाई न देता। इस कमजोरी का लाभ उठाकर सियार रात्रि में उखाड़े गए मुर्दे का ज्यादा हिस्सा खुद हड़प कर जाता। इस प्रकार गिद्ध की पूरी कोशिश रहती कि भोजन का जुगाड़ किसी प्रकार दिन में ही हो जाए। उधर सियार भरसक कोशिश करता कि भोजन का बंटवारा रात के अंधेरे में हो। दोनों अपने-अपने स्वार्थ को अच्छे-अच्छे तर्कों से महिमामंडित किया करते।

एक दिन कबीले के बहुत सारे लोग एक हृष्ट-पुष्ट व्यक्ति की लाश पीपल के पेड़ के पास वाले मैदान में लाए। गिद्ध और सियार दोनों ने एक साथ देखा और मैदान में, जहां शव रखा था, तुरंत आ गए।

मुर्दे के साथ कबीले के जो लोग आए थे, वे धाड़ मार-मारकर रो रहे थे। सबसे पहले गिद्ध ने अपनी आंखों में आंसू भरते हुए कहा—"भाइयो, इस दुःख की घड़ी में आपको सांत्वना देना मेरा परम कर्तव्य है। मैं बहुत बूढ़ा हो गया हूं। मैंने दुनिया देखी है। मैं जीवन के सत्य को जानता हूं। मृत्यु जीवन का अनिवार्य पक्ष है। यह तो एक-न-एक दिन होना ही था। आखिर सबको एक दिन मरना है। परंतु जो मर गया, चला गया इस संसार से, उसके लिए अब अपना समय क्यों बर्बाद करना? छोड़ो इस मिट्टी को यहीं और जाओ, जो जीवित हैं, उनकी फिक्र करो। देखभाल करो उनकी। अब इस मिट्टी से क्या मोह करना। जो होना था वो हो गया। अब जल्द जाओ अपने-अपने घर को, यहां बैठकर व्यर्थ क्या करोगे? रात्रि होने के पूर्व ही अपने-अपने घरों को पहुंच जाओ। जो बीत गया, उसे भूलो। जो जीवित है, अब जाकर उसे संवारो।"

लोग गिद्ध की बातें सुनकर उठने लगे। उन्हें लगा, गिद्ध ठीक कहता है। जो होना था सो हो गया। अब जाकर हम अपना घर-बार देखें।

सियार चिंतित हुआ। उसने सोचा, गिद्ध की चालबाजी यहां काम आ गई। अभी तो दिन चढ़ा हुआ है, इतनी जल्दी ये लोग मुर्दे को दफ़नाकर चले जाएंगे तो गिद्ध मुझे कब्र खोदने में लगा देगा। मैं थक जाऊंगा और गिद्ध मजे से जी भरकर खाएगा। यह सोचकर सियार शव के रिश्तेदारों को समझाने लगा—"भाइयो, ऐसी भी क्या जल्दी है? आप सब तो परम स्वार्थी लगते हैं। अरे, जिसके साथ वर्षों हंसे, बोले और जिए, आज वह मर गया तो उसकी याद में एक क्षण बिताना आपको भारी लगने लगा! अरे, इतने स्वार्थी न बनो। एक दिन तुम्हें भी इसी तरह मरना है। मरने वाले की आत्मा अभी ठीक से शांत भी नहीं हो पाई और आप लोग हैं कि अपने-अपने घरों को लौट जाना चाहते

हैं। कम-से-कम आज तो यहीं बैठकर, उसे जी भरकर याद कर लीजिए। उसके आदर्शों को स्मरण करिए। याद करिए उन मधुर क्षणों को जो आपने अपने प्रिय के संग बिताए। मरने वाले की याद में आप सब यहीं एक शोक-सभा कर डालिए। एक-एक कर उसे श्रद्धांजलि अर्पित करिए। मरने वाला आपका अपना प्रिय था, कोई गैर नहीं। कम से कम शाम तक तो मरने वाले का शोक मनाइए। अंधेरा घिरते ही चले जाइएगा। चलिए, शुरू करिए श्रद्धांजलि का सिलसिला।"

सियार की बातें सुनकर लोग बैठने लगे। उन्हें लगा, सियार ठीक कह रहा है। कम से कम आज तो उन्हें अपने प्रिय को याद करना ही चाहिए।

सियार की हरकत से अब गिद्ध चिंतित हो गया। अंधेरा घिरते ही उसे दिखना बंद हो जाएगा, तब सियार अकेले ही भोजन का ज्यादा हिस्सा हड़प लेगा। गिद्ध ने लोगों को समझाने की फिर कोशिश की। उसने अपने प्रवचन में जीवन के महत्त्व को बताया। व्यर्थ के मोह की उसने निंदा की। लोग उसके वचन सुनकर फिर उठने को हुए तब तक सियार शुरू हो गया। सियार ने उनके स्नेह को धिक्कारा और उन्हें मतलबी कहकर उनकी निंदा करने लगा। उसने मृत आत्मा की शांति के लिए वहीं प्रभु से प्रार्थना करने की अपील की। उसकी बातों का असर होते देर न लगी। गिद्ध पीछे हटने वाला न था। उसने नए-नए तर्क दिए। सियार ने अब पहले से भी ज्यादा प्रभावशाली वचन कहे। इस प्रकार अपने-अपने स्वार्थ के लिए गिद्ध और सियार नई से नई भाषा और शैली का आविष्कार करने लगे। शव के स्नेहीजन दिग्भ्रमित हैं, वे किंकर्तव्यविमूढ़ हैं।

यह कथा सुनाकर वेताल ने विक्रमादित्य से पूछा—"सच-सच बताओ विक्रम, इस कथा का गूढ़ार्थ क्या है?"

विद्वान् और न्यायप्रिय राजा विक्रमादित्य ने उत्तर दिया—"यह कथा दुनिया के सबसे बड़े लोकतांत्रिक देश की व्यथा है, जहां विकासशील मुद्दों की लाश के सामने पक्ष एवं विपक्ष गंभीर तर्क-वितर्क में व्यस्त हैं और जनता दिग्भ्रमित है।"

अट्टहास करके वेताल हंसा और उड़कर पुनः उसी वृक्ष पर जाकर लटक गया।

कदंब का पेड़

शहर में वह इकलौता कदंब का पेड़ था। विधायकजी के घर के सामने। जमुना किनारे कदंब के पेड़ों का जिक्र बचपन से सुनते-पढ़ते आए हैं। डाबर और बैद्यनाथ के लंबे कैलेंडरों में कदंब के वृक्ष तले बांसुरी बजाते, तिरछी मुद्रा में खड़े, गाय से पीठ टिकाए भगवान कृष्ण की छवि मुझे याद है। कृष्ण की इस छवि की कल्पना करते हुए किसी भक्त कवि ने तो यहां तक लिखा है—"तुम टेढ़े श्याम, तुम्हारी टेढ़ी मुरलिया। मुकुट तेरो टेढ़ो, कुंडल तेरो टेढ़ो, टेढ़ो है तेरी जसुदा डोकरिया..." भक्तों ने उनकी इस टेढ़ी मुद्रा के कारण ही उन्हें त्रिभंगीनाथ कहा। नृत्यशास्त्र के जानकार कहते हैं कि कृष्ण अपने समय के कुशल नर्तक थे। इसलिए यह उनकी एक नृत्य मुद्रा है। मुझे तो इस तस्वीर में वह कदंब का पेड़ बहुत अच्छा लगता है, जिसके नीचे कृष्ण अपनी नृत्य मुद्रा में खड़े बांसुरी बजा रहे हैं। बड़ा-सा घना कदंब का पेड़। गोल-गोल गेंदों की तरह लटकते सुंदर फूल मन को भा जाते हैं। शहर के किनारे जमुना नदी नहीं है। हां, एक छोर पर बड़ा-सा गंदा नाला जरूर है। बड़े-बड़े ढेर हैं कूड़े-करकट के। बरमबाबा मंदिर के पीछे एक तालाब है, बहुत गंदा और उथला। बड़े-बूढ़े बताते हैं कि कभी इस तालाब में खूब सारे कमल के फूल खिलते थे और इसका पानी इतना स्वच्छ था कि दाल पकाने के लिए कई घरों में इसी तालाब से पानी ले जाया जाता था। अब तालाब का पानी हरा, गाढ़ा और चिपचिपा है। यह विकास हुआ है। नगर निगम ने मछली उत्पादन के लिए यह तालाब उस्मान मियां को ठेके पर दे दिया है। अब उनके आदमी बड़े-बड़े जाल लिए तालाब की मेंड़ पर घूमते दिखाई देते हैं। मेंड़ पर बरगद और पीपल के दो-तीन वृक्ष हैं। परंतु कदंब का कोई पेड़ नहीं है। विधायकजी के बंगले के सामने वाले इस कदंब के पेड़ को छोड़कर, दूर-दूर तक यहां कोई कदंब का पेड़ नहीं है।

घर से निकलकर, गली पार करते ही सबसे पहले यह कदंब का पेड़ दिखाई देता है। इसके नीचे खड़े होकर मैं अपने साथियों का इंतजार करता हूं। दो-तीन मिनट में ही हमारे मित्र आ जाते हैं। फिर हम लोग सिविल लाइन की ओर खुली सड़क पर सुबह की सैर के लिए निकल जाते हैं।

सुबह की सैर पर निकलने वाली हमारी मित्र मंडली में चार लोग हैं। एक हैं डॉक्टर चौबे। ये स्थानीय अस्पताल में पदस्थ हैं। मुरैना के रहने वाले हैं। पिछले बीस सालों से इस शहर में रहते हैं। घर बना लिया है, जिसके एक हिस्से में डिस्पेंसरी है। वहां सुबह-शाम डॉक्टर साहब मरीजों को देखते हैं। हमारे दूसरे मित्र श्रीवास्तव जी एक नामी वकील हैं। फौजदारी मामलों में आपकी बहुत प्रसिद्धि है। बहुत अच्छी प्रैक्टिस चलती है वकील साहब की। तीसरे शर्माजी कॉलेज में प्राध्यापक हैं। वे समाजशास्त्र पढ़ाते हैं और मैं हूं एक लेखक।

हम सब लोग सुबह ठीक साढ़े पांच बजे इसी कदंब के पेड़ के नीचे इकट्ठे हो जाते हैं। फिर एक साथ घूमने निकलते हैं। मेरा घर विधायकजी की कोठी के पीछे वाली गली में है। गली पार करके सबसे पहले मैं ही पेड़ के नीचे पहुंचता हूं। मित्रों का इंतजार करते हुए मैं कई बार इस पूरे पेड़ को ध्यान से देखता हूं। ऊंचा और घना पेड़। सभी दिशाओं में फैली हुई उसकी लंबी डालें, घने पत्ते और उनमें से झांकते हुए पीले-पीले गोल-मटोल सुंदर सुवासित कदंब के फूल। इस वृक्ष के नीचे कुछ देर खड़ा रहना मुझे अच्छा लगता है। जब तक मेरे मित्र नहीं आ जाते, मैं इसी वृक्ष के साथ रहता हूं मित्रवत्। कभी मित्रों के आने में विलंब हो जाता है, तब मुझे इस वृक्ष के सान्निध्य में रहते, मित्रों का इंतजार करते हुए कोई झल्लाहट या परेशानी महसूस नहीं होती। सुबह घूमते हुए प्रायः हम लोग राजनीति, घर-परिवार और अपने कार्यक्षेत्र की बातें किया करते हैं। डॉक्टर साहब तरह-तरह के मरीजों के विषय में बताया करते। वे कहते, “आजकल कुछ भी शुद्ध नहीं रह गया। पानी, हवा, खाने-पीने की चीजें और जीवनदायिनी दवाएं तक अशुद्ध हैं। सब ओर प्रदूषण फैल रहा है। इसीलिए बीमारियां बढ़ रही हैं। छोटे बच्चों तक में आजकल संक्रामक रोग देखने को मिलते हैं।”

वकील साहब अपनी बताते, “भैया, आजकल घर-घर में झगड़े-फसाद हैं, मारपीट, हत्याएं, बलात्कार, लूट और शोषण का बोलबाला है। किसी को संतोष नहीं है। छोटी-छोटी बातों को लेकर लोग बड़े-बड़े अपराध कर रहे हैं।”

प्रोफेसर साहब बात आगे बढ़ाते, “दरअसल हमारे समाज का ढांचा चरमरा

गया है। संयुक्त परिवार टूट गए, शिक्षा, संस्कार और चरित्र के कहीं दर्शन नहीं होते। दुबेजी, आपके क्या विचार हैं?"

मैं अपनी राय जाहिर करता, "अच्छा साहित्य ही समाज का प्राणतत्त्व है। लोग पढ़ेंगे नहीं तो संस्कार कहां से आएंगे? संवेदना कैसे जागेगी?"

इस प्रकार बातें करते हुए हम लौट रहे होते। फिर कदंब का पेड़ आ जाता और हम एक-दूसरे को नमस्कार करते हुए विदा होते।

एक दिन सुबह की सैर से लौटते हुए हम लोगों ने देखा कि कुछ मजदूर उस पेड़ पर चढ़कर एक ओर की शाखाएं बड़ी बेरहमी से काट रहे हैं। मुझे यह दृश्य देखकर बहुत दुःख हुआ। मैंने तुरंत मजदूरों से पूछा, "क्यों भाई, ये पेड़ की डालें तुम लोग क्यों काट रहे हो?"

बंगले की तरफ इशारा करते हुए एक मजदूर ने बताया, "कल शाम को बाबूजी आदमी भेज के बुलाए रहे। ओई हम लोगन को पेड़ एक तरफ से काटे को कहे हैं।"

मैंने अपने मित्रों से कहा, "विधायकजी यह गलत कर रहे हैं। यह पेड़ उनकी जमीन पर नहीं है। सड़क के किनारे है। सरकारी जमीन पर है। इस पेड़ से इस प्रकार छेड़छाड़ करना उनके अख्तियार में नहीं है।"

"दुबेजी, वे विधायक हैं। इस कस्बे के माई-बाप। उन्हें भला कोई क्या कानून समझाएगा! कानून बनाना और तोड़ना उनके बाएं हाथ का खेल है।" वकील साहब ने मत व्यक्त किया।

"पूरे शहर में एकमात्र यही कदंब का पेड़ है। इसे भी विधायकजी इस प्रकार कटवा रहे हैं। यह बात ठीक नहीं है।" मैंने अफसोस प्रकट किया।

"पेड़ विधायकजी के घर के सामने है। शायद यहां तक उनकी ही जमीन हो। अब वे अपने पेड़ को कटवा रहे हैं तो हमें उससे क्या?" प्रोफेसर साहब ने कहा।

"यदि यह पेड़ उनकी जमीन पर है, तब भी वे इस प्रकार इसे नहीं कटवा सकते। यह गलत है।" मैं रोष में था।

"दुबेजी, इस पेड़ के लिए आप अपनी सेहत क्यों खराब करते हैं? व्यर्थ की चिंता क्यों? एक पेड़ ही तो है। फिर विधायकजी का मामला है, इसमें आप टांग मत अड़ाओ।" डॉक्टर साहब ने समझाया।

विधायकजी का मामला है। एक पेड़ ही तो है। कानून तोड़ना उनके बाएं

हाथ का खेल है। विधायकजी की अपनी जमीन पर पेड़ है, उसे वे कटवाएं या कुछ भी करें, अपनी बला से। जैसे इस पेड़ का कटना कोई बड़ी बात नहीं है। पेड़ों की सुरक्षा के लिए न जाने कितने नियम-कानून बने हैं। क्या विधायकजी पर ये नियम लागू नहीं होते? आखिर वे इस पेड़ को क्यों कटवा रहे हैं? यही सब सोचते हुए मैं देर तक वहां खड़ा रहा। मेरे मित्र कब के अपने घर चले गए, अब तक कदंब के पेड़ की एक लंबी भुजा पूरी तरह काट दी गई थी। क्षण भर को मुझे, वह ठूंठ हो गया पेड़ एक हाथ कटे आदमी जैसा लगा, शरीर में सिहरन-सी पैदा हो गई। सड़क के बीचोबीच खड़े होकर मैंने पेड़ को एक बार फिर देखा। मेरे सामने शहर का इकलौता कदंब का पेड़ यों कट रहा है और मैं चुपचाप देख रहा हूं। मेरे भीतर अपराधबोध पनपने लगा।

मैं विधायकजी के बंगले में दाखिल हुआ। एक बाबूनुमा आदमी सामने की टेबल पर बहुत सारे कागजों और फाइलों में उलझा था। उसने मुझे देखते ही कहा, "बताइए, क्या काम है? कोई एप्लीकेशन लाए हैं तो यहां छोड़ जाइए। साहब के पास पहुंचा दूंगा।"

"मुझे उस तरह का कोई काम नहीं है, जैसा आप समझ रहे हैं। मैं तो यह पूछने आया था कि ये कदंब का पेड़ आप लोग क्यों कटवा रहे हैं?"

उस बाबू के कुछ समझ में नहीं आया। वह तो लोगों की एप्लीकेशन लेता। लोगों से उनके काम पूछता। अधिकांश लोग उसे चाय-नाश्ता कराते। कुछ लोग अपनी एप्लीकेशन ऊपर रख देते और साहब तक ठीक से सकुशल पहुंचा देने के लिए उसे पत्र-पुष्प भी प्रदान किया करते। उस चतुर-सुजान बाबू की यह समझ में नहीं आया कि इस विषय में वह मुझे क्या बताए, कुछ देर वह असमंजस में रहा। फिर संयत होकर बोला, "यह बात तो साहब ही बता सकते हैं।" और वह भीतर कमरे में चला गया।

थोड़ी देर में विधायकजी आए, उन्होंने आते ही पूछा, "कहिए, क्या काम है?"

"आपके घर के सामने यह इतना खूबसूरत कदंब का पेड़ है। उसे क्यों कटवा रहे हैं?" मैंने कहा।

"अच्छा-अच्छा, आप पर्यावरणवादी हैं? आइए, बैठिए।" उन्होंने कहा।

मैं अभी ठीक से बैठ भी न पाया था कि वे फिर शुरू हो गए, "हमें भी पर्यावरण की बहुत चिंता है। पेड़ लगातार कटते जा रहे हैं, धरती पेड़ों से सूनी हो

रही है। इसी कारण समय से बरसात नहीं होती। वायुमंडल में ऑक्सीजन कम होती जा रही है। यह सब ठीक नहीं है, हमें इस दिशा में कुछ करना चाहिए।"

"जब आप पर्यावरण के प्रति इतने जागरूक हैं, उसकी इतनी चिंता है आपको, तब यह पेड़ आप क्यों कटवा रहे हैं?" मैंने फिर पूछा।

उन्होंने नजर उठाकर सामने पेड़ की तरफ देखा। वहां मजदूर अब भी पेड़ की मोटी डालों पर तेजी से कुल्हाड़ी चला रहे थे। वे बोले, "हां-हां, वो पेड़। बहुत मजबूरी में पेड़ की दो टहनियां कटवानी पड़ रही हैं। सामने वाले बरामदे के ऊपर एक बड़ा-सा कमरा बनवाना है। इस पेड़ की ये दो डालें इस निर्माण में आड़े आ रही हैं। ठीक बरामदे पर ही झुक आई हैं। इन्हें काटे बिना कमरा नहीं बन सकता इसलिए इन्हें काटना पड़ रहा है।"

मैंने बरामदे की छत की तरफ देखते हुए कहा, "इस कमरे को आप थोड़ा-सा पीछे की तरफ बनवा लें तो ये डालें बच सकती हैं।"

विधायकजी मन ही मन तिलमिलाए, फिर संयत होकर बोले, "घर के सदस्यों का कहना है कि इस पेड़ को पूरा ही कटवा दो। फालतू घर के ठीक सामने खड़ा है। घर की शोभा खराब होती है। पत्ते भी आंगन में झरते रहते हैं। परंतु मैंने ही मना कर दिया। मुझे पेड़-पौधों से बड़ा प्रेम है। पर्यावरण की चिंता है मुझे। एक दफे मंत्री हो जाऊं फिर पर्यावरण के लिए मैं भी कुछ करूं।"

"आप किसी आर्किटेक्ट से सलाह ले लें। यदि यह कमरा कुछ पीछे की तरफ..."

वे बीच में बोल पड़े, "हमारे आर्किटेक्ट का कहना है कि इस कमरे के निर्माण में यह पेड़ सबसे बड़ी बाधा है। इसे पूरा ही कटवा दें, मैंने ही मना कर दिया। सिर्फ कुछ डालें काटने के लिए कहा ताकि बरामदे के ऊपर कमरा बन जाए।"

उन्हें नमस्ते कर मैंने विदा लेनी चाही। उन्होंने भी खड़े होकर बताया कि प्रदेश मंत्रिमंडल का विस्तार होने वाला है। मुख्यमंत्री उन्हें वन विभाग सौंप रहे हैं। तब वह पर्यावरण के लिए, वनों के विकास के लिए और पेड़ों की सुरक्षा के लिए कई प्रकार की योजनाएं लागू करेंगे।

विधायकजी से मिलकर मैं निराश हुआ। यह सोचकर मैंने संतोष कर लिया कि चलो पेड़ तो बचा रहेगा। दो शाखें ही कटवा रहे हैं। वैसे, वह अपने पर्यावरण प्रेम के कारण उन्हें काटने के पक्ष में नहीं थे, परंतु क्या करें? मजबूर हैं। सामने वाले बरामदे के ऊपर कमरा जो बनवाना है। हालांकि इस कमरे को

वह थोड़ा पीछे बना लेते तो ये डालें बच जातीं। परंतु पेड़ों से प्रेम और कमरे के निर्माण में कमरे का बनना ही प्रमुख रहा। पेड़ से कमरा जीत गया।

हम लोग रोज की तरह सुबह की सैर के लिए जाते रहे। कुछ दिनों बाद प्रदेश में मंत्रिमंडल का विस्तार हुआ और हमारे विधायकजी वनमंत्री बनाए गए। मुझे महीने भर पहले हुई उनसे मुलाकात याद हो आई। उन्होंने कहा था, वनमंत्री बने तो पर्यावरण के लिए, वनों के विकास के लिए और पेड़ों की सुरक्षा के लिए नई-नई योजनाएं लागू करेंगे।

पर्यावरण सुरक्षा के लिए राजधानी में एक दौड़ आयोजित की गई, जिसमें फिल्म स्टार, क्रिकेट खिलाड़ी और पार्टी के युवा नेता पर्यावरण के लिए दौड़े। पर्यावरण के लिए सम्मेलन, सेमिनार और सभाएं आयोजित की गईं। स्कूलों और कॉलेजों में निबंध प्रतियोगिताएं आयोजित हुईं। चित्रकारों ने चित्र बनाए। कवियों ने कविताएं लिखीं। संगीतकारों ने राग बनाए, फिल्म निर्माताओं ने फिल्में बनाईं। दूरदर्शन पर कार्यक्रम आए, रेडियो ने वार्ताएं प्रसारित कीं। पर्यावरण सुरक्षा के लिए नए उपाय सीखने को लोग विदेश भेजे गए, इस प्रकार पर्यावरण के लिए प्रदेश में कई योजनाएं लागू हुईं।

कुछ दिनों बाद शहर में बड़े-बड़े पोस्टर लगाए गए, जिनमें तरह-तरह के नारे लिखे थे—'हमारे वन, हमारा धन', 'शहर को हरा-भरा बनाएं', 'ये वृक्ष हमारे मित्र हैं' आदि। पूरे शहर में जगह-जगह मोड़ पर, चौराहों पर, नाके के पास, स्कूल के सामने, गांधी चौक पर, जहां भी खाली जगह दिखी वहां मंत्री महोदय ने विशालकाय होर्डिंग लगवाए, जिन पर पर्यावरण संबंधी आकर्षक नारे लिखे थे। जंगल में जंगलराज सुचारु रूप से चलता रहा। ठेकेदार पहले की तरह सक्रिय रहे। बहुत-से मोटे, पुराने और घने पेड़ों को काटा गया। कैमरों की चमक में, दूरदर्शन की टीम के सामने, तालियों की गड़गड़ाहट में, पत्रकारों से बतियाते हुए कुछ नन्हे पौधे रोपे गए। चारों तरफ लोहे की जाली लगाई गई। सचमुच मंत्रीजी ने वनों की सुरक्षा के लिए कितना कुछ किया?

एक सुबह हम लोग घूमकर लौट रहे थे। हम लोगों ने देखा कि मंत्रीजी के बंगले के सामने आठ-दस मजदूर खड़े हैं। हम लोगों ने सोचा, मंत्रीजी को कोई निर्माण कराना होगा इसलिए ये मजदूर बुलवाए गए होंगे। बरामदे के ऊपर पेड़ की डालें काटकर जो बड़ा कमरा बनवाया गया है, मंत्रीजी की बैठक आजकल उसी कमरे में है। नीचे उनका ऑफिस लगता है, जहां उस पुराने बाबू के अलावा

अब तीन-चार क्लर्क और बैठने लगे हैं। रोज की तरह हम लोग उस कदंब के पेड़ के नीचे रुके। यहां से हम लोगों के रास्ते अलग होते हैं। एक-दूसरे को नमस्ते करके हमने विदा ली। अपने घर की ओर जाने वाली गली में प्रवेश करते ही मेरे मन में पुनः शंका हुई : ये इतने सारे मजदूर यहां क्यों आए हैं? मंत्रीजी का भवन तो इतना भव्य और आलीशान है। अब इसमें वह क्या बनवा रहे हैं? शायद भीतर के कमरों में या आंगन में कोई काम होना होगा। अब होगा उनके यहां कोई काम। मैं इतना क्यों सोच रहा हूं? मैंने अपने मन को झटका दिया। घर पहुंचकर मैं अपने काम में व्यस्त हो गया। कोई दो घंटे बाद पत्नी ने झोला थमाते हुए कहा, "सब्जी ले आइए। घर में आज के लिए सब्जी नहीं है।"

"ठीक है," इतना कहकर मैं सब्जी लेने चल पड़ा।

गली पार करते हुए ही मैंने जो दृश्य देखा, उसे देखते ही भौचक रह गया। वे आठ-दस मजदूर बड़े-बड़े कुल्हाड़ों से उस कदंब के पेड़ को तने से काट रहे थे, सफारी सूट पहने एक सज्जन कुछ मजदूरों के साथ वहां कुछ नाप-जोख करते दिखे। मैंने उनसे पूछा, "भाई साहब, यह पेड़ क्यों कटवाया जा रहा है?"

उस सफारी सूट वाले ने बताया, "मैं आर्किटेक्ट हूं। यहां सामने की ओर मंत्रीजी की कार के लिए गैराज बनाया जा रहा है। यह पेड़ बिलकुल सामने पड़ता है। कार रखने और निकालने में असुविधा होगी इसलिए इसे तो काटना ही पड़ेगा।"

मैंने फिर पूछा, "परंतु वह गली की तरफ से खुलने वाला एक गैराज तो इस भवन में पहले से है।"

आर्किटेक्ट ने बताया, "हां, है तो। परंतु मंत्रीजी एक और गैराज बनवाना चाहते हैं। इन दिनों यहां कारों, जीपों और मोटरसाइकिलों का जमघट लगा रहता है। घर के ठीक सामने ही यह पेड़ है। इससे पार्किंग में बड़ी असुविधा होती है। इसलिए सबसे पहले हम इस पेड़ को कटवा रहे हैं।"

मैंने कहा, "परंतु इस प्रकार सरकारी जमीन में लगा यह पेड़ आप कैसे कटवा सकते हैं? यह गैर-कानूनी है।"

उसने तैश में कहा, "इस बाबत आप मंत्रीजी से बात करें। हम तो उनके आदेश से ही यह काम कर रहे हैं।" इतना कहकर वह दूसरी ओर चला गया और वहां मजदूरों को कुछ निर्देश देने लगा।

मैंने भीतर मंत्रीजी के ऑफिस में जाकर पूछताछ की। मालूम हुआ कि

मंत्रीजी तो राजधानी गए हुए हैं। वह पुराना बाबू मुझे पहचान गया। उसने मुझे बिठाया, फिर भीतर चला गया। कुछ देर बाद खादी के कुर्ते-पाजामे में, जिसमें सलवटें ही सलवटें थीं, आंख मलते हुए बड़े बाबा अर्थात् विधायकजी के बड़े पुत्र प्रकट हुए। उन्हें देखते हुए आश्चर्य हुआ कि नेताओं के लड़के-बच्चे, नाती-पोते और खानदान के सब लोग क्या हर वक्त, यहां तक कि सोते समय भी यही खादी के कपड़े पहनते हैं? बड़े बाबा ने मुझे देखते ही ऊंचे स्वर में कहा, "क्या काम है? बाबूजी राजधानी गए हैं।"

"यह सामने वाला पेड़ आप क्यों कटवा रहे हैं? पिछली बार आपके बाबूजी से मेरी बातचीत..."

मैं वाक्य पूरा भी न कर पाया था कि वह रोष में बोले, "देखिए, पेड़ हमारे घर के सामने हैं। हमारा ही पेड़ है। हम इसे कटवाएं या कुछ भी करें, आप कौन होते हैं बीच में बोलने वाले?"

"पेड़ सरकारी जमीन पर है। वह आपकी संपत्ति नहीं है, इसे कटवाना गैर कानूनी है।" मैंने कहा।

"आप हमें कानून न सिखाएं। आपको कोई आपत्ति है तो आप जहां चाहें शिकायत करें और अब आप जाएं।" इतना कहकर मंत्रीजी का बेटा मुंह बिचकाकर भीतर चला गया। हम लोगों की बातचीत सुनकर बाबू भी भीतर आ गया। वह डरा हुआ था। उसे लग रहा था कि उसने न जाने किस आदमी को भीतर बैठक में बिठाया और बड़े बाबा से उसकी मुलाकात करवाई। बड़े बाबा यदि इस बात पर नाराज हो गए तो उसकी नौकरी खटाई में पड़ सकती है। वह मुझे बाहर तक छोड़ने गया। रास्ते में उसने पूछा, "आप क्या करते हैं जी?"

मैंने कहा, "लेखक हूं।"

वह सहज होते हुए बोला, "अच्छा, ठीक है। आप जो भी हों परंतु आदमी समझदार नहीं हैं।"

"क्यों?" मैंने जोर से पूछा।

"वह इसलिए कि एक मामूली पेड़ के लिए आपने बड़े बाबा को नाराज कर दिया। बड़े बाबा को नाराज करना, मतलब मंत्रीजी को नाराज करना है। आप समझदार होते तो यों एक मामूली पेड़ के लिए बड़े बाबा को नाराज न करते। खैर...अब जाइए।"

बाजार से सब्जी खरीदकर झोला मैंने घर में पटका और साइकिल से

सीधे कलेक्टर ऑफिस पहुंचा। एक दरख्वास्त बनाकर मैंने उस पेड़ पर हो रहे कातिलाने हमले का जिक्र किया और लिखा कि तत्काल इस पर कोई कार्रवाई न की गई तो शाम तक उस पेड़ की सरेआम हत्या कर दी जाएगी। प्रभारी डिप्टी कलेक्टर के हाथ में मैंने वह एप्लीकेशन थमाई। एप्लीकेशन पढ़कर वह तनिक मुस्कराया। फिर कुछ गंभीरता का अभिनय करते हुए उसने कहा, "ठीक है, मैं देखता हूं, क्या हो सकता है।"

लौटते हुए मैं अपने मित्रों, वकील साहब, डॉक्टर साहब और प्रोफेसर साहब से भी मिला। कुछ उत्तेजित होकर मैंने उन्हें पूरा वाकया सुनाया। सबने मुझे समझाया, "एक पेड़ की ही तो बात है। तुम नाहक परेशान हो रहे हो। फिर मंत्रीजी का मामला है। इसमें तुम्हें हाथ नहीं डालना चाहिए।"

दिनभर अपनी साइकिल पर चक्कर लगाते हुए मैंने शहर के कई महत्त्वपूर्ण लोगों से मुलाकात की और कहा कि कृपा कर आप लोग प्रयास करके अपने कस्बे के उस इकलौते कदंब के पेड़ को बचा लें। सब लोगों ने मुझसे यही कहा, "एक पेड़ की ही तो बात है। इतना परेशान क्यों होते हैं?"

बहुत दिनों बाद एक शाम रेडियो पर डॉ. अनीता सेन गा रही थीं—'झूला पड़े कदंब की छैयां, झूला झूलें नंद किशोर...'

मेरी आठ साल की बिटिया ने पूछा, "पापा, ये कदंब की छैयां क्या है?"

मैंने कहा, "कदंब की छैयां माने कदंब के पेड़ की छाया।"

"और कदंब का पेड़ कैसा होता है?" उसने फिर पूछा।

"कदंब का पेड़...वह जो अपनी गली के सामने था न, बड़ा-सा ऊंचा-घना, गोल-गोल पीले फूलों वाला...वह था कदंब का पेड़।" मैंने कहा।

"चलो पापा, मुझे दिखाओ न कदंब का पेड़।" बिटिया ने जिद की।

"जहां वह कदंब का पेड़ था, वहां अब एक सफेद लंबी-सी बड़ी कार है। चलो, हम तुम्हें वो बड़ी वाली कार दिखाकर लाते हैं।"

"हमें नहीं देखनी कार-वार..." वह चिढ़कर मम्मी के पास चली गई।

बिटिया की बात सुन मैं देर तक यही सोचता रहा कि अब शहर के बच्चे कदंब का पेड़ देखने कहां जाएंगे?

देवलोक में मंत्रिमंडल की बैठक

देवलोक के राजा इंद्र को हमेशा अपनी कुर्सी खतरे में दिखाई देती है। जहां भी असुर दल मिल-जुलकर कोई यज्ञ करता हुआ दिखाई दिया कि इंद्र की चिंता बढ़ जाती है। कई बार असुरों ने उनकी कुर्सी हिला दी थी। वो तो पार्टी हाईकमान विष्णु अपने साम-दाम-दंड-भेद इस्तेमाल करते हुए किसी प्रकार देवलोक की लाज बचाए हुए हैं। एक बार असुर राजा बलि ने तो इंद्र को लगभग अपदस्थ कर दिया था वो तो ऐन वक्त पर विष्णु को उसकी कमजोरी समझ में आ गई कि यह राजा बड़ा दानवीर है। घर आए किसी भी याचक को खाली हाथ नहीं जाने देता। इस लिहाज से यह बड़ा मूर्ख है। विष्णु ने उसकी सहज मूर्खता का फायदा उठाया। बन गए वामन अवतार और पहुंच गए उसके यहां याचक का रूप धरकर। जैसी कि उस असुर राजा की आदत थी। उसने कहा—"क्या चाहिए भिक्षुक?"

वामन ने भोलेपन को ओढ़ते हुए कहा—"बस, तीन कदम जमीन।"

राजा हंसा कि यह बित्ताभर का आदमी तीन कदम जमीन मांगता है। उन्होंने बिना सोच-विचार के कहा—"नाप लें जहां तुम्हें चाहिए तीन पग जमीन।"

विष्णु ने अपना विराट रूप धरकर धरती, आसमान, पाताल सब नाप लिया। बाद में राजा की विनती सुनकर उसे पाताल में रहने की जगह दे दी। इस प्रकार इंद्रासन बचाया पार्टी हाईकमान ने, अपनी कूटनीति से। माना कि विष्णु कूटनीति में कुशल हैं। वक्त-जरूरत पर अपने छल-बल से देवताओं की रक्षा करते रहते हैं, परंतु देवताओं को पूरी तरह उन पर निर्भर नहीं होना चाहिए। देवताओं को भी अपना काम मुस्तैदी से करते रहना चाहिए। बार-बार विष्णु की शरण में जाना ठीक नहीं है। उनकी नींद में खलल पड़ता है। वे

ठीक से सो भी नहीं पाते कि देवता अपनी समस्याएं लेकर उन्हें जगाने पहुंच जाते हैं। यह बात ठीक नहीं है। अब हमें अपने मंत्रिमंडल में चुस्ती लानी होगी। सभी मंत्रियों के कार्य-व्यवहार पर हमें नजर रखनी होगी। ऐसा सोचकर इंद्र ने पार्टी नेताओं और देवलोक के मंत्रियों की एक समीक्षा बैठक बुलाने का निर्णय लिया।

बैठक की तारीख तय हुई। जैसा कि होता है सभी मंत्रियों और नेताओं को सूचना भिजवाई गई कि अपने-अपने विभाग के विकास कार्यों का विवरण लेकर निश्चित तारीख को बैठक में अवश्य उपस्थित हों। कागज एक कार्यालय से दूसरे कार्यालय दौड़ने लगे। सचिव, उप सचिव और संयुक्त सचिव सहित विभिन्न मंत्रालयों के सभी मातहत प्रगति पत्रक बनाने में जुट गए। देवलोक के देवताओं और उनके स्टाफ में सुरापान का बहुत चलन है। होता है, सत्ता में रहने के कारण सुरापान की आदत सहज ही पड़ जाती है। फिर इंद्र का दरबार आएदिन सजता ही रहता है, जिसमें नए-नए ब्रांड की मदिरा पीने को मिलती रहती है। मेनका, रंभा और उर्वशी का तो कहना ही क्या। उनके यहां रहने से ही देवलोक की शान है। मौका पड़ने पर वे शक्तिशाली सुंदरियां असुर नेताओं को अपनी अदाओं से परास्त कर देती हैं। इंद्र को उनका बड़ा आसरा है। वे हैं तो इंद्रासन है। न जाने कितनी बार उन्होंने अपने रूप-जाल में बड़े-बड़े असुर नेताओं को फंसाकर उनकी मिट्टी-पलीत कर दी। इस प्रकार इंद्रासन की सुरक्षा में उनके योगदान को भुलाया नहीं जा सकता। परंतु इन दिनों इंद्र सहित पूरा देवलोक मदिरापान और इन नर्तकियों के नाच-गाने में ही खोया हुआ है। किसी परेशानी का अंदेशा हुआ होगा इसलिए इंद्र ने आपातकालीन समीक्षा बैठक आहूत की है।

निश्चित तिथि में समीक्षा बैठक आयोजित की गई। इंद्र कुछ चिंतित दिखाई दिए। जल संसाधन विभाग तो उन्हीं के पास है। उन्होंने अपने राज्यमंत्री वरुण को आदेश दे दिया था कि सभी जरूरी फाइलों सहित वे सभा स्थल में समय से पहुंच जाएं। असुरों की विपक्षी पार्टी जमीनी स्तर पर बहुत काम कर रही थी। उनकी लोकप्रियता भी दिनोंदिन बढ़ती जा रही थी, जिसके कारण इंद्रासन डोलने का खतरा बढ़ता देखकर ही यह आपात बैठक बुलाई गई थी। बहुत दिनों से इंद्र को यह पता ही नहीं चल पा रहा था कि उनके

मंत्रीगण अपने-अपने विभाग में क्या गुल खिला रहे हैं। कुछ प्रगति वगैरह हो रही है कि ऐसे ही मीडिया में हल्ला-गुल्ला होता रहता है। हर विभाग के पास विकास कार्यों से ज्यादा बजट तो उनके प्रचार-प्रसार का होता है। यह इस मंत्रिमंडल की नीति है, जिससे जनता में अच्छी छवि बनी रहती है और मीडिया वाले भी खुश रहते हैं। बड़ा खराब जमाना आ गया है। आजकल जनता से ज्यादा मीडिया वालों को खुश रखना पड़ता है। इनका कोई भरोसा नहीं, न जाने किस बात पर रिसा जाएं और जिस सरकार का माल खाते हैं, उसी की आलोचना करने में जुट जाएं। कम से कम नमक की तो बजाओ भई। नहीं बजाते बहुत लोग। माल भी खाएंगे और आलोचना भी करेंगे। भलाई का तो जमाना नहीं रहा अब।

अधिकांश माननीय मंत्रीगण अपनी-अपनी फाइलें लेकर बैठक में उपस्थित हो गए। इंद्र ने भूमिका बांधी—"आप सब लोगों को पता ही होगा कि हमारे विपक्षी लोग इन दिनों ज्यादा सक्रिय हो गए हैं। वे आएदिन तपस्या, यज्ञ और पूजा-पाठ करते हुए शक्ति अर्जित करते जा रहे हैं। उनकी लोकप्रियता भी इसी कारण दिनोंदिन बढ़ती जा रही है। इसमें कोई दो मत नहीं कि हमारी सरकार काम कर रही है। बहुत काम कर रही है परंतु प्रचार-प्रसार का पर्याप्त फंड होने के बावजूद जनता में हमारी लोकप्रियता कम होती रही है, यह चिंता का विषय है। मेरा यह कहना है कि काम हो या बिलकुल न हो इससे हमारा कोई सरोकार नहीं परंतु जनता में हमारी लोकप्रियता कम नहीं होनी चाहिए। जनता की मुश्किलें दूर हों, न हों इससे हमें कोई मतलब नहीं। हमें मतलब है अपनी उदार छवि से। यह छवि हमें येन-केन-प्रकारेण जनता के दिलों में बनाए रखना है। विरोधी बहुत सक्रिय हो रहे हैं। जनता आएदिन विकास कार्यों में धांधली के प्रश्न उठाती है। मीडिया भी यदा-कदा हमारे सुस्त प्रशासन की चर्चा करता रहता है। इसलिए हमें अपने विकास कार्यों की समीक्षा करना आवश्यक प्रतीत हुआ, इस कारण आज की यह बैठक बुलाई गई है, जिसमें विभिन्न विभागों के प्रगति कार्यों का विवरण आप लोग प्रस्तुत करेंगे, जिस पर सदन में चर्चा होगी। सुझाव और नीतियों पर अमल किया जाएगा। सबसे पहले हम स्वास्थ्य मंत्री धनवंतरीजी से अनुरोध करेंगे कि वे अपने विभाग का प्रगति प्रतिवेदन प्रस्तुत करें।" इतना कहकर इंद्र बैठ गए।

धनवंतरीजी ने बोलना प्रारंभ किया—"हम अपनी प्राचीन आयुर्वेदिक चिकित्सा पद्धति के लिए कटिबद्ध हैं। इसके प्रचार-प्रसार के लिए हर जगह आयुर्वेदिक औषधालय खोले जा रहे हैं, जिसमें पंचकर्म सहित सभी आयुर्वेदिक चिकित्सा की सुविधाएं उपलब्ध हैं। आयुर्वेदिक दवाओं का भी पिछले दिनों उत्पादन काफी बढ़ा है। इस प्रकार मेरे विभाग का काम ठीक-ठाक चल रहा है।"

इंद्र ने कुछ अखबारों की कटिंग दिखाते हुए कहा—"आयुर्वेदिक दवाओं में भी इन दिनों मिलावट हो रही है। आयुर्वेदिक दवाओं के प्रति लोगों की अच्छी धारणाएं नहीं हैं। लोग कहते हैं कि आयुर्वेदिक और प्राकृतिक चिकित्सा वाले बातें तो खूब ऊंची-ऊंची करते हैं, परंतु मामूली-सा भी रोग ठीक होने में वहां सालों लग जाते हैं। इंतजार करते हुए आदमी इस पछतावे में मर जाते हैं कि काश ऐलोपैथी दवाएं खाते तो बच जाते। आपके विभाग में सिर्फ हल्ला-ही-हल्ला है। जनता आयुर्वेद को पूजती है परंतु इलाज विदेशी चिकित्सा पद्धति से करती है। इस प्रकार आपके विभाग की जड़ें खोखली होती जा रही हैं। कृपाकर कुछ करिए धनवंतरीजी।"

वे चुपचाप अपना कलश हाथ में लिए बैठे रहे। कुछ बोले नहीं। बेचारे बोलते भी क्या? सालों-साल से शोध और विकास पर उनके विभाग ने कोई ध्यान नहीं दिया। इसलिए लोग विदेशी चिकित्सा पद्धति की ओर जा रहे हैं।

विश्वकर्माजी बुजुर्ग व्यक्ति हैं। बहुत समय से निर्माण विभाग संभाल रहे हैं। उनसे पूछा गया—"आपके विभाग में क्या प्रगति है?" उन्होंने कांपते हुए हाथों से अपनी फाइलें संभाली और बोले—"आजकल किले और मंदिर निर्माण में लोगों की रुचि नहीं रह गई। अयोध्या में एक विशाल मंदिर बनाए जाने की घोषणा हुई थी परंतु वहां का विवाद श्रीमान जानते ही हैं। 'अक्षरधाम' जैसे एक-दो विशाल मंदिर पिछले दिनों बनाए गए हैं। शेष जनता की रुचि और मांग पर निर्भर है।"

इंद्र ने कहा—"इन दिनों बड़े-बड़े होटल, बहुमंजिला इमारतें और शॉपिंग कॉम्प्लेक्स बनाए जाने का चलन है, इसमें सरेआम विदेशी तकनीक अपनाई जा रही है। यह हमारे पुरातन ज्ञान की अवहेलना है। किले और मंदिर बनाए जाने के जमाने अब गए। अब तो सर्वसुविधायुक्त विशाल भवनों के निर्माण की मांग जोर पकड़ रही है। इस दिशा में आपकी कोई उल्लेखनीय उपलब्धि दिखाई नहीं

देती। विदेशी तकनीक के चलते एक दिन आपका ज्ञान नेपथ्य में चला जाएगा? कृपाकर आप भी कुछ नया करने का प्रयास करिए।''

वित्त मंत्रालय लक्ष्मीजी संभालती हैं क्योंकि वे पार्टी हाईकमान विष्णुजी की पत्नी हैं इसलिए उनसे कोई कुछ नहीं बोलता। फिर वित्त विभाग उनके पास है। नाराज हो जाएं तो किसी भी विभाग के बजट में कटौती कर दें। उन्हें विष्णु भगवान के पैर दबाने से ही फुर्सत नहीं मिलती। वे आज मीटिंग में भी नहीं आईं। अपने विभाग के राज्यमंत्री कुबेर को कुछ फाइलें देकर भेज दिया बैठक में उन्होंने। कुबेर ने खड़े होकर बोला—''इस समय हमारी वित्तीय स्थिति संतोषजनक है। देशी मुद्रा बढ़ाने के लिए हमने पिछले बजट में जो नए कर प्रस्तावित किए थे, उनके अच्छे परिणाम आए हैं। इस समय देश और विदेश में हमारे अध्यात्म का बाजार अच्छा चल रहा है। विदेशों में तो यह बहुत लोकप्रिय है। इससे विदेशी मुद्रा के बढ़ने की संभावनाएं हैं। हम इस दिशा में प्रयास कर रहे हैं।''

''विदेशों में जमा देशी धन निकालने की दिशा में आपके प्रयास नगण्य हैं। रुपए का अवमूल्यन हो रहा है। सोने के भाव आसमान छू रहे हैं। मुझे मालूम है कि यह सब विपक्षियों की शरारत है। परंतु चिंता का विषय ये है कि इसी प्रकार यदि विपक्षी पार्टी वाले हमारी अर्थव्यवस्था में सेंध लगाते रहे तो हम अपना इंद्रासन कैसे बचा पाएंगे? कृपाकर इंद्रासन की रक्षा कीजिए।'' इंद्र ने कुबेर से कहा।

हनुमानजी की गदा देखकर इंद्र को भी डर लगता है, परंतु खेल मंत्रालय उन्हीं के पास है और इस ओलंपिक में, जहां देवता जन्म लेते हैं, उस देश की बड़ी भद्द हुई है। इसलिए कैबिनेट में बहुत असंतोष था। खेलों के गिरते स्तर पर हनुमानजी से इंद्र ने संकोचपूर्वक पूछ ही लिया—''ओलंपिक में आपके विभाग की गिरती साख के विषय में आपको कुछ कहना है?''

बजरंगबली ने गदा घुमाते हुए कहा—''आजकल देवताओं के देश में ब्रह्मचर्य व्रत का पालन नहीं हो रहा है इसलिए लोगों में स्टेमिना समाप्त होता जा रहा है। अब तो रामजी ही कृपा करें तब कुछ संभव है। अफसोस है कि ये लोग रामजी की शरण छोड़कर आसुरी जीवनशैली अपना रहे हैं, इसलिए ये सब हो रहा है। मैं रामजी से इस संदर्भ में चर्चा करूंगा।''

बात रामजी पर आ गई इसलिए इंद्र चुप रहे और मानव संसाधन मंत्री

गणेशजी की ओर उन्मुख हुए—"गणेशजी, आजकल लोग देशी विश्वविद्यालयों को छोड़कर विदेशों में जाकर शिक्षा प्राप्त करने के लिए ज्यादा उन्मुख हैं। ऐसा क्यों है?"

गणेशजी अपनी सूंड पर हाथ फेरते हुए बोले—"ये सब आसुरी विद्या का प्रभाव है। हमारी शिक्षा त्याग, तपस्या, चरित्र और सेवा पर आधारित है। इसकी ओर लोगों का झुकाव कम होता देखकर मैं भी चिंतित हूं। हालांकि हमने भी उनकी तरह के कई लुभावने फॉर्मूले, जैसे ऊंचे पद और मोटे पैकेज आदि का लालच अपनी शिक्षा पद्धति में अपनाना शुरू कर दिया है। आगे चलकर उसके परिणाम आएंगे। हम यों ही असुरों को आगे नहीं बढ़ने देंगे। हमें इंद्रासन की पूरी चिंता है।"

सरस्वतीजी शुभ्र वस्त्रों में दूर शांत, गंभीर और मौन बैठी थीं। उनके पास संस्कृति मंत्रालय है। इंद्र ने उनसे पूछा—"आपके रहते हुए देवताओं के देश में अप-संस्कृति का बोलबाला बढ़ता जा रहा है। आपके सत्साहित्य, शास्त्रीय गायन-वादन और पुरातन नृत्य शास्त्र आदि में ज्यादा लोगों की रुचि नहीं रह गई है। इससे तो असुर संस्कृति को बढ़ावा मिलेगा और एक दिन वे यहां हमला करके हमें कहीं का नहीं छोड़ेंगे। आपने ही कभी कहा था कि किसी राज्य को कमजोर करना हो तो पहले उसकी संस्कृति को मिटा दो। इस प्रकार मुझे लगता है कि असुरों ने हमारी संस्कृति पर पीछे से हमला शुरू कर दिया है। आप क्या कहती हैं?"

सरस्वती ने गंभीर एवं अत्यंत मधुर वाणी में कहा—"एक तो संस्कृति विभाग को सबसे कम बजट आवंटित किया जाता है। दूसरे आधे से ज्यादा बजट तो आपके राजदरबार की नर्तकियों, मसखरों और चाटुकार लेखकों-कवियों पर खर्च हो जाता है। हमें अपने कार्यों को आगे बढ़ाने के लिए हमेशा धनाभाव से जूझते रहना पड़ता है। इसलिए लोगों ने यह अफवाह फैला रखी है कि सरस्वती और लक्ष्मीजी में बैर है जबकि यह सरासर झूठ है। संस्कृति, साहित्य और कला के विकास में समय लगता है। यहां धैर्य और धन दोनों की जरूरत होती है। दुर्भाग्य से हमारे विभाग में दोनों की कमी है। कृपया ध्यान दीजिए।"

सरस्वती ने इंद्र को एकदम चुप कर दिया। वैसे भी उनके सामने टिकता ही कौन है!

इंद्र ने अब विदेश मंत्री नारदजी की ओर देखा और पूछा—"आपके विभाग में क्या प्रगति है?"

नारदजी ने पहले नारायण नारायण कहा, फिर बोले—"कई बड़े देशों से हमने मैत्री संबंध स्थापित करने की कोशिश की है। इन दिनों सब असुर संस्कृति के प्रभाव में हैं। उनके देश में जाओ तो खूब स्वागत-सत्कार करते हैं और हमारी हां, में हां मिलाने से भी नहीं चूकते, परंतु पीठ फिरते ही वे अपना राग अलापने लगते हैं। इस स्थिति में समझ में नहीं आता कि किस पर भरोसा करें, किस पर न करें?"

इंद्र ने नारदजी को लगभग समझाते हुए कहा—"आसुरी ताकतें बहुत बढ़ रही हैं। वे गुप्त रूप से यज्ञ करते रहते हैं। जप, तप और पूजन भी बहुत करते हैं। इस प्रकार उन लोगों ने नए और शक्तिशाली आयुध तैयार कर लिए हैं। उनकी यह प्रगति देखकर मेरा सिंहासन स्वतः डांवाडोल होने लगता है। इंद्रासन की स्थिरता और सुरक्षा के लिए जरूरी है कि हमारी विदेश नीति, कूटनीति से भरपूर हो। असुरों को स्वप्न में भी अंदेशा नहीं होना चाहिए कि हमारे हाथ कितने लंबे हैं और हमारे पक्ष में कौन-सी मजबूत ताकतें खड़ी हैं। नारदजी, आप कूटनीति में माहिर हैं। अतीत में आपने बहुत लोगों को अपनी बातों से लड़वाया है। यही शैली अपनाकर आप दुश्मनों को आपस में लड़वाते रहिए और इस बात का हमेशा ध्यान रखिए कि इंद्रासन पर किसी की कुदृष्टि न पड़ने पाए।"

"ऐसा ही होगा इंद्रदेव!" इतना कहकर नारदजी नारायण, नारायण करते हुए बैठ गए।

शाम घिर आई थी। अंधेरा उतरने लगा था। इंद्र ने घड़ी देखी तो उन्हें लगा कि दरबार सजाने का वक्त हो रहा है। अब यह मीटिंग जल्द समाप्त करनी चाहिए। ऐसा न हो कि मेनका, रंभा और उर्वशी अपना नृत्य प्रस्तुत करने के लिए दरबार में आ जाएं और हम लोग यहीं मीटिंग करते बैठे रहें। उन्हें लगा कि अपने जल संसाधन विभाग की समीक्षा पश्चात् मीटिंग समाप्त कर देनी चाहिए। उन्होंने अपने विभाग के राज्यमंत्री वरुण से प्रगति प्रतिवेदन पढ़ने को कहा। वरुण ने उत्साहपूर्वक बताया—"आसुरी प्रकृति के लोगों ने पिछले दिनों हमारी पवित्र नदियों को जिस प्रकार प्रदूषित कर दिया है, उसे देखकर श्रीमान ने जो नदी सफाई योजना का शुभारंभ किया था, उसका कार्य प्रगति पर है।

लेकिन इधर हम सफाई करते हैं, उधर वे फिर प्रदूषित करते जाते हैं। इस प्रकार दोनों कार्य साथ-साथ चल रहे हैं। देखना है किसका काम ज्यादा प्रगति कर पाता है। हमारा या उनका? हमारे द्वारा इतना पानी बरसाया जाता है कि बाढ़ में कहीं-न-कहीं सैकड़ों गांव बह जाते हैं फिर भी जनता पानी की कमी का रोना रोती रहती है। यह विपक्ष की साजिश है। वे हमारे खिलाफ जनता को भड़काते रहते हैं। यही एकमात्र चिंता का विषय है।''

''हम एक दिन असुरों को पानी का महत्त्व समझा देंगे। हमारे स्नान, ध्यान, पूजा, पाठ और व्रत-उपवास में शुद्ध जल का कितना महत्त्व है, यह सर्वविदित है। जल हमारे जीवन की शक्ति है। असुर हमारी शक्ति को नष्ट करना चाहते हैं, इसीलिए वे हमारी पवित्र नदियों को प्रदूषित कर रहे हैं। हम उनके मंसूबों पर पानी फेरकर ही दम लेंगे।'' इंद्र ने जोरदार शब्दों में अपने विभाग का पक्ष रखते हुए बैठक समाप्ति की घोषणा की।

किसी नए देवता ने अपने सीनियर से पूछा—''महादेव नहीं दिखे! क्या उन्हें ऐसी सभाओं में नहीं बुलाया जाता?''

सीनियर ने गुरुगंभीर शैली में कहा—''वे औघड़दानी हैं। निष्पक्ष हैं। सबको खरी-खरी सुना देते हैं इसलिए सब लोग उन्हें राष्ट्रपिता जैसा सम्मान देते हैं, परंतु उनसे ज्यादा पूछताछ नहीं की जाती। जैसे नीचे देवताओं वाले देश में राष्ट्रपिता के साथ अंतिम दिनों में होने लगा था। देश के बंटवारे की फाइल लोगों ने अकेले-अकेले निपटा ली। उनसे पूछा तक नहीं। दे दी उन्हें एक कुटिया कि वहीं रहो आप चुपचाप लंगोटी लगाकर। महादेव के साथ यहां बहुत पहले से ऐसा ही होता आया है। समुद्र मंथन में जितने रत्न निकले, सब देवताओं ने आपस में बांट लिए। महादेव के हिस्से में आया विष! वह भी उन्होंने सबके कल्याण के लिए खुशी-खुशी पी लिया। वे अकसर असुरों के पक्ष में भी सही बात बोलते रहते हैं। जो भी साधना करता है, पूजा-पाठ में मन लगाकर कठिन तप करता है, उसे वे वरदान देने में नहीं हिचकिचाते। मुक्त हस्त से ऐसे लोगों को वरदान देते हैं, भले ही वह कोई भी हो। देवताओं को उनकी यह उदारता पसंद नहीं है। इसलिए दे दिया उन्हें एक वीरान पर्वत, वहां वे बाघांबर लपेटे हुए चुपचाप साधना में लीन रहते हैं। देवता इसी में खुश हैं। इधर इंद्र को अपने इंद्रासन के अलावा और कोई चिंता नहीं रहती। पार्टी हाईकमान क्षीरसागर में

आराम से लक्ष्मीजी से पैर दबवाते हुए प्रायः सोए रहते हैं। जब देवताओं पर कोई मुसीबत आती है, तब उनसे हाथ जोडक़र विनती करते हुए उन्हें जगाया जाता है। वे अपनी पार्टी के लिए प्रतिबद्ध हैं इसलिए हर संकट में मदद करते हैं।''

नए देवता ने आगे पूछा—''और प्रजापति ब्रह्माजी की क्या भूमिका है?''

''जो नीचे अपने देश में भूमिका होती है, राष्ट्रपति की। वही भूमिका यहां ब्रह्माजी की है। वे हर अध्यादेश पर चुपचाप दस्तखत कर देते हैं। कमल पर बैठे हुए सबका कल्याण हो, ऐसी कामना करते रहते हैं। इसके अलावा उनके पास और कोई काम नहीं है। बुजुर्ग हैं, इसलिए सब लोग सम्मान करते हैं।'' सीनियर देवता ने कहा।

इंद्र का दरबार सज गया था। नर्तकियों ने अपना नृत्य प्रारंभ कर दिया था। सुरापान करने वाले देवता अपने सत्कर्म में संलग्न हो गए थे। इंद्र प्रसन्न हैं। आज की मीटिंग के पश्चात् उन्हें महसूस हुआ कि फिलहाल इंद्रासन सुरक्षित है। अभी कोई खतरा नहीं है।

अबला जीवन की कथा

सालों से इस देश में बूढ़े अरब शेख आते हैं। मजे से कहीं हैदराबाद में, तो कहीं लखनऊ में या फिर अलीगढ़ में शाही निकाह होता है और कोई सलमा, जुबेदा या रेहाना उनके आलीशान हरम में समा जाती है। इसके बड़े फायदे हैं। कोई अरबपति शेख जब भारत में निकाह करने आएगा तो खाली हाथ थोड़े ही आएगा! उसके साथ आएगी ढेर सारी विदेशी मुद्रा। देश में तो विदेशी मुद्रा का संकट सदा ही बना रहता है। अरब देशों से धनाढ्य शेखों के यहां आने से सरकार को विदेशी मुद्रा का लाभ मिलता है। वे मेहमान हैं हमारे। स्वागत है उनका।

कोई शेख जब हवाई जहाज से मुंबई उतरता है तो सबसे पहले वह किसी महंगे अस्पताल में अपने गुप्त रोगों का इलाज कराता है। तत्पश्चात् वह सीधे हैदराबाद, लखनऊ या अलीगढ़ की ओर प्रस्थान कर जाता है। उसके लिए खजुराहो का कोई महत्त्व नहीं है। अजंता-एलोरा की उत्कृष्ट कला उसके लिए निरर्थक है। होगा ताजमहल बहुत खूबसूरत, उसके लिए दो कौड़ी का है। उसे तलाश होती है, जिस्म के दलालों की। बहुत प्रेट्रो डॉलर है उसके पास।

अब यहां आकर अरबपति शेखों ने हमारे अस्पतालों में अपने यौन रोगों का इलाज करा लिया या कहीं किसी अबला से निकाह कर लिया तो इसमें देश का क्या बिगड़ता है? दूर देशों से वे हमारा भला करने ही आते हैं। उन्होंने वहां वीडियो पर भारतीय फिल्में देखीं। दहेज के लिए सरेआम बहुओं को जलते हुए देखकर उनका मन पसीज गया। वे खट्‌ट से हवाई जहाज द्वारा भारत आ गए, अबलाओं का उद्धार करने। वे बड़े संवेदनशील हैं। उनसे नाबालिग लड़कियों के मां-बाप का दुःख नहीं देखा जाता। शेखजी आ गए आंसू पोंछने। उन्होंने

कहा, “हमें कोई दहेज नहीं चाहिए। हम तो आपकी मदद करने आए हैं। हमसे जो भी रुपया-पैसा, जितना भी चाहिए ले लो और अपनी नाबालिग लड़की को हमारे हरम में डाल दो। बस!”

मरता क्या न करता। बाप लाचार है। घर में तो लड़की को खिलाने के लिए कुछ नहीं है। ऐसे में घर-द्वारे, बैठे-बिठाए ये देवता स्वरूप शेखजी आए। सचमुच भाग जागे बिटिया के। राज करेगी, राज। शेखजी बूढ़े हैं तो क्या! आदमी की उमर थोड़े ही देखी जाती है, उसकी तो जेब देखी जाती है, जेब! तो शेखजी की जेब मोटी है। बिटिया भागवान निकली। दोनों कुल तार जाएगी।

तो इस प्रकार अरब शेखों द्वारा लगातार हमारे देश में परिवार कल्याण कार्यक्रम सफलतापूर्वक चल रहा था। हैदराबाद की अमीना ने आसमान से आंसू क्या बहाए कि सब गुड़ गोबर हो गया।

65 वर्षीय शेख और 10 वर्षीय अमीना। अहा! क्या बढ़िया जोड़ी थी, पर हवाई जहाज में एक एयर होस्टेज की बुरी नजर लग गई और मामला अदालत में आ गया। शेख बहुत पैसे वाला आदमी है इसलिए उसका वकील भी आला दिमाग है। वकील ने अदालत में कहा, “अभियुक्त मुस्लिम है और शरीयत के अनुसार उसे इस निकाह की अनुमति है। इसलिए वह बेकसूर है। उस पर कोई मुकदमा नहीं चलाया जा सकता। फिर अमीना के मां-बाप ने भी कोई शिकायत दर्ज नहीं कराई है। इस प्रकार एक इज्जतदार अमीर शेख के गिरेबान पर कानून अपना हाथ नहीं डाल सकता।”

हिंदी फिल्मों का बहुप्रचलित संवाद है, “कानून के हाथ बड़े लंबे होते हैं।” हालांकि फिल्म वाले यह भलीभांति जानते हैं, उनकी बे-सिर-पैर की जैसी फिल्में, वैसा ही यह तालीपीटू जुमला। हाथ ही देखने हैं तो ‘वोट बैंक’ के हाथ देखिए—सबसे लंबे, सबसे सुंदर। पिछले दिनों ‘साहबानो प्रकरण’ में फैसला आया कि तलाकशुदा महिला को उसके पूर्व पति से गुजारा भत्ता मिलना चाहिए।

रातोरात इस फैसले से सरियत को खतरा पैदा हो गया। एक गरीब औरत को उसके गुजारे के लिए चंद रुपए मिलने लगेंगे तो धर्म डूब जाएगा, सरकार लड़खड़ा जाएगी। ‘वोट बैंक’ का गणित चौपट हो जाएगा। इसलिए एक विधेयक उसके सिर में दे मारा। ये प्रगतिशीलता का कीर्तन करने वाले, आएदिन

शेखों को ऐसे कार्यों के लिए बधाई देते हैं क्योंकि यहां तो सब पर्सनल लॉ के अंदर की बात है। बाहर की बात तो अबला साहबानो करती थी।

एक समाचार मध्य प्रदेश से। यहां के हाईकोर्ट में पिछले दिनों मुहम्मद उमरखान बनाम गुलशन बेगम का प्रकरण आया। गुलशन बेगम ने अपने गुजारे भत्ते के लिए कानून के सम्मुख गुहार लगाई। मियां उमरखान ने कह दिया कि मैं इसे तलाक दे चुका हूं। अब काहे का गुजारा भत्ता? जा वक्फ बोर्ड को अपील कर। जाहिर है कानून का फैसला मियां उमरखान के पक्ष में ही रहा, जिसमें कहा गया कि मुस्लिम पति, मुस्लिम पत्नी को बिना किसी तीसरे की उपस्थिति में भी तलाक दे सकता है और उसे इसे सिद्ध करने की भी कोई जरूरत नहीं है। अब लाख गुलशन बेगम कहे कि तलाक नहीं हुआ है, परंतु सुनेगा कौन!

लोगों के पास बहुत काम है। अब वे यों अमीनाओं और गुलशन बेगमों के आंसू पोंछते रहेंगे तो मंदिर और मस्जिद पर विवाद कौन करेगा? वे बुतपरस्त नहीं हैं, परंतु बुतों के लिए खून की नदियां बहा देते हैं। ऐसा नहीं है कि अमीना और गुलशन बेगम का ही आंचल आंसुओं से तर है। राधा, गीता और सुनीता की भी यही दशा है—इन्हें भी दहेज की होली में जलना है। कोई कर भी क्या सकता है—'हुइहै वही जो राम रचि राखा', अमीना, गुलशन बेगम, राधा, गीता और सुनीता आदि के विषय में सोचते रहने की अभी यहां किसे फुर्सत है! कितने सारे अहम मसले अभी सोचने को पड़े हैं। पहले इन्हें तो निपटा लें। हिंदी और उर्दू का मसला है। सवर्ण और पिछड़ी जातियों के मुद्‌दे हैं। कावेरी जल विवाद है। आतंकवाद की समस्या है आदि!

शेख साहब यदि ट्रेन में या बस में अपनी नई-नवेली दुल्हन को कहीं घुमाने ले जाते तो कोई कुछ न कहता। सब खुश होते देखकर। बलैयां लेते नए जोड़े की। परंतु उस हवाई जहाज में वो एयर होस्टेज, जो प्रायः विदेशी हवा-पानी ग्रहण करती है, उससे अमीना के आंसू नहीं देखे गए। खैर, कोई बात नहीं, अब भी कुछ नहीं बिगड़ा है। मेरा भारत महान्!

पश्चिमी देशों से पुराना रूढ़िवादी सामाजिक ढांचा उखाड़कर फेंक दिया गया। वे अपनी परंपरा का मोल क्या जानें! नासमझ हैं। परंपरा का मोल देखना है तो कोई हमारे यहां आकर देखे। वही सदियों पुराने सामाजिक नियम और कानून हम आज भी अपने छाती से चिपकाए खुशी-खुशी जी रहे हैं।

तो अरब के अरबपति शेखो, चिंता की कोई बात नहीं है। एक अमीना के आंसू आसमान से बरस पड़े तो सबके थोड़े ही बरसेंगे। यहां की अमीनाओं और राधाओं को तो रोना ही है। चाहे वे यहां रोएं या वहां तुम्हारे हरम में जाकर रोएं। तुम्हारे पास बहुत पैसा है। तुम हमारे डॉक्टर, इंजीनियर और तकनीशियन आयात करते हो तो यहां गर्व किया जाता है कि भारतीय हुनर की वहां बड़ी मांग है। हम कद्र नहीं कर पाते उस हुनर का, इसलिए बेच देते हैं। इसी तरह कई अमीनाओं और राधाओं के मां-बाप दहेज की मोटी रकम न जुटा पाने के कारण बुड्ढे-खूसटों के संग अपनी बेटियों का निकाह कर देते हैं, ठीक 65 साल के शेख याहा-अल-सगीह और 10 साल की अमीना की भांति! यहां तो बहुत पहले ही कहा गया है–

अबला जीवन हाय तुम्हारी यही कहानी
आंचल में है दूध और आंखों में पानी।

●●

भैयाजी की डायरी के चार पृष्ठ

ॐ नमः शिवाय

ज्यों-ज्यों चुनाव के दिन नजदीक आते जा रहे हैं, मेरे मन में बेचैनी बढ़ती जा रही है। आज सुबह ही पंडित रामखिलावन को अपनी जन्मकुंडली दिखाई थी, उन्होंने संकोचपूर्वक कहा, "भैयाजी, शनि का अढ़ैया शुरू हो गया है।" मेरा मन तो उनकी बात सुनकर ही बैठ गया। आत्मविश्वास चुका जा रहा है। ऐसे घनघोर निराशावादी क्षणों में मुझे किसी महापुरुष की यह सूक्ति याद हो आई, 'जीवन में आखिरी श्वास तक संघर्ष करो' इसलिए अब मुझे संघर्ष तो करना ही है।

सबसे पहले इस अढ़ैया शनि से निपटा जाए। शनि की शांति के लिए संकटमोचन के मंदिर में एक यज्ञ करवाना होगा। पंडितजी बता रहे थे, मध्यमा उंगली में शुद्ध नीलम धारण करने से शनि का नाश होता है। अपनी पार्टी के वरिष्ठ कार्यकर्ता रामसेवकजी को यज्ञ के कार्य में लगाना ठीक रहेगा और अपने पी.ए. तिवारीजी को शुद्ध नीलम की खोज में भेजा जाए।

किसी पहुंचे हुए सिद्ध महात्मा या तांत्रिक का आशीर्वाद लेना भी ठीक होगा। अपने पड़ोसी जगेश्वर बाबू तो खड़ेसरी महाराज की कृपा से आज कैबिनेट में हैं। ऐन चुनाव के समय में मेरे जीवन में शनि का अढ़ैया शुरू हो गया है, तब खड़ेसरी महाराज का आशीर्वाद ले लेने में ही भला है। ठीक है, कुछ दिनों तक अखबार वाले लिखते रहेंगे कि प्रगतिशील विचारधारा के नेता भैयाजी, साधु-संतों के चक्कर में! लिखने दो उनको, इधर तो जान आफत में फंसी है। थोड़ी-सी छवि ही बिगड़ेगी, फिर उसे संवार लेंगे। आखिर कौन नहीं

जाता साधु-संतों की शरण में। बड़े-बड़े नेताओं को मैंने तांत्रिकों की देहरी पर नाक रगड़ते देखा है। अब यदि संकट के क्षणों में मैंने भी खड़ेसरी महाराज के पैर छू लिए तो उससे कौन-सी आफत आ जाएगी? साधु-संतों का मान-सम्मान तो हमारे देश में आदिकाल से है। राजा राम भी गुरु वशिष्ठ से पूछे बगैर कभी कुछ नहीं करते थे। यह तो हमारी संस्कृति का अभिन्न अंग है। मुझे भी तो अपनी गौरवशाली परंपरा का पालन करना है।

—भैयाजी

(दो)

श्री हाईकमान सदा सहाय!

चुनाव के दिन सिर पर हैं इसलिए लोग एक-दूसरे की पत्ती काटने में लगे हुए हैं। मेरे कुछ दुश्मन कुछ दिनों से मेरे खिलाफ ऊपर वालों के कान भर रहे हैं। इस स्थिति से भी निपटना होगा। ऊपर के कुछ प्रभावशाली लोगों का अपने क्षेत्र में दौरा करवा लिया जाए। इसी बहाने चार साल बाद अपने क्षेत्र के मतदाताओं से मुलाकात भी हो जाएगी और ऊपर वालों को मेरी सक्रियता का प्रमाण भी मिल जाएगा। कार्यकर्ताओं को बुलाकर शीघ्र दौरों का इंतजाम करवाना होगा।

मैं महसूस कर रहा हूं कि इन दिनों अखबार वाले मुझे ठीक से कवर नहीं कर रहे हैं। पता नहीं उनकी क्या नीति है। बेमतलब के समाचारों को तो बढ़ा-चढ़ाकर छापते हैं और महत्त्वपूर्ण समाचारों को पर्याप्त स्थान नहीं देते। परसों ही एक अनाथालय का उद्घाटन मेरे कर-कमलों से संपन्न हुआ। अहा! क्या भव्य समारोह था। मेरा भाषण लगभग तीन घंटे तक चला, जिसमें अनाथालय की उपयोगिता पर मैंने कई तरह से प्रकाश डाला। उस समय मेरे दर्जनों फोटो खींचे गए। भोज भी बहुत शानदार हुआ था। क्या बढ़िया पुलाव बना था उस दिन। अब इतने महत्त्वपूर्ण और भव्य समारोह का समाचार सभी अखबारों के मुख पृष्ठों पर आना चाहिए। दर्जनों फोटो मेरे उतरे परंतु अखबारों में एक भी नहीं छपा। पिछले पन्नों पर सिर्फ चार पंक्तियों में खबर छपी। अखबार वालों को तो सिर्फ सनसनीखेज किस्सों में ही रस है। अब खा लिया होगा किसी ने तोप-खरीदी में कमीशन, कर लिया लोगों ने हवाला तो इसमें

सैकड़ों पन्ने काले करने की क्या जरूरत है! व्यर्थ ही प्रेस वाले इतना हाय-तौबा मचाते रहते हैं। भई, अपने-अपने भाग्य की बात है। पैसा तो आनी-जानी चीज है। हाथ का मैल है, इसके लिए इतना क्यों चिल्लाना! मुख्य बात है, समाज-सुधार। इधर हम दिन-रात समाज-सुधार के लिए मरे जा रहे हैं और अखबार वाले हमारा एक फोटो तक नहीं छापते। जरूर इसमें मेरे विरोधियों का षड्यंत्र है। इस बार किसी तरह मुझे पार्टी का टिकट मिल जाए, फिर एक-एक को अच्छी तरह देख लूंगा।

जल्द ही नगर के सब छोटे-बड़े पत्रकारों को एक प्रीतिभोज में आमंत्रित करता हूं। बहुत दिन हो गए प्रेस वालों से ठीक से मुलाकात ही नहीं हो पाई! प्रेस तो लोकतंत्र का महत्त्वपूर्ण पहिया है, उसके बगैर भला गाड़ी कैसे चलेगी!

—भैयाजी

(तीन)

बजरंगबली सदा रक्षा करें!

लगता है, शनि महाराज तो मेरे पीछे हाथ धोकर पड़ गए हैं। अब इसे शनि का प्रभाव न कहें तो और क्या कहें कि मेरी छोटी बेटी ने अपने ब्राह्मण समाज के होनहार लड़कों को छोड़कर एक कायस्थ लड़के से शादी कर ली। हालांकि लड़का अच्छा है। बड़ा उद्योगपति है। करोड़पति परिवार का है। यह रिश्ता मुझे पसंद भी है। परंतु इस अप्रत्याशित घटना से मेरे ब्राह्मण वोट बहुत प्रभावित हुए हैं।

उधर ठाकुरों के वोटों पर भी विश्वास नहीं किया जा सकता। पिछले दिनों ठाकुरों ने जो हत्याएं, डाके और बलात्कार किए, उसमें कई बड़े-बड़े आदमी फंस गए। कुछ अपने आदमी भी थे। एक-दो लोगों को सजा भी हो गई। बहुत प्रयासों के बाद भी मामला रफा-दफा न हो पाया। इससे ठाकुर बुरी तरह असंतुष्ट हैं। सिर्फ हरिजन आदिवासियों पर ही भरोसा किया जा सकता है। सरकार उनके लिए बहुत कर रही है। तरह-तरह की योजनाएं सरकार ने उनके लिए खोली हैं। कुछ मुझे भी करना चाहिए। उनके टोले में शराब का ठेका मैंने रमलू भाई को दिलवाया है। उसे बुलाकर बताना होगा कि अब शराब के वितरण में पर्याप्त उदारता बरते। यह शराब भट्ठी टोले वालों की ही है। इसे वे अपनी ही दुकान समझें।

ठाकुरों और ब्राह्मणों के लिए भी कुछ-न-कुछ तो करना ही होगा। सोचता हूं, कुछ परमिट, कुछ लाइसेंस और थोड़े-से ठेके दोनों समुदाय के प्रभावशाली लोगों में बांट दिए जाएं तो स्थिति सुधर जाएगी।

कुछ दिनों से देख रहा हूं कि शहर का मुख्य अखाड़ा बिलकुल खाली रहता है। आजकल लोग कसरत नहीं करते। कुश्ती, मुक्केबाजी और लाठी भांजना, ये राष्ट्रीय खेल हैं। लोग इनमें रुचि नहीं लेते और सरकार को दोष देते हैं कि सरकार देशी खेलों के प्रति उदासीन है। जग्गू दादा भी बहुत दिनों से खाली बैठे हैं। उन्हें भी मैंने एक अरसे से कोई काम नहीं बताया। खाली रहने से शरीर और हथियार दोनों में जंग लग जाता है। उनसे कहना पड़ेगा कि भैया, अब दिन नजदीक आ गए हैं, अपना अखाड़ा शुरू कर दो। अपने क्षेत्र में बेरोजगारी बहुत बढ़ गई है। किसी को कोई चिंता-फिकर नहीं है। सरकार बेचारी क्या करे! कहां-कहां देखे! बहुत समस्याएं हैं, उसके सामने! पाकिस्तान की समस्या है। कश्मीर की समस्या है। समस्याएं ही समस्याएं और एक अकेली सरकार। अब अपने क्षेत्र की चिंता मैं न करूंगा तो कौन करेगा! जग्गू दादा को कल ही कहता हूं कि अखाड़े में शागिर्दों की भर्ती बढ़ा दें। बहुत सारे युवकों की जरूरत पड़ेगी। नए-नए लोगों को दांव-पेच सीखने में भी समय लगेगा। अभी बहुत कुछ करना शेष है। अब बचे ही कितने दिन हैं।

—भैयाजी

(चार)

लक्ष्मी मैया सदा सहाय!

तबादलों का मौसम बीता जा रहा है और मैंने अभी तक कोई तबादले नहीं करवाए। जाने कैसे-कैसे अफसर मेरे क्षेत्र में आकर जम गए हैं। पहले एक गुप्ताजी हुआ करते थे। बड़े भले आदमी थे। उनकी गाड़ी में मैंने बहुत दौरे किए। चुनाव के दिनों में गुप्ताजी फुल टैंक पेट्रोल भराकर गाड़ी भेजा करते थे। अब ऐसे कर्मठ और ईमानदार अफसर इस क्षेत्र में दिखाई ही नहीं देते। अपना बड़का बबुआ कई दिनों से सिंचाई विभाग, वन विभाग, पी.डब्ल्यू.डी. और आबकारी विभाग के अधिकारियों की लंबी लिस्ट लिए बैठा है। उसने लोगों को आश्वासन भी दे दिया है कि वांछित जगह उनका स्थानांतरण करा

देगा। इधर मुझे ही पार्टी की लगातार बैठकों के कारण समय नहीं मिल पाया। यह राजनीति का क्षेत्र ही ऐसा है। जिसमें देश के कार्यों में सारा समय खर्च हो जाता है। अपने कार्यों के लिए समय ही नहीं मिल पाता। अब अपनों के लिए तो थोड़ा समय निकालना ही होगा। बबुआ की लिस्ट को देखकर तुरंत कार्य कराने होंगे। बहुत कम समय रह गया है।

पिछले आम चुनाव में कवि विद्याधर 'बेचैन' की सेवाएं बहुत सराहनीय रहीं। नारे बहुत बढ़िया लिखता है वह। पोस्टरों और विज्ञापनों के निर्माण में तो उसकी प्रतिभा झलक उठती है। मेरे कार्यक्रमों, नीतियों और उपलब्धियों को वह इतने प्रभावशाली ढंग से लिख देता है कि कभी-कभी मुझे अपने आप पर भी संदेह होने लगता है। सचमुच बड़े काम का लेखक है वह। उसकी कुछ कविताएं मैंने प्रयास करके पाठ्यक्रम में लगवा दी थीं। साहित्य का एक बड़ा पुरस्कार भी उसे दिलवा दिया। इस चुनाव के बाद उसे किसी पीठ पर बिठा देंगे।

इधर साहित्यिक कार्यक्रमों के सिलसिले में विद्याधर वर्षों विदेश-प्रवास में रहा और मुझे भी उसकी याद नहीं आई। उसे बुलवाना ही होगा। उसकी सेवाएं बहुत महत्त्वपूर्ण हैं। क्षेत्र में कुछ बूढ़े-पुराने और प्रतिष्ठित साहित्यकार भी हैं। इस समय उनका भी मुझे स्मरण आ रहा है। मैंने सुना है, भारतीय संस्कृति महान् है। भारतीय साहित्य सर्वश्रेष्ठ है। यह बिलकुल उपयुक्त समय है, जब इस क्षेत्र के वरिष्ठ साहित्यकारों और कलाकारों का सम्मान हो ही जाना चाहिए। मानपत्र, नारियल और शॉल के अलावा लगता ही क्या है! परंतु इससे बड़े फायदे हैं। लोगों में अपनी छवि सुधरती है। रही भाषण की बात, तो विद्याधर 'बेचैन' से लिखवा लेंगे। इस प्रकार बौद्धिक जगत् में भी अपनी पकड़ मजबूत हो जाएगी।

—भैयाजी

आत्महत्या के बाद

एक युवक था—गरीब, बेकार और असहाय। आजादी के बाद इस देश में बहुत उन्नति हुई। जैसे—गरीबी बढ़ी, अपराध फैले, भ्रष्टाचार पनपा, चरित्र गिरा और बेरोजगारी तेजी से बढ़ी। ये आजाद देश की उपलब्धियां हैं। वह युवक भी और युवकों की तरह पढ़ा-लिखा बेरोजगार था; परंतु कर्मठ, लगनशील और कुछ करने की धुन का पक्का। उसने कुछ पैसे मित्रों से उधार लिए। पत्नी के जेवर गिरवी रखे और पिता का एक एकड़ खेत रेहन रखकर उसने बैंक से लोन लिया। टैक्सी खरीदी। उसने सोचा, इसे अपने गांव से शहर के बीच चलाएगा। इस बीच उसने टैक्सी चलाने के लिए कमिश्नर ऑफिस में परमिट के लिए आवेदन भी दे दिया।

टैक्सी आ गई। परमिट नहीं आया। उस युवक को यह पता न था कि आजाद मुल्क में टैक्सी खरीदना तो सरल है, परंतु उसका परमिट प्राप्त करना बहुत कठिन। वह रोज सुबह से शाम तक आर.टी.ओ. और कमिश्नर ऑफिस के चक्कर लगाता। वह बाबुओं को चाय पिलाता, अफसरों से मिलने के लिए चपरासियों को टिप देता; परंतु परमिट उसे नहीं मिला। महीनों हो गए। टैक्सी घर पर खड़ी है। बिना परमिट चलाए तो पुलिस वाले धर दबोचें। इधर बैंक का ब्याज बढ़ता जा रहा है। घर बिका, खेत बिका और पत्नी के गहने भी बिक गए बैंक की किस्त पटाने में। टैक्सी खड़ी है। उसे चला नहीं सकते। परमिट नहीं मिला। प्रशासन चुस्त है। अफसर कड़क हैं। बाबू नियम-कायदों से बंधे हैं। चपरासी बिना टिप लिए अफसर से मिलने नहीं देता। अफसर दौरे पर हैं। बाबू चाय पीने गए हैं। परमिट अभी तक नहीं मिला। बैंक से फिर नोटिस आया। युवक मायूस है। देश तरक्की कर रहा है।

पत्नी के ताने सहते, पिता की डांट खाते और मित्रों का उपहास झेलते वह तंग आ गया। कई महीने चक्कर लगाने के बाद भी उसे टैक्सी चलाने के लिए परमिट नहीं मिला। ऐसा नहीं है कि इस बीच उस कार्यालय से किसी को परमिट नहीं मिला। मिला, जिनके लिए मंत्री के फोन आए। गुंडों-बदमाशों को टैक्सी क्या, बस चलाने का परमिट आनन-फानन मिला। पत्रकारों ने अपनी बीवियों के नाम टैक्सियां खरीदी थीं। उन्हें सहजता से परमिट मिले। परंतु उस ग्रामीण युवक को परमिट नहीं मिला। उसके लिए बाबू सदा व्यस्त रहते। उसका केस देखने की उन्हें फुरसत न मिली। अफसरों को ढेर सारे काम हैं। किसी ग्रामीण युवक के अदना परमिट के लिए कोई क्यों फिक्र करे!

आखिर तंग आकर एक दिन उसने कमिश्नर ऑफिस में ही जहर खाकर आत्महत्या कर ली। सहसा प्रशासन नींद से जागा। मीडिया ने अब अपनी भूमिका निभाई। अफसर चिंतित हुए। बाबू परेशान नजर आए। परंतु वह तो इन सबसे तंग आकर दुनिया छोड़कर जा चुका था। अब उसकी मौत की समीक्षा होनी थी। खूब समीक्षा हुई। जांच दल आया। जांच दल में अफसरों के मित्र अफसर आए। जांच दल को परेशान और दुःखी अफसरों पर दया आई। फाइलें खुलीं। परचे पढ़े गए। कागजों का अवलोकन हुआ। अंततः पाया गया कि उस युवक का आवेदन दोषपूर्ण था। उसने आवेदन की सभी पूर्तियां ठीक से नहीं भरी थीं। अफसरों की कोई गलती नहीं है। अफसर तो हर छोटा-बड़ा कार्य करने के लिए सदा तत्पर रहते हैं। प्रशासन का कोई दोष नहीं है। प्रशासन नियम-कानून से बंधा है। जब आवेदक ने आवेदन फॉर्म ही ठीक-ठाक नहीं भरा तो प्रशासन बेचारा क्या कर लेता।

युवक ने सरेआम सरकारी दफ्तर में आत्महत्या कर ली, तब सरकार ने जांच दल भेजकर अपने कर्तव्य की इतिश्री की। परंतु विपक्षी इस मौत को यों कैसे छोड़ देते! उन्हें विरोध का एक मुद्दा मिला। उन्होंने अपनी राजनीतिक शैली में विरोध किया। उन्हें इस मौत से राजनीतिक लाभ चाहिए। वे विरोध करेंगे तो उनका वोट बैंक पक्का होगा। उनकी जमीन मजबूत होगी। विरोधियों ने इस मौत से अपनी जमीन खूब मजबूत की। कुछ सामाजिक संस्थाएं भी सामने आईं। उन्होंने भी अपना उल्लू सीधा किया। सारी उथल-पुथल और ऊहापोह में उस युवक के परिवार की किसी ने कोई सुध न ली। युवक की पत्नी, बच्चे,

बाप और परिवार के अन्य सदस्य कैसे हैं? घर का खर्च कैसे चल रहा है? टैक्सी कहां, किस हाल में है? बैंक से लिए गए लोन की किस्तें अब कौन और कैसे भरेगा? इन प्रश्नों के जवाब किसी ने नहीं तलाशे।

हां, संवेदनशील मंत्री महोदय ने एक काम जरूर किया, जिसकी मीडिया में खूब तारीफ हुई। उन्होंने संबंधित अफसरों का स्थानांतरण अन्यत्र कर दिया। कुछ लोगों ने दबी जबान कहा—"ये अफसर सालों से यहां जमे थे। किसी का प्रमोशन होना था और कोई रिटायर होने वाला था। वैसे भी इन अफसरों को यहां से जाना ही था। ठीक है, अफसरों के मन का हुआ। इसे कहते हैं, एक तीर से दो शिकार। जनता भी खुश और अफसर भी खुश।"

पूरे साल भर मैंने भी उस ऑफिस के खूब चक्कर लगाए सरकारी आवास सुविधा पाने के लिए। यह सुविधा अपनी किस्मत में कभी नहीं रही। आधी से ज्यादा उम्र मैंने किराए के मकानों में रहते काट दी। तमाम कोशिशों के बावजूद मैं कभी भी अपने लिए सरकारी मकान आवंटित नहीं करा पाया। पिछले दिनों जब महानगर में रहने आया तो यहां के मकानों के किराए सुनकर अपने तो प्राण ही हलक में अटक गए। प्राणों को यों हलक में अटकाए हुए मैं मजबूरन किराए के एक मकान में रहने लगा। इस तन से प्राणपखेरू पूरी तरह उड़ ही न जाएं, यह सोचकर सरकारी आवास पाने के लिए मैंने कमिश्नर ऑफिस में अपना आवेदन प्रेषित कर दिया था। फिर शुरू हुआ बाबुओं, चपरासियों और अफसरों के इर्द-गिर्द भटकने का अंतहीन सिलसिला। इस बीच मैं किस-किससे नहीं मिला। कहां-कहां नहीं भटका। न जाने किस-किस चाहे-अनचाहे आदमी से सौहार्दपूर्ण भेंट की। कई बार कमिश्नर साहब से मिलकर मैंने मिन्नतें कीं। हर बार उन्होंने यही कहा, "बस, अब हो जाएगा।" परंतु कुछ नहीं हुआ। क्यों नहीं हुआ? मेरे आवेदन में कहां क्या कमी रह गई। 'आत्महत्या' के बाद जब कोई जांच दल आएगा तो वही इन प्रश्नों के मनगढ़ंत जवाब दे पाएगा।

उस युवक की आत्महत्या का हृदय-विदारक समाचार सुनकर मैं फिर कभी उस ऑफिस में नहीं गया। मैंने यह मान लिया कि मुझे कभी सरकारी मकान आवंटित नहीं होगा। मैं आत्महत्या नहीं करना चाहता। आप चाहें तो मुझे बुजदिल कह सकते हैं। मैं जानता हूं कि आत्महत्या करने से कहीं कुछ नहीं बदलेगा; बल्कि मेरी आत्महत्या से, जिनसे मैं परेशान रहा, उन्हें कुछ लाभ ही

होगा। उनका मनचाही जगह स्थानांतरण हो जाएगा। विरोधियों की जमीन मजबूत होगी। उनका वोट बैंक बनेगा। सामाजिक संस्थाओं के पदाधिकारी इसी बहाने अफसर के घर चाय पीने जाएंगे। बात मेरी मौत से शुरू होकर उनके किसी व्यक्तिगत काम पर समाप्त होगी। मैं अपनी आत्महत्या से ऐसे सुअवसर लोगों को प्रदान नहीं करना चाहता। इसलिए मैं आत्महत्या नहीं करूंगा।

उस युवक ने एक टैक्सी का परमिट न मिलने के कारण आत्महत्या कर ली। मुझे उसकी मौत पर दुःख है। काश, वह युवक मुझे पहले मिला होता तो हम दोनों आपस में कुछ कह-सुनकर एक-दूसरे का दुःख बांट लेते। मुझे एक दोहा याद आ रहा है–

समय दुनाली हो गया भरी हुई बंदूक।
जाने कब कैसा करे किसके साथ सलूक।।

चुनाव ड्यूटी और छुट्टन बाबू

अपने छुट्टन भैया तहसील ऑफिस में बड़े बाबू हैं। सीनियर आदमी हैं। अब तक कई चुनाव निपटा चुके हैं। पहले उत्साहपूर्वक चुनावी गतिविधियों में रुचि लेते थे। कर्मचारी यूनियन के चुनावों से लेकर मंडी चुनाव, पंचायत चुनाव, नगरपालिका चुनाव, लोकसभा चुनाव, विधानसभा चुनाव और मध्यावधि में आ टपके किसी भी चुनाव में छुट्टन भैया मुस्तैदी से अपनी ड्यूटी पूरी करते थे। मजाल है, उनके रहते चुनाव-कार्य में जरा-सी भी गलती हो जाए। मतदान केंद्र कहीं भी हो, कितनी ही दूर आदिवासी अंचल में हो या शहरी क्षेत्र में, छुट्टन भैया एक दिन पहले बोरिया-बिस्तर और मतदान सामग्री के साथ अपने केंद्र पर पहुंच जाते। भले ही उनके साथ आए पोलिंग एक और दो वाले कर्मचारी रात बिताने के लिए कहीं भी चल देते, परंतु छुट्टन भैया ने कभी मतदान केंद्र नहीं छोड़ा। मच्छरों से रातभर चिथते रहे। खपरैल वाली, माटी के फर्श की कुठरिया में दरी पर लेटकर उन्होंने रात काट दी, परंतु मतदान सामग्री को अपनी छाती से चिपकाए रहे। लोकतंत्र की रक्षा का सवाल था। उन्होंने पूरी जिम्मेदारी से जनतंत्र की रक्षा में अपना योगदान किया।

इधर चुनाव ड्यूटी की खबर सुनते ही उनके प्राण सुटपुटाने लगते हैं। और बाबुओं की तरह वे भी चुनाव ड्यूटी कैंसिल कराने की जुगत में लग जाते हैं। कोई फर्जी मेडिकल सर्टिफिकेट बनवा रहा है। कोई चुनाव-संहिता लागू होने के पूर्व ही लंबी छुट्टी पर भाग जाना चाहता है। चुनाव के समय तो छुट्टी मिलने से रही। कोई अपने ऑफिस के बड़े बाबू को पटाता है कि जिला निर्वाचन कार्यालय को जो सूची भेजी जानी है, उसमें यहीं से उनका नाम काट दिया जाए। वहीं कुछ लोग जिला निर्वाचन कार्यालय तक भी दौड़ जाते। वहां के बाबुओं को पटाते। उन्हें चाय-नाश्ता कराते। चाय-नाश्ते से बात न बने तो कुछ

रुपए उनके खीसे में खोंसकर निवेदन करते—"भैया, बख्शो इस चुनाव ड्यूटी से। यार, किसी प्रकार बचा लो इस झंझट से। पता नहीं मतदान केंद्र से जिंदा आ पाएंगे कि नहीं। नाम काटना बहुत मुश्किल हो तो यहीं-कहीं शहर के किसी मतदान केंद्र में पटक देना। सुदूर किसी गांव में न भेजना भैया, प्लीज।"

देश में हमेशा चुनाव का मौसम रहता है। लोकसभा और विधानसभा के चुनाव भले ही पांच साल में होने तय हों, परंतु मध्यावधि चुनाव तो कभी भी हो सकते हैं और वे आएदिन होते रहते हैं। कभी देश में, कभी प्रदेश में। अब वे दिन गए जब सरकारें अपना कार्यकाल पूरा, अर्थात् पांच साला कोर्स कर लेती थीं। अब तो सरकार बनते देर नहीं होती कि उसे गिराने के षड्यंत्र चालू हो जाते हैं। कहीं-कहीं तो सरकार बनते-बनते ही भरभराकर गिर जाती है। किसी तरह सरकार बन ही गई तो वह पुराने सभी निकायों को भंग करके सबसे पहले उनके चुनाव का श्रीगणेश करती है। स्थानीय निकायों के चुनाव पूरे होते-होते सरकार के गिरने का वक्त आ जाता है। फिर नई सरकार। फिर चुनाव। इस प्रकार चुनाव का सिलसिला देश में चलता ही रहता है। कर्मचारीगण जनता का काम छोड़कर आएदिन कोई न कोई चुनाव कराते रहते हैं।

छुट्टन बाबू पुराने आदमी हैं, अनुभवी हैं। कलेक्टर ऑफिस के बाबुओं को पटाकर रखते हैं। कई सालों से चुनाव ड्यूटी से अपना नाम कटवाते आए। ऑफिस के दूसरे बाबू उनसे ईर्ष्या रखते हैं। किसी भी चुनाव की घोषणा होते ही ऑफिस में चर्चे होने लगते—"अब तो अपने छुट्टन बाबू बीमार होने वाले हैं। का हो बड़े बाबू, एक ठो मेडिकल सर्टिफिकेट हमारे लिए भी भिड़ा दो न, कलेक्टर ऑफिस से हमारा भी नाम कटवा देते बड़े बाबू! जो खर्चा होगा हम दे देंगे।" छुट्टन बाबू सबकी सुनते रहते। अपनी तरफ से कभी कोई कमेंट न करते। जब चुनाव ड्यूटी के लिए आदेश-पत्र आते तब पता नहीं किस चमत्कार से छुट्टन बाबू का आदेश-पत्र उसमें न होता। सब आश्चर्य करते हुए अपने भाग्य को कोसते और छुट्टन बाबू के भाग्य की सराहना करते।

इस बार जब विधानसभा के मध्यावधि चुनाव आए, तब छुट्टन बाबू की कोई न चली। उन्होंने अपनी ड्यूटी कटवाने के लिए एड़ी-चोटी का पसीना एक कर दिया। परंतु उनकी चुनाव-ड्यूटी कैंसिल न हुई। ऑफिस में सबको आश्चर्य हुआ कि अबकी छुट्टन बाबू कैसे फंस गए। हमेशा चुनाव में ड्यूटी न लगने पर चुप रहने वाले बड़े बाबू ड्यूटी लग जाने पर इस बार मुखरित हुए—"चुनाव

करवाना सबसे महत्त्वपूर्ण कार्य है। आखिर हम सरकार के निर्माण में अपना सहयोग प्रदान करने जा रहे हैं। लोकतंत्र में चुनाव जरूरी है। चुनाव से लोग मुंह चुराएंगे तो फिर सरकार कैसे बनेगी? सरकार न बनेगी तो हमारे प्रदेश का कामकाज कैसे चलेगा? इसलिए लाख मुसीबतें हों, हजार खतरे आएं, परंतु हमें चुनाव भलीभांति संपन्न कराने हैं।"

ऑफिस में तो बड़े बाबू खूब डींग हांकते रहे, परंतु रातभर उन्हें मारे डर के नींद नहीं आई। यह नक्सलवाद से प्रभावित क्षेत्र है। आएदिन यहां हिंसक वारदातें होती रहती हैं, चुनाव के समय सुदूर ग्रामीण क्षेत्रों में नक्सलवादी गतिविधियां और बढ़ जाती हैं। चुनाव प्रत्याशियों की अपनी निजी सेनाएं हैं। उनके गुंडे हैं, जो प्रायः हर चुनाव में दंगा-फसाद करते हैं। बूथ लूट लिए जाते हैं। चुनाव पार्टियों को परेशान किया जाता है। कई अधिकारी-कर्मचारियों का अपहरण हो जाता है। सरकार हमारी निष्ठा पर संदेह करती है। जरा-सी गलती पर तुरंत सस्पेंड कर दिया जाता है। इस क्षेत्र में चुनाव ड्यूटी पर जाना तलवार की धार पर चलने जैसा है। पर अब तो ड्यूटी लग ही गई है। परसों ही चुनाव कार्य के लिए जाना है। जाना ही पड़ेगा। छुट्टन बाबू चिंतित हैं।

बहुत डरते-डरते, जान हथेली पर लिए छुट्टन बाबू अपनी टीम के साथ चुनाव ड्यूटी के लिए निकले। चुनाव पार्टियों को ले जाने वाले ट्रक ने रात नौ बजे उन्हें नदी किनारे जंगल में उतार दिया। नदी पार करने के पश्चात् उन्हें दस किलोमीटर पैदल चलना था, तब उनका मतदान केंद्र आता। दिसंबर की ठंड झेलते हुए उनकी पार्टी ने रात दस बजे डोंगे में बैठकर नदी पार की। यहां से फिर पैदल यात्रा शुरू हुई। किसी प्रकार सुबह तक वे अपने मतदान केंद्र पहुंच पाए। दूसरे दिन चुनाव होना था। एक दिन पूर्व मतदान केंद्र पर पार्टियों को पहुंचना जरूरी होता है, सो छुट्टन बाबू अपनी पार्टी के साथ सफलतापूर्वक समय पर अपने मतदान केंद्र पहुंच गए।

दिन भर तरह-तरह के लोग मतदान केंद्र के इर्द-गिर्द मंडराते रहे। कुछ लोगों ने चुनाव पार्टी में आए लोगों को बहलाने-फुसलाने की कोशिश की। कुछ लोग अपनी मूंछ ऐंठते हुए न जाने किसे गालियां बकते, बाहर घूमते रहे। पार्टी में दो होमगार्ड के जवान भी थे, जिनके हाथ में एक अदद डंडा था, जिसके बल पर उन्हें अपनी और अपने साथ आए चार अन्य लोगों की रक्षा करनी थी। लोगों से ज्यादा तो बैलेट पेपरों की चिंता थी। कोरे गुम जाएं तो आफत। मतदान होने

के पश्चात् कोई पेटी ले उड़े तो गई सबकी नौकरी। रात हर पल यह खतरा बना रहा कि न जाने किस कोने से हथियारबंद लोग आएं और हमारे सीने पर बंदूक रख के बैलेट पेपर की अटैची ले उड़ें। रातभर में ठप्पा लगा सुबह पेटी में उन्हें भरकर हमें थमा दें कि "लो, ले जाओ इस मतदान पेटी को। जमा कर दो अपने ऑफिस में। बस हो गया यहां मतदान।" ऐसे समाचार आएदिन छुट्टन बाबू अखबारों में पढ़ते रहते थे। उन्हें रह-रहकर यह शंका खाए जा रही थी कि कहीं उनकी पार्टी के साथ भी कोई ऐसी-वैसी बात न हो जाए। किसी प्रकार राम-राम रटते हुए छुट्टन बाबू ने रात काटी।

सुबह मतदान शुरू होने से पूर्व झगड़ा हुआ। प्रत्याशियों के एजेंटों के साथ गांव के पटेल, ठाकुर साहब और जग्गू पहलवान भी मतदान केंद्र में बैठना चाहते थे। बड़ी मुश्किल से छुट्टन बाबू उन्हें समझा पाए कि भैये, ये मतदान केंद्र है, कोई चाय या पान की गुमटी नहीं, जहां कोई भी बेमतलब कितनी ही देर तक बैठा रह सकता है। अभी मतदान शुरू हुए एक घंटा भी न हो पाया था कि सामने बैठे हुए दो एजेंट भड़क उठे—"ये लोग वोट डाल गए हैं, अब दुबारा दूसरे नामों से वोट डालने आए हैं।" वो लोग चार-पांच थे। एजेंटों की आपत्ति सुनकर वे जोर-जोर से चिल्लाने लगे—"हमने कोई वोट नहीं डाला। हम अभी पहली बार आए हैं।" छुट्टन बाबू की समझ में न आया कि वे क्या करें? वे घबरा गए, कहीं झगड़ा न बढ़ जाए। वे अपनी सीट से उठे और विवाद करते लोगों को बाहर ले जाकर समझाने लगे। थोड़ी देर बाद गांव के और लोग भी इकट्ठा हो गए। लगता था कि झगड़ा बहुत बढ़ जाएगा। अंदर कुछ विवाद और हुआ। कुछ लोगों के नाम पर वोट डाले जा चुके थे, परंतु वे लोग हाथ में परची लिए सामने खड़े थे। फिर एक नए विवाद की स्थिति बनी। छुट्टन बाबू ने धैर्य से काम लिया। सबको शांतिपूर्वक समझाया। नियमानुसार उन्होंने टेंडर वोट डलवाए। चैलेंज वोट डलवाए। बड़ी मुश्किल से वे स्थिति पर नियंत्रण कर पाए। दोपहर को इसी प्रकार अंधे और विकलांग मतदाताओं के वोटों को लेकर किचकिच हुई। एजेंटों और मतदान केंद्र के आसपास मंडराते हुए छुटभैये नेताओं ने छुट्टन बाबू की मिट्टी-पलीत करने में कोई कसर न छोड़ी। शाम पांच बजे के समय सबसे ज्यादा भीड़ हुई। सबको परचियां देनी पड़ीं। देर रात लोगों ने मतदान किया। इस प्रकार रात ग्यारह बजे मतपेटियां सील हो पाईं। मतपत्र-लेखा आदि बनाते-बनाते बारह बज गए। आधी रात के

बाद मतपेटियों के साथ चुनाव पार्टी ने नदी की तरफ प्रस्थान किया। नदी पार करते हुए सुबह हो गई। उस पार ट्रक में अन्य पार्टियां इस पार्टी के आने की प्रतीक्षा कर रही थीं। लगभग आठ बजे वह ट्रक सभी पार्टियों को लेकर शहर की ओर रवाना हुआ।

दोपहर बारह बजे छुट्टन बाबू चुनाव सामग्री जमा करने के लिए कलेक्टर ऑफिस के सामने लाइन में जाकर खड़े हुए। जब तक मतपेटियों और बचे हुए मतपत्र जमा नहीं हो जाते, तब तक जान सांसत में फंसी रहती है। किसी प्रकार शाम चार बजे तक छुट्टन बाबू अपना पूरा सामान जमा कर पाए। घर पहुंचकर वे धम्म से अपने पलंग पर पसर गए। उन्हें लग रहा था, जैसे वे किसी युद्ध-क्षेत्र से वापस आए हैं। भूख और थकान से उनका बुरा हाल था। हाथ-मुंह धोकर खाना खाने बैठे। उधर दूरदर्शन पर समाचार प्रसारित हो रहे थे—प्रदेश में 45 मतदान केंद्रों पर हिंसक वारदातें हुईं। चुनाव पार्टियों के साथ मारपीट हुई। बूथ लूट लिए गए। फर्जी मतदान हुआ...।

छुट्टन बाबू ने मन ही मन कहा, गनीमत है उनके मतदान केंद्र में इस बार कुछ नहीं हुआ। किसी चुनाव ड्यूटी में यदि उनके साथ कुछ हो गया तो इस परिवार का क्या होगा, जिसमें उनके अलावा कोई कमाने वाला नहीं है। यह सोचते ही उनका मन बेचैन हो जाता है।

●●

दीवारों में खिड़कियां

मकानों में जब पहले-पहल खिड़कियां बनाई गईं तब उद्देश्य यही था कि बाहर का प्रकाश भीतर आ सके। ताजी हवा के झोंके भीतर आ जाएं और भीतर की बासी हवा सुगमता से बाहर निकल जाए। तब मकान बनाने वालों को क्या पता था कि ये खिड़कियां कालांतर में कैसे-कैसे गुल खिलाएंगी।

एक खिड़की तो ठीक मेरे घर के सामने है। यह सुंदर खिड़की कचरा फेंकने के काम आती है। मैं सुबह-सुबह अपने घर का द्वार खोलता हूं। उधर खिड़की के पट खुलते हैं और सीधे एक पोलीथीन का पैकेट मेरे घर के सामने आकर गिरता है। उसमें अंडों के छिलके, पिलपिले टमाटर, बचा हुआ बासी खाना और घर का ढेर सारा कूड़ा-करकट होता है। इस खिड़की के कारण कई बार उस घर के लोगों से हमारे घरवालों का झगड़ा हुआ है। होता रहता है। इधर हम लगातार चिल्लाते रहते हैं। उधर उन पर कोई असर नहीं होता। हमारी बड़बड़ाहट के जवाब में उस घर के लोग कचरे का और बड़ा पैकेट खिड़की से बाहर फेंक देते हैं। कभी-कभी तो ये कचरे के पैकेट हमारे आंगन में आकर गिरते हैं। हम सिवा चिल्लाने के और क्या कर सकते हैं? सब खिड़की की महिमा है। काश! ये खिड़की न होती। हम उस खिड़की के कारण बहुत परेशान हैं, परंतु कुछ नहीं कर सकते। कभी-कभी लगता है, खिड़की के उस पार कूद जाएं। कैसा होगा उस घर का संसार? कैसे होंगे उस घर के लोग, जिन्हें दूसरों के घरों में कचरा फेंकना अच्छा लगता है। फिलहाल हम इस पार खिड़की के द्वारा हो रहे अत्याचार झेलने के लिए अभिशप्त हैं। भगवान ऐसी खिड़की से आपको बचाए।

मेरे अपने घर में भी एक बड़ी-सी खिड़की है, जो बाहर सड़क की तरफ खुलती है। इस खिड़की की कथा भी जानने लायक है। प्रकाश आने के लिए,

हवा आने के लिए इसे बनवाया गया था। हवा और प्रकाश इससे कितना आता है, यह तो पता नहीं, परंतु सड़क का शोर और धूल बेहिसाब आती है। मजबूरन मुझे इस खिड़की को बंद रखना पड़ता है। इस खिड़की से मेरे कमरे की शांति भंग होती है एवं थोड़ी देर खुली रहे तो पूरा कमरा धूल-धूसरित हो जाता है।

पास की गली में एक बहुचर्चित खिड़की है। उस खिड़की के नीचे खड़े होकर मनचले सीटी बजाते हैं। सीटी की आवाज होते ही खिड़की फट्ट से बंद हो जाती है, परंतु सीटी बजाने वाले अपना काम अबाध गति से करते रहते हैं। खिड़की के उस पार गरीब बाप की चार बेटियां रहती हैं। उसमें उनका क्या दोष? दोष उस खिड़की का है, जिसके नीचे खड़े होकर मनचले दंत-निपोरियां करते हैं। यह खिड़की उन लड़कियों के लिए आफत है। मुई सड़क की तरफ खुलती है। किसी दिन उस खिड़की से ये स्वर सुनाई देंगे—"शाम ढले, खिड़की तले तुम सीटी बजाना छोड़ दो।"

पड़ोसी शर्माजी के मकान में, जो पीछे की तरफ खुलने वाली खिड़की थी, एक रात वह कमाल की साबित हुई। आधी रात को चोर उस खिड़की की रॉड काटकर घर में घुस गए। फिर क्या था, चोरों ने अपनी कला के खूब जौहर दिखाए। शर्माजी के यहां कुछ नहीं बचा। जो कपड़े पहनकर सोए थे, उन्हें उतारकर ले जाना चोरों के लिए संभव नहीं था, इसलिए सिर्फ वही कपड़े बचे, शेष घर का सारा सामान खिड़की के रास्ते दूसरों का हो गया। शर्माजी का पूरा परिवार उस खिड़की को खूब कोसता है। उन्होंने उस खिड़की को चुनवा दिया और जिंदगीभर के लिए पूरे परिवार ने कसम खा ली कि पीछे की दीवार में कभी कोई खिड़की नहीं बनवाएगा। एक खिड़की के कारण पूरा घर कंगाल हो गया। कुछ खिड़कियां इसी तरह अभिशाप होती हैं।

एक और बहुचर्चित खिड़की का आपसे जिक्र करना चाहूंगा। यह खिड़की श्रीवास्तवजी के घर में थी। उस खिड़की की बगल में उनकी इकलौती बेटी के पढ़ने की टेबल लगी थी। पढ़ते-पढ़ते उनकी बेटी कब प्रेम-पाठ पढ़ने लगी, घर में किसी को पता न लगा। इस प्रेम-पाठ के अध्ययन में उस खिड़की का भरपूर योगदान रहा। खिड़की के उस पार से लगातार प्रेम-पत्र आते रहे और श्रीवास्तवजी की बेटी का अध्ययन सुचारु रूप से चलता रहा। एक दिन वह घर से बहुत सारे रुपए और अपनी मां के सारे जेवर समेटकर उसी खिड़की से कूदकर अपने प्रेमी के साथ भाग गई। बाद में 'प्रेम-कांड में खिड़की का

योगदान' शीर्षक से विभिन्न पत्र-पत्रिकाओं में लंबे-लंबे समाचार प्रकाशित हुए। इस प्रेम-प्रकरण को लेकर वह खिड़की बहुत चर्चित हुई। अंततः श्रीवास्तवजी ने उसे चुनवा दिया। पूरे शहर में उन दिनों ऐसी खिड़कियां, जिनसे प्रेम-पत्रों के आदान-प्रदान की संभावना थी, चुनवा दी गईं। कई घरों में बच्चों के पढ़ने की टेबलें, जो खिड़की के आसपास लगी थीं, उन्हें तत्काल प्रभाव से हटा दिया गया।

कुछ खिड़कियां ऐसी भी होती हैं, जिनमें चांद के टुकड़े रहते हैं। तभी तो किसी महाकवि ने यह गीत लिखा था—'मेरे सामने वाली खिड़की में एक चांद का टुकड़ा रहता है।' मुझे तो आज तक ऐसी कोई खिड़की नहीं दिखी, जिसमें चांद का टुकड़ा रहता हो। अलबत्ता हमारे कवि-मित्रों को ऐसी बहुत-सी खिड़कियों का पूरा अता-पता मालूम है। पिछले दिनों मेरे एक परिचित कवि ने अपने पड़ोस की एक दुमंजिला बिल्डिंग की तरफ इशारा करते हुए मुझे एक खिड़की दिखाते हुए बताया था कि इसमें चांद का टुकड़ा रहता है। उस समय वह खिड़की बंद थी, इसलिए मैं उस चांद के टुकड़े का दीदार करने से वंचित रह गया। बाद में मुझे किसी ने बताया कि कवि महोदय आजकल टकटकी लगाए लगातार उस खिड़की को निहारते रहते हैं। जैसे चकोर चांद की तरफ देखता है, बिलकुल उसी तरह। जाने कब खिड़की के पट खुले होंगे और कवि महोदय को चांद के टुकड़े का दीदार हुआ होगा, पता नहीं। परंतु यह पक्की खबर मुझे है कि एक दिन उस दुमंजिले मकान में रहने वाले उस चांद के टुकड़े के भाइयों ने कवि महोदय की खूब धुनाई की। तब से कवि महोदय उस खिड़की की तरफ मुंह तक नहीं करते। हां, उदास होकर प्रायः गुनगुनाते रहते हैं—'ये खिड़की जो बंद रहती है।'

मुझे अपने पुराने घर की एक खिड़की भी खूब याद है। अटारी पर अम्मा की रसोई थी। वहां से वह पुरानी खिड़की बगल वाले घर के आंगन में खुलती थी। बगल के घर में एक गरीब परिवार रहता था। घर के मुखिया को काम न मिलने पर कभी-कभी उस घर में फ़ाके की नौबत आ जाती थी। उस घर में चार-पांच बच्चे थे। अम्मा से उनका दुःख न देखा जाता। वे ऊपर की खिड़की से उस घर में खाना पहुंचा दिया करती थीं। जब हमारे घर में कोई नई चीज बनती, खिड़की के नीचे आंगन में खेलते बच्चों को अम्मा खिड़की के पास बुलाकर पकड़ा दिया करतीं। दोपहर को खिड़की में बैठकर अम्मा उस घर का

दुःख-सुख पूछतीं और यथासंभव उस परिवार की मदद करती रहतीं। उस घर से भी ढेरों दुआएं, मंगल-कामनाएं खिड़की के रास्ते हमारे घर में आ जाती थीं। वह खिड़की आपसी सहयोग, प्रेम और विश्वास की साक्षी थी। काश! ऐसी खिड़कियां सब घरों में खुली हों।

तो मित्रो! बाहर की दीवारों पर जो तरह-तरह की खिड़कियां हैं, उनके विषय में मैंने आपको बताया। कुछ खिड़कियां हमारे अपने भीतर भी होती हैं, जिनके विषय में अच्छी तरह जानना और उन्हें खुला रखना बहुत जरूरी है। जैसे दिमाग की खिड़कियां, सोच की खिड़कियां और दिल की खिड़कियां। जब तक आप मनोमस्तिष्क की खिड़कियां अच्छी तरह नहीं खोलेंगे तो हमेशा कूप-मंडूप बने रहेंगे। ज्ञान-विज्ञान का प्रकाश और नए विचारों की हवा अपने भीतर आने दीजिए। सोच की खिड़कियां खोलकर जातिवाद, धर्मांधता और अंधविश्वास की सड़ांध को बाहर निकालिए और दिल की खिड़की को तो कभी बंद मत करिए। प्रेम, दया, ममता, सौहार्द और करुणा का आदान-प्रदान भी खिड़कियों से ही होता है।

साहित्य में खिड़कियों का बड़ा महत्त्व है। नयनों की खिड़कियों पर तो न जाने कितने कवियों ने अपनी कलम घसीटी है। दरअसल, नयनों की खिड़कियां अच्छी तरह खोलकर ही कोई कवि हो पाता है। परंतु नयनों की यह खिड़की किस तरफ खुलती है, इस बात का विशेष महत्त्व है। यदि आप नयनों की खिड़की खोलकर लगातार किसी बंद खिड़की की ओर निहार रहे हैं तो उसी गति को प्राप्त होंगे, जिस गति को हमारे कवि मित्र प्राप्त हुए। आप तो उस खुली खिड़की की तलाश करिए, जिसके उस पार भरा-पूरा जीवन है, अपनी पूरी विविधता के साथ।

●●

आरक्षण और पंचायती राज

सरकार की बड़ी इच्छा है कि महिलाएं, आदिवासी और पिछड़ी जातियों के लोग आगे आएं और प्रशासन में बढ़-चढ़कर हिस्सा लें। इच्छाभर से क्या होता है! सबकी इच्छाएं कभी पूरी नहीं होतीं। हम उन्हें पूरी होने दें तब न। आइए, पंचायती राज की ही बात कर लें। जिलेभर में सरपंच के लिए कुछ सीटें महिलाओं के लिए आरक्षित की गईं, कुछ पिछड़ी जातियों के लिए। वैसे तो हर पंचायत के लिए जी-तोड़ मेहनत की गई कि वह पंचायत आरक्षण के झमेले में न फंसे। कोई जमींदार, नंबरदार या असरदार आदमी ही सरपंच बने तो अच्छा हो, परंतु ऐसा सब जगह नहीं हुआ। बहुत जगह महिलाएं जीतीं और कई जगह पिछड़ी जातियों के लोग सरपंच बने। आरक्षण का नियम ऊपर से लागू है। क्या करें, इसे बदल नहीं सकते! इसलिए नीचे, स्थानीय स्तर पर ही कुछ करना होगा हमें। और स्थानीय स्तर पर हमें जो करना था, सो हमने जमकर किया।

हमने घर की लुगाई को समझाया, ''तू का करेगी रे सरपंची! तू तो बस अंगूठा लगा, जहां हम कहें। सरपंचगिरी तुम औरतन के बस की बात थोड़े ही है। बड़ी झंझटें हैं ईमें। आएदिन जनपद ऑफिस में मीटिंगें। जिला पंचायत ऑफिस को बुलौआ अतरे दिन। जब मन हुआ कलेक्टर बुला लें, बैठक ले लें सरपंचन की। डांट-डपट दें, मुखिया कहाउत जिला भर के वे। सो तैं इतईं रह घर में। अपनो चूल्हा-चकिया संभाल मन लगा के। सरपंची तो करहें हम अर्थात् सरपंच पति।'' इस प्रकार जहां-जहां औरतें जीतीं, वहां-वहां उनके पतिदेव सरपंच हुए। औरतें सिर्फ अंगूठा लगा रही हैं, जहां उनके पति परमेश्वर कह रहे हैं।

सरपंच पति, यह संबोधन आजकल खूब लोकप्रिय है। गांव, जनपद और जिला सब जगह सरपंच पति ही दिखाई दे रहे हैं। वे धड़ल्ले से अपनी सरपंच पत्नी के हस्ताक्षर बना रहे हैं। लगा देते हैं, अपना अंगूठा और सरेआम कह देते हैं कि उनकी सरपंच पत्नी का है। पत्नी तो बैठी है गांव में। कर रही है चौका-चूल्हा। लीप रही है ओसारा। दे रही है ढोर-डांगरों को चारा-पानी। गांव में होते हैं तब लगवा देते हैं उसका अंगूठा। अब यहां जनपद और जिले में उसका अंगूठा लिए-लिए कैसे फिरें? इसलिए लगा दिया हमने अपना ठप्पा। कह दिया सरपंच का है। किसी ने आपत्ति की तो हमने बड़े प्रेम से उसे समझा दिया—"हमारी लुगाई है। हम कहूं उसके नाम से अंगूठा लगाएं या दस्तखत करें, तुम्हें का मतलब। बा तो इतईं तुमाये सामने आके कह जैहे कि जो अंगूठा हमाओ आए। जे दस्तखत हमई रे आएं। फिर तुम्हाई का रह जैहे? ईसें जे दस्तखत और जो अंगूठा सरपंच को मानो। चाय पीने। पी लो। पान खाने। खा लो। कछू और चाने हो सो बताओ। हमने सेवा के लाने कबूं मना करी का? बस, अब जल्दी कागज आगे बढ़वाओ और पैसा दिवाओ हमाई पंचायत खों।"

सरपंच पति गांव में ग्रामसभा आयोजित कर रहे हैं। गांव वालों की समस्याएं सुन रहे हैं। पंचों को संबोधित कर रहे हैं। विभिन्न योजनाओं में मजदूरों का भुगतान कर रहे हैं। जो सचमुच सरपंच है, वह दूध दुह रही है। उसे अपने पति और उसके मिलने-जुलने वालों के लिए चाय बनानी है। पति उसे कभी नहीं बताता कि सरपंची क्या है? उसके कार्य और अधिकार क्या हैं? उसे नहीं मालूम। उसे सिर्फ इतना पता है कि मुन्ना के दद्दा आजकल बड़ी मेहनत कर रहे हैं। पूरे गांव में बड़ा दबदबा है इन दिनों उनका। उनने कही कि अबकी हम चुनाव नहीं लड़ सकें मुन्ना की अम्मा। अबकी तुम्हें लड़ने है चुनाव और बनने है गांव को सरपंच। अब हम का जाने जो चुनाव और सरपंची। जहां-जहां मुन्ना के दद्दा ने कही के अंगूठा लगाने है सो हम लगाउत गए और अब भी उन्हई के कहे अनुसार अंगूठा लगाउत जा रहे हैं। अब वे जाने और उनको काम। चुनाव जीतने के बाद उनने हमें नई छींट की धोती और पोलका ला के दओ। हम उत्तई में खुश हैं।

एक दफे जिला में युवा कलेक्टर आए। उनने सरपंचन की मीटिंग लई। भगा दओ उनने मुन्ना के दद्दा को और कही कि अगली बैठक में सरपंच को

लिवा के लाओ। ऐसे सबई सरपंच पति भगा दये गये, कलेक्टर के इते सें। उनने कही, हमें सरपंचन से मिलने है, सरपंच पतियन से नहीं। तब मुन्ना के दद्दा बड़े परेशान भए। उनने हमसे कही—''मुन्ना की अम्मा, अपनो नयो पोलका और छींट की धोती पहन लो। आज जिला कार्यालय चलने है। सरपंचन की मीटिंग है उते।''

हमने उनसे कही—''हमें का करने मीटिंग-सीटिंग में। हम का करबी उते? करने तो सब आपई को है।''

''गांव की सरपंच तुम हो, हम नहीं। कलेक्टर साहब कहत हैं कि हमें सरपंचन की बैठक करने, सरपंच पतियन की नहीं। ईसें तुमाओ उते जाबो जरूरी है। बैठक में तुम रैहो, हम नहीं। कलेक्टर साहब जो कछू पूछें सो हओ-हओ कहत जाने बस!''

''ई दद्दा रे! हमें तो बहुत डर लगत। जाने का पूछें कलेक्टर साहब।'' सरपंच ने सहमते हुए कहा।

कलेक्टर ने सभी सरपंचों की मीटिंग ली, जिसमें बड़ी संख्या में महिलाएं पिछड़ी जाति की और आदिवासी सरपंच उपस्थित हुए। कलेक्टर ने सबको उनके कार्य और अधिकार बताए और शांतिपूर्वक समझाया, ''आप लोग अपने निर्णय खुद लें। किसी के कहने में न आएं। बिना पढ़े, बिना समझे किसी भी कागज पर हस्ताक्षर न करें। अंगूठा न लगाएं। ग्रामसभा में सभी की सहमति से निर्णय लें। अपने गांव का विकास आपस में मिल-जुलकर करें। किसी के बहकावे में आकर कोई पक्षपात न करें। जनपद में, जिले में बैठकें होती हैं, उनमें खुद आएं। अपने बदले किसी को कहीं न भेजें। डरें नहीं...।''

पहली बार सरपंचों को अच्छा लगा। उन्हें महसूस हुआ कि हम भी जन प्रतिनिधि हैं। जो उनके बदले में बैठकों में जाते थे, उन्हें डरा-धमकाकर गांव में मनमानी कर रहे थे, उन्हें बुरा लगा।

कमलू आदिवासी है। अपने गांव का सरपंच। हर काम नंबरदारों से पूछकर करता है। गांव में राहत कार्य चल रहे हैं। पंचायत की चेक बुक नंबरदार के घर में धरी है। नंबरदार का लड़का बंदूक टांगे पूरे गांव में घूमता रहता है। सारे विकास कार्य उसी के जिम्मे हैं। वो जहां चाहे, हैंडपंप वहीं लगेगा। जहां उसने कह दिया, पुलिया वहीं बनी। स्टॉपडैम नंबरदार के खेतों की बगल से बना।

नई सड़क नंबरदार के घर को मुख्य सड़क से जोड़ती है। कमलू सिर्फ चेक पर दस्तखत करता है। बड़ी मुश्किल से लिख पाता है वह क म लू। नंबरदार कभी-कभार उसके लिए देशी का इंतजाम कर देता है। कमलू को नहीं मालूम गांव में विकास के नाम पर क्या चल रहा है! गांव में कोई बाबू आए, अफसर आए या नेताजी पधारें, तो नंबरदार सबसे आगे, जैसे गांव के सरपंच बेई हैं। कमलू तो बस हर कागज पर जहां नंबरदार कहें क म लू लिख के अपने ढोर हांकवे जंगल में चलो जात। पंचायत के सब काम नंबरदार और उनका बेटा संभाल रहे हैं।

अधिकांशतः जहां महिला सरपंच हैं, वहां सरपंच पति पंचायत संभाल रहे हैं। पिछड़ी जाति और आदिवासी वर्ग के जिन गांवों में सरपंच आरक्षित सीटों पर आए, वह नंबरदार, दाऊ साहब, राजा साहब, भैयाजी, हुकुम, लाल साहब, बड़का बाबू टाइप के लोग पंचायत चला रहे हैं।

जब से वह पंचायत पिछड़ा वर्ग के लिए आरक्षित हुई। लाल साहब ने एक पिछड़ा चुन लिया। लाल साहब ने जिसे चुन लिया, मजाल है, उसका कोई विरोध कर ले। मरना है क्या उसे! इस प्रकार लाल साहब ने अपने गांव का सरपंच चुन लिया। वह उनके घर में बेगारी करता है, और लाल साहब जहां कहें अंगूठा ठोंक देता है।

नए कलेक्टर बड़े रंगरूट हैं। इनने आते ही सब गड़बड़ कर दिया। ये सीधे सरपंचों से बात करते हैं। सरपंच पतियों को भगा देते हैं। गांव के दबंगों को पास नहीं फटकने देते। सरपंचों से नियमानुसार काम करने के लिए कहते हैं। हर कागज पढ़कर, समझकर उसमें दस्तखत/अंगूठा लगाने को कहते हैं।

ऐसे कैसे चलेगा पंचायती राज? गांव का भट्ठा बिठाना है क्या?

इन दिनों जिले में हवा चल रही है, कलेक्टर अच्छा आदमी नहीं है। किसी की नहीं सुनता। जिद्दी है, अपने मन की करता है। इतना बड़ा अधिकारी होकर सीधे सरपंचों से बात करता है। पिछड़े और आदिवासी वर्ग का बड़ा हितैषी बनता है। हम लोगों को गांव में काम नहीं करने देता। विकास कार्य तो हम करते हैं, करते आए हैं, सरपंच कोई भी रहे, उससे क्या? आपको काम से मतलब कि सरपंच से! परंतु कलेक्टर हम लोगों की एक नहीं सुनता। शायद पगला गया है।

"भैयाजी से कहकर भगवाओ इस कलेक्टर को।" एक सरपंच पति ने दाऊ साहब से कहा।

दाऊ साहब बोले—"परेशान तो हम भी हैं। ये कलेक्टर तो आदिवासी और पिछड़े वर्ग के सरपंच लोगों से पढ़ने-लिखने की बात करता है। उनसे कहता है तुम जागरूक बनो। अपने अधिकारों को पहचानो। हम जिला स्तर पर सरपंचों का प्रशिक्षण करवाएंगे। आप लोग उसमें आओ। सरकार की नीतियों को जानो, सीखो और समझो। ऐसा हो जाएगा तो हमें कौन पूछेगा? अपने नेताजी ही इस समस्या का हल निकाल सकते हैं।"

"आप लोग हमारा साथ देओ तो हम ऊपर वालों से कहकर इसको हटवा देते हैं। इसके रहते सरकारी नीतियों का पालन नहीं हो पाएगा। गांवों का विकास अवरुद्ध हो जाएगा। हम कल ही राजधानी में जाकर डेरा डालते हैं।" गांव के नामी नेता उत्साहपूर्वक बोले।

...और सचमुच एक दिन सुनने में आया कि युवा कलेक्टर सचिवालय में बुला लिए गए। इस प्रकार यहां पंचायती राज, आरक्षण के नियमों का पालन करते हुए भलीभांति चलने लगा।

इधर जाएं कि उधर?

हमारे मित्र हैं रामखिलावन, इन दिनों बहुत परेशान हैं। उनकी परेशानी का एक मात्र कारण है स्थानीय राजनीति में गुटबाजी। राजनीति में पक्ष और विपक्ष दो गुट होते हैं, यह तो समझ में आता है परंतु सत्ता पक्ष वाली पार्टी में कई गुट हैं, यह बात साधारण जन की समझ में नहीं आती। जनता ने तो एक जैसे झंडे वाले, समान पार्टी के लोगों को जितवाकर सत्ता सौंपी थी परंतु जब उस दल के भीतर दलदल दिखाई देने लगा, तब सबको आश्चर्य हुआ। वह अनुशासन वाली पार्टी है। वैसे सभी पार्टियों में अनुशासन है। सब जगह हाईकमान की ही चलती है। मूल्यों का बड़ा ढिंढोरा है राजनीति में। आपस में इतना प्रेम कि मौका मिलते ही एक-दूसरे की कॉफी में जहर मिला दें। मंच पर आपस में गले मिलें। एक-दूसरे को फूलमालाएं पहनाएं। फिर मौका मिलते ही आपस में टांग खींचने के शुभ कार्य में देरी न करें। कार्यकर्ता परेशान। अफसर असमंजस में। कर्मचारी दुविधाग्रस्त—इधर जाएं कि उधर?

रामखिलावनजी एक ऑफिस में सुपरवाइजर हैं। सरकारी आदेशों का अक्षरशः पालन करते हैं। आजकल सरकारी आदेशों का मतलब है सत्ता पार्टी के स्थानीय लोगों की मनमर्जी। जैसे कस्बे में एक सार्वजनिक हैंडपंप लगना है। वह कहां लगाया जाए, यह एक विकट समस्या है। वैसे तो नियमानुसार वह किसी सार्वजनिक स्थल पर लगना चाहिए, जिससे आमजनों को सुगमतापूर्वक पानी उपलब्ध हो सके, परंतु ऐसा नहीं हो सकता। शासन की मर्जी। अब शासन की मर्जी भी स्पष्ट हो तो कोई बात नहीं, हैंडपंप वहीं गाड़ दिया जाए। मुन्ना भैया विधायकजी के आदमी। उनके कर्मठ कार्यकर्ता। वे चाहते हैं कि हैंडपंप उनके घर के सामने लगे। हल्के राजा सांसद प्रतिनिधि। वे चाहते हैं

हैंडपंप उनकी हवेली के सामने लगे। मची है खींचातानी। स्टाफ परेशान है। मुन्ना भैया ऑफिस में आकर बैठ जाते हैं–"कुछ भी हो हैंडपंप तो उनके घर के सामने ही लगेगा।"

हल्के राजा फोन पर अफसर को धमकाते हैं–"मिस्टर, इस क्षेत्र में रहना है कि नहीं! हैंडपंप मेरी हवेली के सामने न लगा तो तुम्हारी खैर नहीं। बोरिया-बिस्तर बांधकर रखना अपना। समझे।"

पूरा स्टाफ परेशान है एक हैंडपंप को लेकर। अफसर की समझ में नहीं आता कि इधर जाएं कि उधर?

वह हैंडपंप लगाया जाना अब भी विचाराधीन है। देखते हैं कब कहां लगता है? विधायक एवं सांसद एक ही पार्टी के हैं। पार्टी में इतना अनुशासन है कि कार्यकर्ताओं के बीच तलवारें खिंची रहती हैं।

क्षेत्र में सिंचाई के लिए एक बांध बनाया जाना प्रस्तावित है। सांसद महोदय की बहुत सारी जमीन उसमें डूब रही है। वे चाहते हैं कि बांध न बनाया जाए। विधायकजी का कहना है कि बड़ी मुश्किल से उनके क्षेत्र में कोई योजना स्वीकृत हुई है। सांसद महोदय की नामी-बेनामी जमीनें बचाने के लिए बांध का निर्माण नहीं रोका जा सकता। अब मची है अच्छी घमासान।

हल्के राजा अपने समर्थकों के साथ शासन को ज्ञापन सौंपते हैं कि बांध बनाने से यहां के जंगल उजड़ जाएंगे। पर्यावरण खराब हो जाएगा। आदिवासी बेघर हो जाएंगे। दूसरे दिन मुन्ना भैया अपने समर्थकों के साथ ज्ञापन लेकर पहुंचत जाते हैं। क्षेत्र के विकास के लिए बांध बनना जरूरी है। सिंचाई के बिना खेत सूख रहे हैं। किसानों को पानी चाहिए। इसलिए बांध का काम तुरंत शुरू किया जाए। इस तरह कार्यकर्ताओं में शानदार युद्ध चल रहा है और मंच पर दोनों नेता गलबहियां डाले क्षेत्र के विकास के लिए, जनता के भले के लिए, डींगें हांक रहे हैं। अफसर दोनों प्रकार के ज्ञापन ऊपर भेज देते हैं। ऊपर से स्पष्ट निर्देश नहीं मिल रहे। काम बंद है। क्षेत्र का विकास हो रहा है।

रामखिलावन इसलिए परेशान हैं कि मुन्ना भैया और उनके समर्थक यदि चौक पर टकरा जाएं और उनसे दुआ-सलाम हो जाए तो झट ये समाचार हल्के राजा कैम्प में पहुंच जाता है कि रामखिलावन तो उनका आदमी है। आज उनके साथ चौक में बहुत हंस-हंस के बातें कर रहा था। भगाओ स्साले को इस क्षेत्र

से। फेंको हरामी को भिंड-मुरैना तरफ। आने दो सांसदजी को करवाते हैं ससुरे की खिंचाई।

रामखिलावन को खबर लग जाती है कि आजकल हल्के राजा उनसे नाराज चल रहे हैं। वे सांसदजी से उनकी शिकायत करने वाले हैं। अब रामखिलावन चिंतित। परेशान। बदहवास। इन दिनों ऑफिस के काम-काज छोड़कर उसका एक ही लक्ष्य है कि किसी भी प्रकार हल्के राजा को पटाया जाए। कैसे भी खुश रखा जाए उनके कार्यकर्ताओं को। कई दिन रामखिलावन के भीषण मानसिक तनाव में बीते। फिर मिल गया एक अवसर हल्के राजा को पटाने का। वे अपने कार्यकर्ताओं के साथ ऑफिस में कोई जानकारी लेने आए। रामखिलावन ने खड़े होकर उनका स्वागत किया। फटाफट बड़े बाबू को बुलाकर वांछित जानकारी उन्हें उपलब्ध कराई। उनके न-न करने के बावजूद रामखिलावन ने उन्हें और उनके कार्यकर्ताओं को ऑफिस में बढ़िया चाय-नाश्ता कराया। अंत में बहुत दिनों से मन में उमड़-घुमड़ रहा यह निवेदन कर दिया—"हम तो आपके सेवक हैं। हमेशा सेवा के लिए तत्पर।"

ऑफिस में एक से एक घाघ लोग। कोई मुन्ना भैया का आदमी तो कोई हल्के राजा का। रामखिलावन द्वारा ऑफिस में हल्के राजा के स्वागत-सत्कार की बात मुन्ना भैया तक पहुंचते देर न लगी। रामखिलावन ने एक दिन उन्हें भी मस्का लगाया—"भैया, हम तो सेवक ठहरे आपके। हमेशा सेवा के लिए तत्पर। कृपा दृष्टि बनाए रखिए।"

रामखिलावन अपनी नियति जानते हैं। जब तक उन्हें यहां रहना है, दो पाटन के बीच इसी तरह पिसना है। कहीं भी जाओ कमोबेश सब जगह यही हाल है।

पार्टी एक है। विचारधारा भी एक। परंतु उसमें गुट अनेक हैं। यह भारतीय राजनीति का विकास है। हम व्यक्तिगत स्वतंत्रता के पक्षधर लोग हैं इसलिए किसी भी संगठन में रहकर भी हम पूर्ण स्वतंत्र हैं। जो व्यक्ति जोड़-तोड़ करके शिखर पर आ जाए, वही महान्। पार्टी उसकी, क्योंकि उसका गुट बड़ा है। बहुत लोगों को उपकृत किया है, उसने। ऊपर सब एक हैं। झंडे-बैनर एक। अधिवेशन एक। धरना-रैली एक। हल्ला-गुल्ला मिला-जुला। नीचे एक-दूसरे की हत्या के लिए सुपारी दे रहे हैं। मची है खींचतान। लगे हैं, कार्यकर्ता अपने-अपने नेताओं की शक्ति प्रदर्शित करने में।

पहले विपक्ष वाले सरकार वालों की टांग खिंचाई करते थे। वे तो इसी काम के लिए हैं। उन्हें तो आलोचना करना ही है। करना चाहिए। कल को उन्हें भी जनता के सामने वोट मांगने जाना है। वे किस मुंह से वोट मांगेंगे? इसलिए आंख बंद करके बुराई करो। अब ये शुभ काम सरकार वाले आपस में ही कर लेते हैं। विपक्ष को करने के लिए कुछ नहीं छोड़ते वे।

रामखिलावन जैसे लोग परेशान हैं, इधर जाएं कि उधर?

कहीं न जाएं। चुपचाप अपना काम करें। मेहनत और ईमानदारी से अपने कर्तव्यों का पालन करें। सरकारी आदेशों पर अमल करें। हुंह! ऐसा कहीं होता है आजकल? आप सतयुग की बातें न किया करो भाई। ये बातें किताबों में पढ़ते हुए और किसी संत का प्रवचन सुनते हुए अच्छी लगती हैं। इन पर चले तो समझो गए बारह के भाव में। शांत मन से अखबार पढ़ो और आंख फाड़कर टी.वी. देखो, कितने ईमानदार पुलिस अफसर एनकाउंटर में मारे गए। मेहनती लोग भेज दिए गए बीहड़ में मेहनत करने के लिए। स्थानीय नेताओं के आदेशों की अवहेलना कर, सरकारी आदेशों पर चलने वाले फंसा दिए गए विभागीय जांचों में। इसलिए सरकार की फिकर छोड़ो, साधो कैसे भी हल्के राजा और मुन्ना भैया को।

जब कोई सरकारी योजना आती है तो एक सफल अफसर मुन्ना भैया के पास जाकर पूछता है—"इसमें क्या करना है भैया?"

वे कहते हैं—"करना क्या है! जो कुछ करना है हमारे खेतों में करना है। हमारे लिए करना है। हमारे कार्यकर्ताओं के लिए करना है, और जिसके लिए हम कहें, उसके लिए करना है। समझे।"

अफसर मिमियाता—"यस सर!"

फिर वही अफसर दूसरे दिन हल्के राजा के दरबार में हाजिर—"हुकुम, का करने ई योजना को?"

वे हुंकारते—"जा लिस्ट पकरो। जे सब हमाए आदमी आएं। इनके लाने, इनके खेतन में जा योजना लागू होने, समझे।"

इधर जाएं कि उधर?

जो अफसर समझदार हैं, सफल हैं। उन्हें दोनों को खुश रखना है। उनकी सारी कुशलता इस बात में है कि वे भ्रम बनाए रखें कि मुन्ना भैया कहें, वह

मेरा आदमी है और हल्के राजा समझते रहें कि वह तो अपना खास है। बड़ा कठिन है ऐसा कर पाना। बिलकुल तलवार की धार पर चलने जैसा। जो चल पाते हैं, वे सफल कहे जाते हैं। बिगड़ जाता है जिनका संतुलन, नहीं संभाल पाते दोनों को, हो जाते हैं किसी संदेह के शिकार, वे वीरगति को प्राप्त होते हैं।

रामखिलावनजी बहुत संभल-संभलकर चल रहे हैं इन दिनों। स्वभाव से बहुत सीधे-सरल हैं वे। नहीं आती उन्हें चालाकी-बदमाशी। परंतु इन सद्गुणों के बिना प्रशासन में काम ही नहीं चलता। सीखना पड़ता है, सब कुछ। इसलिए वे कभी हल्के राजा की जी हुजूरी करते हैं और मौका मिलते ही मुन्ना भैया की हां में हां मिलाने से नहीं चूकते। भीतर उनकी आत्मा उन्हें बहुत कोसती है। बहुत सोच-विचार करते हुए वे कहीं अटके रहते हैं—इधर जाएं कि उधर? जब तक संतुलन बना है, रामखिलावन एक सफल अधिकारी हैं। जिस दिन पैर फिसला कि वे गए...!

जो उनका आदमी बनकर रहे, उनके अनुसार चले, वह भला, होशियार, कर्मठ, ईमानदार और देशभक्त। यह देशभक्ति बड़ी महंगी है। कठिन है, इसको संभालना। मुन्ना भैया और हल्के राजा जैसे लोग अपने इलाके के लोगों को मार-मारकर देशभक्त बना रहे हैं। एक कहता है हमारा काम करो, हमारे अनुसार चलो, यही सच्ची देशभक्ति है। दूसरा भी यही कहता फिरता। कुल मिलाकर मामला वही है कि दोनों तरफ है आग बराबर लगी हुई। इस आग में रामखिलावन जैसे लोग झुलस रहे हैं। वे भाग जाना चाहते हैं, अपना दामन बचाकर। परंतु जाएं तो जाएं कहां? पूरा देश तपा जा रहा है इस गुटबंदी की आंच में। आएदिन शहर में सम्मेलन और सेमिनार होते रहते हैं। कभी हल्के राजा किसी कार्यक्रम के आयोजक होते हैं तो कभी मुन्ना भैया किसी अधिवेशन के कर्ता-धर्ता। चंदा दोनों कार्यक्रमों को समान रूप से देना पड़ता है। मुश्किल तब होती है जब दोनों सामने पड़ जाएं। दोनों की तरफ खीसें निपोरते हुए मुस्कराना पड़ता है। मुस्कराहट की नाप-तौल होती है फिर उसकी व्याख्या की जाती है। एक तरफ देखते हुए आप ज्यादा मुस्कराए, दूसरी तरफ देखकर कम। भले ही आप दोनों तरफ समान रूप से देखते हुए बिलकुल बराबर मुस्कराए हों परंतु किसी कार्यकर्ता ने भर दिए अपने नेता के कान कि भैया, ये रामखिलावन आजकल दूसरी तरफ देखकर ज्यादा मुस्कराते हैं। बस इतने में ही हो गई

आपकी आफत। अब देते रहो आप सफाई। समझाते रहो कि भैया नहीं, ऐसी कोई बात नहीं है। हम तो आपके और सिर्फ आपके आदमी हैं। ऐसा ही विश्वास आपको समय रहते दूसरी तरफ भी बनाए रखना पड़ता है।

रामखिलावन जब घर से बाहर निकलते तो भगवान से यह प्रार्थना करके निकलते हैं कि हे प्रभु, रास्ते में दो सांड आपस में लड़ते हुए भले ही मिल जाएं परंतु दोनों गुटों के कार्यकर्ता एकसाथ सामने न पड़ें।

उस दिन शाम को जब रामखिलावनजी गांधी चौक से नीचे नजरें किए हुए जाते मिले तो मैंने पूछा—''कहिए, कैसे हैं रामखिलावनजी?''

उन्होंने आह भरके ये शेर सुनाया—''शहर के आईन में ये मद भी लिखी जाएगी। जिंदा रहना है तो कातिल की सिफारिश चाहिए।''

सफलता

शुरू-शुरू में उसने कविताएं लिखीं। गीत, ग़ज़ल और छंदबद्ध रचनाएं नहीं, 'नई कविता' वाली कविताएं। कोई लाइन कहीं से भी शुरू की फिर दूसरी, तीसरी, चौथी लाइनें उसमें इधर-उधर से जुड़ती गईं। भाव टूटे, फिर जुड़े अंत में कविता के साथ पूरे हुए। इस प्रकार उसकी कविताएं बनती रहीं। छोटा-सा कस्बा। कभी-कभार स्कूल, कॉलेज या किसी बड़े लेखक के शहर में आ जाने पर किसी संस्था द्वारा कोई साहित्यिक कार्यक्रम होता तो और कवियों के साथ उसका भी कविता पाठ रख लिया जाता। कविता को बिना समझे लोग उसकी बढ़िया समीक्षा कर देते। हिंदी में इन दिनों ऐसा ही चलन है। इस परंपरा का पालन हमारे कस्बे में भी भलीभांति होता। वैसे तो कस्बे में चार-पांच महिलाएं हैं, जो लिखती हैं और बहुत अच्छा लिख रही हैं। वे ज्यादा खूबसूरत तो नहीं, युवा हैं। उसे साहित्य के क्षेत्र में सफलता पाना है, येन-केन-प्रकारेण। उसे कस्बे के सभी लेखकों से शिकायत है कि लोग उसे आगे नहीं बढ़ने देते। कस्बे की वरिष्ठ लेखिकाएं उससे ईर्ष्या रखती हैं।

अभी कुछ दिनों पहले दिल्ली से स्थापित कवि सुधाकरजी आए थे। कार्यक्रम के पहले लोगों ने उनसे उसका विधिवत् परिचय तक नहीं कराया। उनकी अध्यक्षता में जब गोष्ठी हुई तो सीधे कविता पाठ करने के लिए कह दिया गया। यह भी कोई ढंग होता है किसी बड़े कवि के सामने एक संभावनाशील रचनाकार को प्रस्तुत करने का! वो सुनीताजी, बड़ी लेखिका बनती हैं। अपने पति के साथ सुधाकरजी को छोड़ने रेलवे स्टेशन तक गईं। मुझे भी साथ ले जातीं तो उनका क्या बिगड़ जाता। वे नहीं चाहतीं कि मैं लेखन के क्षेत्र में आगे बढ़ूं। उन्हें अपनी रचनाएं दिखाने जाती हूं तो ठीक है...अभी और प्रयास

करो...खूब पढ़ो, इससे ज्यादा कुछ नहीं कहतीं वे। तारीफ का एक शब्द नहीं फूटता उनके मुंह से मेरे लिए।

शहर के और कवि-लेखक जो गुपचुप किसी के घर में गोष्ठी चर्चा कर लेते हैं। बुलाते तक नहीं। पूछने पर यही कहते हैं—"घरेलू किस्म की चर्चा गोष्ठी थी। बस दो-चार मित्रों के बीच। जब सुनीता दीदी को आमंत्रित करेंगे तो आपको भी बुलाएंगे।" मुझे सुनीता दीदी की परछाईं बने रहना, अच्छा नहीं लगता। उन्होंने गीत लिखे हैं। नई कविता भी। और कहानियां भी वे लिखती हैं। मैंने नई कविता के क्षेत्र में कितना काम किया है, परंतु इस कस्बे में मेरी प्रतिभा को कोई पहचानता ही नहीं!

धीर-धीरे आसपास के साहित्य सम्मेलनों और कवि गोष्ठियों में लोग उसे बुलाने लगे। उसे अच्छा लगा। कवि सम्मेलनों में तो आजकल कुछ भी पढ़ा जाने लगा है। कुछ चुटकुले, कुछ तुकबंदियां, कुछ तीर-तुक्के, इनके बीच एक-दो लोग नई कविता भी पढ़ डालते हैं। हर शहर, कस्बे में एक ग्रुप होता है, जिसके सदस्य ऐसे कवि सम्मेलनों में आते-जाते रहते हैं। प्रायः सार्थक लेखन करने वालों से ज्यादा, इन लोगों को लेखक-कवि के रूप में लोग जानते हैं। और इन्हें पारिश्रमिक, पुरस्कार, सम्मान, अलंकरण आदि भी मिलते रहते हैं। उसने भी इन लोगों के साथ मंच से कविता पाठ शुरू कर दिया। हालांकि सुनीता दीदी ने उसे कई बार समझाया कि अभी तुम्हारी रचनाएं बहुत कमजोर हैं। तुम्हें अभी बहुत सीखने, समझने और पढ़ने की जरूरत है। उसे उनकी बातें कभी अच्छी नहीं लगीं। वह पढ़ती तो है, सारे लोकल अखबार। इनके इतवारी संस्करण। स्त्री विमर्श वाले साप्ताहिक परिशिष्ट और कुछ घरेलू किस्म की पत्रिकाएं, इतना पढ़ते-पढ़ते ही वह बहुत थक जाती है। अब कितना पढ़े भला! मोटे-मोटे ग्रंथ देखकर तो उसे डर लगने लगता है। जाने किन अजीब लोगों ने लिखे होंगे ये।

लो उसकी कुछ कविताएं फोटो सहित दिल्ली से प्रकाशित एक लोकप्रिय समाचार पत्रिका में छप गईं। अब तो बहुत बड़ी बात हो गई। उसने दूसरे जरूरी खर्चों में कटौती करके उस पत्रिका के दर्जनभर अंक खरीद लिए। फिर लगी पूरे उत्साह के साथ कस्बे के हर छोटे-बड़े लेखक को बांटने। प्रसन्नतापूर्वक वह बताती—"इसमें मेरी कविताएं छपी हैं। फोटो सहित, ये देखो।"

लोग मुफ्त में पत्रिका पाकर खुश होते और कहते—"अब तो आप स्थापित

कवयित्री हो गईं।'' उसे ऐसा सुनना बहुत अच्छा लगता। सुनीताजी ने इतना भर कहा—''ठीक है और मेहनत करो।'' यह संक्षिप्त-सा कमेंट उसे बिलकुल नहीं भाया। मन-ही-मन उसे लगा कि सुनीताजी इस बड़ी पत्रिका में उसकी फोटो सहित रचना देखकर भीतर से जल-भुन गई हैं। वह मुस्कराई और सुनीताजी को पत्रिका का एक अंक सप्रेम भेंट देकर चुपचाप चली आई।

कवि सम्मेलनों में कविता पाठ के लिए जब वह अपने कवि मित्रों के साथ कई दिनों तक दूसरे शहरों में रहती, तब उसके परिवार में उसके बूढ़े पिता जो चंद साल पहले ही तहसील ऑफिस के बाबू पद से सेवानिवृत्त हुए थे और बूढ़ी मां जिन्होंने गीता-रामायण पढ़कर अपनी उमर गुजारी, ने उसे कई बार टोका भी परंतु उसके धारा प्रवाह भाषण के सामने उनकी कोई न चली। उसके मां-बाप कूपमंडूप नहीं थे। उन्होंने अपनी इकलौती बेटी को कॉलेज में पढ़ाया। उसे सब प्रकार की स्वतंत्रता दी; घूमने, फिरने और विभिन्न कार्यक्रमों में भाग लेने की। पर इधर उन्हें अपनी बेटी की यह स्वतंत्रता कुछ-कुछ उच्छृंखलता-सी लगने लगी थी। फिर भी वे ज्यादा कुछ न बोलते। बेटी पढ़ी-लिखी है। ग्रेजुएट है। अपना भला-बुरा खुद समझ सकती है। शादी कर ले, भले ही अपनी मर्जी से, उन्हें मंजूर है। शादी के नाम से तो आगबबूला हो जाती है वह, जैसे किसी ने कोई बिलकुल अनहोनी बात कह दी हो। शादी गुलामी है। नारी को मुक्ति चाहिए। उसकी देह, अपनी देह है, जिस पर उसका स्वामित्व है। वह किसी प्रकार के बंधन को स्वीकार नहीं कर सकती। स्त्री को अब स्वतंत्र होना है, पूरी तरह। सदियों से वह रूढ़ियों की जंजीरों में जकड़ी हुई थी। अब उसकी आजादी का वक्त आ गया है। वह अपनी मर्जी से जैसा चाहेगी, वैसा जिएगी। उस पर जो भी रोक-टोक लगाएगा, उसका हम जबरदस्त विरोध करेंगे...इस तरह की बातें उसके मां-बाप आएदिन उसके मुंह से भौचक सुनते रहते। उनकी कुछ समझ में न आ पाता। वे किंकर्तव्यविमूढ़ रह जाते। बाप ने बाहर निकलना कम कर दिया। वे खटिया में पड़े-पड़े खांसते रहते। लोगों की हर तरह की बकवास सुनना उन्हें अच्छा न लगता। मां ने अपना मन गीता और रामायण में लगाए रखने का असफल प्रयास किया।

एक दिन उसने अपने मां-बाप से लड़-झगड़कर उनकी जमा पूंजी से बहुत सारे रुपए ऐंठे और दिल्ली में फ्री लांसिंग करने के लिए चल दी। सचमुच यह कस्बा उसके लिए अब बहुत छोटा पड़ने लगा था। वह एक ऐसी बेल थी, जिसे

फैलने के लिए मुक्त गगन चाहिए था। उसने अपना आकाश खुद चुन लिया।

कुछ दिनों बाद सुना कि वह दिल्ली में किसी के साथ 'लिव इन रिलेशनशिप' के रूप में रह रही है। पहले उसने किसी अखबार में नौकरी की फिर कोई बड़ी पत्रिका ज्वॉइन कर ली। पत्रकारिता का क्षेत्र अब पहले जैसा नहीं रहा, वहां भी गलाकाट प्रतियोगिता है। आजादी के बाद देश में मूल्यों का पतन सब ओर हुआ है। पत्रकारिता और साहित्य जगत् भी इससे अछूते न रहे। अखबारों में, समाचार पत्रिकाओं में संपादक नामक संस्था समाप्त हो गई, अब मालिक ही संपादक की कुर्सी पर आसीन हुए। वे प्रशासन भी संभालते और क्या समाचार जाना चाहिए, क्या नहीं जाना चाहिए—इस पर भी नजर रखते। अर्थात् कहां अपना हित सधेगा और कहां विरोधी को पटकनी दी जा सकती है, इस पर ऊपर वालों का पूरा ध्यान रहता। पीत पत्रकारिता की बातें पहले होती थीं, अब पेड न्यूज का जमाना आ गया। रसूखदार लोगों ने इस क्षेत्र में पूरी तरह पांव पसारे। असाधारण प्रतिभा, जिसके सामने बड़े-से-बड़ा प्रभाव घुटने टेके, वही अपने बल पर कहीं टिक सकती थी। अन्यथा पत्र-पत्रिकाओं में उन्हीं लोगों की भरमार थी, जो कहीं न कहीं से प्रभावशाली थे या जिन पर कोई रसूखदार मेहरबान था। उसे समय-समय पर कई पत्रिकाएं बदलनी पड़ीं। एक साधारण कस्बे की औसत प्रतिभा वाली महत्त्वाकांक्षी लड़की, दिल्ली के अभयारण्य में लगातार खूंखार जानवरों से जूझती रही। वहां भाग-दौड़ इतनी थी कि प्रतिभा निखारने का उसे मौका ही नहीं मिला।

साहित्य में उसने वही लिखा, जो संपादकों ने चाहा। किसी-किसी संपादक ने तो उसे बाकायदा डिक्टेट कराकर अपने मन की भड़ास कहानी की शक्ल में लिखवाईं। सारा लुगदी साहित्य उसके नाम से छपा, जिसे तथाकथित आलोचकों ने खूब सराहा। साहित्य के क्षेत्र में उसे एक-दो पुरस्कार भी मिले। अब पुरस्कारों की गत के लिए क्या कहें! किसी भी लेखक को इन दिनों जब कोई पुरस्कार मिलता है तो मन उससे पूछने को करता है—"भैये, कैसे-कैसे जुगाड़ जमाया?"

लगातार दफ्तरों की अदला-बदली। कुछ कहानियां और चंद पुरस्कार, क्या जीवन जीने के लिए इतना काफी है? यह प्रश्न अब उसके मन में लगातार बड़ा होने लगा है। यह अनियंत्रित जीवन। पूर्ण स्वतंत्र। उन्मुक्त। अपनी मनमर्जी का। परंतु दिशाविहीन, ऐसा उसे आजकल क्यों लगने लगा है? ये प्रायोजित

कार्यक्रम, पार्टियां, सम्मेलन, सेमिनार, उत्सव, शिविर, भाषण और रैलियां तो फुलझड़ी और पटाखे की तरह साबित हुए, क्षणभर को रोमांचित करके राख हो गए, परंतु जीवन तो सतत है। उसके अनुभव गाढ़े हो रहे हैं। शायद उम्र के साथ थकान महसूस होने लगी है उसे।

लगभग दो दशक दिल्ली में बिताकर उसने अपने कस्बे की ओर रुख किया। पचास की होने को आई, उसने शादी नहीं की। नारी मुक्ति। पूर्ण स्वतंत्रता। शादी तो पुरुष की गुलामी है। अब भी वो यही कहती है परंतु स्वर में पहले जैसा तीखापन जाता रहा। सांस रुक-रुक जाती है। पिता नहीं रहे उसके। मां जिंदा हैं अभी, बहुत बूढ़ी हो गई हैं। वह आई तो उससे लिपटकर मां खूब रोईं।

सुनीताजी भी जिंदा हैं। अभी भी लिखती हैं। अनाथ बच्चों को पालने के लिए एक आश्रम चला रही हैं। उन्हें समय-समय पर शीर्ष पुरस्कारों में जो राशि मिली, उसे उन्होंने आश्रम में लगा दिया। एक दिन वह देश की प्रख्यात लेखिका अपनी सुनीता दीदी से मिलने उनके घर गईं। चश्मा ऊपर चढ़ाकर उन्होंने उसे ध्यान से देखा फिर पहचानकर गले लगा लिया। फर्श पर बिछे सफेद चादर से ढँके गद्दे। उस पर गावतकिये के सहारे टिककर वे अब भी लिखती-पढ़ती रहती हैं। आसपास कई मोटी-मोटी किताबें बिखरी पड़ी हैं। इनमें कुछ तो सुनीता दीदी की लिखी हुई हैं। शेष विश्वप्रसिद्ध विचारकों और लेखकों की, जिन्हें देखकर कभी उसे डर लगने लगता था, उन किताबों को आज उसने अच्छी तरह पलटकर देखा।

उसने सुनीता दीदी को बताया कि अब वह यहीं मां के पास रहेगी। सुनकर सुनीताजी को प्रसन्नता हुई। उन्होंने किताबें एक ओर सरकाते हुए पूछ ही लिया—"तुम्हारा लेखन कार्य कैसा चल रहा है?"

"आजकल मन नहीं लगता कुछ भी लिखने में।" उसने थके स्वर से कहा।

सुनीता जी ने पूरी गंभीरता के साथ अपने जीवन का निचोड़ उसे बताया—"दरअसल हर छपी हुई चीज, रचना नहीं होती। रचना वह है, जिसे हम रचते हैं। अनुभव के रंग, भाषा का संतुलन और कल्पना की उड़ान से ही एक अच्छी रचना बनती है।"

आज पहली बार उसे सुनीताजी की बात बहुत अच्छी लगी। नए संकल्प और नई ऊर्जा के साथ वह घर आ गई।

ये धार्मिक लोग

श्रीवास्तव साहब एक बड़े अफसर हैं। इनके नाम के आगे पहले से ही श्री लगा हुआ है, इसलिए मैंने एक 'श्री' और खर्च नहीं किया। वैसे उन्हें श्री श्रीवास्तवजी सुनना अच्छा लगता है और वे चाहते हैं कि उनके नाम का उल्लेख इसी प्रकार किया जाए। उनके विषय में यह बात बहुप्रचलित है कि वे बड़े ही धार्मिक व्यक्ति हैं। सुबह उठते के साथ ही वे राम-राम कहने लगते हैं और नित्य क्रियाएं करते हुए भी ऐसा करते रहते हैं। पत्नी उन्हें टोकती भी है—"राम राम करना है तो नहा-धोकर पूजा के कमरे में बैठकर किया करो, वहां टॉयलेट में नहीं।" वे खीजकर पत्नी को डांटते हैं—"सबे भूमि गोपाल की। तुम नहीं समझोगी, ऐसी गूढ़ धार्मिक बातें। जाओ अपना काम करो।"

सुबह लगभग नौ बजे स्थापना शाखा के बड़े बाबू आ धमके। रामदीन चपरासी का पेंशन प्रकरण है। साहब के साइन लेने हैं। महीनेभर से रामदीन परेशान है, उसके प्रकरण में क्लेम की फाइल पर साहब के दस्तखत नहीं हो पा रहे हैं। साहब ऑफिस में बैठते ही कम हैं। आएदिन दौरा, मीटिंग और सदाबहार कार्यों में व्यस्तता। एक-दो बार बड़े बाबू ने मौका देखकर ऑफिस में उनके सामने रामदीन की फाइल पुटप भी की। साहब ने झल्लाकर कहा—"क्या बड़े बाबू तुम भी ये फालतू के काम ले आते हो। देख नहीं रहे मैं ठेकेदार चंदूलाल की जरूरी फाइल निपटा रहा हूं। बाद में आना।" इस प्रकार कई दिन बीत गए और रामदीन का प्रकरण नहीं निपट पाया। रामदीन के निवेदन पर आज बड़े बाबू यह सोचकर कि साहब दोपहर को कहीं दौरे पर न निकल जाएं, उनके घर पर सुबह से आ गए। मालूम हुआ साहब पूजा में बैठे हैं। नौकर ने बताया, दस बजे से पहले वे पूजा से नहीं उठते। इसके पहले उनसे मिलने का

कोई उपाय नहीं। बड़े बाबू बहुत निराश हुए पर कर भी क्या सकते हैं वे। साहब पूजा जो कर रहे हैं। बड़े बाबू बंगले के गेट से निकल ही रहे थे कि सामने से आते हुए चंदूलाल से भेंट हुई। उन्होंने बताया, साहब पूजा कर रहे हैं। दस बजे के बाद ही मुलाकात हो पाएगी। चंदूलाल मुस्कराए और बिना कुछ कहे साहब के बंगले में भीतर तक घुस गए।

श्रीवास्तवजी, वास्तव में बड़े ही धार्मिक आदमी हैं। बिना पूजा-पाठ किए कभी कोई काम नहीं करते। चंदूलालजी द्वारा बनाया गया हाईवे आज गिर गया। चार मजदूर दबकर मर गए। सुबह ही साहब को खबर लग गई थी। परंतु आज पंडितजी को बुलाकर उन्होंने विशेष पूजा का आयोजन किया है। यज्ञ-हवन हुआ। कुछ नहीं होगा। चिंता मत करो। पंडितजी से ऐसा आश्वासन पाकर ही साहब दोपहर बाद घटनास्थल पर पहुंचे।

साहब गरीबों को दान-दक्षिणा भी देते हैं। ऐसा करने से पुण्य मिलता है। उनकी धारणा है कि तुम गरीबों को एक पैसा दोगे, वो दस लाख देगा। तो दस लाख पाने के लिए वे एक पैसा इनवेस्ट करना नहीं भूलते। ऑफिस में बैठते ही वे निहायत गरीब आदमी हो जाते हैं इसलिए दान लिए बगैर वे कोई काम नहीं करते। इस प्रकार वे दूसरों को भी पुण्य कमाने का अवसर जरूर देते हैं।

दुष्ट राक्षस रामदीन ने उनके साथ छल किया। पुराने जमाने से दैत्य, देवताओं को सताते आए हैं। यहां भी यही हुआ। रामदीन ने साहब की ऊपर शिकायत कर दी। जांच में साहब को दोषी पाया गया। अब वे उच्च कार्यालय में अटैच हैं। वे मानते हैं कि पूजा-पाठ में कोई खोट रह गई, जिसका यह दुष्परिणाम है। आजकल वे शाम को भी दो घंटे पूजा में लीन रहते हैं। इन दिनों उनके घर में ज्योतिषियों, तांत्रिकों और बाबाओं की आवक बहुत बढ़ गई है। उन्हें पूर्ण विश्वास है कि उनके इन धार्मिक प्रयासों से उनके कष्ट जल्द से जल्द दूर हो जाएंगे।

एक बड़े व्यापारी बनवारीलाल को मैं जानता हूं। वे भी बड़े धार्मिक आदमी हैं। रोज नियम से मंदिर जाते हैं। भाव-विभोर होकर भजन गाते हैं, 'दीनन दुःख हरन देव संतन हितकारी...' भजन गाते हुए वे भगवान से निवेदन करते हैं, प्रभु मैं ही दीन हूं। संत भी मैं हूं। कृपाकर मेरा सब प्रकार से हित करिए। नकली दवाइयां बेचने से उन्होंने अपना कारोबार शुरू किया था। आज कई

दवा कंपनियों के साथ ही कई होटलों के मालिक हैं। शहर में जितने धार्मिक किस्म के कार्यक्रम होते हैं, सब में वे खुलकर दान देते हैं। गणेश पूजा और दुर्गा पूजा के अवसरों पर उनका धार्मिक भाव खूब उभरकर सामने आता है। भक्त लड़के डीजे लगाकर दिनभर खूब नाचते-कूदते रहते हैं। ऐसा करते हुए वे शाम तक थक जाते हैं। शाम को थकान मिटाने के लिए बनवारीलालजी की सेवाएं बहुत उपयोगी होती हैं। ये भक्तों की सेवा है। फिर भक्तों की सेवा तो उनकी नजर में भगवान की सेवा है। इसलिए वे उदारतापूर्वक सेवा करते हैं, भक्तों की। अब भक्त दारू मांगे या और कुछ, बनवारीलालजी की होटलों में सब कुछ मिल जाता है। आठ-नौ दिन पंडालों में तरह-तरह के कार्यक्रम होते हैं। पंडालों को ऐसे सजाया जाता है, जैसे दुकानें हों। दूसरे मोहल्ले के पंडालों की सजावट से हम कहीं पीछे न रह जाएं इसलिए दिल खोलकर पैसे बहाए जाते हैं, इन पंडालों में। इतने शोर-शराबे, हल्ला-गुल्ला और भीड़-भाड़ के बीच पूजा-अर्चना, ध्यान, जाप, अनुष्ठान आदि भी सुचारु रूप से चलता रहता है। देर रात तक तरह-तरह के नाच-गाने और खेलकूद चलते हैं। बनवारीलालजी इन कार्यों में खुलकर दान देते हैं।

पिछले दिनों कुछ समाजसेवी नगर में एक कैंसर अस्पताल खोले जाने के लिए अनुदान लेने उनके पास पहुंचे थे। उन्होंने अपने दीन-हीन होने का खूब रोना रोया और बताया कि इन दिनों उनके सारे धंधे बहुत घाटे में चल रहे हैं। दूसरे दिन अखबारों में खबर छपी कि बनवारीलालजी ने शिरडी जाकर साईं मंदिर में सोने का मुकुट चढ़ाया।

नगर में कहीं कोई मंदिर बनना हो, साधु-संतों का कोई आयोजन हो, उनका स्वागत-सत्कार हो, कहीं यज्ञ-हवन आदि हो रहा हो तो बनवारीलालजी ऐसे आयोजनों में पूरी तरह सक्रिय पाए जाते हैं। अकसर वे कहा करते हैं, मैं क्या कर रहा हूं, अजी कुछ भी नहीं, मैं तो अपने दोनों लोक सुधार रहा हूं। यहां ये धार्मिक कार्य करते रहो, लोक और परलोक दोनों सुधरते हैं। परलोक का तो किसी को पता नहीं। हां, इस लोक में कुछ दिनों बाद पता लगा कि बनवारीलालजी को रक्त कैंसर हो गया है। अब वे दूसरों के डोनेशन से बने उसी कैंसर अस्पताल में अपना इलाज करवा रहे हैं।

रहमत खां एक बहुत नामी फिल्म स्टार हैं। नामी से मतलब उनका नाम

बिकता है। करोड़ों रुपए लगते हैं उनकी फिल्में बनते हुए, ये पैसे कहां-कहां से आते हैं, यह एक बड़ा रहस्य है। हालांकि फिल्म स्टार महोदय यही कहते हैं कि ये पैसे मेरी, तेरी और उसकी मेहनत की गाढ़ी कमाई से आते हैं। परंतु फिल्म निर्माण से जुड़े हर आदमी को पता है कि ये पैसे उनकी फिल्मों में देश और विदेश में रहने वाले वान्टेड आकाओं द्वारा लगाए जा रहे हैं। भई, पैसा तो पैसा है, कहीं से भी आए, उसमें क्या दोष? फिर वह जब कई गुना होकर वापस होता है, तब न जाने किन ऊल-जुलूल कामों में लगता है, जिनका जिक्र करते भी शर्म आती है। बहरहाल हमारे फिल्म स्टार महोदय अत्यंत धार्मिक व्यक्ति हैं। वे यथासंभव पांचों वक्त की नमाज अदा करते हैं। कहीं भी शूटिंग कर रहे हों, वे नमाज का समय होते ही लाइट ऑफ, कैमरा बंद और नो एक्शन। स्टार साहब नमाज पढ़ रहे हैं। अब वो बात अलग है कि उनके सजदों में असर हो कि न हो। स्टार साहब को गुस्सा बहुत आता है। बात-बात पर गुस्सा। कभी लाइटमैन पर, संवाद लिखने वाले पर और मेकअपमैन पर तो अकसर। उन्हें तेज चकाचौंध वाली लाइट पसंद है और लाइटमैन उनकी नहीं, निर्देशक की बात मानता है। स्साला हरामी। इसी तरह संवाद लेखक तो गधा है बिलकुल। कोई दम नहीं है, उसके डायलॉगों में। कहा था उन्होंने निर्देशक से कि सुहैल भाईजान से डायलॉग लिखवाओ। क्या धांसू डायलॉग लिखते हैं सुहैल भाईजान। मेकअपमैन को तो प्रायः दो-चार घूंसे जड़ देते हैं वे—हरामी कहीं के, ये चेहरे की झुर्रियां नहीं छिपा सकते। वह सहमकर रह जाता है। सेट पर तीन-चार घंटे देर से आना उनके लिए आम बात है। इसमें वे अपनी शान समझते हैं। निर्देशक से प्रायः इस बात पर उनकी झिक-झिक होती रहती है कि ऐसे कोई भी सीन और डायलॉग नहीं चलेंगे, जिनमें उनके धार्मिक पाखंड की ओर कोई इशारा किया गया हो। इस विषय पर वे कोई बात करना पसंद नहीं करते। जो उन्होंने कह दिया सो कह दिया। वे कुछ भी सुनना पसंद नहीं करते। उन्हें झट गुस्सा आ जाता है। वैसे वे ऊपर से सेकुलरिज्म का लबादा अच्छी तरह ओढ़े रहते हैं। मीडिया में, अपने फैंस के सामने और मिलने-जुलने वालों के बीच वे पूरी तरह सतर्क रहते हैं। यों वे पूरी तरह धार्मिक आदमी हैं। बंगले पर बाकायदे सेवन-एट-सिक्स लिखा हुआ है। अपनी कमाई से वे नियमपूर्वक जकात निकालते हैं और कहां देते हैं? यह खोज का विषय है। चार

वैध और न जाने कितनी अवैध शादियां अब तक वे कर चुके हैं। जब दूसरे निर्माता-निर्देशकों ने उन्हें अपनी फिल्मों में लेना बंद कर दिया, तब उन्होंने अपना प्रोडक्शन हाउस खोल लिया।

एक दिन उनके मित्र सुहैल खां एक पटकथा लेकर आए उनके पास। विषय आतंकवाद पर था। कहानी बहुत अच्छी थी, परंतु रहमत मियां को पसंद नहीं आई। वे बोले, इसमें बहुत काट-छांट करनी पड़ेगी। सुहैल भाई मानने को बिलकुल तैयार नहीं। उनका कहना था—''रसूल साहब ने मेहरबान लोगों को अपने साथ जोड़ा था। हमने उसी बात को अपनी पटकथा में विस्तार से बताया है।'' रहमत भाई को अभी तक यह बात समझ में नहीं आई, जाने कब समझ में आएगी?

सुनीता देवी एक कुशल गृहिणी हैं। कुशलता का पहला प्रमाण तो यह कि उन्होंने एक अच्छी नौकरी करता हुआ, मोटी तनख्वाह अर्जित करने वाला एक अदद पति अपने हिस्से के लिए चुन लिया। इस प्रकार उनके जीवन का संघर्ष पूरा हुआ। अब उन्हें कुछ नहीं पाना। मिल गया वो, जो उन्हें पाना था। अब जीवन की सारी उलझनें, सारे संघर्ष पति के हिस्से में। सुनीताजी यह मानती हैं यह सब उनके और उनकी माताजी द्वारा शादी के पूर्व लंबे समय तक किए गए व्रत-उपवास और पूजा-पाठ का पुण्य फल है, जो ऐसा सीधा, सरल, गऊ-सा पति मिला। अब सबकुछ पति जाने और उसका काम। हमें तो अब आराम करना और पड़े-पड़े मुटाना है बस।

बच्चे! हां, बच्चे उनके लिए हमने घर में ट्यूटर लगा दिया है। आकर पढ़ा जाता है सुबह-शाम। देखभाल करने के लिए घर में शुरू से एक आया है। खाना बनाने के लिए भी पिछले दिनों एक महाराज को लगा लिया है। क्या करें आजकल तबीयत भी ठीक नहीं रहती और पूजा-पाठ, यज्ञ-हवन, साधु-संतों की आवभगत करते रहने से घर के कामकाज करने के लिए समय ही नहीं मिलता।

वैसे ये सब प्रभु की माया है। उन्हीं के प्रताप से कमाऊ पति मिले। कुछ नहीं कहते, चाहे मैं कुछ भी न करूं। कभी-कभार कुछ कह दें तो मैं उनकी ऐसी खबर लेती हूं कि उनकी सात पुश्तें गूंगी पैदा हों। ये नारी मुक्ति और नारी स्वतंत्रता का जमाना है। मजाल है कोई पति, पत्नी से अदना-सा काम करने को कह दे।

सुनीता देवी सुबह आठ बजे सोकर उठती, फिर नहा-धोकर सीधे पूजा में बैठ जातीं। दस बजे तक उनका पूजा-पाठ चलता। तब तक महाराज खाना बनाकर चले जाते। बच्चों को स्कूल जाने का और पति को दफ्तर जाने का समय हो गया। सुबह-सुबह ट्यूटर ने आकर बच्चों का होमवर्क करा दिया। पति ने अपने ऑफिस के कुछ काम निपटाए। फिर खाना खाकर पति ऑफिस और बच्चे स्कूल चले गए। सुनीताजी भोजन के बाद दो घंटे आराम करती हैं। फिर स्वामीजी के आश्रम में सत्संग के लिए जाती हैं। सोसायटी में ऐसी उनकी कई सहेलियां हैं, जिनकी यही दिनचर्या है। शाम को मार्केटिंग करने का समय होता है। देर तक मार्केटिंग करके घर आते-आते देर हो जाती है। बच्चों और पति के पास घर की चाबियों के गुच्छे अतिरिक्त हैं। वे आकर चाय-नाश्ता कर लेते हैं। रात में महाराज आकर पुनः खाना बना जाते हैं। अब सुनीताजी का टी.वी. देखने का समय होता है। टी.वी. पर इन दिनों सास-बहू और देवरानी-जेठानी वाले लंबे-लंबे धारावाहिक आ रहे हैं। सुनीताजी इन्हें चाव से देखती हैं। वैसे भी टी.वी. पर जाने कैसे ऊल-जुलूल सीरियल आते रहते हैं, समय काटने के लिए। सुनीताजी मानती हैं कि यह सब उनकी पूजा-पाठ का पुण्यप्रताप है कि इतने सुशील पति और सीधे-सादे बच्चे उन्हें मिले।

एक दिन स्वामीजी के आश्रम में जहां सुनीताजी अपनी सखी-सहेलियों सहित जाती रहती थीं, छापा पड़ा और आश्रम में बहुत सारी आपत्तिजनक सामग्री पाई गई। स्वामीजी के कई धतकरम उजागर हुए। सुनीताजी को विश्वास न हुआ कि इतने धार्मिक स्वामीजी, कैसी अच्छी-अच्छी बातें करते थे वे, उनकी असलियत ऐसी है।

उस दिन खाने की टेबल पर सबके साथ खाना खाते हुए सुनीता के पति, जो प्रायः कम बोलते हैं। बोले—“अपने कर्तव्य का पालन करते रहना ही जीवन का सबसे बड़ा धर्म है।”

आत्महत्या बनाम हत्या

क्यों कर रहे हैं, विद्यार्थी आत्महत्या? यह प्रश्न, यक्ष प्रश्न से बड़ा है। किसी युधिष्ठिर के पास इसका जवाब नहीं है। वैसे भी इस युग के धर्मराजों के पास बहुत प्रश्न हैं। देते रहते हैं वे उत्तर। आएदिन। दूरदर्शन की निरर्थक बहसों में। अखबारों के मुख्य पृष्ठों पर। और संसद में, जिसे ठीक से चलने ही नहीं दिया जाता।

हमारा देश समस्या प्रधान देश है। समस्याएं ही समस्याएं। चहुंदिश समस्याओं के ढेर। प्रश्न पर प्रतिप्रश्न। उत्तरों की बाढ़। और समाधान नदारद। यही तो विशेषता है हमारी। लोगों की सारी प्रतिभा यहीं काम आ रही है कि सब प्रश्नों को अच्छी तरह उलझा लो ताकि कोई माई का लाल उसे कभी न सुलझा सके। समस्या यदि सुलझ गई तो हमारी योग्यता दो कौड़ी की। हम ठहरे महाप्रतिभावान। विश्व गुरु। हां, बयान लच्छेदार। बातें हवा-हवाई। आरोप-प्रत्यारोप किसी से कम नहीं।

अब विद्यार्थी आत्महत्या कर रहे हैं तो क्या कहा जाएगा इस पर? यही न कि प्यारे बच्चो, आत्महत्या न करो। आत्महत्या पाप है। सभी शास्त्रों में यही लिखा है। मां-बाप का कहना मानो। हमारा भी कहा मानो। बड़ों का आदर करो। मन लगाकर पढ़ो। निडर होकर परीक्षाएं देते रहो। भगवान तुम्हारी सहायता करेंगे। कल एक अखबार में आत्महत्या न करने के टिप्स छपे; सुबह जल्दी उठो। उठकर प्राणायाम करो। ईश आराधना में मन लगाओ। सफेद कपड़े पहनो। दिन में दो बार नहाओ। टी.वी. सीरियल कम देखो। अच्छी बातों में ध्यान दो। इत्यादि।

जब आत्महत्या न करने के लिए इतनी अच्छी-अच्छी टिप्स उपलब्ध हैं और

नेता, अभिनेता तथा बड़े-बुजुर्ग सब आएदिन विद्यार्थियों से अपील कर रहे हैं कि प्लीज, मान भी जाओ, कृपाकर आत्महत्या न करो। इधर तुम मानते नहीं, आत्महत्या कर ही डालते हो, उधर सरकार पर आरोप लगते रहते हैं कि फलाने के शासनकाल में विद्यार्थी आत्महत्या कर रहे हैं। सच्ची-सच्ची बताओ कि क्या हमने कभी उकसाया तुम्हें आत्महत्या के लिए? नहीं न। परंतु ये विरोधी मानते ही नहीं। अरे, आज के विद्यार्थी कल के हमारे वोटर हैं। हम क्यों उन्हें आत्महत्या के मार्ग पर ढकेलेंगे? हमारे भी तो बाल-बच्चे हैं कि नहीं? वे तो दूसरों की हत्या के लिए भलीभांति विचार करते रहते हैं परंतु आत्महत्या? न बाबा, कभी नहीं। ऐसे घृणित विचार उनके मन में कभी नहीं आते।

बड़े-बड़े उद्योगपति, पैसे वाले और संपन्न परिवार वाले विद्यार्थी आत्महत्या कभी नहीं करते। उनसे कुछ सीखो। उन्होंने अखबारों में छपने वाली टिप्स अच्छी तरह अपना ली है या उन्होंने सब प्रकार के बड़े-बड़ों की अपीलें शिरोधार्य कर ली हैं। ये मध्यम वर्ग वाले, निम्न मध्यम वर्ग वाले और गरीब-गुरबे परिवारों में ही विद्यार्थी आत्महत्याएं कर रहे हैं? क्यों नहीं सुनते वे बड़े-बुजुर्गों की नसीहत। क्यों नहीं अपनाते वे अखबारों में प्रकाशित आत्महत्या न करने के टिप्स। जब इतनी साधारण-सी बातों से आत्महत्या से बचा जा सकता है तो उन्हें बचना चाहिए। आखिर जीवन बड़ा कीमती है।

जब बच्चों को दूध पिलाया जाना चाहिए, तब पिलाया जाता है उन्हें महत्त्वाकांक्षा का जहर पिलाओ। खूब पिलाओ। कुछ दिनों बाद करेगा यह असर। फिर हाथों से तोते उड़ जाएंगे। कोई कुछ न कर पाएगा। मुन्ना फूलों से खेल रहा है। भाग रहा है, तितलियों के पीछे। छुपा-छई खेल रहा है, अपने सभी साथियों के साथ। उसे पतंग उड़ाना है, आसमान में ऊपर। मचल गया वह मम्मी से पतंग के लिए। मम्मी की डांट—"अब तुम बच्चे नहीं हो। बड़े हो गए हो। क्या बच्चों की तरह जिद करते हो। जाओ बैठो अपने कमरे में। होमवर्क करो अपना।" पापा की समझाइश—"अच्छे बच्चे जिद नहीं करते। वे पढ़ते हैं। खेल-कूद में अपना समय बर्बाद मत करो बेटे। पढ़ो। मन मारकर पढ़ो। तुम्हें आगे बढ़ना है। खूब आगे।"

बच्चे को मम्मी-पापा की बातें कभी समझ में नहीं आईं। बचपन से लेकर अब तक वह समझने की ही कोशिश कर रहा है। बेबूझ बातें रहती हैं उनकी।

जब दूध के दांत न टूटे थे उसके, तब मम्मी उसे बड़ा कहती थीं। पतंग बच्चे न उड़ाएंगे तो कौन उड़ाएगा? पर मम्मी कहतीं बच्चों की तरह जिद न करो। कभी एक अदना पतंग लाकर नहीं दी मम्मी ने। मोटी-मोटी किताबें लाकर पटक दीं मेरे सिर पर। बैठो अपने कमरे में। होमवर्क करो। मन तो बाहर संगी-साथियों के साथ छुपा-छई खेल रहा है। आंखों के सामने आसमान छूती पतंग नाच रही है। हाथों में गुलाबभर लेने की इच्छा है। और मम्मी...घुलने लगा जहर धीरे-धीरे।

क्या मैं अच्छा बच्चा नहीं हूं? बुरा हूं मैं। बहुत बुरा। दो रुपए वाली एक पतंग ही तो मांगी थी मैंने। पापा कहते हैं, अच्छे बच्चे जिद नहीं करते। पढ़ते हैं। पढ़ तो रहा हूं। रोज नियम से स्कूल जा रहा हूं। अब नहीं आती गणित और भूगोल मेरी समझ में तो मैं क्या करूं? फिर भी मन मारकर होमवर्क पूरा करता हूं। पापा कहते हैं, आगे बढ़ो। क्या गणित और भूगोल पढ़े बिना कोई आगे नहीं बढ़ा जा सकता? ये आगे बढ़ना क्या है? आज तक मेरी समझ में नहीं आया।

उसे किसी की, किसी से भी तुलना करना बिलकुल अच्छा नहीं लगता। फिर भी लोग अपने बच्चों की दूसरे बच्चों से तुलना करने से बाज नहीं आते। क्यों करते रहते हैं, वे ऐसा? मुझे नहीं बनना किसी के जैसा। मुझे अपने जैसा बनना है। परंतु कोई नहीं बनने देता मुझे अपने जैसा। फलाने जैसा बनो। ढिकाने जैसे बन के दिखाओ। क्यों दिखाऊं मैं उनके जैसा बनके। चारों तरफ से 'उन' जैसा बनने का दबाव बढ़ता चला जाता है। कैसे भी उन जैसा ही बनना है। येन-केन-प्रकारेण। पढ़ो। रात-दिन पढ़ो। खूब पढ़ो। नब्बे परसेंट से ऊपर मार्क्स लाओ और किसी भी प्रकार घुस जाओ किसी नामी कॉलेज की सुरंग में। क्या करूं? नहीं आती मुझे समझ में गणित और भूगोल। जब होती हैं, इनकी परीक्षाएं, मेरे प्राण निकलने को होते हैं। भूगोल को रटते हुए मेरी घिग्घी बंध जाती है और गणित का नाम सुनते ही कंपकंपी छूटने लगती है। आती हैं, जब इनकी परीक्षाएं, कहीं भाग जाने को मन होता है। कैसे छुटकारा मिले इन झंझटों से। जहर फैलने लगा है नसों में।

बोर्ड की परीक्षा में मैंने खूब मेहनत की। क्रिकेट खेलने का मन होता पर नहीं खेला मैं एक भी दिन। रात-दिन मेहनत की पर सिर्फ फर्स्ट डिवीजन। साठ

प्रतिशत मार्क्स बस! पापा बहुत नाराज। मम्मी मुंह फुलाए बैठी रही दिनभर। सब लोग कहते हैं, आजकल फर्स्ट डिवीजन का कोई मतलब नहीं। कोई भी ले आता है, फर्स्ट डिवीजन। नब्बे प्रतिशत से ऊपर मार्क्स आएं तो समझो लड़के ने कुछ किया वरना फेल के बराबर। फर्स्ट डिवीजन में क्या धरा है अब। पापा ने डांटते हुए कहा—"वो शर्मा अंकल के बेटे गुड्डू को देखो। मेरिट में आया है वो। और एक तुम हो गधे। मात्र फर्स्ट डिवीजन। तुम्हारी तो मार्कशीट किसी को दिखाते मुझे शर्म आती है।" मम्मी का वही उलाहना—"तुम तो लड़कियों से भी गए बीते हो। सक्सेना भाई साहब की पिंकी को देखो चार विषयों में डिस्टिंक्शन है उसकी। नब्बे परसेंट से ऊपर मार्क्स। और तुम! हुंह! किसी काम के नहीं। और खेलो क्रिकेट!"

जहर फैल रहा है तेजी से। उसे पता है कि अब किसी अच्छे कॉलेज में उसका एडमिशन नहीं हो सकता। कौन पूछता है फर्स्ट डिवीजन वालों को। उधर नब्बे परसेंट वालों की ही लाइन लगी है। डोनेशन के बिना अब कहीं एडमिशन नहीं हो सकता। इतनी रकम कहां से लाएंगे उसके मम्मी-पापा। कैसे तो पाई-पाई बचाकर उन्होंने मुझे पढ़ाया। वे कहते थे, मैं उनका सपना हूं। कैसा सपना हूं मैं? टूटा हुआ। कुछ नहीं कर पाऊंगा मैं जीवन में? क्या यूं ही मम्मी-पापा पर बोझ बना रहूंगा मैं? पढ़ाई तो मैंने की। मन लगाकर। एक दिन भी क्रिकेट नहीं खेला मैंने पूरे साल। बोर्ड के एग्जाम थे, कैसे खेलता क्रिकेट। फिर भी सिर्फ साठ परसेंट। मात्र फर्स्ट डिवीजन। बस।

मम्मी-पापा चिंतित हैं, कहां एडमिशन हो पाएगा, इस साठ परसेंट वाले लड़के का। कॉलेज तो बहुत हैं। एक से एक। जैसा कॉलेज, वैसी फीस। मोटी डोनेशन फीस पटाकर किसी भी नामी कॉलेज में एडमिशन दिलाया जा सकता है, उसे। पर इतने पैसे कहां हैं, मम्मी-पापा के पास। मेरे पीछे एक छोटी बहन भी तो है। अगले साल वो भी बोर्ड की परीक्षा देगी। फिर उसके लिए कॉलेज। तत्पश्चात् उसकी शादी। खर्चे ही खर्चे। पापा की छोटी-सी नौकरी। मम्मी हर महीने घर खर्चों में कटौती करके बजट को सुधारती रहती हैं। नहीं सुधर पाता उनका बजट। वो तो एक छोटी चादर जैसा है, पैर ढँको तो सिर उघड़ जाता है और सिर ढँक लो तो पैर झांकने लगते हैं। कैसे तो हो पाएगा मेरा किसी अच्छे कॉलेज में एडमिशन। जहर अब चरम पर है।

कुछ दिनों बाद एक बड़े घोटाले का पर्दाफाश हुआ। मालूम हुआ कि लाखों रुपए खर्च करके कुछ लड़कों को अच्छी रैंक दिलवाई गई। बदल दी गई उनकी कॉपियां जांच सेंटर में। जिनमें चपरासी बनने की योग्यता न थी, उन्हें मेडिकल कॉलेज और बड़े इंजीनियरिंग कॉलेजों ने सहर्ष अपने यहां एडमिशन दे दिए। बड़ी लंबी लिस्ट है, ऐसे लोगों की। उसने ध्यान से लिस्ट पढ़ी। उसमें शर्मा अंकल के बेटे गुड्डू और मम्मी के सक्सेना भाई साहब की पिंकी का नाम सबसे ऊपर है। अब इनके प्रकरणों की जांच चल रही है। तो ये है, इनकी सफलता का राज। व्यर्थ ही मम्मी-पापा मुझे डांटते रहे, उन्हें क्या पता कि गुड्डू और पिंकी की असलियत ये है। वे तो मुझे बेवकूफ मानते रहे और बांधते रहे गुड्डू और पिंकी की तारीफों के पुल। अब वे पुल धराशायी हो गए। भरभराकर गिर गए, उनके फुसफुसे पुल।

बहुत सारे मां-बाप अपने बच्चों को डॉक्टर और इंजीनियर ही बनाना चाहते हैं। इसके नीचे कुछ भी नहीं। तो बाढ़ आ गई मेडिकल और इंजीनियरिंग कॉलेजों की। हर नेता और पूंजीपति इसी क्षेत्र में निवेश पर उतारू हैं। दोहरे फायदे हैं, इससे। एक तो धंधा अच्छा है, इसमें घाटे की कोई गुंजाइश नहीं। मोटी फीस हर सेमेस्टर की। एडमिशन के समय डोनेशन फीस अलग से। कुछ फीस अगले दरवाजे से। बाकी मोटी फीस पिछले दरवाजे से। फायदा ही फायदा। दूसरे परिवार के हर ऐरे-गैरे को डॉक्टर-इंजीनियर बनने के सहज-सुलभ अवसर। अपने नालायक बच्चों का उद्धार करो और मित्रों, परिचितों को भी उपकृत करो। दोहरे फायदे। इस प्रकार फटाफट बेहिसाब मेडिकल और इंजीनियरिंग कॉलेज गली-गली, मोहल्ले-मोहल्ले में खुल गए। जैसी पूंजी, वैसा कॉलेज और वैसी ही डिग्री। तरह-तरह के कॉलेज और तरह-तरह की डिग्रियां। नए बिजनेस सेंटर।

हर बाजार में मांग और पूर्ति का एक नियम होता है। यहां भी है परंतु इस ओर किसी का ध्यान नहीं है। सब भेड़ियाधसान चल रहा है। पैसे लो और डिग्रियां बांटो। उसका किसी अच्छे कॉलेज में एडमिशन नहीं हो पाया। नहीं खरीद पाएगा वह कोई बड़ी डिग्री, लेकिन उस जैसे लोगों के लिए भी कॉलेज हैं, हर कस्बे और गांव के पास कहीं भी। सरकार ने सब प्रकार के लोगों के लिए कॉलेज खुलवाए हैं। शिक्षा पर सबका समान अधिकार जो है। उसके मम्मी-पापा

बहुत चिंतित हैं। क्या होगा अब अपने लड़के का। साठ परसेंट वाला क्या तो जाएगा किसी अच्छी नौकरी में। कोई चांसेस नहीं, उसकी जिंदगी में। वह खुद भी परेशान। क्या करेगा, अपने जीवन में। चलो कोई छोटी-मोटी नौकरी ढूंढ़ लो। नौकरी कोई भी हो, सड़क पर डली थोड़े मिलती है। ढूंढ़ो रे भई ढूंढो कोई नौकरी, साठ परसेंट वाले के लिए। वह लगा है, एक अदना-सी नौकरी की तलाश में। पापा के कहने पर स्थानीय कॉलेज में उसने एडमिशन भी ले लिया है। पढ़ाई और नौकरी की तलाश दोनों एक साथ जारी है।

लो अब वह ग्रेजुएट हो गया। नौकरी की जुगाड़ करते नए-नए कंपीटिशन की तैयारी में समय बीत रहा है। हर ऐरा-गैरा कोई भी आकर उसे समझा जाता है, इस कंपीटिशन में बैठो। उस कंपीटिशन में चांसेस हैं। फलानी पोस्ट के लिए तो हाई रेट चल रहा है। कहां दे पाएंगे तुम्हारे पापा। सचिवालय में भी कुछ बाबुओं की जगहें निकली हैं। पर वहां तो सोर्स, सिफारिश के बिना कुछ नहीं होगा। जमाओ कुछ जुगाड़। स्थानीय विधायक या सांसदजी से कोई जान-पहचान हो तो...। वह निराश है। अवसाद में रहता है, इन दिनों। जहर ने अपना असर दिखाना शुरू कर दिया।

देश में युवा पीढ़ी के एक बहुत बड़े वर्ग का सच यही है। जहर पीते हुए बच्चे युवा हो रहे हैं। सबकी पाचन शक्ति अलग-अलग है। कुछ पहले मर गए, कुछ बाद में मरने को तत्पर दिखाई देते हैं। अखबारों में पढ़कर हमें दुःख होता है कि विद्यार्थी आत्महत्या कर रहे हैं। क्या सचमुच में ये आत्महत्या है या समाज और व्यवस्था द्वारा सुनियोजित हत्या? एक बड़े शायर ने लिखा है—"तंग आ गए हैं, कशमकश-ए-जिंदगी से हम। ठुकरा न दें जहां को कहीं बे-दिली से हम।"

उपचुनाव के पूर्व

वे विधायक पुत्र हैं। विधायक पुत्र यानी कि राजकुमार टाइप। राजकुमार अर्थात् क्षेत्र के कुंवर साहब। अब कुंवर साहब का जलवा, राजा साहब से भी ज्यादा। बेलगाम। राजा साहब को कई परेशानियां। पहली तो यही कि वे आगे भी कई वर्षों तक राजा बने रहें? पर कैसे बने रहें? टांग खींचने वाले बिलकुल करीब। अपनी ही अगल-बगल। जो जितना ज्यादा सेवा भाव से पेश आए, वह उतना बड़ा दुश्मन। सबसे ज्यादा खतरा उसी से। मौका मिलते ही चुपके-चुपके लोग चले जाते हैं राजधानी। भरते रहते हैं हाईकमान के कान। हाईकमान ऊपर से खूब मीठे। जब मिलें तो सीने से चिपका लें। कहें कि आप तो उनके खासमखास परंतु कान के बिलकुल कच्चे। दूसरों से पूछते फिरें कैसा हूं मैं? लोग नमक-मिर्च मिलाकर सुनाने लगें पुराण। हाईकमान की गहरी सांसें और 'हूं' की आंच आएदिन राजा को झुलसा जाए। राजा के प्राण कंपने लगें। वे शीतल बयार लेकर दौड़ पड़ें राजधानी की ओर। हाईकमान को मनाएं, पुटियाएं और पत्र-पुष्पों की वर्षा से उन्हें शीतल करें। यह सिलसिला अबाध गति से चालू है। उधर विपक्ष वाले, विरोधी जन्म के। अकसर नाक में दम किए रहते हैं। अपने ही आदमी मिल जाएं उनसे और बताते रहें अंदर की गोपनीय बातें। और जनता, कितना ही करो इसके लिए। प्राण दे दो अपने। कभी एहसान नहीं मानती। सदा असंतुष्ट रहती है। कैसे पटाएं इसे? कैसे भरमाए रखें इसे? अगले चुनाव दूर हैं अभी, पर जीतते रहें किसी भी प्रकार हम। येन-केन-प्रकारेण। सबको देख लेंगे। फिलहाल तो सिर पर परेशानियों का भारी बोझ।

राजकुमार और रानी साहिबा राजा की परेशानियों से बेखबर। खबर होगी भी तो उसे दरकिनार करते हुए बिलकुल निश्चिंत। अपनी रंगरेलियों

और मौज-मस्ती में व्यस्त। राजकुमार के खुद नामी-बेनामी ठेके। लंबा-चौड़ा कारोबार। सड़क, पुल, नहर, बांध और मल्टी निर्माण में कुंवर साहब घनघोर रूप से व्यस्त। कार्यकर्ताओं की भारी भीड़। भीड़ के बिना बड़े काम नहीं होते। जरूरत पड़ती है हमेशा भीड़ की। कुंवर साहब के एक आदेश पर कुछ भी कर गुजरने के लिए बिलकुल तत्पर, सेवक टाइप बहुत सारे लोग। कुंवर साहब लगे हैं, अपनी प्रगति में। तेजी से।

कुंवर साहब की मां अर्थात् रानी साहिबा। शहर के सारे अफसर इनकी कृपा पाने के लिए लालायित। सब उपस्थित रहते इनके दरबार में, सेवा के लिए। विनय करते हुए। पूरा प्रशासन इनके हाथों में। जब जहां चाहें, किसी भी अफसर का ट्रांसफर करा दें। किस विभाग में कब, कैसे, क्या काम किया जाना है? पूरे दिशा-निर्देश रानी साहिबा द्वारा जारी किए जाते।

सब कुछ ठीक-ठाक चल रहा था। राजकुमार मनमानी प्रगति कर रहे थे। रानी जी का प्रशासन चुस्त-दुरुस्त था। वे मातहतों की सेवाओं से संतुष्ट थीं। सहसा एक दुर्घटना हो गई। एक रात विधायकजी के सीने में दर्द हुआ। फटाफट उन्हें चिकित्सा की आपातकालीन सेवाएं उपलब्ध कराई गईं, परंतु अलस्सुबह उनके प्राणपखेरू उड़ गए। बंगले में अंतिम दर्शन के लिए उनके शव को रखा गया। मुख्यमंत्री अपने कैबिनेट के कई मंत्रियों सहित अंतिम यात्रा में सम्मिलित होने आ रहे हैं। पार्टी के राष्ट्रीय अध्यक्ष भी पधारने वाले हैं। स्थानीय नेता और पार्टी कार्यकर्ता तो पहले से ही विधायकजी के बंगले में इकट्ठे हो चुके थे। मुख्य चिंता का विषय यह था कि अब इस सीट के लिए उपचुनाव कब होंगे? किसको टिकट मिलेगी? कौन है प्रबल दावेदार? पार्टी हाईकमान, मुख्यमंत्री और कैबिनेट के कई मेंबर एक साथ आ रहे हैं। इससे अच्छा अवसर कब मिलेगा अपनी टिकट की दावेदारी दिखाने का। एक बार हाईकमान की नजरें ठीक से पड़ जाएं तो बात बन जाएगी। मुख्यमंत्री ही उनके कान में कह दें कि इस खाली सीट के लिए फलाना कंडीडेट ठीक रहेगा। कैबिनेट वाले किसी का नाम सोचकर आए हों और मुख्यमंत्री को समझा दें कि फलाने का नाम इस सीट से बिलकुल उपयुक्त रहेगा। अपने ही गुट का आदमी है। स्थानीय नेताओं में सुगबुगाहट है। देखते हैं, किसका नाम उभरकर सामने आता है।

दोपहर तक सारे नेता एकत्रित हो गए। सभी रिश्तेदार समय से पहुंच गए।

कार्यकर्ता सुबह से इकट्ठे। अमर रहें...के नारों के साथ शवयात्रा शुरू हुई। सबसे आगे कुंवरजी हंडिया लिए हुए। पीछे घर में रोती-बिसूरती कुछ स्त्रियां। रास्तों में जाम। नेताजी की अंतिम यात्रा में भारी भीड़। दबे स्तरों पर चर्चा...किसको मिलेगी यह सीट? वर्माजी सीनियर हैं, देखो न मुख्यमंत्री की बगल में चल रहे हैं। अभी-अभी मुख्यमंत्री ने उनके कान में कुछ कहा। पिछले चुनाव में ही टिकट के लिए सबसे ऊपर उन्हीं का नाम चल रहा था। वो तो ऐन मौके पर अपने विधायकजी के नाम की घोषणा हो गई। चमत्कार! अपने तिवारीजी भी कम नहीं हैं। ब्राह्मण लॉबी उनके साथ है। हाईकमान ब्राह्मण हैं। सुना है, दूर के रिश्तेदार भी हैं, तिवारीजी के। उन्हीं को मिलेगी, इस सीट के लिए टिकट। कुछ भी कहो अपने विधायकजी की पैठ बहुत गहरी थी। हाईकमान और मुख्यमंत्री दोनों को खूब साधकर रखा था, उन्होंने। अब होनी को कौन टाल सकता है। असमय चले गए। अभी रहते तो इनके सामने वर्मा और तिवारी पानी भरते। होंगे पार्टी में दोनों कितने ही सीनियर। किंतु विधायकजी ने उनकी कहीं नहीं चलने दी। अब चले गए तो दोनों ने चैन की सांस ली। देखते हैं किसका पलड़ा भारी रहता है। किसी ने पीछे से फुसफुसाया, ''भैया, अभी सहानुभूति की लहर है। इसका पार्टी को फायदा मिलेगा इसलिए अपने कुंवर साहब को भी ये सीट मिल सकती है।'' कुछ लोगों ने हां में हां मिलाई। दूसरे ने अपना मत प्रकट किया, ''यदि सहानुभूति को ही भुनाना है तो भाभीजी अर्थात् रानी साहिबा का नाम बहुत उपयुक्त रहेगा। उन्हें यदि पार्टी टिकट देती है तो इस सीट पर जीत पक्की। वरना यह सीट आसान नहीं है। विपक्षी यहां कमजोर थोड़े ही हैं। भारी हैं बहुत। पिछले चुनाव में विधायकजी को ही अपनी सीट निकालने में पसीना आ गया था। मात्र दो हजार वोटों से ही तो जीत पाए थे वे। अबकी मर्तबा बहुत कठिन होगा पार्टी को ये सीट निकालना। चिता जलती रही, लोग इसी प्रकार की बातें करते रहे।

शाम को पार्टी कार्यालय में शोकसभा का आयोजन किया गया। उसके पहले पार्टी हाईकमान, मुख्यमंत्री और कैबिनेट के सदस्य विधायकजी के घर भाभीजी को सांत्वना देने पहुंचे। भाभीजी आंचल फैलाकर रोईं। अब क्या होगा हमारा? हमारे स्वामी चले गए। मुख्यमंत्री ने रुआंसे होकर उन्हें गले लगाया। सांत्वना दी–''चिंता न करें। मैं हूं ना। भाई साहब मेरे अनन्य सहयोगी थे। वर्षों साथ

रहा है हमारा। आपकी फिकर करना मेरा कर्तव्य है। मैं करूंगा। जरूर आपकी फिकर करूंगा। आप दुःखी न हों। परेशान न हों। चिंता न करें।" सभी उपस्थित नेताओं ने भाभीजी को आश्वस्त किया कि वे तनिक भी चिंता न करें। भीड़ में सुगबुगाहट हुई, भाभीजी की टिकट पक्की। जब मुख्यमंत्री स्वयं उनकी इतनी फिकर कर रहे हैं, तब वर्मा और तिवारी की कोई चाल नहीं चलेगी।

शाम को पार्टी कार्यालय में भव्य शोकसभा आयोजित हुई। शोकसभा में जैसा होता है, वैसा ही सब कुछ वहां भी हुआ। विधायकजी के बहुत बड़े चित्र पर क्रमशः उपस्थित जनों द्वारा माल्यार्पण, तत्पश्चात् महत्त्वपूर्ण लोगों के भाषण, जिनमें विधायकजी को युगपुरुष, महामना, राष्ट्रभक्त, बहुमुखी प्रतिभा के धनी और ऐसी ही बहुत सारी उपमाओं से विभूषित किया गया। विशेष बात ये रही कि पार्टी के राष्ट्रीय अध्यक्ष जो पूरी तरह बुजुर्ग व्यक्ति हैं, उन्होंने भाषण देते हुए आंसू बहाए और सामने बैठे हुए कुंवर को पास बुलाकर सीने से चिपकाया तथा भरपूर आशीर्वाद देते हुए कहा—"बेटा, अब तुम्हें ही अपने पिता की विरासत संभालनी है। तुम्हीं उनके एकमात्र सच्चे उत्तराधिकारी हो। कुलदीपक हो।"

इस बात पर कई कार्यकर्ता जोरदार तालियां बजाना चाहते थे परंतु मौके की नजाकत देखकर उन्होंने ऐसा कुछ नहीं किया। किसी और अवसर पर हाईकमान यह विरासत वाली बात कहते तो जरूर कुंवर साहब के सेवक टाइप कार्यकर्ता देर तक तालियां पीटने से न चूकते। हाईकमान ने अपने भाषण में आगे बताया—"उन्होंने आज पार्टी का कर्मठ कार्यकर्ता, जनप्रिय नेता और अपने अत्यंत आत्मीय व्यक्ति को खो दिया है। विधायकजी का इस प्रकार चले जाना उनकी व्यक्तिगत क्षति भी है। अब उनके बेटे से हमें बहुत आशाएं हैं। अपने पिता की तरह वह भी अब इस क्षेत्र में पार्टी के कार्यों को आगे बढ़ाए और देश की सेवा में अग्रसर हो। हमारा आशीर्वाद सदा उसके साथ रहेगा।"

भीड़ में फिर सुगबुगाहट हुई, लो अब तो कुंवर साहब की टिकट पूरी तरह पक्की समझो। साफ-साफ घोषणा ही कर दी पार्टी हाईकमान ने। अब तो किसी तरह के कोई संदेह की गुंजाइश ही नहीं रही। कुंवर साहब ही अपने पिता की सीट से विधायक का चुनाव लड़ेंगे। तिवारी और वर्मा ने कुंवर को नजर भर देखा। उन्होंने भी अपने भाषण में यही कहा कि विधायकजी के जाने के पश्चात् उनके परिवार वाले अपने को अकेला न समझें। हम सब उनके साथ हैं और सदा उनके हाथ मजबूत करते रहेंगे।"

लोगों ने आपस में बातचीत की—"कुंवर साहब के अलावा अब किसी को टिकट नहीं मिलेगी। माना कि जनता में उनकी छवि इतनी अच्छी नहीं है परंतु अभी उनके पिता मरे हैं इसलिए सहानुभूति की लहर भी तो कोई चीज है। यदि कुंवर के बजाय उनकी मां को टिकट दिया जाए तो सहानुभूति की लहर का ज्यादा फायदा उठाया जा सकता है। पार्टी में एक से एक चुनाव विशेषज्ञ बैठे हैं। देखते हैं, किसे मिलता है इस क्षेत्र से विधायकी का टिकट।"

दिन बीतते गए। परिवार में शोक का वातावरण मिटते देर न लगी। उपचुनाव के चर्चे तेजी से गरम होने लगे। इसकी आंच स्व. विधायकजी के परिवार में भी दिखाई देने लगी। शोकसभा वाले दिन जब पार्टी के राष्ट्रीय अध्यक्ष ने कुंवर साहब को सीने से लगाकर आशीर्वाद दिया, तब से कुंवरजी खुद को इस क्षेत्र का विधायक मानने लगे थे। वे सबसे नगर विधायक की तरह ही मिलते। कार्यकर्ताओं को आदेश देते। क्षेत्र के अफसरों को डांट पिलाते और चुनाव जीतने के पश्चात् मंत्री बनने के सपने भी देखते रहते। कुंवर की मां को यह बात पसंद नहीं आई। उनकी नजर में कुंवर अभी छोटे हैं। नादान। अभी उनकी उमर ही क्या है? इतनी कम उमर में वे कैसे समझ पाएंगे राजनीति के दांव-पेच! राजनीति के लिए तो अनुभव चाहिए। मैंने अपने पति के साथ रहते हुए राजनीति की दुनिया को भलीभांति देखा-समझा है। बड़ी कठिन डगर है ये। इसमें तो पग-पग में कांटे बिछे हैं। मैं नहीं चाहती कि मेरा बेटा जिसके अभी खेलने-खाने के दिन हैं, वो किसी जोखिम में पड़े। मुख्यमंत्री यदि इस क्षेत्र से मुझे टिकट दिलवाएं तो वो हर दृष्टि से उचित होगा। जीत मेरी सुनिश्चित है। स्थानीय प्रशासन मेरी मुट्ठी में है और राजनीतिक उठापटक का मुझे अच्छा-खासा अनुभव है। आखिर अपने विधायक पति के साथ इतने वर्षों तक परछाईं की तरह साथ रही हूं मैं। और कुंवर अभी बच्चे हैं। बिलकुल बच्चे।

कुंवर अपनी मां की इच्छा जानते हैं। उनका कहना है, मां का इस प्रकार खुलेआम राजनीति में आना ठीक नहीं है। आखिर पिता की विरासत एक दिन पुत्र को ही संभालनी है। पूरे परिवार के आर्थिक मामले तो वे ही संभालते आए हैं। राजनीति में जिसने 'अर्थ' के महत्त्व को जान लिया, उसने सब कुछ जान लिया। सारी नीतियां, अर्थनीति से ही शुरू होती हैं। राजनीति की इस पेचीदगी को माताजी बिलकुल नहीं समझतीं। यहां हर प्रकार के लोगों से मिलना होता है। उन्हें काम के लिए सेटल करना होता है। पार्टी में ही कितने विरोधियों को

साधना पड़ता है। जाने कैसी-कैसी तिकड़में हैं जो मां के बस की नहीं। उन्हें समझना चाहिए। उम्र से क्या होता है? कितने कम उम्र लोग, राजनीति के क्षेत्र में अपने परिवार के कारण बड़े पदों पर सफलतापूर्वक आसीन हैं।

कुंवर साहब आएदिन पार्टी हाईकमान से फोन पर आशीर्वाद लेते रहते हैं। उनकी माताश्री मुख्यमंत्री को अपना जेठ मानती हैं। उनसे अपना दुःख फोन पर बताते रहने में उन्हें संतोष मिलता है। मुख्यमंत्री सदा उनसे यही कहते हैं, आप तनिक भी चिंता न करें। आगे सब कुछ ठीक होगा।

वर्माजी पार्टी के सीनियर नेता ठहरे। विधायकजी के समय ही इन्हें ही टिकट मिलना था। अंत समय इनके गुट की नहीं चली इसलिए वर्माजी की टिकट कट गई। कैबिनेट में इनके गुट के लोग हावी हैं। मुख्यमंत्री पर उनका दबाव है। वर्माजी सक्रिय हैं। ऊपर सतत संपर्क में हैं। अबकी इनका टिकट काटना आसान नहीं है। मुख्यमंत्री स्वयं खतरे में पड़ सकते हैं। इधर तिवारीजी ब्राह्मण लॉबी से हैं। ब्राह्मण अर्थात् बुद्धिमान। उनका मानना है और कहना भी कि जब तक ब्राह्मण लॉबी सक्रिय है, प्रभावशाली है, तभी तक पार्टी की सरकार है। ब्राह्मणों की उपेक्षा करके कोई सरकार नहीं चल सकती। हाईकमान तिवारीजी के दूर के ही सही परंतु रिश्तेदार तो हैं। वे अबकी बार उनका पूरा ख्याल रखेंगे, ऐसा तिवारीजी को अटल विश्वास है।

बस, अगले महीने सब कुछ तय होना है। उपचुनाव की तिथि घोषित हो गई। दौड़-धूप, मिलना-जुलना, संपर्क-संबंध चुनाव पूर्व जो कुछ भी होता है, वह सब कुछ बहुत तेज हो गया। किसी भी दिन प्रत्याशी के नाम की घोषणा हो सकती है। दिन सरकते जा रहे हैं। उम्मीदवारों के दिलों की धड़कनें तेज होती जा रही हैं। ऊपर समीकरण बिठाए जा रहे हैं। चुनाव विशेषज्ञों से राय ली जा रही है। विचार-विमर्श चल रहा है। इस सीट पर पार्टी और सरकार की प्रतिष्ठा दांव पर लगी है। हर हालत में मुख्यमंत्री को यह सीट निकालनी है वरना उनकी बड़ी बदनामी होगी। क्षेत्र में बड़ी खींचतान है। भितरघात का खतरा भी बढ़ा है इसलिए पार्टी द्वारा काफी सोच-समझकर बाहरी क्षेत्र के एक युवा कार्यकर्ता को वहां से प्रत्याशी घोषित कर दिया गया। क्षेत्र से लालायित उम्मीदवारों पर मानो घड़ों पानी गिरा। होता है, ऐसा अकसर।

दरबार करने वाले

कुछ लोग होते हैं, जिन्हें दरबार करने की लत होती है। दरबार करना समझते हैं आप? अब आप हमारे कने?? के होते तो जरूर जानते दरबार करना। अच्छा है, आप नहीं जानते दरबार करना, परंतु हम तो जानते हैं और इसे अच्छी तरह समझते भी हैं। हमारी तरफ दरबार करना कहते हैं, फालतू गप मारने को। लोग आपस में मिलते हैं तो राम-राम बाद में कहेंगे पहले यही कहते हैं—"बहुत दिन हो गए भैया, दरबार नहीं हुआ। पधारिए किसी रोज बढ़िया दरबार हो जाए।" अब सामने वाले को फुर्सत है कि नहीं? वह किस काम से जा रहा है? कहीं किसी मुसीबत में तो नहीं है? इससे उनको कोई मतलब नहीं। बस, बहुत दिनों से दरबार नहीं हुआ इसलिए आ जाओ किसी दिन बढ़िया दरबार हो जाए।

शुरू-शुरू में जब मैं भी आपकी ही तरह न जानता कि दरबार करने का क्या मतलब होता है, तब सोचता था कि जैसे बादशाहों के दरबार लगा करते थे इतिहास में, ऐसा ही कुछ होगा यह दरबार करना। बहुत बाद में पता चला कि यह बादशाहों के दरबार का आम-आदमीकरण है। अब आप कहेंगे कि यह आम-आदमीकरण क्या है? बादशाहों के दरबार में एक अदद बादशाह जरूर होता था, शेष उसके चमचे, सामंत, सिपहसालार, राजकवि, मसखरे, नचैये-गवैये आदि। सब ऐसा कुछ बोलने, करने और हरकतें दिखाने के लिए बेचैन रहते थे, जिससे ऊपर सिंहासन पर बैठा हुआ राजा खुश हो जाए, येन-केन-प्रकारेण। राजा नकचढ़ा। कभी-कभी हंसने की बात पर आगबबूला हो जाता और फांसी का हुक्म दे देता किसी को भी। अच्छा हुआ वे दिन विदा हुए। अब न वे राजा रहे, न उनका वैसा दरबार। अब देश आजाद हो गया। देश में प्रजातंत्र आ गया।

जनता का शासन। ये सब बातें सुनने में खूब अच्छी लगती हैं, परंतु वर्षों की आदत इतनी आसानी से छूटती कहां है?

इन दिनों मंत्री, राजा जैसे भये, इनके दरबार भी लगने लगे, परंतु राजाओं वाले दरबार से तनिक हट के। अब दरबारियों को कार्यकर्ता कहा जाता है, जो कई प्रकार के होते हैं। कर्मठ कार्यकर्ता, सक्रिय कार्यकर्ता, विशेष कार्यकर्ता और अपने खासमखास कार्यकर्ता इत्यादि। तो दरबार अब भी लगता है मंत्रीजी के बंगले में। कभी-कभी किसी पंच सितारा होटल में या फिर अपने खास कार्यकर्ता के फार्म हाउस में। दरबारों की परंपरा हमने अभी पूरी तरह छोड़ी नहीं। राजाओं के दरबार में दरबारी राजा को खुश करने के लिए सब प्रकार के झूठे किस्से सुनाया करते थे। हमलावर सीमाओं में भीतर तक घुस आए हैं। दरबार में राजा की वीरता बखानी जा रही है। जनता दुःखी है, परेशान है। दरबार में राजा की उदारता के गुण गाए जा रहे हैं। नहीं मिला राजा को जूतियां पहनाने वाला, इसलिए वह कहीं जा नहीं पाया और देश गुलाम हो गया।

इधर मंत्रीजी के दरबार का भी यही आलम है। विधानसभा क्षेत्र में मंत्रीजी की हालत पतली है। कार्यकर्ता कह रहे हैं, स्थिति मजबूत है। योजनाओं का लाभ नीचे तक नहीं पहुंचा, कर्मठ कार्यकर्ताओं का कथन है कि आमजन खुशहाल हैं। पांच सालों से मंत्रीजी ने क्षेत्र का दौरा नहीं किया। सक्रिय कार्यकर्ताओं का मत है, जनता मंत्रीजी को भूली नहीं है। मंत्रीजी तो जनता के हृदय में बसे हैं। हृदय सम्राट हैं मंत्रीजी। गुंडे, मवाली और धन्नासेठ सब आपके पक्ष में हैं, दरबार में विशेष कार्यकर्ताओं की रिपोर्ट। ठेके, परमिट, लाइसेंस जिन्हें देने थे, दे दिए गए अब भला चुनाव में आपको कौन हरा सकता है? दरबार सफल और चुनाव परिणाम आने पर मंत्रीजी की जमानत जब्त।

दरबारों की भारतीय परंपरा जगजाहिर है। वे बड़े अफसर हैं, एक बड़े दफ्तर में। सब तरह के मातहत हैं, उनके ऑफिस में। छोटे, मझोले और बड़े। मातहतों में प्रतिस्पर्धा रहती है कि कैसे भी साहब को खुश रखा जाए। वैसे काम के आधार पर साहब को खुश होना चाहिए, परंतु इस ऑफिस में या किसी भी ऑफिस में ऐसा बिलकुल नहीं होता। काम तो सब करते हैं जी। काम करने के लिए ही तो उन्हें नौकरी पर रखा गया है। यहां सिर्फ काम करते रहने से काम नहीं चलता। काम निकालने के लिए यहां काम के सिवा बहुत

कुछ करना पड़ता है। अहम प्रश्न यही है कि साहब किस प्रकार खुश रहें और खुश रहते हुए वे अपुन को कोई काम न बताएं? साहब पुराने जमाने के खूसठ आदमी। दरबार और दरबारी उनकी पहली पसंद। इसलिए उनका चेंबर कभी खाली नहीं रहता। वहां आठ-दस जन प्रायः जमे ही रहते हैं। ऑफिस बड़ा है और वे उसके बड़े अफसर हैं। इस ऑफिस में सिवाय बड़े कामों के कुछ नहीं होता। अब शहर में कई लोगों को साहब से अपने काम निकलवाने हैं। किसी के टेंडर की फाइल यहां अटकी है, उसे आगे बढ़वाना है। किसी का सप्लाय का काम है, उसे नए और भारी-भरकम सप्लाय ऑर्डर चाहिए, जो साहब के खुश हुए बिना नहीं मिलेंगे। किसी को अपने क्षेत्र में नई योजनाएं शुरू करवानी हैं, मंत्रीजी की अनुशंसा है परंतु साहब की इच्छा सर्वोपरि। इस प्रकार विभिन्न तरह के लोग साहब के दरबार में उपस्थित हैं। हंसी-ठिठोली और उच्च स्तर की गपबाजी चल रही है।

"साहब, आपकी हैंडराइटिंग बहुत अच्छी है। बिलकुल मोतियों जैसे अक्षर हैं ये। आपकी तो ड्रॉफ्टिंग देखकर ही सब काम हो जाते होंगे, सर!" जिन्हें टेंडर की फाइल आगे बढ़वानी है उन्होंने साहब की तरफ अपना पासा फेंका।

साहब खुश होकर बोले—"बचपन में सरकंडे की कलम से खूब लिखा है मैंने, तब जाकर इतनी सुंदर लिखावट बन पाई मेरी। आजकल के बच्चों को हम पहली कक्षा से ही डॉट पेन पकड़ा देते हैं। इसीलिए नए लड़कों की लिखावट बहुत खराब है।"

"नई पीढ़ी के लोग तो अपनी सेहत के प्रति भी लापरवाह हैं। अब आपको देखिए प्रौढ़ावस्था में भी बिलकुल युवा लगते हैं। लगता है आप अपने स्वास्थ्य का बहुत ख्याल रखते हैं?" दूसरा, जिसे सप्लाय ऑर्डर चाहिए, उसने साहब की सेहत को सराहा।

"रोज दो घंटे योगा करता हूं। करना पड़ता है। न करें तो ऑफिस में इस प्रकार बैठे-ठाले पूरा शरीर अकड़ जाए। मेरे कई साथियों को हाइपरटेंशन और शुगर की बीमारी हो गई। मुझे कुछ नहीं है। फिट हूं बिलकुल।" साहब ने सीना चौड़ा करते हुए तनकर कहा।

तीसरा जो अपने काम के लिए मंत्रीजी की रिकमंडेशन लाया था, वह पीछे कैसे रहता। उसने उचककर कहा—"मंत्रीजी आपकी बहुत तारीफ करते हैं।

कहते हैं, अफसर हो तो आपके जैसा। बिलकुल चुस्त-दुरुस्त। भरपूर प्रशासनिक क्षमता, त्वरित निर्णय और जनता के काम पूरा करने के लिए जी-जान लगा देने वाला अफसर एक, सिर्फ आप।''

इस बात पर अफसर ज्यादा ही खुश हो गए। उन्होंने फटाफट घंटी बजाई। चपरासी उपस्थित हुआ। उन्होंने सबको गरमागरम चाय पिलाने का आदेश प्रसारित किया।

इसी प्रकार मेम साब का दरबार। साहब की बीवी हैं, सभी मातहतों की बीवियों को उनसे मिलने आना चाहिए, यह अलिखित नियम है, जो सदियों से चला आया है। मातहतों की मेमें बड़े साहब की मेम से मिलने उनके घर जाने लगीं। वहां भी नित्य दरबार लगने लगा। साहब के घर में दो प्राणी; पति और पत्नी, लेकिन नौकर चार। दो रसोईघर में और दो बाहर के काम के लिए। मेम साब को करने के लिए कुछ भी नहीं। कब तक टी.वी. देखें, वही सास-बहू के झगड़ों वाले सीरियल। यही बातें सुनने में ज्यादा रस है उन्हें, देखने में नहीं। सो घर के बड़े हॉल में मेम साब का दरबार सजने लगा। औरतें आने लगीं, मातहतों की बीवियां। बातें वही सास-बहू वाली। कपड़े, गहने, बहुएं, बच्चे और मौसम की दिलचस्प बातें। सब के केंद्र में साहब की मेम साब। मेम साब सबसे ज्यादा पढ़ी-लिखी। खूबसूरत बला की, ऐसा आने वालियां कहते न अघातीं। कपड़े उनके नई डिजाइन वाले। गहनों का तो कहना ही क्या, बस उन्हीं उन्हीं के। और बच्चे, जो जाने कहां परदेश में पढ़ रहे हैं, सबसे ज्यादा लायक। दरबार का दस्तूर। जिसका दरबार, उसकी तारीफ।

तो उधर ऑफिस में साहब का दरबार, जिसमें उनके अधीन कर्मचारियों में उन्हें खुश रखने की होड़। प्रमोशन पाना है। सी.आर. अच्छी होनी चाहिए। पर्सनल क्लेम निकलवाने हैं। कुछ नहीं तो अभी ऑफिस में ही मलाई वाली सीट चाहिए, जो साहब के खुश हुए बिना नहीं मिलेगी। ठेकेदार, सप्लायर, एजेंट सब समय-बेसमय साहब के दरबार की शोभा। साहब अच्छे, बहुत अच्छे। उनकी राइटिंग अच्छी। प्रशासनिक क्षमता में कुशल। स्थानीय नेताओं के चहेते। पत्रकारों में लोकप्रिय। अब क्या चाहिए? साहब की सारी विशेषताएं उनके दरबार में आएदिन बखानी जातीं। महिला मंडल में इसी प्रकार मेम साहब का रुतबा। खूबसूरत। स्मार्ट। गहनों, कपड़ों से लकदक और खूब मिलनसार।

परंतु यह क्या! घोर आश्चर्य! सचमुच कलियुग आ गया है। इतने अच्छे साहब। उनसे भी अच्छी मेम साहब। तीन महीने में ही उनका ट्रांसफर राजधानी हो गया। उन्हें वहां सबसे बड़े ऑफिस में संलग्न कर दिया गया।

जब नए साहब आएंगे, तब नए सिरे से दरबार लगेगा।

मैंने शुरू में कहा कि दरबार शब्द का अब आम-आदमीकरण हो गया है। अब चार आदमी जहां मिलकर गपें हांक रहे हों तो कहा जाता है, दरबार कर रहे हैं। आप किसी से मिलने जा रहे हैं, वहां जाकर गप सड़ाका करेंगे तो यही कहा जाता है, दरबार करने जा रहे हैं। दरबार कर रहे हैं।

मुझे इस प्रकार के दरबारियों से बहुत डर लगता है। अब फुर्सत है घर में। कोई कामकाज नहीं है, उनके पास। चले हैं किसी के यहां दरबार करने के लिए। सामने वाला तो व्यस्त है, अपने काम में। उसके पास तनिक भी फुर्सत नहीं है। संकोचपूर्वक वह आपका स्वागत कर रहा है—"आइए-आइए, बैठिए। कैसे आना हुआ?"

"बस, दरबार करने चले आए आपसे। समय नहीं कट रहा था। सोचा, आपके साथ मिलकर कुछ समय काट लिया जाए।" वे ही...ही...करके हंसे और सोफे में भीतर तक धंस गए। फिर चालू हो गया उनका बेमतलब दरबार।

वे उत्साहपूर्वक बताते हैं—"सरकार बहुत अच्छी चल रही है। विपक्षियों की तो मिट्टी-पलीत कर दी इन लोगों ने।"

मैं चुप रहा।

वे उत्साहित हुए। बोले—"समाज में नई पीढ़ी का बहुत पतन हो रहा है। बच्चे मां-बाप की बिलकुल नहीं सुन रहे।"

मैंने भीतर चाय के लिए आवाज दी।

उन्होंने धीमे स्वर में बताया—"अपने पड़ोसी वर्माजी की लड़की भाग गई अपने यार के साथ। लव जेहाद का मामला लगता है। लड़का मुस्लिम है।"

चाय आ गई। वे गंभीर हुए। उन्होंने मेरी पत्नी से नमस्ते की—"भाभीजी, नमस्कार। कैसी हैं आप? तबीयत ठीक-ठाक है?"

"हां, भाई साहब, सब कुछ ठीक-ठाक है।" पत्नी भीतर चली गई।

वे फिर शुरू हो गए—"जमाना बहुत खराब आ गया है, दुबेजी। समाज का पतन हो रहा है। बुजुर्गों की कोई सुनता नहीं। पहले जैसा मेल-मिलाप अब कहां

रहा? कभी घंटों बैठते थे मोहल्ले-पड़ोस के लोग। खूब गप-सड़ाका होता था। राजनीति की बातें। धार्मिक चर्चा। पास-पड़ोस के समाचार और घर-परिवार की बातें करते हुए ही दिन बीत जाता था। अब वो माहौल कहां? अब तो समय काटे नहीं कटता। इसीलिए तो चले आए आपके पास दरबार करने...।''

धीरे-धीरे चाय खत्म हुई। उन्होंने कोई पौन घंटे तक दरबार किया। मैं 'हां' 'हूं' करता रहा कि बुरा न लगे। वे अपना पूरा कचरा मेरे ऊपर फेंककर जाने को हुए। मैं भी खड़ा हुआ। जाते वक्त वे कहने लगे—''आज आपसे चर्चा करके बड़ा मजा आया। आपने बहुत सार की बातें बताईं। अच्छा चलते हैं, अब। फिर किसी दिन इसी तरह दरबार होगा। आप भी किसी दिन आइए हमारे यहां दरबार करने।''

नया कवि शहर में

वह गांव से शहर में नया-नया आया था। नगर निगम में यहां क्लर्क की नौकरी लग गई थी उसकी। गांव के स्कूल में पढ़ते हुए कुछ पंक्तियां तुक में जोड़ने का उसने अभ्यास किया था। दैनिक अखबारों में भेजीं तो वे पंक्तियां छप भी गईं। सिलसिला चल निकला। इस प्रकार वह गांव का कवि हो गया। पूरा अखबार एक बैठक में पढ़ डालता। नए-नए समाचार उसे पढ़ने को मिलते। उन्हीं समाचारों से निकलकर आती उसकी कविताएं। तुक मिलाने में थोड़ी मेहनत लगती किंतु वह मिलाता। कोशिश करने से क्या नहीं होता? इस प्रकार उसकी तुकबंदियां जिन्हें वह कविता मानता, अखबारों में प्रायः छप जाया करतीं। गांव में प्रोत्साहन देने वालों की कोई कमी नहीं। चाय की गुमटी में बैठ गए। कुछ पंक्तियां पढ़ दीं। लोग वाह! वाह! कह उठे। स्कूल के सहपाठी तो आएदिन उससे कहते रहते—"भई, कुछ सुनाओ।" वह उत्साहपूर्वक अपनी नई तुकबंदियां सुना देता। साथियों का मन प्रसन्न हो जाता। वे उसे और लिखते रहने के लिए प्रेरित करते। अखबार में अकसर उसने बेतुकी कविताएं भी पढ़ी थीं, परंतु ऐसी कविताएं उसे कभी समझ में नहीं आईं।

इधर शहर में आकर उसने कई साहित्यिक संस्थाएं और उनके कार्यक्रमों के विषय में पढ़ा। एक इतवार को वह ऐसे एक कार्यक्रम में सम्मिलित होने गया। वहां उसने कुछ युवा, अधेड़ और वृद्ध लोगों को अतुकांत कविताएं पढ़ते हुए सुना। कुछ कविताएं उसकी थोड़ी-थोड़ी समझ में आईं, शेष सिर के ऊपर से निकल गईं। काव्य पाठ के पश्चात् कविताओं पर जो बहस हुई, वह बिलकुल बेसिर-पैर की लगी उसे। सबसे पहले जो बात उसने लक्षित की वह यह थी कि जिन कवियों की रचनाओं पर जो लोग भी बोले, वे उनके अपने आदमी

थे। वे बिना कविता सुने ही अपना वक्तव्य उसी प्रकार दे सकते थे, जैसा उन्होंने वहां दिया। सबसे मजे की बात यह रही कि कविता की विषयवस्तु को छोड़कर शेष ढेर सारे विषयों पर कविता के संदर्भ में वहां बोला गया। एक विद्वान् वक्ता, जिन्हें बड़े आदरपूर्वक मंच पर आमंत्रित किया गया था, उन्होंने अपने भाषण में कई विदेशी कवियों के अजीब से नाम लिए, जिनके विषय में वहां कोई नहीं जानता था, यह उनके भाषण की विशेषता थी और उनके विद्वान् होने का परिचय भी। नीचे बैठे हुए कुछ लोग आपस में बातें करते रहे कि इनका भाषण बिना विदेशी लेखकों का उदाहरण दिए कभी पूरा नहीं होता। ये अपने भाषण की इस शैली से बताते फिरते हैं कि देखो, मैंने कितना पढ़ा है, जबकि इन्होंने कुछ नहीं पढ़ा। कुछ नाम भर इन्होंने विदेशी लेखकों के रट लिए हैं, जिन्हें दोहराते रहते हैं। कुछ अन्य वक्ताओं ने वहां संस्कृत ज्ञान भी बघारा और लेखकों-कवियों से परंपरा से जुड़ने की बात कही। चाय-नाश्ते के समय उसने वहां उपस्थित लोगों को अपना परिचय दिया और उनसे भी परिचय प्राप्त किया। इस प्रकार गांव के एक नए कवि का शहर के साहित्यिक माहौल में विधिवत् प्रवेश हुआ।

धीरे-धीरे उसके परिचय का दायरा बढ़ा। अब वह शहर के नामचीन साहित्यकारों को जानने लगा। कई संस्थाएं उसे अपने कार्यक्रमों का आमंत्रण पत्र भेजने लगीं। छोटे, बड़े और बहुत बड़े लेखकों-कवियों को उसने देखा, सुना और उनके कृतित्व से भलीभांति परिचित हुआ। उसने बहुत जल्द ही यह महसूस किया कि शहर के सारे लेखकगण आपस में बड़े प्रेम से मिलते-जुलते हैं, परंतु वे एक-दूसरे से मन ही मन खूब जलते-भुनते हैं। यहां कई गुट, झंडे और बैनर वाले हैं, जो एक-दूसरे को नीचा दिखाने में लगे रहते हैं।

एक गुट व्यवस्था विरोधी कहाता है। वे लोग पूरी व्यवस्था को एक तरफ से बदल देना चाहते हैं। इसके लिए क्रांति की जरूरत है। इसलिए वे लोग क्रांति का आह्वान करते रहते हैं। दूसरे गुट वाले कलावादी हैं। उनका कहना है कि कला, कला के लिए होनी चाहिए। इसलिए वे लोग दिनभर तरह-तरह की कलाकारी करते रहते हैं। तीसरे गुट वाले आस्थावादी हैं। उनके अनुसार हमारे पुरातन धर्मग्रंथों में सारा ज्ञान-विज्ञान भरा पड़ा है, जरूरत है उसके प्रचार-प्रसार की। वे अपनी संपूर्ण आस्था और विश्वास के साथ यही कर रहे हैं। गांधीवादी

लोग भी हैं, जो अहिंसा और सत्य के प्रयोगों पर चर्चा करते हैं, परंतु जीवन में कोई प्रयोग किए बिना गांधीवादी कहाते हैं। अवसरवादी लोग तो सदा अपने लाभ के अवसर तलाशते रहते हैं। वे उससे हटकर कुछ नहीं सोचते। कुल मिलाकर शहर के सारे लेखक और कवि अपने-अपने गुट, विचारधारा और कार्यशैली के लिए प्रसिद्ध हैं।

कभी-कभी सरकार का मन साहित्य के लिए कुछ करने का हो जाता है। सरकार का मन क्या हो जाता है वो तो शहर के साहित्यकार ही सरकार के पीछे पड़कर उसे शहर में कुछ करने के लिए मना लेते हैं। अब सरकारी कार्यक्रम तो सरकारी तरीके से होता है। उसमें मुख्य अतिथि कोई मंत्रीजी रहेंगे। संचालक पार्टी का कोई स्थानीय कार्यकर्ता, जो साहित्यकार-कवि टाइप हो, उसके जिम्मे रहेगा। शेष ऐसे साहित्यकार, जिनकी सरकार में छवि अच्छी है, वे अन्य महत्त्वपूर्ण भूमिकाओं में रहेंगे। बहरहाल शहर के इतिहास में महान् रहे साहित्यकार की पुण्यतिथि में इस भव्य आयोजन की शुरुआत हुई। सुबह की सभा में मुख्यमंत्री द्वारा उद्घाटन। फिर उनका भाषण और शाम के सत्र में एक कवि सम्मेलन होना तय हुआ। ऐसे तो शहर के सभी साहित्यकार अपने-अपने गुट के एजेंडे के अनुसार दूसरे गुट का सदा विरोध करते ही पाए जाते हैं, परंतु मुख्यमंत्री वाले इस कार्यक्रम में सभी गुटों की परस्पर एकता को देखते हुए सुखद आश्चर्य हुआ। कार्यक्रम के दौरान मुख्यमंत्री से मिलने के लिए साहित्यकारों में जबरदस्त होड़ देखी गई। कई वरिष्ठ कवि संचालक से निवेदन करते फिरे कि मुख्यमंत्री के सामने उन्हें भी दो शब्द बोलने का अवसर प्रदान किया जाए। दोपहर को रेस्ट हाउस में सभी गुटों के लेखक-कवि मुख्यमंत्री से मिलने के लिए कतार में लगे हुए पाए गए।

रात्रिकालीन सत्र में कवि सम्मेलन की अध्यक्षता और संचालन को लेकर कई गुटों में मतभेद था। कई सीनियर कवियों की दावेदारी बनती थी। मतभेद जब ज्यादा बढ़ा तब दोनों कार्य पार्टी के वरिष्ठ नेताओं, जिनका कविता और साहित्य से कोई रिश्ता न था, ने करने का दायित्व अपने ऊपर ले लिया। अब मतभेद की कोई गुंजाइश न रही। सभी कवियों ने इस प्रस्ताव को सहर्ष स्वीकार कर लिया। कवि सम्मेलन, जैसा कि इन दिनों होता है, उनमें कविताएं कम और चुटकुले ज्यादा सुनाए गए। श्रोताओं ने ठहाके लगाए और कार्यक्रम

की भूरि-भूरि प्रशंसा की। मंच पर सभी गुटों के कविगण प्रसन्न मुद्रा में दिखाई दिए। दर्शक दीर्घा में गांव के कवि ने एक बुजुर्ग शायर से कार्यक्रम के विषय में पूछा तो उन्होंने एक शेर यूं सुनाया–"मैंने देखा है जो मर्दों की तरह रहते थे। मसखरे बन गए दरबार में रहने के लिए।"

कुछ दिनों पश्चात् शहर में एक प्रसिद्ध साहित्यिक पत्रिका के संपादक महोदय का आगमन हुआ। उनके सम्मान में भी एक बड़ा आयोजन किया जाना तय हुआ। इस कार्यक्रम में संपादक महोदय का अभिनंदन किया जाना था। वहां अभिनंदन पत्र का वाचन होना था। तत्पश्चात् कुछ भाषणबाजी। फिर आगंतुक विद्वान्, लेखक-संपादक महोदय के उद्‌गारों को सुना जाना शामिल किया गया। वे लेखक-संपादक महोदय कई पुरस्कार समितियों में मेंबर थे और एक लोकप्रिय पत्रिका के संस्थापक-संपादक तो थे ही इसलिए उनके इस अभिनंदन समारोह में भी शहर के सभी साहित्यिक गुटों में जबरदस्त एकता के दर्शन हुए। वे वरिष्ठ साहित्यकार जो बात-बात पर विदेशी साहित्य और विदेशी लेखकों का जिक्र किए जाने के लिए मशहूर थे, उन्होंने आगे बढ़कर अभिनंदन पत्र लिखने की जिम्मेदारी अपने ऊपर ले ली। कई नामी साहित्यकार इस अवसर को हथियाना चाहते थे। उनके नाम का कुछ छिट-पुट विरोध भी हुआ। किसी ने तंज भी किया कि उनके अभिनंदन पत्र में किसी विदेशी लेखक का गुणगान मत कर दीजिएगा। अंत में उन्हें ही अभिनंदन पत्र लिखने, छपाने और मुख्य अतिथि को भेंट करने का दायित्व सौंपा गया। वाचन करने के लिए एक युवा कवयित्रीजी ने अपना नाम प्रस्तावित किया, जिसे थोड़ी ना-नुकुर के पश्चात् सर्वसम्मति से स्वीकार कर लिया गया।

इस प्रकार निश्चित तिथि को संपादक महोदय का शहर में शुभागमन हुआ। कार्यक्रम शाम को रखा गया था। संपादक महोदय की ट्रेन सुबह आठ बजे समय पर आ गई। उन्हें एक होटल में ठहराया गया। हालांकि शहर के कई साहित्यकार अपने पूर्व परिचय का हवाला देकर अपने घर पर ही ठहरने का विनम्र आग्रह दूरभाष पर उनसे कर चुके थे। परंतु उन्होंने किसी के घर पर ठहरना स्वीकार नहीं किया। होटल में उनके पधारते ही शहर के कई साहित्यकार उन्हें वहीं प्रतीक्षारत मिले। सबने उनका अभिवादन किया। नए और अपरिचित लोगों ने अपनी उपलब्धियों सहित उन्हें अपना परिचय दिया। उपस्थित सभी

साहित्यकार अपनी सद्यःप्रकाशित कृतियां उन्हें सप्रेम भेंट करने के लिए अपने साथ जरूर लाए थे। क्रमशः एक-एक कर सबने अपनी कृतियां उन्हें सादर भेंट की। "देखिएगा, अपने विचारों से जरूर अवगत कराएं।" ऐसा कहना भी कोई नहीं भूला। कुछ लोगों ने पुरस्कारों में पक्षपात की बात भी उठाई, जिसे बड़ी सफाई के साथ उन्होंने टाल दिया। अन्य लोगों ने पत्रिका को पूर्व प्रेषित अपनी रचनाओं का जिक्र किया। "निर्णय लेने में कुछ समय तो लग ही जाता है। परंतु हमारे यहां हर रचना गंभीरतापूर्वक पढ़ी जाती है। उप-संपादकों के साथ विचार-विमर्श होता है, तब निर्णय लिया जाता है। हम अच्छी रचना जरूर छापते हैं, चाहे वह किसी की हो।" इस प्रकार संपादक महोदय ने अपनी सदाबहार शैली में सबको संतुष्ट किया। एक वरिष्ठ लेखक ने निवेदन किया—"भोजन आप हमारे घर में करें। यहां होटल का खाना आपके लिए मुफीद न रहेगा। घर पर पत्नी और बच्चे भी आपका जिक्र करते रहते हैं।"

"आप खामखाह परेशान होंगे। यहीं होटल में खा लूंगा मैं। आप मेरी ओर से निश्चिंत रहें। शाम को कार्यक्रम में मिलते हैं।" इतना कहकर संपादक महोदय कुछ असहज हुए। वे नहा-धोकर तैयार होना चाहते थे। मौके की नजाकत देखते हुए उपस्थित साहित्यकार नमस्ते करके विदा हुए।

लेखिकाएं दोपहर में संपादक महोदय से मिलने आईं क्योंकि उन्हें मालूम हो गया था कि सुबह की शिफ्ट में कुछ लेखकगण अपना कर्तव्य पूरा कर रहे हैं। उन्होंने दोपहर का समय चुनकर समझदारी की। इस समय संपादक महोदय अकेले थे और खाना खाकर आराम करने के मूड में थे कि शहर की चंद लेखिकाएं उनके कमरे में आ धमकीं। संपादक महोदय ने अपने आपको संभाला। मुस्कराहट, चहचहाहट और फुसफुसाहट से कमरा भर गया। संपादक महोदय जो पहले लेटे हुए थे अब उठकर पलंग पर बैठ गए। कुछ लेखिकाओं ने उनकी पत्रिका के लिए अपनी ताजी रचनाएं उन्हें दीं। एक-दो युवा कवयित्रियों ने तो उत्साहपूर्वक अपने नए गीत उन्हें सुनाकर पूछ लिया, "आपको कैसे लगे ये गीत?" संपादक महोदय मुस्कराहट का जवाब मुस्कराहट से और अन्य बातों का जवाब अपनी कुटिल संपादकीय शैली से देते रहे। शाम को जब कुछ और लोग मिलने आ गए, तब लेखिकाओं ने वहां से विदा ली।

कार्यक्रम में संपादक महोदय को नारियल देकर और शॉल ओढ़ाकर उनका

अभिनंदन किया गया। अभिनंदन पत्र को युवा कवयित्री ने काव्य पाठ की तरह पढ़ा। जैसा कि अंदेशा था हमारे वरिष्ठ लेखक महोदय ने संपादक महोदय की तुलना काफ्का और कामू से की। कुछ और लेखक-लेखिकाओं के भाषण हुए सबने संपादक महोदय को महान् लेखक, विचारक, चिंतक और जाने क्या-क्या बताया। अंत में संपादक महोदय ने अपने उद्‌गार व्यक्त करते हुए हिंदी समाज और हिंदी साहित्य की दुर्दशा पर खूब आंसू बहाए। हिंदी में ये नहीं है। हिंदी में वो नहीं है। इस तरह के वाक्यों से शुरू हुआ उनका भाषण मैंने ये किया, मैंने वो किया, जैसे शब्दों पर आकर समाप्त हुआ। अंत में बढ़िया चाय एवं नाश्ते की व्यवस्था तो थी ही। वहीं हमारे युवा लेखक ने अपने परिचित बुजुर्गवार सज्जन से प्रतिक्रिया जाननी चाही। उन्होंने आदतन यह शेर जड़ दिया– "हर घड़ी चश्मे-खरीदार में रहने के लिए। कुछ हुनर चाहिए बाजार में रहने के लिए।"

अगले ही महीने शहर में एक बड़ा पुस्तक मेला लगा। दिल्ली के बड़े-बड़े प्रकाशक अपनी किताबों सहित उस मेले में शरीक हुए। शहर के कई लेखकों की कृतियां, विभिन्न प्रकाशकों ने छापी हैं। रॉयल्टी का एग्रीमेंट करके भी किसी प्रकाशक ने अपने लेखकों को एक धेला नहीं दिया। बावजूद लेखक खुश हैं, क्योंकि वे खुश रहने के अलावा कुछ नहीं कर सकते। आजकल तो लेखक से ही पैसा लेकर पुस्तकें छापने की परंपरा चल पड़ी है। जबसे नेता, अभिनेता और अफसर टाइप लोग लेखक होने लगे, तब से प्रकाशक उन्हीं को वरीयता देते हैं, क्योंकि वे छपने से पहले ही अपनी किताबों की सप्लाई के लिए व्यवस्था बना देते हैं। सरकारी सप्लाई में प्रकाशक खुशी-खुशी कमीशन देता है और लेखक से यही कहता है, "क्या करें हिंदी में किताबें बिकती ही नहीं।" लेखक मेहनत करके किताबें लिखता है और उसकी मेहनत से प्रकाशक का घर रुपयों से भरता है। फिर भी लेखक उसके आगे-पीछे चक्कर लगाने के लिए अभिशप्त है। क्रांतिधर्मी लेखक क्या करते रहते हैं? वे तो पूरी व्यवस्था को मूल-चूल से बदल डालना चाहते हैं। शोषण के खिलाफ लिखना और बोलना उनकी कार्यशैली में शामिल है। कोई सत्य का पुजारी है। कोई अपनी कला के सम्मान के लिए कुछ भी कर गुजरने को तत्पर। कोई अत्यंत स्वाभिमानी। तरह-तरह के लेखकों और चालाक, होशियार एवं चालबाज प्रकाशकों का जमावड़ा हुआ इस पुस्तक मेले में।

कई प्रकाशक तो गैर पढ़े-लिखे। शुद्ध व्यापारी। कुछ असफल लेखक, जो अब प्रकाशक बनकर रौबदार हो गए। सारे प्रकाशक पुस्तकालयों और सरकारी खरीदी की जुगाड़ में। लेखकगण आगे-पीछे। प्रकाशकों के निर्धारित जवाब–"अभी तो पुरानी ही बहुत पांडुलिपियां पड़ी हैं...किताबें बिकती नहीं... कविता वगैरह तो कोई पूछता नहीं...बहुत टाइट शेड्यूल चल रहा है इन दिनों...। कोई लेखक बहुत पीछे पड़ गया तो। पांडुलिपि छोड़ जाइए, देखते हैं...तीन-चार साल तो लग ही जाएंगे...।" पारिश्रमिक की कोई बात नहीं करता। किताबें बिकती ही नहीं तो ये पुस्तक मेला क्यों? देशभर में ऐसे जाने कितने पुस्तक मेले लगते रहते हैं। खासी भीड़ होती है इनमें। सरकारी सप्लाई और पुस्तकालयों के ऑर्डर तो हैं ही। फिर भी प्रकाशकों द्वारा यही कहा जाता है–"हिंदी में किताबें तो बिकती ही नहीं!" फिर हर साल इतनी किताबें छपती क्यों हैं? शहर के सारे लेखक अपने-अपने ढंग से प्रकाशकों को पटाने में लगे हैं। लेखिकाएं भी पीछे नहीं हैं, उन्हें भी तो लोकप्रिय होना है। बेपढ़ा-लिखा प्रकाशक यहां हेडमास्टर की मुद्रा में है। वह और उसका टाइपिस्ट बताएगा कि कौनसी कृति महत्त्वपूर्ण और कौन किताब घटिया। लेखकगण सब जानते-समझते हैं परंतु प्रकाशक के सम्मुख हें...हें...करते रहते हैं। हमारा युवा लेखक फिर बुजुर्गवार सज्जन की ओर मुखातिब है। वे नया शेर सुनाते हैं–"सब अपनी तमन्नाओं के नर्गए में घिरे हैं। इनमें से किसी से भी बगावत नहीं होगी।"

शैतान के दिलचस्प कारनामे

सबसे पहले तो मैं आपको यह बताऊं कि शैतान किस बला का नाम है। तत्पश्चात् उसके महत्त्वपूर्ण कार्यों से आपको परिचित कराऊं। शैतान के कई रूप कहे गए हैं, परंतु आज तक उसे किसी ने देखा नहीं है। उसके सभी कार्य इतने प्रशंसनीय हैं कि गुंडे, मवाली, उचक्के, बदमाश, हत्यारे, बलात्कारी एवं आतंकवादियों तक से आप उसकी तुलना कर सकते हैं। अब इन महान् गुणों वाले लोगों के विषय में सोचकर आप शैतान के रूप-सौंदर्य की कल्पना कर लीजिए।

कहते हैं कि एक बार शैतान की पत्नी ने अपने पतिदेव से पूछा—"सुना है धरती पर इतने अच्छे-अच्छे सद्ग्रंथ आ गए हैं कि उन्हें पढ़कर आदमी सभ्य और सुशील हो जाएगा, फिर तुम्हारे काम-धंधों का क्या होगा?"

शैतान ने मुस्कराते हुए कहा—"तुम मेरी कारगुजारियों को बिलकुल नहीं जानती। जानती होती तो इतना मूर्खतापूर्ण प्रश्न कभी नहीं करती। इतने दिनों मेरी संगत में रहकर तुमने कुछ नहीं सीखा।"

शैतान की पत्नी ने रूठते हुए कहा—"अजी हटो, तुमने मुझे कभी कुछ सिखाया ही नहीं। मैं तो भलीभांति जानना चाहती हूं कि तुम्हारे पास वह कौन-सा काला जादू है, जिसके असर से तमाम सद्पुरुषों को छोड़कर लोग तुम्हारी तरफ खिंचे चले आते हैं।"

शैतान ने पत्नी को प्यार से बाहुपाश में लेते हुए समझाया—"डार्लिंग, मुझे बच्चों से बहुत ज्यादा प्यार है। हर काम की शुरुआत मैं बच्चों से ही करता हूं, क्योंकि वे ही कल का भविष्य हैं। बच्चे समझदार होंगे तो कल को मेरा ही काम सफल होगा।"

"सो कैसे?" पत्नी ने फिर आश्चर्यचकित हो इठलाकर पूछा।

"बच्चों ने अभी संसार में आंख खोली ही है। वे नहीं जानते कि अच्छा-बुरा क्या है? इसलिए मैं अपनी शिक्षा का श्रीगणेश उन्हीं से करता हूं। बच्चों को सबसे पहले जाति और धर्म की शिक्षा देना बहुत जरूरी है। उन्हें अक्षर ज्ञान की कोई जरूरत नहीं, सबसे पहले निज जाति और धर्म की पहचान आवश्यक है। लगे हाथ उनका यह जानना भी महत्त्वपूर्ण है कि उनकी जाति और धर्म ही सर्वश्रेष्ठ है।"

पत्नी को शैतान की बातें सुनते हुए हंसी आ गई। उसने उत्साहपूर्वक पूछा—"ये कमाल की बातें तुम बच्चों को कैसे सिखाते हो?"

"बड़ी मेहनत करनी पड़ती है मैडम इसके लिए, सद्पुरुषों से भी ज्यादा। जो बच्चे यह सब सीखकर बूढ़े हो गए, वे मेरी मदद करते हैं। जगह-जगह मदरसे, गुरुकुल और कॉन्वेंट इसीलिए तो खुले हैं, जो यह बता सकें कि सर्वश्रेष्ठ सिर्फ तुम, तुम्हारा समुदाय और कोई नहीं। अगला पाठ यह कि तुम्हारी जाति और धर्म वालों को ही सारी दुनिया पर राज करना चाहिए, इसका हक है तुम्हें। वहीं तुम्हारी जाति और धर्म वाले विश्व गुरु। दुनिया में सबसे ऊपर। तुम्हें ऊपर की तरफ जाना है। पाना है, वह पहचान जो पीछे छूट गई। इसी क्रम में तुम सबसे ज्यादा बुद्धिमान। विज्ञान का प्रकाश तुम्हारे पास। दुनिया का नेतृत्व तुम्हें और सिर्फ तुम्हें ही करना है। ये अच्छी-अच्छी बातें हम बच्चों को शुरू में सिखा-पढ़ा देते हैं।"

पत्नी खुश हुई। सचमुच कितना बड़ा काम कर रहे हैं उसके पति। "क्या बच्चों को सिखाने भर से तुम्हारा काम चल जाता है?" पत्नी ने जिज्ञासा व्यक्त की।

"अब तुम जानना ही चाहती हो तो ध्यान से सुनो।" शैतान तनकर अपनी कुर्सी पर बैठा और आचार्यों की शैली में बोला—"बच्चों के बाद बूढ़े मुझे बहुत प्रिय हैं। मुझे उनका बहुत खयाल रहता है। बेचारे जीवन की संध्याकाल में परलोक के सिवा कुछ नहीं सोचते। परलोक का शिगूफा मैंने ही बनाया है, इसके सम्मोहन से कोई नहीं बच सकता। परलोक की लालच में बूढ़ों से कुछ भी करवा लो। वे सबकुछ करने को तैयार बैठे हैं। बस, जन्नत, स्वर्ग और ईश्वर के राज्य में उनकी सीटभर रिजर्व करवा दो आप। गारंटी दे दो आप उनको इसकी। फिर देखो कमाल। मैं यही शुभ कार्य करता हूं प्राण प्रिये।"

पत्नी चहकी और उसने आंखें चौड़ी करके फिर पूछा—"तुम्हारी सारी बातें लोग मान कैसे लेते हैं?"

"हां, यह तुमने महत्त्वपूर्ण बात पूछी। मैं लोगों को कुछ सोचने-समझने का मौका ही नहीं देता। मैंने तुम्हें बताया कि सबसे पहले मैं बच्चों के लिए काम करता हूं। उनमें सोचने-समझने की क्षमता विकसित हो, इसके पहले ही मैं उनके मस्तिष्क में महत्त्वपूर्ण एवं उपयोगी विचार भर देता हूं। जीवन में 'डर' एक बहुत अच्छी चीज है और मेरे बहुत काम की भी। मैं हर आदमी के जीवन में डर अर्थात् भय का प्रचार-प्रसार करता हूं। डरा, सहमा और घबराया हुआ आदमी भला क्या कर सकता है? वह मजबूरन आस्था की शरण में जाएगा और वहीं चुपचाप डला रहेगा। मैं उसको इस अवस्था में देखकर अति प्रसन्न होता हूं। बहुत लोग मेरे इस झांसे में आ जाते हैं। होते हैं कुछ सिरफिरे, जो मेरी बात न मानकर जीवन बर्बाद कर लेते हैं और काटते रहते हैं सद्पुरुषों के चक्कर। नालायक कहीं के।" शैतान को तनिक गुस्सा-सा आ गया। परंतु उसने पत्नी से कहा, "और कुछ जानना है?"

पत्नी ने शंका प्रकट की—"मैंने पहले ही कहा कि धरती पर इतने सद्ग्रंथों के बावजूद...?"

"यह भी कमाल की कही तुमने। इतने सद्ग्रंथों के बावजूद मेरी जय-जयकार क्यों? यही न? तो सुनो, मैं किसी को ये सद्ग्रंथ पढ़ने ही नहीं देता। मैं तो सब जगह यही कहता फिरता हूं कि ये ग्रंथ ही ईश्वर हैं, इन्हें पूजो। इन्हें तिलक लगाओ। इनकी आरती उतारो। मेरी बात चल निकली। बहुत सरल है ऐसा करना और कठिन है सद्ग्रंथों को पढ़ना। इसलिए देखो हर धर्म में, हर समुदाय में सद्ग्रंथों की पूजा हो रही है, उन्हें पढ़ कोई नहीं रहा। कुछ बूढ़े-पुराने लोग पढ़ते रहते हैं उन्हें, उन पर तो मेरा पहले से ही बहुत प्रभाव है। कुछ और लोग भी कभी-कभी इन्हें पढ़ने की कोशिश करते हैं, जिनके लिए पहले से ही मैंने प्रचारित कर रखा है—"शंका करें नरक में जाई।" नरक का डर बहुत बड़ा है। नरक की कल्पना करते ही अच्छे खां तक की रूह कांपने लगती है। इसलिए जो थोड़े-से लोग पढ़ते हैं, वे उस पर विचार नहीं करते और शंका करने का तो प्रश्न ही नहीं उठता। नरक में थोड़ेई सड़ना है किसी को। इस प्रकार सद्ग्रंथ हैं, अपनी जगह। पुज रहे हैं। आरती हो रही है, उनकी। ग्रंथों से आशीर्वाद मांगे जा रहे हैं, परंतु उन्हें पढ़ा नहीं जा रहा। माथे से लगाकर उन्हें चूमा जा

रहा है बस! यह सब मेरे दिलचस्प कारनामों का ही कमाल है।'' शैतान ने मुस्कराते हुए कहा।

''तुम्हें धरती पर किसी से डर नहीं लगता?'' शैतान की पत्नी ने शंकित होकर पूछा।

''ऐसा नहीं है। धरती पर मेरे भी दुश्मन हैं। लेखक, कवि, विचारक और चिंतक जनता में मेरे विरुद्ध षड्यंत्र रचते रहते हैं। वे लोगों को बरगलाते हैं। मेरे खिलाफ दुष्प्रचार करते हैं। ये लोग जनता से पढ़ने, सोचने और विचार करने की बात कहते हैं, जो सरासर गलत है। जनता के लिए हानिकारक है। परंतु वे किसी की नहीं मानते। गोष्ठियां, सम्मेलन और सेमिनार करते हैं, जिसमें उनका वही नारा रहता है कि पढ़ो, सोचो और विचार करो तब किसी बात को मानो। उनकी बातें मान लेने से तो दुनिया में बड़ी गड़बड़ हो जाएगी। हिंसा का कारोबार ठप्प पड़ जाएगा। जातियों की दलदल समाप्त होने लगेगी। सब धर्मों का आदर होने लगेगा। यदि ऐसा होने लग जाए तो समझो कयामत के दिन आ गए। मैं अपने दुश्मनों के मंसूबे पूरे नहीं होने दूंगा। उनके चीखने-चिल्लाने से क्या होता है? आखिर मेरे भी तो हथकंडे हैं।'' शैतान ने विश्वासपूर्वक कहा।

''कैसे निपटते हो तुम अपने दुश्मनों से? तुम्हें कहीं कुछ हो गया तो मैं कहीं की न रहूंगी। तुम्हारे काम-धंधे में मंदी की बात सोचकर मैं सिर से पांव तक कांप जाती हूं। मैं तो यही चाहती हूं कि तुम्हारा काम दिन दूना और रात चौगुनी गति से आगे बढ़ता रहे।'' पत्नी ने सहानुभूति जताते हुए कहा।

शैतान ने तनिक गंभीरता से कहा—''प्राण प्रिये, तुम तो मेरी घरवाली हो। मेरी अपनी। अब तुमसे क्या छिपाना। तुमने पूछा ही है तो आज तुम्हें मैं एक गहरे राज की बात बताता हूं। पहले वादा करो तुम बिलकुल बुरा नहीं मानोगी। साधारण औरतों की तरह जरा-सी बात पर रूठ नहीं जाओगी। बात की गंभीरता को अच्छी तरह समझोगी।''

''ऐसा क्यों कहते हो जी, क्या मेरे ऊपर भरोसा नहीं है? तुम्हारे भले की कोई बात होगी तो मैं क्यों रूठने लगी? बताओ...जल्दी बताओ वह राज की बात?'' पत्नी ने चौंककर पूछा।

''तो सुनो, धरती पर मेरी एक रखैल है, उसका नाम है राजनीति। तुम जिस

तरह मेरे घर के सभी कामकाज संभालती हो, उसी प्रकार वो बाहर के मेरे सभी कामकाज देखती और संभालती है। एक बार मैं तुम्हें छोड़ सकता हूं परंतु उसे कभी नहीं छोड़ सकता। वैसे भी किसी से पूछ लो सबको बाहर वाली ज्यादा प्यारी होती है। फिर मेरे लिए तो वह बहुत काम की है। उसके बिना मैं अधूरा हूं।'' शैतान ने वाक्य पूरा करते हुए पत्नी की आंखों में झांका।

''मैंने तो पहले ही कहा था कि तुम्हारे भले की बात होगी तो मैं क्यों बुरा मानूंगी? बाहर भले ही उसकी चलती हो, घर में तो मेरा राज है। मेरा घर-संसार सलामत रहे, इसके सिवा मुझे कुछ नहीं चाहिए। लेकिन जब तुमने 'उसके' विषय में मुझे बता ही दिया है तो मुझसे एक वादा करो कि तुम उसे कभी इस घर में नहीं लाओगे।'' पत्नी ने बहुत गंभीरतापूर्वक शैतान की ओर देखते हुए कहा।

''मैं वादा करता हूं, उसे कभी इस घर में नहीं लाऊंगा। वह बाहर वाली है। हमेशा बाहर ही रहेगी।'' शैतान ने दृढ़तापूर्वक कहा।

पत्नी की आंखों में खुशियों के आंसू छलक आए। उसने अब धीरे-से कहा—''कुछ उसके विषय में विस्तार से बताओ न?''

''वह बहुत चालाक, धूर्त और अति सुंदर है। उसके मोहपाश से बच पाना बहुत मुश्किल है। वह मेरे इशारों पर काम करती है। मेरे दुश्मनों को वही ठिकाने लगाया करती है। किसी को पुरस्कार, किसी को अलंकरण, किसी को विदेश यात्राएं प्रदान करते हुए उसने बुद्धिजीवियों में भी कई गुट, दल और दलदल बना दिए हैं। इस प्रकार वे सारे लोग आपस में ही उलझे रहते हैं और मेरा काम सुचारु रूप से चलता रहता है।'' शैतान ने हर्षपूर्वक अपनी पत्नी को बताया।

''और क्या-क्या करती है आपकी वोऽऽऽ...?'' शैतान की पत्नी ने शरारतन पूछा।

''अरे, क्या-क्या बताऊं तुम्हें उसके विषय में? जिन्हें देश से प्रेम है। जो मानवता की सच्ची सेवा करना चाहते हैं सबसे पहले वह उन्हीं पर अपने डोरे डालती है। वह उन्हें सत्ता के सब्जबाग दिखाती है। सुविधाओं के मकड़जाल में उन्हें फंसाती है। लोकप्रियता की शराब, शर्बत कहकर उन्हें पिलाती है। जब वे उसके आदी हो जाते हैं, तब कुर्सी के मोह में उन्हें मदहोश करके, एक दिन

उनका अंत कर देती है। इतना महत्त्वपूर्ण कार्य भला और कोई कर सकता है? मैं कहता हूं, कोई नहीं। सीधे, सरल और आस्थावान लोगों को, जिन्हें राजनीति में रुचि नहीं है, वे भी उसकी चालाकियों से नहीं बच पाते। हजारों मंदिर और मस्जिदें हैं यहां। उनका रख-रखाव तक ठीक से नहीं हो पाता, परंतु वे पवित्र स्थल हैं। घास-फूस उगी हैं, उनकी दीवारों पर। राजनीति ही यह प्रचारित करती है कि वे अल्ला और भगवान के घर हैं, बचाओ उन्हें। देखो रे देखो, उन पर कोई कब्जा न कर ले? कोई उन्हें हथिया न ले? बस...इस तरह घमासान चालू हो जाता है, जिसे देखते हुए मेरा मन गद्‌गद्‌ हो जाता है। युवाओं के दिलोदिमाग में राजनीति धीरे से घुसपैठ करती है। सबसे पहले तो यही कि तुम्हारी जाति, धर्म और राष्ट्र सबसे ज्यादा महान्, यह विचार उनके भीतर अंदर तक घुसा दिया जाता है। फिर चलो बेटा, उठाओ बंदूक रक्षा करो इनकी। फैलाओ अपने धर्म और जाति के लोगों को सब ओर। राजनीति के इस सर्वव्यापी जहर से बच पाना बहुत मुश्किल है। इसलिए मैं उसके काम से बहुत खुश रहता हूं। मेरे सारे दिलचस्प कामों को राजनीति ही सफलता के अंजाम तक पहुंचाती है। इसलिए मैं उसका अत्यंत कृतज्ञ हूं।''

''फिर भी दुश्मनों से सतर्क रहना जरूरी है।'' शैतान की पत्नी ने पति को नसीहत दी।

''ये विज्ञान वाले मेरे सबसे बड़े दुश्मन हैं। इनकी तो...। ये कोई भी अच्छा काम होते हुए नहीं देख सकते। हमेशा मेरे पीछे पड़े रहते हैं। इनके द्वारा किया जा रहा शिक्षा का प्रचार-प्रसार मेरे कामों में सबसे बड़ी बाधा है। मैं कहता हूं कि जब श्रद्धा और विश्वास से ही सब काम चल रहा है, तब तर्क-वितर्क और सोच की क्या जरूरत है? मेरे अनुसार वैज्ञानिक धारणा ही सबसे बड़ा अंधविश्वास है। इससे हर व्यक्ति को बचना चाहिए। कम से कम तुम तो इस वैज्ञानिक सोच के चक्कर में मत पड़ना। इसीलिए मैं घर में कोई किताबें-विताबें नहीं लाता और खुद भी दूर रहता हूं पढ़ने और सोचने से। तभी तो इतने महान् कार्य कर पाता हूं।''

''मुझे क्या करना है किताबें पढ़कर! इनसे अपना क्या नाता! तुम सलामत रहो। तुम्हारे सब काम अच्छी तरह चलते रहें। सब जगह तुम्हारी जय-जयकार हो और तुम्हारी वोऽऽऽ सलामत रहे।'' शैतान की पत्नी ने संतोष की सांस ली।

शैतान ने आसमान की ओर देखा और कहा—''आमीन।''

चार अफसाने

नेताजी को कई दिनों से कई प्रकार की शारीरिक तकलीफें हैं। चुपचाप सहते रहते हैं सब। बाहर से वे स्वस्थ और सुंदर बने रहते। ऐसा करना उनके लिए जरूरी है। हाईकमान को लगे कि वे बिलकुल फिट हैं। चुस्त, दुरुस्त और तंदुरुस्त। उनका बस चले तो वे हाईकमान के सामने दौड़ लगा दें ताकि उनको पूरा विश्वास हो जाए कि वे वृद्धावस्था में भी पूरी तरह युवा हैं। पार्टी में युवा नेतृत्व का बड़ा हल्ला है। युवा नेता, युवा विचार और युवा कार्यकर्ता—ऐसी हवा चल पड़ी है इन दिनों राजनीति में। उन्हें यह सब अच्छा नहीं लगता। सुनकर उनका मन बैठ जाता है। वे सब जगह कहते फिरते हैं कि अनुभव भी कोई चीज है। बिना अनुभव के सरकारें नहीं चलतीं। हमने इतने दिनों धूप में बाल सफेद नहीं किए! राजनीति में ही रहते हुए बाल पक गए हमारे। हमें हर उलटी-सीधी बात का पूरा अनुभव है। ये युवा, कल के लड़के क्या जानें राजनीति किस बला का नाम है, वो तो हम जैसे पके हुए लोग ही जानते हैं। इधर हाईकमान को पके हुए, बूढ़े और बीमार लोग बिलकुल पसंद नहीं। सार्वजनिक रूप से मैं अपनी सक्रियता दिखाता रहता हूं। वो तो मुझे ही मालूम है कि ऐसा करते हुए मेरा दम निकलने को होता है। मैं जबरन मुस्कराता रहता हूं, जैसे कुछ हुआ ही न हो। अगले चुनाव में टिकट पाना है न! इसलिए मैं भरसक युवा दिखने की कोशिश करता हूं और युवाओं जैसी उछल-कूद का प्रदर्शन भी करता रहता हूं; जैसे दौड़कर मंच की सीढ़ियां चढ़ जाना। जोशीला भाषण तो मैं हमेशा से देता आया हूं, इधर उसमें अतिरिक्त जोश भरने की भरसक कोशिश करता हूं। इस कोशिश में कभी-कभी मेरा भाषण भरभरा जाता है, मतलब विषय से भटक जाता है। परंतु पार्टी कार्यकर्ताओं द्वारा याद दिलाते ही मैं कूदकर अपने विषय

पर आने में देर नहीं करता। घुटनों में बहुत दर्द रहता है इन दिनों। परंतु रैलियों में मैं जान-बूझकर तेज-तेज चलता हूं ताकि ऊपर तक ये मैसेज जाए कि मैं उम्रदराज होकर भी पार्टी में युवाओं से ज्यादा सक्रिय हूं।

इन दिनों शरीर में कई प्रकार की तकलीफें बढ़ गई हैं। देश में इलाज करवाऊंगा तो मीडिया में उसकी चर्चा होगी। लोग डॉक्टरों से पूछ-पूछकर मेरी बीमारी को सरे-बाजार नीलाम कर देंगे। फिर कैसे मिलेगी मुझे आगामी चुनाव में टिकट? इलाज तो कराना ही पड़ेगा। कुछ दिनों के लिए अमेरिका हो आता हूं। कोई सरकारी दौरे का इस बीच जुगाड़ जम जाए तो और अच्छा हो। एक पंथ दो काज। वैसे अमेरिका तो मुझे जाना ही पड़ेगा, क्योंकि बीमारी गंभीर है। मुझे मेरे फैमिली डॉक्टर ने बता दिया था, परंतु मैंने उसे सदा चुप रहने का स्थायी निर्देश दिया है। वह चुप है, परंतु मेरे लिए चिंतित भी। उसका कहना है, अमेरिका में इसका पूरा इलाज संभव है। कई पेशेंट वहां के इलाज से पूरी तरह ठीक हो गए हैं। आखिर मीडिया को यह बताकर कि वहां निवेशकों से जरूरी मीटिंग के सिलसिले में जा रहा हूं, मैं अमेरिका निकल गया।

वहाँ कई दिनों तक गुप्त रूप से मैं एक बड़े अस्पताल में भर्ती रहा। वहां के डॉक्टरों ने मेरे फेमिली डॉक्टर के संदेह को सही पाया। अर्थात् उन्होंने कैंसर की पुष्टि कर दी। सुनकर मेरी तो जान निकलने को हुई, परंतु वहां के डॉक्टरों ने कहा, "चिंता की कोई बात नहीं है। इलाज लंबा चलेगा, परंतु आप पूरी तरह ठीक हो जाएंगे।"

ये मीडिया वाले कुछ-कुछ सूंघते रहते हैं। कितना ही गुप्त रखो। सब कुछ ढंक-मूंदकर रखो परंतु हलकी-सी सही इन्हें गंध आ ही जाती है। अमेरिका से मेरे देश पहुंचते ही यहां के अखबार रंगे पड़े थे कि मैं अमेरिका में अपने गिरते स्वास्थ्य का इलाज करा रहा था। गनीमत है, उन्हें बीमारी की ठीक-ठाक जानकारी नहीं मिल पाई, वरना मेरी तो अभी ही जान पर बन आती। मैंने फटाफट प्रेस कॉन्फ्रेंस बुलाकर बीमारी के समाचारों का खंडन किया और पत्रकारों के सामने खूब कूद-कूदकर बताया कि मैं पूरी तरह स्वस्थ हूं और अभी वर्षों तक भलीभांति अपना मंत्रालय चला सकता हूं और मौका मिले तो पूरी सरकार भी चला सकता हूं। इस प्रकार बमुश्किल आई बला टली। परंतु यह जानलेवा बीमारी टले तब न। शरीर शनैः-शनैः कमजोर होता जा रहा है और बीमारी को छुपाए रहने में मेरी मिट्टी-पलीत होती जा रही है। घर वाले कहते

हैं, “अब आराम करो। अब आपके आराम करने के दिन हैं।” मैं सब समझता हूं घरवालों की चालें। मैं निपटूं तो वे आगे आएं। इधर-उधर वे उत्तराधिकारी की बातें करने लगे हैं।

इस प्रकार वे गंभीर बीमारी में भी चैन नहीं ले रहे। लगे हैं कुत्ता घसीटी में, जब तक मर नहीं जाते।

एक नामी हीरोइन हैं। टी.वी. पर कई सीरियल आ रहे हैं उनके। बंगला, गाड़ी, बैंक बैलेंस सब बना लिया है, उन्होंने। एक अदद प्रेमी है उनका। शादी करना चाहता है जल्दी। परंतु हीरोइन को कोई जल्दी नहीं है। 'लिव इन रिलेशनशिप' चल रही है। आजकल चलन है इसका। शादी की क्या जरूरत? उत्तर आधुनिक तर्क है हीरोइन का। प्रेमी चुप रह जाता है। और कर भी क्या सकता है? लाखों फैंस हैं हीरोइन के। कई सीरियल सफलतापूर्वक चल रहे हैं। कुछ फिल्मों के भी ऑफर आए हैं। इस सारे ताम-झाम में एक गड़बड़ हो गई। इसी महीने हीरोइन को पता चला कि वह प्रेग्नेंट है। अब क्या करे वो? परिवार में बहू प्रेग्नेंट हो तो खुशियां मनाते हैं। गोदभराई की रस्म होती है। सुहागिनें मंगल गीत गाती हैं। इधर हीरोइन के लिए प्रेग्नेंसी एक बड़ी मुसीबत है। छिपाया जा रहा है इसे। प्रेमी और उसके परिवार वाले चाहते हैं कि अब जल्द से जल्द इनकी शादी हो जानी चाहिए। हीरोइन, हीरोइन है वह कैरियर के शिखर पर शादी के विषय में कैसे सोच सकती है? उसने शादी के लिए साफ मना कर दिया, पर इस प्रेग्नेंसी का क्या करे वह? शरीर में उभार दिखने लगे हैं। लोग-बाग उसे अब शक की निगाहों से देखते हैं। कोई-कोई तो पूछ ही लेता है—“कुछ गड़बड़ है क्या?”

वह हंसकर कहती है—“नहीं, ऐसा कुछ भी तो नहीं।” परंतु पत्रकार सूंघ लेते हैं। वे अटकलें लगाने लगे। गॉशिप कॉलम में तो प्रेग्नेंसी की खबरें तक छप गईं। अंततः हीरोइन ने एक महंगे नर्सिंग होम में अबॉर्शन करा लिया। इस दौरान तबीयत ऐसी बिगड़ी कि जमानेभर को सही खबर लगते तनिक देर न हुई। सारे टी.वी. चैनल्स ने हीरोइन के प्रेग्नेंट होने और अबॉर्शन के समाचार प्रमुखता से प्रसारित किए। समाचार-पत्रों ने कई दिनों तक तरह-तरह से इस समाचार को प्रकाशित किया। उधर प्रेमी और उनके परिवार वालों ने हीरोइन की इस हरकत के पश्चात् विवाह से इनकार कर दिया। हीरोइन ने मीडिया के सामने खूब आंसू बहाए। प्रेमी को बेवफा कहा। अब मामला कोर्ट में है।

यहां यह बताने की जरूरत नहीं कि उसके कैरियर का पूरी तरह से सत्यानाश हो गया। मीडिया में बदनामी हुई अलग से। प्रेमी भी छूट गया। स्वास्थ्य और सौंदर्य दोनों बीते दिनों की बातें हुईं। कहा है किसी शायर ने—"सब कुछ लुटा के होश में आए तो क्या हुआ?"

वे सेक्रेट्रिएट में बड़े अफसर हैं। सेक्रेट्रिएट में हैं तो कई मंत्रियों से उनकी अच्छी जान-पहचान है। अपने विभागीय मंत्री के तो वे परम प्रिय हैं। अब चहेते होने के लिए मंत्रीजी से उनकी कोई रिश्तेदारी थोड़े ही है और न ही दोनों लंगोटिया यार हैं। मंत्रीजी के कई काम हैं। कई तरह के। मंत्रीजी किससे कहें? संकोच-सा रहता है। हालांकि राजनीति में रहकर संकोच करते रहे तो समझो गए काम से। इसलिए वे अपने प्रिय अफसर को बुलाते हैं। अफसर समझदार है। उन्हें मंत्रीजी की आवश्यकता समझते देर नहीं लगती। और आनन-फानन में वह व्यवस्था हो जाती है, जिसकी मंत्रीजी को दरकार है। इस प्रकार अफसर मंत्रीजी के परम चहेते हैं। उनकी दोस्ती का यही पवित्र आधार है।

मंत्रालय तक पहुंचते-पहुंचते अफसर ने कई मलाईदार पदों पर सफलतापूर्वक काम किया है। वे जहां भी रहे, वहां के सांसद, विधायक और छुटभैये नेताओं तक को उन्होंने कभी असंतुष्ट नहीं किया। हां, जनता उनसे कभी संतुष्ट नहीं रही, जिसकी उन्होंने परवाह भी नहीं की। उन्होंने कभी किसी का कोई काम, बिना अपनी फीस लिए नहीं किया। सरकारी संपत्ति को सदा अपनी संपत्ति समझा और अपने मातहतों को हमेशा ठेंगे पर धरते रहे। वे अफसर थे और सदा सब प्रकार के नेताओं के चहेते। इसलिए उनका कभी कुछ नहीं बिगड़ा। न जनता उन्हें कभी सुधार पाई, न उनके मातहत कभी उन्हें सही रास्ते पर ला पाए। वे सरपट प्रगति के रास्ते पर दौड़ते हुए मंत्रालय तक पहुंचे और वहां एक उच्च कुर्सी पर पदस्थ हो गए। न जाने कितने मंत्रियों और विधायकों से तो उनका पहले से परिचय था। इधर अपने विभाग के मंत्री का खासमखास होने में उन्हें तनिक भी देर नहीं लगी।

अब तक अफसर महोदय अपने जीवन में वह सब कुछ पा चुके थे, जो एक व्यक्ति सामान्यतः चाहता है और उसके लिए कठिन संघर्ष करता है। बिना किसी जद्दोजहद के उन्होंने वह सब कुछ पाया और अच्छी तरह बनाया। राजधानी में बड़ा बंगला बनाया। गांव में फार्महाउस खरीदा। विदेशी बैंकों में देशी पैसा जमा किया और अपनी पत्नी एवं बच्चों के लिए वह सब कुछ किया,

जो उन्होंने चाहा। इतना सब उपलब्ध कर लेने के बाद उनकी गति कमजोर नहीं हुई। वह और तेज हुई। मंत्रालय में ज्यादा अवसर मिले। वहां वे इस प्रकार दौड़ने लगे, जैसे उन्हें इस प्रकार की प्रतियोगिता के लिए ओलंपिक में जाना है।

मैंने कहा न कि पत्रकारों की घ्राण शक्ति बहुत तेज होती है। सात परदों में कोई चीज लुका-छिपाकर रखो उसकी महक मीडिया तक पहुंच ही जाती है। अफसर महोदय के मंत्रीजी युवा थे। उन्हें आगे भी चुनाव लड़ना है। राजनीति बिना फंड के नहीं होती। उनके सैकड़ों कार्यकर्ता हैं, जो कुछ नहीं करते परंतु बहुत आराम की जिंदगी बसर करते हैं। कैसे? यही वह छेद रहा जहां से खुशबू बाहर की ओर रिसकर आई। स्ट्रिंग ऑपरेशन की तैयारी हुई। बहुत दिनों तक कुशल मीडियाकर्मी खोजबीन करते रहे। एक दिन उन्हें सफलता मिली। एक बहुत बड़े घोटाले में मंत्री, अफसर और कुछ कार्यकर्ता अपनी श्रेष्ठ कारगुजारियों के साथ सामने आए। मंत्रीजी का कुछ नहीं बिगड़ा। उन्होंने सारा आरोप अफसर के सिर पर थोप दिया। जब मंत्रीजी का कुछ नहीं बिगड़ा तब कार्यकर्ताओं का भला क्या बिगड़ता। वे स्वतंत्र देश के स्वतंत्र नागरिक। सबसे ज्यादा दुर्गति अफसर महोदय की हुई, जो तयशुदा थी। लाख समझाया था उन्हें उनके शुभचिंतकों ने कि यह सड़क गलत मंजिल की तरफ जाती है। इस पर चलना ही गलत है और तुम रेस लगाए जा रहे हो। लो आ गई मंजिल, जहां सबने उनका साथ ऐसे छोड़ा, जैसे उन्हें पहचानते तक न हों।

इसी प्रकार एक बड़े बाप का बेटा है। अच्छा हैंडसम। पढ़ने में जरूर बिलकुल डफर। उससे क्या होता है? कम पढ़े-लिखे लोग भी जीते हैं और कई क्षेत्रों में इतने सफल होते हैं कि पढ़े-लिखे लोग उनके सामने कुछ नहीं। परंतु इस बेटे को डॉक्टर बनने का भूत लग गया। उसे येन-केन-प्रकारेण डॉक्टर बनना है। कैसे भी। वह तो घर में और बाहर घूमते समय भी सफेद हाफ बांह का कोट पहने रहता। गले से स्टेथिस्कोप कभी उतरता ही नहीं। भले ही उसे उसका उपयोग करना बिलकुल नहीं आता। अब डॉक्टर बनना ही है तो क्या किया जाए? किसी ने सुझाया— एम.बी.बी.एस. मुन्नाभाई वाला रास्ता। उसे रास्ता पसंद आया, इसके लिए उसके पास पर्याप्त योग्यता थी। वो मनमाना पैसा खर्च कर सकता था। बड़े बाप का बेटा जो ठहरा। एजेंट ढूंढने में कोई दिक्कत नहीं आई। अपने ही शहर में सहजता से मिल गया। अफसोस पहले मालूम क्यों न हुआ! कुछ और अपने जैसों का उद्धार करा देते। बहरहाल मेडिकल चयन परीक्षा में उसका नाम आ

गया। उसे मनचाहा कॉलेज भी काउंसिलिंग से मिल गया। अब क्या था, उसने कई सफेद कोट सिलवा लिए। अपने नाम के आगे डॉक्टर लिखना भी शुरू कर दिया। ठीक है, पांच सालों में न सही आठ-नौ सालों में तो होगी मेडिकल की पढ़ाई पूरी। तब तक वो इंतजार कर लेगा। वैसे तो अपने यहां मेडिकल कॉलेज में घुसते ही लड़के को डॉक्टर मान लिया जाता है।

सब कुछ ठीक-ठाक चल रहा था। कहीं कोई गड़बड़ न थी। हजारों लोग प्रदेश में इसी लोकप्रिय और उन्नत तकनीक से डॉक्टर बन गए थे और लगातार बनते चले जा रहे थे। धीरे-धीरे सुगंध फैलने लगी और मीडिया तक पहुंची। कभी किसी को इतने बड़े रैकेट की कल्पना नहीं थी, जिसका पर्दाफाश हुआ। बड़े नामधारी लोग, जिनमें राजनीतिज्ञ, नौकरशाह, पूंजीपति और समाज के अन्य तबकों के बड़े लोग, उनके बेटे-बेटियां, सब इस सत्कर्म में शामिल पाए गए। बहुत लोग जो डॉक्टर हो गए महत्त्वपूर्ण जगहों में, उनके नाम भी उजागर हुए। सैकड़ों की डिग्रियां निरस्त की गईं। हजारों के एडमिशन कैंसिल किए गए। उन्हें भी यह सम्मान मिला।

वे अब घर से कम निकलते हैं। आजकल सफेद कोट पहनना उन्होंने बंद कर दिया है। गले में स्टेथिस्कोप भी अब नहीं लटकाते। लोग मजाक करने में नहीं चूकते—"भैया, एम.बी.बी.एस. डॉक्टर नहीं बन पाए तो वैद्य बन जाओ। नाड़ी देखना, स्टेथिस्कोप देखने से ज्यादा सरल है। वैसे भी आजकल स्वदेशी का हल्ला है। इन दिनों तुम्हारे लिए देशी चिकित्सा के क्षेत्र में संभावनाएं ज्यादा हैं।" वे चुपचाप सबकी सुन लेते हैं। कुछ नहीं कहते।

मुझे किसी शायर की ये पंक्तियां याद हो आती हैं :-

कुहनी पर टिके हुए लोग
सुविधा पर बिके हुए लोग
करते हैं बरगद की बात
गमलों में उगे हुए लोग।

●●

आत्मग्लानि

सुरेश और कैलाश दो मित्र एक रात देर से रिंग रोड द्वारा अपने शहर पहुंच रहे थे। पुलिया के पास से मुड़ते समय उनकी मोटरसाइकिल धीमी हुई और चार लोगों ने उन्हें सहसा धरदबोचा। वे दो थे और लुटेरे चार। दो-दो आदमियों ने उन्हें अलग-अलग पकड़ा और आगे-पीछे से छुरा अड़ाते हुए कहा—“जो कुछ जेब में हो निकालकर सामने रख दो।”

उन्होंने फटाफट अपने बटुए निकाले और उनके सामने उलट दिए। उनमें से एक ने रुपए गिने, पूरे तीन हजार छह सौ रुपए निकले। दो हजार रुपए सुरेश के बटुए से और एक हजार छह सौ रुपए उनके दोस्त कैलाश के बटुए से। उन चारों ने उनकी जेबें खाली करके कहा—“ठीक है, अब जा सकते हो।”

जब दोनों दोस्त सहज हुए और लुटेरे भी आश्वस्त हो गए कि ये लोग अब कुछ नहीं करेंगे। तब सुरेश ने उनमें से एक अधेड़ से व्यक्ति से पूछा—“ये आप लोगों ने ठीक नहीं किया। आप लोगों को शर्म आनी चाहिए।” उसने उत्तर देने में कोई विलंब नहीं किया—“हम सरेआम लूट रहे हैं इसलिए आपको बुरा लग रहा है। लूट तो इस देश का राष्ट्रीय खेल है। जो जहां है वहीं लूट रहा है। फर्क इतना है कि हम चाकू दिखाकर लूट रहे हैं। बाकी लोग पद, प्रतिष्ठा, पावर और वर्दी दिखाकर जनता को लूट रहे हैं। उन्हें कोई कुछ नहीं कहता। वहां तो आप खुशी-खुशी लुटते हो और लूटने वाले को धन्यवाद देकर आ जाते हो। वहां कोई नहीं कहता कि आपने ठीक नहीं किया।”

दूसरा कुछ कम उम्र वाला युवक सहजता से बोला—“हम समाजवाद ला रहे हैं। नेता तो सत्तर साल से बराबरी की बात चिल्ला रहे हैं। सबको काम और दाम दिलाने की झूठी बातें करते उन्हें शर्म नहीं आती। फिर हमें भी आपको लूटने में कोई शर्म नहीं है। ये समाजवाद लाने का हमारा व्यावहारिक तरीका

है। आप लोग नई-सी बाइक में रात दो बजे तीन हजार छह सौ रुपए जेब में डालकर घूम रहे हो अर्थात् हमसे तो ज्यादा संपन्न हो। हमने सुबह से खाना नहीं खाया। अब ढाबे पर जाकर रोटी खाएंगे। चौक पर गए थे। वहां आज लेबरों की संख्या ज्यादा थी। दिनभर खड़े रहे हमें काम कराने के लिए कोई नहीं ले गया। काम मिल जाता तो खुशी-खुशी शाम को ही रोटी-पानी कर लेते। भूखे थे, इसलिए चाकू लेकर इस तरफ निकल आए कि यहां ही कोई मतलब का काम मिल जाए। आप लोग मिल गए, हमारी रोटी-पानी की व्यवस्था हो गई। अब जाओ आप लोग अपना रास्ता नापो।''

कैलाश ने मोटरसाइकिल स्टार्ट करनी चाही। उसने तीन-चार किक मारी, परंतु मोटरसाइकिल स्टार्ट नहीं हुई। शायद ओवरफ्लो हो गई थी। उसने किक मारते हुए फिर कहा—''लेकिन इस तरह लूटपाट ठीक बात नहीं है। कभी परेशानी में पड़ सकते हो।''

उनमें से तीसरे ने जवाब दिया—''हमने कुल तीन हजार छह सौ रुपए आपसे छीन लिए तो आपको बहुत बुरा लग रहा है। हमारे बड़े-बड़े नेता तीन सौ करोड़, चार सौ करोड़ और इससे भी ज्यादा रकम हर बड़े सौदे और लाइसेंस आवंटन आदि में लूटते रहते हैं, तब किसी को बुरा नहीं लगता। कुछ अखबारों में एक दिन खबर छप जाती है। एक-दो दिन टी.वी. में हो-हल्ला हो जाता है, परंतु होता कुछ नहीं। जनता को यदि बुरा लगता तो उठ खड़ी होती कि अभी करो इन पर कार्रवाई। वे जाने-पहचाने चेहरे जब शहर में आते हैं, तब फिर मंच सजते हैं। स्वागत होता है उनका। फूलमालाएं पहनाई जाती हैं उनको और हजारों की संख्या में यही जनता उनको उत्साहपूर्वक सुनती है और उनके सम्मान में जिंदाबाद के नारे लगाते हुए नहीं अघाती। हमने कुल तीन हजार छह सौ रुपए आपसे छुड़ा लिए तो आपके प्राण निकले जा रहे हैं। प्राण बचाने के लिए ही तो आपने ये रुपए ढीले किए हैं। ऐसे ही प्राण सांसत में फंसे हों तो हर नेता, अफसर, सौदों के बिचौलिए और कालाबाजारी करने वाले अपनी अवैध कमाई फटाफट सामने लाकर धर दें। जैसे आपने झट बटुए से नोट उलटकर सामने रख दिए।''

''इसका मतलब तुम ये कहना चाहते हो कि हमने अवैध तरीकों से ये कमाई की है?'' सुरेश को गुस्सा आ गया।

चौथे ने उसे चाकू दिखाकर शांत रहने के लिए कहा और समझाया—''हमें क्या मालूम कि आप लोग क्या करते हो? परंतु जो भी करते होंगे, वहां लूट

की स्वतंत्रता जरूर होगी। भला किस कारोबार में लूट-पाट नहीं है? अभी हमारे उस्ताद ने बताया न लूट इस देश का राष्ट्रीय खेल है, जिसे हर कोई मजे से खेल रहा है। नेता अपने स्तर पर खेल रहे हैं। उन्हें खेलने के लिए बड़े मैदान हैं। कुशल कोच उपलब्ध हैं उन्हें इस खेल में प्रशिक्षित करने के लिए। वे इस खेल में जीतते ही जीतते हैं, भले ही चुनाव हार जाएं। कोई गम नहीं। लूट का खेल अनवरत चलता रहता है, क्योंकि सत्ता में रहते हुए वे इस लूट के खेल में बहुत अच्छे खिलाड़ी हो चुके होते हैं इसलिए सत्ता से बाहर रहते हुए भी उनका यह खेल रुकता नहीं, चलता ही रहता है। विपक्ष में भी उनके दोस्त-यार होते ही हैं, इस प्रकार मिली-जुली कबड्डी का आनंद उन्हें सदा मिलता रहता है। रही नौकरशाहों की बात सो वे तो बेशरम के फूल हैं। उनके लिए पतझड़ का कोई मौसम बना ही नहीं। वे बारामासी फूल हैं, जिन पर सदा बहार छाई रहती है चाहे कोई पार्टी सत्ता में रहे न रहे, और कोई भी नेता आए-जाए उन्हें कोई फर्क नहीं पड़ता। वे अंगद के पांव हैं प्रशासन में। लूट के खेल में उन्हें पूरी स्वतंत्रता है। खेल के कोई नियम उन पर लागू नहीं होते। उनका खेल सारे नियमों से बाहर है इसलिए उनकी जीत सुनिश्चित है। ऐसे उस्ताद खिलाड़ियों को देखते हुए आपको कोई अफसोस नहीं होता? हम छोटे-मोटे अदना से खिलाड़ियों को देखते हुए आपको दुःख हो रहा है!"

कैलाश ने गाड़ी में लगातार चार-पांच किक लगाई। गाड़ी में फुसफुस हुई, परंतु वह स्टार्ट नहीं हुई। इस बीच सुरेश को शांत देखकर वह अधेड़ उम्र वाला उनका उस्ताद फिर बोल पड़ा—"डॉक्टर, वकील, इंजीनियर, व्यापारी कुछ तो होंगे आप लोग। जरा दिल पर हाथ रखकर बोलो क्या आपका कमाया हुआ एक-एक पैसा मेहनत और ईमानदारी का है?"

दोनों मित्र ज्यादा बातचीत करने के मूड में नहीं थे। गाड़ी स्टार्ट हो जाती तो किसी तरह पिंड छुड़ाकर यहां से खिसक लेते। गाड़ी को भी यहीं खराब होना था। चार-पांच मील इधर-उधर कोई सर्विस सेंटर नहीं था। फिर रात को दो बजे कौन गाड़ी सुधारने के लिए दुकान खोलकर बैठा होगा। सुरेश ने अपने दोस्त कैलाश से गाड़ी लेकर चार-पांच किक और लगाई। उसे पसीना आ गया, परंतु गाड़ी स्टार्ट होने का नाम ही न ले रही थी।

उनके उस्ताद को अपनी बात का जब कोई उत्तर न मिला तो वह हंसकर

कहने लगा—"मैं जानता था कि मेरी बात का आपके पास कोई जवाब नहीं है। बाबूजी, यदि आप लोग डॉक्टर हैं तो मेरी नजर में सबसे बड़े लुटेरे हैं। डॉक्टर तो मरीज की जान भी ले लें और पैसे भी लूट लें। डॉक्टरों के रैकेट में कोई एक बार फंस गया तो समझो गया काम से। मेरे एक साथी को मामूली-सा पेट दर्द था। बड़े डॉक्टर को दिखा दिया भूल से। तरह-तरह की जांचें करा-कराके पंद्रह दिन की हमारी कमाई खा गया वो और पेट दर्द ज्यों का त्यों। फिर हमारी मजदूर बस्ती के डॉक्टर ने बीस रुपयों की दवा खिलाकर उसे ठीक कर दिया। है न बाबूजी ये सरासर लूट। हम मजदूर बस्ती वाले लोग हैं। डॉक्टरों की ज्यादा धोखाधड़ी हमीं झेलते हैं। हमारी बस्ती के हरिहर काका ने पेट का ऑपरेशन कराया तो उसकी एक किडनी ही निकाल ली डॉक्टरों ने। बहुत दिनों बाद बस्ती वालों को इस लूट का पता लगा। हमारी बस्ती में तो दूर-दूर प्रांतों के लोग अकेले रहते हैं। मर जाते हैं अनजान बीमारी से। दुर्घटनाएं होती रहती हैं। पास-पड़ोस के लोग ले जाते हैं अस्पताल। डॉक्टर जान जाते हैं कि इसके कोई नाते-रिश्तेदार नहीं हैं। लाश लावारिस है। फिर लाने वालों से कागजों पर दस्तखत कराके मरने वाले के सभी उपयोगी अंग निकालकर वे उनसे लाखों रुपए कमाते हैं बाबूजी। डॉक्टरों की तो कुछ न पूछो आजकल। एक बार फंस भर जाओ उनके चक्कर में आपको नंगा करके अस्पताल से विदा करेंगे और आपका रोग पहले से ज्यादा बढ़ गया होगा। ये हैं डॉक्टरों के कमाल।"

दूसरे ने एक वकील का रोना रोया—"हमारी बस्ती की झुनियाबाई रहती थी वर्षों से अपनी झोंपड़ी में। वह जमीन उसकी अपनी थी। सालों से रहती आई थी वह यहां। एक सरदारजी को वहां रेस्टोरेंट खोलना था। एक दिन आकर सरदारजी बुढ़िया को हड़का गए कि झोंपड़ी खाली करो। यह जगह हमारी है। झुनियाबाई गई एक वकील के पास। हर पेशी पर वकील द्वारा मुंहमांगी फीस देती रही। बाद में सुना कि उसका वकील मिल गया सरदारजी से। वहां से मोटी रकम मिल गई उसको। झुनियाबाई आजकल सड़क किनारे भीख मांगती है।"

अब तीसरा भी पीछे क्यों रहता उसने भी अपनी बस्ती के पास बनने वाले ओवरब्रिज के बनते-बनते ढह जाने का किस्सा सुना डाला—"मर गए छह मजदूर स्लेब के नीचे दबकर। कुछ दिनों तक अखबारों में हल्ला-गुल्ला हुआ। फिर मामला रफा-दफा हो गया। इंजीनियर और ठेकेदार मिलकर सब माल डकार गए। कहीं कुछ नहीं हुआ। क्या उनसे भी बड़े लुटेरे हैं हम?"

चौथा चुप क्यों रहता उसने व्यापारियों, कालाबाजारियों, मिलावटखोरों के काले किस्से सुनाकर हम लोगों से पूछा—"अब आप लोग बता दो कि आप कौन-सा सत्कर्म करते हो; जिसमें लूटपाट न होती हो और आपका काम-धंधा पूरी ईमानदारी से चल रहा हो?"

दोनों मित्रों को बहुत गुस्सा आ रहा था। मजबूरी में इन लुटेरों की बकवास सुननी पड़ रही थी। सरेआम इन्होंने हमारी जेब के पूरे तीन हजार छह सौ रुपए चाकू की नोक पर निकलवा लिए और ऊपर से कहते हैं, हम समाजवाद ला रहे हैं। लफंगे कहीं के। भाषण अलग से झाड़ रहे हैं स्साले। वे दोनों चुप रहे। इच्छा हो रही थी कि जोर से चिल्लाएं शायद कोई मदद के लिए आ जाए। सड़क सुनसान थी। इक-दो गाड़ियां पास से तेज रफ्तार गुजर गईं। चिल्लाहट सुनकर रुकता भी कौन इस अंधेरी रात में रिंग रोड के तिगड्डे पर? कोई मोटरसाइकिल वाला निकलता तो वे जरूर आवाज देकर उसे रोकते। कैलाश ने गाड़ी स्टैंड पर खड़ी करके आठ-दस किक लगातार मारी, परंतु गाड़ी फुस-फुस करके शांत हो गई। स्टार्ट नहीं हुई। कैलाश किक मार-मारकर थक गया, परंतु गाड़ी स्टार्ट होने का नाम ही न ले रही थी। अब दोनों को बहुत झुंझलाहट हो रही थी। पर मजबूर थे। कुछ कर नहीं सकते थे। वे चारों लुटेरे चाहते तो उन्हें यों ही अकेला छोड़कर जा सकते थे। रुपए उन्हें मिल ही गए थे। वे आराम से जाकर ढाबे में अपना मनपसंद खाना खाते परंतु वे चाकू लहराते हुए अभी भी वहीं डटे हुए थे। पता नहीं आगे उनका क्या इरादा था।

सुरेश ने गुस्से में कहा—"एक तो सरेआम शरीफ आदमियों के पैसे लूटते हो। ऊपर से बड़ी-बड़ी बातें करते हो कि सब लुटेरे हैं। हमसे भी बड़े लुटेरे। हम तो समाजवाद ला रहे हैं। तुम्हें पता नहीं कितना बड़ा अपराध किया है तुमने। कोई है नहीं यहां। सुनसान सड़क है। तुम चार और हम लोग दो। फिर तुम्हारे हाथों में ये नंगे चाकू। कभी पुलिस के हत्थे चढ़ गए तो रोते फिरोगे। भूल जाओगे ये व्यर्थ की भाषणबाजी। अब जाओ तुम लोग। तुम्हारा काम हो गया। हम यहीं अकेले रात काट लेंगे। देखेंगे सबेरे। कोई वाहन मिलेगा तो ले जाएंगे अपनी मोटरसाइकिल उस पर लादकर। अब इसे लावारिस भी तो नहीं छोड़ सकते। तुमने तो सिर्फ रुपए लूटे और कोई गाड़ी ही घसीटकर ले जाएगा कहीं, तब हमारे लिए ज्यादा मुश्किल हो जाएगी। जाओ आप लोग।"

उनका उत्तर सुन वह अधेड़-सा व्यक्ति फिर बोला—"आपको हमारी बात

का बुरा लगा, कोई बात नहीं। अपने पर आती है तो सबको बुरा लगता है। हमको आपने लुटेरा कहा हमें कोई बुरा नहीं लगा। हमने आपसे बार-बार पूछा कि आप लोग क्या करते हो? आपने जान-बूझकर नहीं बताया। क्या पता कि आप लोग भी इतनी रात गए किसी को लूटके आ रहे हो। हो सकता है हमसे भी बड़ा कोई लूटपाट का धंधा हो आप लोगों का। कौन जाने? आप लोग तो बताने से रहे।''

अब सुरेश और कैलाश के चेहरे फक्क हो गए। उन्हें लगा कि कहीं ये लोग खुफिया पुलिस के लोग तो नहीं। इस तरह ये बार-बार हमारे काम-धंधे के विषय में क्यों पूछ रहे हैं? कहीं इन्हें पता तो नहीं कि हम लोग कोकीन सप्लाई का काम करते हैं। पंद्रह-बीस दिनों में बाहर से कोई एजेंट आकर हमें एक पैकेट दे जाता था, जिसे नदी किनारे वाले गांव के सरपंच तक हमें सबकी निगाहों से बचाकर पहुंचाना होता है। हमने कभी वह पैकेट खोलकर नहीं देखा कि उसमें क्या है। हमें सिर्फ इतना बताया गया था कि इसमें कुछ नशीले पदार्थ हैं, कोकीन आदि। इसे गांव में दूसरे एजेंट तक सुरक्षित पहुंचाना है। इसके लिए प्रत्येक ट्रिप के हिसाब से हमें अच्छी रकम मिल जाती है। सुरेश और कैलाश कुछ दिनों पूर्व कॉलेज से डिग्री लेकर निकले थे। बेरोजगार थे। इसी समय एक दोस्त के माध्यम से उन्हें यह काम मिल गया। दोनों ने सोचा, जब तक नौकरी नहीं मिलती यही करके देख लेते हैं। अब तक वे दोनों आठ-दस बार ये काम कर चुके थे। कभी कोई परेशानी नहीं हुई। आज पहली बार यह लूट की वारदात हुई।

दोनों को उदास और पसीने-पसीने देखकर उन चारों ने कहा—''आप लोग गाड़ी में बैठो। हम लोग पीछे से दूर तक धक्का लगाते हैं। शायद आपकी गाड़ी स्टार्ट हो जाए।'' कैलाश ने गाड़ी पर बैठकर हैंडल संभाला। सुरेश भी चुपचाप पीछे बैठ गया। चारों लुटेरों ने दूर तक गाड़ी को धक्का लगाया और गाड़ी सचमुच स्टार्ट होकर सड़क पर दौड़ने लगी। रास्तेभर कैलाश और सुरेश ने आपस में कोई बातचीत नहीं की। परंतु उन्हें आज बहुत आत्मग्लानि हो रही थी।

कृपाकर भरोसा मत तोड़िए

प्रशासन को कुछ चपरासियों की जरूरत है। वैसे तो प्रशासन में पहले से ही बहुत सारे चपरासी हैं और आप जानते ही हैं कि प्रशासन तो चपरासियों की बदौलत ही चलता है। प्रशासन को तेजी से चलाने के लिए चपरासी कम पड़ने लगे हैं। कुछ अच्छे और आज्ञाकारी चपरासियों की बहुत दिनों से जरूरत महसूस की जा रही थी। कई अधिकारी, कर्मचारी टाइप लोग अपने नाते-रिश्तेदारों को इन पदों पर बिना किसी भर्ती प्रक्रिया के घुसा देना चाहते थे। प्रशासन में यह परंपरा सदा से चली आई है। इसमें कोई बुराई नहीं है। बुराई वे ही लोग ढूंढते हैं, जिनके भाई, भतीजे और रिश्तेदार चपरासी नहीं बन पाए। वैसे तो ऊपर वाले बिना किसी भर्ती प्रक्रिया के उच्च आधिकारिक पदों पर भी अपने-अपनों की सरेआम भर्ती कर लेते थे। आजकल थोड़ा कठिन हो गया है, यह सब। ये मीडिया वालों की करतूत है। उन्हें नहीं सुहाता किसी का जरा-सा भी सुख। लग जाते हैं पीछे। कहने लगते हैं, बिना भर्ती प्रक्रिया के भर्ती का काम गलत है। मुझे तो इसमें कोई गलत बात दिखाई नहीं देती। अब अपनी जान-पहचान वाले को रखेंगे तो वह अपना एहसान मानेगा। आगे-पीछे जो सेवा करेगा, वह अलग से। आप कहते हैं कि उसे संबंधित काम का न ज्ञान है, न अनुभव। हम कहते हैं कि इसकी जरूरत क्या? न जाने कितने अज्ञानी और अनुभवहीन लोग जब देश चला रहे हैं, तब ऑफिस चलाना कौन-सी बड़ी बात है।

ऑफिस स्वयं अपने आप में एक स्कूल है। पुरानी धूल फांकती फाइलें, ज्ञान की पोथियां हैं और सब प्रकार के बड़े, छोटे एवं मझोले बाबू परम ज्ञानी। किसी भी गधे तक को अफसर की कुर्सी पर बिठा दो, चंद दिनों में वह सबके कान काटने लगता है। पढ़े-लिखे अफसरों को रखने में खतरा ही खतरा है।

एक तो वे आज्ञाकारी नहीं होते। हर छोटी-छोटी बात पर नियम और कानून की किताबें दिखाने लगते हैं। दूसरे उनमें सेवाभाव की बहुत कमी पाई जाती है। उन्हें मारकूट के सेवक बनाना पड़ता है। कुछ तो इतने ढीठ होते हैं कि कुट-पिटकर भी टस से मस नहीं होते। अब बताओ ऐसे लोगों को प्रशासन में भर्ती करके हमें क्या प्रशासन का भट्ठा बिठाना है? बिना प्रक्रिया की भर्ती में सुविधा है कि अपने मनपसंद आज्ञाकारी लोगों को रख लो फिर कराओ उनसे जो भी कराना हो। पिछले दिनों मीडिया और विपक्ष वालों के हुड़दंग से बचने के लिए हमने एक तरीका निकाला—तदर्थ नियुक्ति। अर्थात् एडहॉक में भर्ती, इसमें मनचाहे लोगों की भर्ती कर लो। बिना किसी भर्ती प्रक्रिया के, कोई पूछे तो कहो कि ये स्थायी थोड़े ही हैं, ये तो तदर्थ नियुक्ति है। फिर जब हल्ला-गुल्ला कुछ कम हो जाए तो तदर्थ नियुक्ति वालों को चुपचाप स्थायी कर दो। चीखने-चिल्लाने वालों के भी कुछ कैंडीडेट भर्ती कर लो। स्साले चुप रहेंगे। ये सब पुराने जमाने के मंजे हैं। हालांकि वह जमाना अभी ज्यादा पुराना नहीं हुआ है, कभी-कभार वह शैली अब भी सहर्ष अपनाने में हम गुरेज नहीं करते।

इधर हमारे अफसर बहुत दिनों से रट लगाए हुए हैं कि उनके दफ्तरों में चपरासी नहीं रह गए। हमने उन्हें समझाया—''यह गांधी का देश है। गांधीजी कहते थे कि अपने काम आप स्वयं करो।'' तो मेरा अफसरों से कहना है कि तुम अपनी फाइल इस टेबल से उठाकर उस टेबल पर रख आओगे तो छोटे नहीं हो जाओगे। प्यास लगे तो उठो अपनी आरामदायक कुर्सी से और खुद गिलास में पानी भरकर पिओ। कोई चेंबर में आए तो उसे भी इसी प्रकार पानी पिलाओ। अब चपरासी की क्या जरूरत? व्यर्थ ही शासन का खर्च बढ़ाने पर तुले हैं ये। हमने वर्षों से प्रशासन में भर्तियां बंद कर रखी हैं। हमारा कहना है, जहां जितने लोग हैं बस उन्हीं से पूरा काम चलाओ। और हमने देखा कि काम सचमुच मजे से चल रहा है। हर जगह आधा स्टाफ है और काम पूरा हो रहा है। यह चमत्कार हम ही कर सकते हैं। हमने कर दिखाया। जब नए संस्थान खुले। नए ऑफिसों ने जन्म लिया, तब उन्हें नए स्टाफ की जरूरत महसूस हुई। उन्होंने हमारे यहां गुहार लगाई। हम रिजिट रहे पूरी तरह। सर्वसम्मति से हमारी कैबिनेट ने प्रस्ताव पास कर लिया था कि नई भर्तियां बिलकुल नहीं करनी हैं। कहा गया है, आवश्यकता आविष्कार की जननी है। ऐसी विकट स्थिति में

'संविदा नियुक्ति' शब्द का आविष्कार हुआ। यह कोई भर्ती नहीं है। यह एक प्रकार का ठेका है। अर्थात् ठेके पर काम करो प्यारे बेरोजगारो। न पेंशन, न ग्रेच्युटी, न यात्रा भत्ता सबसे मुक्ति, एक ही आविष्कार के बल पर। बड़े काम का है यह आविष्कार—संविदा नियुक्ति।

पिछले दिनों हमने एक और बड़ी उपलब्धि अर्जित की, शिक्षा को उद्योग से जोड़ दिया। पहले देश के उद्योगपति सीमेंट, लोहा, कागज आदि के क्षेत्र में पूंजी निवेश करते थे। इन उद्योगों में उतार-चढ़ाव आता रहता है। बड़ी झंझटें हैं इनमें। इधर हमने शिक्षा के क्षेत्र में उद्योग की नई संभावनाएं तलाश लीं। यहां कोई झंझट नहीं। फायदा ही फायदा। सबसे पहले कोचिंग इंस्टीट्यूट नाम से ये उद्योग स्थापित किए गए। उनका दिन दूना, रात चौगुना मुनाफा देखते हुए बड़े-बड़े घरानों का इस ओर ध्यान गया। उन्होंने उद्योग को नया विस्तार दिया। छोटी-छोटी जगहों पर उन्होंने बड़े-बड़े कॉलेज (उद्योग) स्थापित किए। व्यापार चल निकला, अब तो दौड़ रहा है। आएदिन सैकड़ों कॉलेज खोले जाने के लिए हमारे पास आवेदन आते रहते हैं। हम खुशी-खुशी उन आवेदनों पर लाइसेंस जारी कर देते हैं। शिक्षा का विकास करना है भई, वो हम खूब कर रहे हैं। गली-गली में कॉलेज और मोहल्ले-मोहल्ले में विश्वविद्यालय स्थापित करना हमारा उद्देश्य है। लक्ष्य हमारा बड़ा है और साधन बहुत थोड़े इसलिए अधिकांश काम हमने प्राइवेट सेक्टर के भरोसे छोड़ दिया है।

बहुत दिनों तक चपरासियों की भर्ती वाली बात हम टालते रहे। अफसर हमारे ढीठ, नहीं माने। पीछे ही पड़ गए कि चपरासियों के बिना दफ्तर के काम नहीं चल सकते। गोया दफ्तरों में सब काम चपरासी ही करते हैं। बहुत सोच-समझकर हमारी कैबिनेट ने तीन सौ चपरासियों की भर्ती के लिए पद स्वीकृत कर दिए। आनन-फानन में चपरासियों की भर्तियों के लिए विज्ञापन निकाले गए। पहले तो पांचवीं पास लोगों को चपरासी के पदों पर रख लिया जाता था। अब हमारे प्रयासों से देश में शिक्षा का स्तर बहुत ऊंचा उठ गया है, इसलिए हमने इन पदों के लिए न्यूनतम अर्हता आठवीं पास तक रख दी। आवेदन करने का समय एक महीने देकर हम निश्चिंत हो गए। हमारी आंखें तो तब खुलीं जब पंद्रह दिनों में ही चपरासी के तीन सौ पदों के लिए एक लाख से ऊपर आवेदन मुख्य कार्यालय में पहुंच गए। आवेदनों की स्क्रूटनी करने पर

पता चला कि पचास प्रतिशत से ज्यादा आवेदन तो पोस्ट ग्रेजुएट लोगों के हैं। तीस फीसदी लोग ग्रेजुएट और दस प्रतिशत आवेदन पी-एच.डी. वालों के हैं। शेष थोड़े-से लोग दसवीं और आठवीं वाले हैं। आवेदन लगातार आते जा रहे हैं। एप्लाई करने की अंतिम तारीख में अभी पंद्रह दिन और बचे हैं। सचमुच, इस देश में शिक्षा का स्तर बहुत ऊंचा उठ गया है। चपरासी की नौकरी के लिए पी-एच.डी. वाले एप्लाई कर रहे हैं।

भर्ती कार्यालय के अधिकारी परेशान हैं। रोज ढेरों डाक आ रही हैं। ऑनलाइन आवेदन अलग से। समस्या है कि भर्ती की प्रक्रिया क्या अपनाई जाए? इस पर उच्च स्तर पर विचार-विमर्श चल रहा है। लिखित परीक्षा ली जाए क्या? सैकड़ों परीक्षा सेंटर बनाने होंगे। परीक्षकों की ड्यूटी लगानी पड़ेगी। पेपर सेट करने होंगे। इस पूरी प्रक्रिया में बड़े छेद हैं। हमारा पिछला अनुभव ठीक नहीं है। पेपर लीक होने का बड़ा खतरा है। जब पी.एस.सी. की परीक्षा का पेपर यहां आसानी से लीक हो जाता है, तब चपरासी की परीक्षा वाला पेपर लीक होना तो सहज बात है। कितना ही ठोंक-बजाकर परीक्षकों की ड्यूटी लगाओ पर नाम उजागर हो जाते हैं। लोग उनसे सेटिंग कर लेते हैं। जो यहां चूक जाएं तो वे मूल्यांकन सेंटर में जुगाड़ जमा लेते हैं। अब चपरासी के पदों के लिए भला क्या लिखित परीक्षा? बात तो सौ टके की है, परंतु तीन सौ पद और आवेदन एक लाख से ज्यादा! क्या करें? क्या न करें? गड़बड़ी तो इंटरव्यू में भी होगी। कौन-कौन हैं कमेटी में? येन-केन-प्रकारेण लोग तलाश ही लेते हैं। फिर मीडिया वाले। विपक्ष वाले और ऊपर से उन लोगों का हुजूम जिनका सिलेक्शन नहीं हो पाया। सब एक साथ मिलकर नाक में दम कर देंगे। इसीलिए हम कहते थे कि न निकालो विज्ञापन। नहीं करनी हमें कोई नई भर्ती। परंतु नहीं माने हमारे अफसर। लो अब भुगतो। आ गए तीन सौ चपरासी के पदों के लिए लाखों आवेदन। सारे उच्च शिक्षित चपरासी बनने के लिए तत्पर। वैसे ही हम पढ़े-लिखे लोगों को पसंद नहीं करते। अब चपरासी और इतने पढ़े-लिखे! आफत है ये। समझ में नहीं आ रहा कि चयन की क्या प्रक्रिया अपनाई जाए?

हमने तो प्रमुख अधिकारियों को बुलाकर डांट दिया—“तुम्हीं ने कहा था कि चपरासियों के बिना प्रशासन में काम नहीं चलेगा। अब कर लो चपरासियों की भर्ती और चलाओ इनसे काम। हम कुछ नहीं सुनना चाहते। विज्ञापन निकाला

है तो करो भर्ती। कोई भी प्रक्रिया अपनाओ भर्ती की, परंतु पूरी पारदर्शिता होनी चाहिए। निष्पक्षता भी। पिछली बार बाबुओं की भर्ती हुई थी, आज तक शिकायतें आती रहती हैं कि नेताओं और अफसरों ने मिलकर अपने-अपनों की भर्ती कर ली। जवाब देते-देते परेशान हो गए हम। जो कुछ भी करो सफाई से करो। सोच-समझकर करो। हल्ला-गुल्ला बिलकुल नहीं होना चाहिए। समझे।"

वर्षों बाद तो चपरासियों के कुछ पद निकले। निकालने पड़े। बड़े-बड़े अफसर तक मानते हैं कि चपरासियों के बिना दफ्तरों के काम नहीं चलते। प्रशासन ढीला पड़ जाता है, बिना चपरासी। सो मजबूरन निकाल दिए तीन सौ चपरासी के पद। अब भर्ती की प्रक्रिया चालू है। लाखों आवेदन आ चुके हैं अब तक। खूब पढ़े-लिखे बेरोजगार। एक से बढ़कर एक उच्च शिक्षा प्राप्त आवेदक। भर्ती तो होगी, चाहे जैसे हो। धांधली भी होगी, हर भर्ती में होती है। इसमें न होगी तो हमारी गौरवशाली परंपरा का क्या होगा?

बेरोजगारों में उत्साह है। डिग्री लेकर बैठे थे घर में। सुनते रहते थे घर-परिवार वालों के उलाहने। बाप से जेब खर्च मांगते शर्म आती थी उन्हें। थक गए नौकरी की तलाश करते हुए। न जाने कहां-कहां आवेदन पत्र भेजे। कहीं कुछ नहीं हुआ। अब तो ओवरएज होने को आए। अब भी नौकरी न मिली तो...। क्या मालूम था कि इतना पढ़-लिखकर ऐसे भी दिन देखने पड़ेंगे। कोई बात नहीं। चपरासी की नौकरी ही मिल जाए, कर लेंगे। पर मिल तो जाए। भेज दिया है अपना आवेदन। अब प्रतीक्षा है, बुलावे की। लिखित परीक्षा लेते हैं कि इंटरव्यू? कुछ पता नहीं। पापा उत्साहित हैं पदों की संख्या देखकर। अरे तीन सौ पद निकले हैं, इसमें सिलेक्शन हो सकता है। मम्मी ने मंदिर जाकर मन्नत मांगी है कि मेरा सिलेक्शन हो जाएगा तो वे माता के मंदिर सवा किलो लड्डू चढ़ाएंगी। उन्हें नहीं मालूम कि सिलेक्शन कठिन है। कम्पटीशन बहुत तगड़ा है।

छुटभैये, कार्यकर्ता, एजेंट और शिक्षा माफिया वाले सक्रिय हो गए हैं। तीन सौ पद निकले हैं, चपरासी के। लाखों बेरोजगार लाइन में लगे हैं। सबको नौकरी चाहिए किसी भी कीमत पर। किसी प्रकार परीक्षा का पेपर आउट कर लिया जाए तो उससे अच्छी रकम बनाई जा सकती है। इंटरव्यू में बैठने वालों को पटा लें तो वारे-न्यारे हो जाएंगे। ठीक है, ऊपर से लेकर नीचे तक कमीशन बंट जाएगा, परंतु सिलेक्शन की गारंटी है। कुछ भी करो भई, इतने सारे पद

बहुत दिनों बाद निकले हैं। कमाई का ये मौका हाथ से नहीं जाना चाहिए। लग गए हैं लोग अपने-अपने काम में।

फोन आ रहे हैं देख लेना भाई साहब, कैंडीडेट अपने ही घर का लड़का है...बाकी हम सब देख लेंगे। हम हैं तो...आप फिकर न करेंगे...सिलेक्शन जरूर हो जाना चाहिए भाई साहब, कैंडीडेट अपना ही है। बस! बहुत से कैंडीडेट लगे हैं, इंटरव्यू की तैयारी में। जाने क्या पूछ लें, देश-विदेश से संबंधित कोई भी प्रश्न, चपरासी पद के साक्षात्कार में। और कोई विशेष गुण, योग्यता? वह तो बेरोजगार युवा पीढ़ी के पास भरपूर है। वर्षों से सब कुछ चुपचाप सहते रहना, यह सबसे बड़ा गुण है हमारा और योग्यता भी। इसलिए कृपाकर भरोसा मत तोड़िए।

अभिव्यक्ति के खतरे

शुक्लाजी कॉलेज में बहुत लोकप्रिय हैं। यही तो समस्या है कि वे इतने लोकप्रिय क्यों हैं? लोग कहते हैं कि वे अपने विषय के विशेषज्ञ हैं और उनके पढ़ाने की शैली बहुत अच्छी है। भई, यह भी कोई बात हुई। हम विषय के विशेषज्ञ नहीं हैं क्या? क्या हमने एम.ए., पी-एच.डी. नहीं किया? हमने भी उत्ती ही शिक्षा हासिल की है, जित्ती शुक्लाजी ने। भरोसा न हो तो मार्कशीट मिला लो। उनसे हमारे ज्यादई नंबर निकलेंगे। कम तो होई नहीं सकते। हमारे जीजाजी उस कॉलेज में प्रिंसिपल रहे, जहां से हमने एम.ए. किया। उन्होंने हमसे पहले ही कह दिया था कि बच्चू तुम तो एम.ए. का फॉर्म भर दो। फर्स्ट डिवीजन कहीं नहीं गई। हमारे प्रिंसिपल रहते यदि हमाये साले की ही फर्स्ट डिवीजन न आई तो लानत है ऐसी प्रिंसिपली पर। जब हमाये जीजू ने जिम्मेदारी ले ली हमें फर्स्ट डिवीजन दिलाने की तो हम इतने चूतिया तो थे नहीं कि एम.ए. का फॉर्म न भरते। हमने फटाफट एम.ए. का फॉर्म भर दिया। अब आगे जीजाजी जानें। वेई नैया पार लगाएं। और सचमुच उनने नैया पार लगाई। अरे, नैया क्या पार लगाई सही-सलामत बिना किसी परेशानी के तट पर ले जाकर उतार दिया। अर्थात् जैसा कहा था, उनने अच्छे नंबरों से हमें एम.ए. में फर्स्ट डिवीजन फोकट में दिलवा दी। मार्कशीट मिलते ही वे बोले—"बच्चू, अब तुम्हें पी-एच.डी. करना है।"

हमने उनसे साफ-साफ कह दिया—"जीजू, हमें तो जे मोटी-मोटी किताबें देखने से ही डर लगता है। सुना है, पी-एच.डी. करने के लिए कोई मोटा-सा पोथन्ना लिखना पड़ता है। और वो पोथन्ना लिखने के लिए खूब सारी मोटी किताबें भी पढ़नी पड़ती हैं। ये सब हमसे कैसे हो पाएगा?"

जीजू हमारे जोर से हंसे और बोले—"तुम्हारी जिज्जी की भी हालत

ऐसई थी। किताबें देखते ही उन्हें पसीना मार जाता था। तुम्हें जैसे हमने एम.ए. कराया। वैसई तुम्हारी जिज्जी को करवा दिया। बाद में वे कहने लगीं, हमसे पी-एच.डी. न हुईहें। हमने कही, धत्त तेरे की। जिसका पति इत्ता बड़ा प्रोफेसर है कॉलेज में। उसकी पत्नी बिना पी-एच.डी. के रह जाए, ये तो अंधेर हो जाएगा। गाइड अपने पड़ोसी वर्माजी हो जाएंगे। उनके अंडर में बहुत लड़के-लड़कियां आएदिन पी-एच.डी. करते रहते हैं। मुझे बहुत मानते हैं। मैं भी उनकी कोई बात नहीं टालता। जिस छात्र-छात्रा को जितने नंबर वे बताते, मैं उससे एकाध नंबर ज्यादा ही दे देता हूं। कम तो बिलकुल नहीं, भले ही कैंडीडेट में शून्य पाने की ही योग्यता हो। वर्माजी ने कहा है, सो मैंने उनकी बात आज तक नहीं टाली। अब तुम्हीं बताओ वे मेरी बात भला कैसे टाल सकते हैं। बल्कि परसों वे ही कह रहे थे कि भाभी को अब पी-एच.डी. करवा दो। थीसिस वगैरह लिखने की वे चिंता न करेंगी। सब हो जाएगा। बस इस प्रकार हो गई तुम्हारी जिज्जी की पी-एच.डी. थीसिस पर उनने अपने सुंदर से हस्ताक्षर भर किए थे बस। अब देखो ठाठ से गर्ल्स कॉलेज में पढ़ाती हैं और विद्वान् प्राध्यापक कहाती हैं कि नहीं। ऐसई तुम्हारी भी पी-एच.डी. हो गई समझो। अपने वर्माजी हैं न!''

हमने जीजू की आज्ञा का बिना सोच-विचार कर पूरी तरह पालन किया। जैसा-जैसा वे कहते गए हम आंख मीच के वैसई करते गए। तो हो गई हमारी पी-एच.डी.। शुक्लाजी के पास हमसे बड़ी डिग्री तो है नहीं। हम भी अब उन घांई प्रोफेसर हो गए हैं। फिर वे इतने लोकप्रिय क्यों? जे बात हमें लगातार अखरती रहती है। तुम कहते हो उनके पढ़ाने की शैली अच्छी है। वे किसी भी बात को विस्तारपूर्वक समझाते हैं। विषय से संबंधित नई से नई बातें बताते हैं, वे अपने विद्यार्थियों को। इसलिए विद्यार्थी उन्हें लाइक करते हैं। अपना लेक्चर तैयार करने के लिए पहले वे स्वयं बहुत पढ़ते हैं फिर विद्यार्थियों को पढ़ाते हैं।

हमारे अनुसार ये विद्यार्थियों को बिगाड़ने के लक्षण हैं। हम पूछते हैं आपसे कि किसी विषय के विस्तार में जाने की क्या जरूरत है? इसमें विषय से भटक जाने का खतरा है। एक बार हम भी गए थे एक विषय के विस्तार में। ऐसे भटके कि विद्यार्थियों ने ही हमें टोककर विषय पर आने का अनुरोध किया, वरना हमें पढ़ाना कुछ होता, हम पढ़ा कुछ और जाते। हमने जब ऐसा किया तो विद्यार्थियों ने टोका-टाकी करते हुए हमारी नाक में दम कर दी। उसी विस्तार वाली शैली में भटक-भटक के जब शुक्लाजी पढ़ाते हैं तो आप लोग उनकी

तारीफों के पुल बांधते नहीं अघाते। यह सरासर अन्याय है। हम इसे नहीं सहेंगे। इसके खिलाफ हम आवाज उठाएंगे। आप कहते हो विद्यार्थी उन्हें लाइक करते हैं। खाक लाइक करते हैं...मजा करते हैं उनके पीरियड में। वे विषय के बाहर जाने क्या ऊल-जुलूल झाड़ते रहते हैं, जो विद्यार्थियों के ऊपर से निकल जाता है इसलिए विद्यार्थी आराम से उनके पीरियड में ऊंघते रहते हैं। मैंने खुद पकड़ा तीन-चार विद्यार्थियों को उनके पीरियड में ऊंघते हुए। अरे, हमारे जैसे पढ़ाओ। हम अपनी मोटी वाली कॉपी ले जाते हैं कक्षा में। इस कॉपी में हमारे वे नोट्स हैं, जो हमने अपने विद्यार्थी जीवन में लिखे थे। हमारे गुरुजी ने हमें लिखवाए थे। इनसे हमने जब अपनी पूरी पढ़ाई कर डाली तो हमारे विद्यार्थी इनका सहारा क्यों न लें? इसलिए हम क्लास जाकर इन्हें लिखवाते हैं। बेटा, अब सो लो जिनको सोना हो कक्षा में। मजाल है हमारे पीरियड में कोई ऊंघता हुआ मिल जाए! अब आप कहते हो कि वे खूब पढ़ते हैं। यह बात भी ठीक नहीं है। यह हम प्राध्यापकों के खिलाफ उनकी साजिश है। कल को हम लोगों से भी लोग ऐसी ही अपेक्षा करने लग जाएंगे। तब तो फंस जाएंगे न हम फालतू की झंझट में। मैं आप लोगों से पूछना चाहता हूं कि प्राध्यापक बनने के लिए जितना पढ़ना पड़ता है उतना हमने पढ़ा कि नहीं? अब आगे पढ़ने और लगातार पढ़ते रहने के लिए किसने कहा आपसे? ये फालतू की बातें सुनकर ही तो हमें शुक्लाजी पर गुस्सा आने लगता है। मरने की गैल निकाल रहे हैं वे।''

हमारे कॉलेज के प्रिंसिपल साहब भी पगला गए हैं। हर बात में शुक्लाजी को झट आगे कर देते हैं, जैसे उनके सिवा हिंदी में कोई प्राध्यापक कॉलेज में न हो। कॉलेज के हर सम्मेलन, सेमिनार और उत्सव में प्रिंसिपल साहब शुक्लाजी को ही बढ़ावा देते हैं। हम लोगों को यह बात अच्छी नहीं लगती। अभी पिछले दिनों एक विचारगोष्ठी की अध्यक्षता करने के लिए कॉलेज में माननीय शिक्षामंत्री को बुलाया गया था। बड़े विद्वान् व्यक्ति हैं वे। मैं चाहता था कि इस कार्यक्रम में मेरी महत्त्वपूर्ण भूमिका रहे। इस बाबत प्रिंसिपल से मैंने बात भी की। उन्होंने साफ कह दिया, विषय प्रवर्तन का पहला वक्तव्य शुक्लाजी देंगे। शिक्षामंत्री आ रहे हैं। कार्यक्रम बिलकुल कसा हुआ होना चाहिए। इसलिए संचालन का दायित्व हमने भौतिक शास्त्र की प्राध्यापिका मीना मिश्रा को सौंप दिया है। हालांकि वे स्वयं मना कर रही थीं कि हिंदी विभाग का कार्यक्रम है और मैं दूसरे विभाग की प्राध्यापिका कैसे उसका संचालन करूं? मैंने ही उन्हें

मनाया कि आप जिले में हर पंद्रह अगस्त और छब्बीस जनवरी के कार्यक्रम का सफलतापूर्वक संचालन करती हैं, इसलिए यह जिम्मेदारी तो आपको ही संभालनी होगी। बड़ी मुश्किल से वे मानीं। हां, स्वागत कार्यक्रम में आप सब हिंदी वाले रहेंगे न। एक-एक कर सबका नाम अतिथियों के स्वागतार्थ पुकारा जाएगा। कैमरा वाले को पहले से सेट कर लेना कि जैसे ही तुम मंत्रीजी को माला पहनाओ वह तुरंत फोटो उतार ले। ये फोटोग्राफर बड़े बदमाश होते हैं। जहां फोटो उतारना चाहिए वहां तो चुपचाप कैमरा लटकाए हाथ बांधे खड़े रहेंगे और जहां फोटो की खास जरूरत नहीं है, वहां के दर्जनों फोटो उतारते फिरेंगे। इसलिए फिर कहता हूं कि फोटोग्राफर को पहले से अच्छी तरह सेट करके रखना। मैंने जब उनसे बार-बार कहा कि सर मंत्रीजी के समक्ष मुझे भी कुछ तो बोलने का अवसर प्रदान करें। बड़ी मुश्किल से बोले, ठीक है कार्यक्रम के अंत में आभार प्रदर्शन तुम कर लो, परंतु बहुत संक्षिप्त बोलना, समझे। पिछली बार जब कुलपति महोदय अपने कॉलेज की रजत जयंती वाले कार्यक्रम में आए थे, तब तुमने आधा घंटा तक आभार प्रदर्शन करते हुए सबको बहुत बोर किया था। कुलपति महोदय तक जम्हाइयां लेने लगे थे। नहीं-नहीं, ऐसा नहीं होगा सर! जब मैंने उन्हें पूर्णतः आश्वस्त किया, तब जाकर वे आभार प्रदर्शन के लिए मेरे नाम पर सहमत हुए।

उस दिन जब मंत्रीजी ने ही अपने भाषण में दो बार शुक्लाजी के कथन का जिक्र किया तब मुझे बहुत बुरा लगा। ये क्या बात हुई हम लोग हिंदी विभाग में शुक्लाजी को मिलाकर चार लोग हैं। सब एक जैसी डिग्रियां लेकर आए हैं। एक से बढ़कर एक विद्वान् हैं यहां। क्या अकेले शुक्लाजी के भरोसे चल रहा है पूरा विभाग। वो तो प्रिंसिपल साहब उन पर कुछ ज्यादा मेहरबान हैं वरना विषय प्रवर्तन का परचा हम तीनों में किसी से भी पढ़वा सकते थे। कोई शुक्ला में सुरखाब के पर लगे हैं क्या? खैर ठीक है, अब हम देखेंगे। नहीं चलने देंगे ये धांधली।

शुक्लाजी कुछ व्यंग्य-यंग्य भी लिखते रहते हैं। छपती रहती हैं उनकी रचनाएं विभिन्न पत्र-पत्रिकाओं में। अब ये नौकरी करते हुए बाहर की पत्रिकाओं में लिखना ठीक बात नहीं है। सरकारी पत्रिकाओं में लिखो, सरकारी नीतियों पर लिखो, किसने रोका है। कॉलेज की वार्षिक पत्रिका हर साल हमारे यहां से निकलती है। छात्रों के साथ उसमें हिंदी विभाग वाले सभी प्राध्यापक कुछ न

कुछ लिखते ही हैं। मेरा भी उसमें हर साल एक लंबा लेख छपता है। अखबारों में और बाहर की पत्रिकाओं में लिखना ठीक नहीं है। फिर शिक्षाप्रद कुछ लिखो तो और बात है। किसी का मजाक उड़ाना। अपनी रचना में किसी को हंसी का पात्र बनाना अच्छी बात नहीं है। अब व्यंग्य लिखते हैं शुक्लाजी। मतलब सरेआम शरीफ आदमियों पर तंज कसते हैं। यह बात ठीक नहीं है। हमने ढूंढकर पढ़ी उनकी रचनाएं। बहुत खतरनाक लिखते हैं शुक्लाजी। ताज्जुब है कि अभी तक उनकी इस साजिश पर किसी की निगाह क्यों नहीं गई! हम तीनों हिंदी वालों ने मिलकर यह निर्णय लिया कि शुक्लाजी की इन खराब हरकतों को हम प्रकाश में लाएंगे। हम बताएंगे लोगों को कि आपके ही राज में आपकी नाक के नीचे कैसी अंधेरगर्दी चल रही है।

इस अभियान के अंतर्गत सबसे पहले स्थानीय विधायकजी को पकड़ा गया। वर्षों पहले प्रकाशित शुक्लाजी की एक रचना उन्हें पढ़वाकर समझाया गया कि देखिए ये है आपके खिलाफ षड्यंत्र। आपको ही पात्र बनाकर यह रचना लिखी गई है। सरेआम आपका मजाक उड़ाया गया और आपको खबर तक नहीं! आखिर आप इस क्षेत्र के निर्वाचित प्रतिनिधि हैं। आपकी खासी लोकप्रियता है यहां। और एक अदना-सा आदमी इस प्रकार आपके ही ऊपर व्यंग्य लिखे। यह बात आप भले ही बर्दाश्त कर सकते हैं क्योंकि आप जनप्रतिनिधि हैं परंतु हमसे तो बर्दाश्त नहीं हुई, इसीलिए हम लोग सीधे आपकी शरण में आ गए। अब यदि आपको यह सब अच्छा लगता है तो कोई बात नहीं और यदि शुक्लाजी की यह हरकत गलत है, जो कि है ही तो तत्काल उनका यहां से ट्रांसफर करवाइए। भिजवाइए स्साले को किसी आदिवासी अंचल में। प्रोफेसरों की बातों का विधायकजी पर गहरा असर हुआ। उन्होंने हुंकार भरते हुए कहा, देखते हैं। इन लोगों की प्रसन्नता के लिए उनका इतना कहना पर्याप्त था।

विरोधियों का सिलसिला चल निकला। क्षेत्र के सांसद महोदय को भी कोई रचना दिखाकर भड़काया गया। उन्होंने भी शुक्लाजी को यहां से हटाने के लिए ऊपर लिख दिया। सत्ता पार्टी के स्थानीय नेताओं और कार्यकर्ताओं तक को भड़काया गया कि ये आदमी पार्टी विरोधी गतिविधियों में संलग्न है। ये देखो इसका लिखा हुआ। कितना खतरनाक लिखता है ये। सब आप लोगों के खिलाफ। साधारण-सी रचनाओं की ऐसी असाधारण व्याख्या तो शुक्लाजी ने भी कभी न सोची होगी। उन प्राध्यापकों ने अपनी पूरी शैक्षणिक योग्यता अर्थ का

अनर्थ निकालने में लगा दी। इस प्रकार शुक्लाजी के खिलाफ ढेर सारी शिकायतें ऊपर तक पहुंचा दी गईं। स्पष्टीकरण के लिए कुछ पत्र शुक्लाजी को थ्रो प्रॉपर चैनल मिले। उन्होंने विस्तार से अपने स्पष्टीकरण में लिखा कि व्यंग्य व्यक्ति पर नहीं, प्रवृत्ति पर लिखा जाता है। करुणा इसका अनिवार्य तत्त्व है। मैंने कभी किसी व्यक्ति विशेष को केंद्र में रखकर कोई रचना नहीं लिखी। मैंने वही आम बातें लिखी हैं, जो समाज में व्याप्त हैं। किसी का मजाक उड़ाना। किसी पर तंज कसना, मेरा उद्देश्य कभी नहीं रहा, यह सब उन्होंने अपने स्पष्टीकरणों में कई बार विस्तृत व्याख्या के साथ लिख भेजा, परंतु ऊपर उनकी इन विद्वत्तापूर्ण बातों का कोई असर नहीं हुआ।

अब मित्रो, आप लोग तो जानते ही हो कोई भी बड़ा काम करने में बहुत मेहनत लगती है इन तीनों प्रोफेसरों ने शुक्लाजी की मिट्टी-पलीत करने में कड़ी मेहनत की। विद्यार्थियों को पढ़ाने के लिए इन्होंने कभी विषय की किताबें तक ठीक से नहीं पढ़ीं, परंतु शुक्लाजी की रचनाओं में व्यक्तिवाद, निंदा स्तुति और घृणा के तत्त्व तलाशने के लिए उन्होंने इन्हें कई-कई बार पढ़ा। उसके नोट्स तैयार किए। फिर उसमें से ऐसे-ऐसे बिंदु खोज निकाले, जो उसमें सिरे से गायब थे। अब इस मेहनत के बाद साधुवाद का हक तो उनका बनता है।

इधर शुक्लाजी अभिव्यक्ति के खतरे उठा रहे थे। तोड़ रहे थे गढ़ और मठ। और इस तोड़-फोड़ और खतरे उठाने के चक्कर में उनका एक दिन ट्रांसफर ऑर्डर आ गया। सहज ढंग से उनका ट्रांसफर कहीं भी हो जाता तो उन्हें कोई दुःख न होता, परंतु बाकायदे आरोप लगाकर उन्हें इस कॉलेज से भगाया जा रहा था, इस बात से उन्हें दुःख हुआ। होता रहे। हमारी बला से। हमने भी उन्हें बता दिया कि प्रतिभा ही सब कुछ नहीं होती। प्रभाव भी कुछ होता है। कुछ क्या बहुत कुछ होता है, देख लो हमारा भी प्रभाव। शुक्लाजी ने सब जगह अपनी बात रखी, परंतु किसी ने नहीं सुनी, बल्कि उन्हें चार उलटी बातें सुना दीं। उनकी पत्नी इन दिनों उम्मीद से हैं। मां बीमार रहती हैं और उन्हें एक हफ्ते के अंदर रिलीव होकर हजार किलोमीटर दूर ग्रामीण इलाके के एक कॉलेज में जाकर अपनी नौकरी ज्वॉइन करनी है।

आना नए अफसर का

यह कथा एक ऑफिस की है। जिस प्रकार हर कथा में एक हीरो जरूर होता है, उसी प्रकार हर ऑफिस में एक अदद अफसर होता है। इस प्रकार भी कह सकते हैं कि अफसर के बिना दफ्तर किसी मूर्तिविहीन मंदिर के समान होता है। इस ऑफिस रूपी मंदिर में अफसर रूपी देवता प्रायः बदलते रहते हैं। नियम तो यह है कि हर तीन साल बाद अफसर बदल जाना चाहिए, परंतु आजकल तो सारे नियम और कानून, फाइलों और घोषणाओं तक ही सीमित होकर रह गए हैं।

मैं जिस ऑफिस की कथा कहने जा रहा हूं, उसमें एक सुंदर, सजीले अफसर पिछले पांच सालों से पदस्थ थे। वे आगे भी कई सालों तक इसी कार्यालय में पदस्थ रहते, लेकिन इस आम चुनाव में उनके सारे समीकरण बदल गए। वैसे तो हर पांच साल पूरे होते ही अपने देश में राजधानी से लेकर नगरपालिका तक के समीकरण बदल जाते हैं। इस बदले हुए समीकरण में जो अपनी गोटी फिट कर ले, वही अगले पांच वर्ष भी यथास्थिति भोग सकता है। 'वे' सुंदर, सजीले अफसर बदले हुए परिवेश में बदल दिए गए। उनके स्थान पर एक दूसरे युवा अफसर पदस्थ हुए।

पुराने अफसर का विदाई और नए अफसर का स्वागत समारोह एक साथ आयोजित हुआ। सीनियर और अनुभवी रामधन बाबू ने दोनों अफसरों को फूलमालाएं पहनाकर अपना उद्बोधन शुरू किया—परम आदरणीय वर्माजी पिछले पांच सालों से हमारे साथ रहे। उनकी हम सब पर सदा असीम कृपा बनी रही (जबकि वर्माजी के एडवर्स रिमार्क के कारण ही रामधन बाबू का प्रमोशन रुका हुआ है), वे अपने मातहतों का बहुत खयाल रखते हैं (सबकी खटिया

खड़ी किए रहे)। आज उन्हें विदाई देते हुए एक ओर जहां हमारा मन अत्यंत दुःखी है, वहीं दूसरी ओर जो आदरणीय शर्माजी उनके स्थान पर आए हैं, उनका स्वागत करते हुए हमें अतीव प्रसन्नता महसूस हो रही है (तरह-तरह के संदेह पैदा हो रहे हैं कि स्साला ये नया रंगरूट किस करवट बैठेगा)। हम आशा करते हैं कि शर्माजी के यहां रहते हुए हमें कभी वर्माजी की कमी महसूस नहीं होगी।

वर्माजी खड़े हुए—यों तो मेरा ट्रांसफर इस कार्यालय से दो साल पहले ही हो जाना चाहिए था, परंतु आप सबके सहयोग और प्रेम ने मुझे यहां कुछ साल और बने रहने के लिए विवश कर दिया (वो तो लालाजी का कृपापात्र बने रहने के कारण मैं इतने दिन यहां बना रहा। यदि लालाजी की इस चुनाव में जमानत जब्त न होती तो कोई माई का लाल मुझे यहां से टस से मस न कर सकता था)।

आप सबसे बिछुड़ते हुए मुझे बहुत दुःख हो रहा है (आपसे बिछुड़ने का नहीं, ये कुर्सी छोड़ने का मुझे अत्यंत दुःख है)। वैसे मेरे अजीज और काबिल दोस्त मिस्टर शर्मा (स्साला चम्मच) इस कार्यालय की महान् परंपराओं का निर्वाह करते हुए आप सबको, इस ऑफिस को उज्ज्वल भविष्य की ओर ले जाएंगे (खाई में ले जाकर पटक देंगे)।

इसके पश्चात् प्रसिद्ध उद्योगपति सेठ भुक्खड़लालजी, जिनका सप्लाई और ठेके का कार्य इसी ऑफिस के भरोसे अच्छा-खासा फल-फूल रहा है, खड़े हुए (इस समारोह में चाय-नाश्ते की व्यवस्था सेठजी की तरफ से ही की गई थी) और कहने लगे—आदरणीय शर्माजी, वर्माजी एवं समस्त कर्मचारीगण! कुछ अफसर ऐसे होते हैं कि जाते-जाते अपनी छाप छोड़ जाते हैं (मेरे कुछ बिलों पर इन्होंने ऐसी अमिट छाप छोड़ी है, जिससे आज तक उनका पेमेंट अटका हुआ है)। वर्माजी एक कर्मठ अफसर के रूप में इस पूरे इलाके में पिछले पांच सालों तक विख्यात रहे। हमें विश्वास है कि आदरणीय शर्माजी (पता नहीं कैसा है! खुर्राट दिखता है) भी हमारे दिलों को जीतने में सबसे आगे रहेंगे। ये ऑफिस तो एक सराय है, जिसमें चंद दिन रहकर हर अफसर को जाना पड़ता है, जैसे इस असार संसार में जीव खाली हाथ आता है और खाली हाथ जाता है।

अंत में शर्माजी का उद्बोधन—आदरणीय श्री वर्माजी, सेठ भुक्खड़लालजी और समस्त कर्मचारीगण! (बाबू रामधन को घूरते हुए—स्साले वर्मा के चम्मच, कल तुम्हें देखूंगा दफ्तर में। सारी हेकड़ी न भुला दी तो मेरा नाम नहीं) मुझे

आप सबके बीच काम करने का अवसर मिला, यह मेरा सौभाग्य है (बड़े पापड़ बेलने पड़े हैं मुझे यहां पोस्टिंग कराने के लिए)। कोई भी अफसर आप सबके सहयोग के बिना कुछ नहीं कर सकता (मैं एक-एक को सुधार के धर दूंगा), मुझे भी आप सबका सहयोग और विश्वास चाहिए। मैं सेठ भुक्खड़लालजी से भी अपेक्षित सहयोग की कामना करूंगा (तुम्हारे जैसों के भरोसे ही तो यहां आए हैं)। फिलहाल मैं आपको विश्वास दिलाता हूं कि मेरे वरिष्ठ मित्र श्री वर्माजी (खूसट कहीं का) की नीतियों के अंतर्गत ही मैं इस कार्यालय के कार्यों को आगे बढ़ाऊंगा।

शेष सभी कर्मचारी सोच रहे थे कि जल्द ही यह भाषणबाजी खत्म हो, हम समोसों के साथ चाय सुड़कें और दोनों अफसरों के सामने खीसें निपोरते हुए विदा हों। कुछ सोच रहे थे कि अच्छा हुआ, वर्माजी से छुटकारा मिला। बिलकुल आतंक मचा रहा पिछले पांच सालों से इस दफ्तर में। अब देखेंगे कल से शर्मा का रुतबा। पीछे की कुर्सियों पर दो जने फुसफुसाए—भाई, शर्माजी भी कोई कम एप्रोच वाले नहीं हैं। सुना है, ऊपर तक पहुंच है उनकी। तीसरे ने बात बढ़ाई—अरे पहुंच न होती भैया, तो क्या वर्माजी को खिसका पाते! सेठ भुक्खड़लालजी भी समोसा चबाते हुए सोच रहे थे—नया रंगरूट है अभी, कुछ तेज-तर्रार दिखता है। इसे कैसे पटरी पर लाया जाए? वर्माजी तो जाते-जाते पटरी से उतर गए थे। मेरे कई बिल पेंडिंग हैं, अब इसी से निपटवाने होंगे। चपरासी रामखिलावन, जो पिछले पांच सालों से तदर्थ नियुक्ति पर है, उसके कई बार निवेदन करने पर भी वर्माजी ने उसकी स्थायी नियुक्ति के लिए उच्च अधिकारियों को नहीं लिखा। वह इस मजमे में सबको चाय-समोसे सर्व कर रहा था (कोउ नृप होए हमें का हानी, चेरि छांड़ि न हुइबे रानी)।

दूसरे दिन ऑफिस का दृश्य—शर्माजी अकड़े-अकड़े सभी सीटों का मुआयना कर रहे हैं—मिस्टर रामधन, मैं बिलकुल फास्ट वर्क पसंद करता हूं। ये आलस्य यहां बिलकुल नहीं चलेगा। तुम इस ऑफिस के सबसे सीनियर बाबू हो। प्रमोशन के कगार पर अटके हो, अफसर के मूड को तुम अच्छी तरह समझ सकते हो। मेरे दफ्तर में हर काम बहुत फास्ट होना चाहिए, समझे! ऑफिस के अन्य कर्मचारियों की ओर मुखातिब होकर—आप सब भी ध्यान से सुन लीजिए, कोई भी फाइल, किसी भी प्रकार का केस, किसी भी सेक्शन में नहीं अटकना

चाहिए। मुझे कार्यों में फुर्ती और प्रशासन में चुस्ती चाहिए। और देखो रामधन, ये कैक्टस के गमले नहीं होने चाहिए यहां। हटवाइए इन्हें। किसी भी प्रकार के कांटे मैं बर्दाश्त नहीं कर सकता। कल तक मेरे चेंबर के सभी परदे बदल जाने चाहिए। हां, वो गाड़ी, उसकी हेडलाइट ठीक नहीं है, इंजन भी कुछ ज्यादा ही आवाज कर रहा है। सीट-कवर पुराने हैं। ये सब जल्द ही ठीक कराइए। मुझे फास्ट वर्क पसंद है।...इतना कहकर शर्माजी अपने सुसज्जित कक्ष में प्रवेश कर गए।

बड़ा रौब झाड़ता है ये अफसर! ...रामधन बाबू हाथ की फाइल टेबुल पर पटकते हुए गुर्राए।

गदेली पर तंबाकू मलकर अपने दाएं ओठ के नीचे चुटकी दबाते हुए छोटे बाबू गिरधारीलालजी बोले—अभी नया-नया मुल्ला है रामधन बाबू प्याज तो ज्यादा खाएगा ही।

स्थापना कक्ष वाले भरोसे बाबू रामधन बाबू की टेबुल पर एक मोटी फाइल पटकते हुए बोले—ये कर्मचारियों के कुछ पुराने यात्रा-भत्ता बिल और मेडिकल बिल आदि हैं। वर्माजी के जमाने से सड़ रहे हैं। उन्हें भिजवाइए भीतर, अपने नए अफसर तो बड़े ही फास्ट वर्कर हैं।

रामधन बाबू ने तुरंत अपनी टीप के साथ वह फाइल साहब के पास पहुंचा दी। सुबह से शाम हो गई, परंतु वह फाइल साहब के चेंबर से नहीं निकली। हां, लंच ब्रेक के बाद भुक्खड़लालजी अपने पुराने बिलों की फाइल हाथोहाथ भीतर ले गए और साहब के दस्तखत कराकर ले आए।

नए साहब वर्माजी की तरह आराम से ऑफिस आने लगे। भैयाजी के यहां बैठकें, उनके दौरे और उनके व्यक्तिगत कार्यों में नए साहब की सक्रियता बढ़ती गई। जीप सुधरकर चमचमाने लगी और जल्द ही अपने काम में लग गई। साहब के बच्चे उससे स्कूल जाने लगे और मेम साब मार्केटिंग करने लगीं। रामखिलावन ऑफिस के समय के बाद साहब के घर पर भी सेवारत रहने लगा।

जैसे-जैसे दिन बीतते गए, दफ्तर का काम फास्ट होता गया। रामधन बाबू का प्रमोशन अब भी साहब की उचित टिप्पणी के कारण रुका हुआ है। कई क्लर्कों के क्लेम उसी तरह अधर में झूल रहे हैं, जैसे वर्माजी के समय झूलते

थे। चपरासी रामखिलावन अभी तक अस्थायी है। हां, सेठ भुक्खड़लालजी के कार्य जरूर प्रगति पर हैं। वे जिस प्रकार वर्माजी की तारीफ करते न अघाते थे, उसी प्रकार शर्माजी की तारीफ में पुल बांधना नहीं भूलते।

शर्माजी ने शुरू में ठीक ही कहा था कि वे वर्माजी की नीतियों का ही पालन करेंगे। सचमुच उन्होंने अपने वरिष्ठ मित्र वर्माजी की लीक पकड़ने में तनिक भी देर न की। अब पांच साल तक तो उन्हें भी कोई नहीं हिला सकता। नए समीकरण शर्माजी के अनुकूल हैं। शायद पांच साल बाद फिर कोई नया अफसर इस दफ्तर में आए और लोग कहें—चलो शर्माजी से छुट्टी मिली। पर क्या सचमुच कोई ऑफिस ऐसे लोगों से छूट पाता है?

●●

अंतरिक्ष यान का रख-रखाव

एक बहुत बड़ा कार्यालय है। इसका कार्यक्षेत्र जमीन से लेकर आसमान तक फैला हुआ है। बंगलौर वाले रंग-बिरंगा अंतरिक्ष यान बनाकर इस कार्यालय को सौंप देते हैं। इस कार्यालय के अधिकारी एवं कर्मचारी उन अंतरिक्ष यानों का रख-रखाव करते हैं। अब अंतरिक्ष यान जब सुदूर अंतरिक्ष में लंबी-लंबी यात्राएं करेंगे तो 'वियर एंड टियर' तो होगा ही। इसके अलावा यह भी देखा गया है कि यान की प्रथम यात्रा में ही उसके आधे से अधिक कल-पुर्जे खराब हो जाते हैं। अभी कल ही की तो बात है, वह नया-नया यान जब धरती पर पहला चक्कर लगाकर आया तो उसके इंजन से धुआं निकल रहा था।

यान की प्रथम यात्रा में ही उसका इंजन बैठ गया। यह तो तब मालूम हुआ, जब यान के पुराने पुर्जे बदलकर उसमें ढेर सारे नए पुर्जे लगा दिए गए। अभी यान में नए पुर्जे डाले ही गए थे कि ठीक पांचवें दिन सुनाई दिया कि बियरिंग खराब हो गई है और सामने का पट्टा भी काम नहीं कर रहा है।

हमारा महान् देश अब अंतरिक्ष युग में प्रवेश कर गया है। ऐसी स्थिति में हमारे लिए अपने अंतरिक्ष यानों का समुचित रख-रखाव करना अत्यंत आवश्यक है। अब जब यान की बियरिंग और पट्टा खराब हो ही गया है तो क्यों न उसे तत्काल ही बदल दिया जाए। आखिर रख-रखाव के लिए इतना बड़ा कार्यालय कब काम आएगा भला! भई, इस कार्यालय के स्टाफ के लिए कुछ तो कार्य होना ही चाहिए न। उल्लेखनीय यह है कि इस कार्यालय के अधिकारी और कर्मठ कार्यकर्ता अपने लिए कुछ न कुछ काम निकाल ही लेते हैं।

सुना है, चांद पर नई फिल्म लगी है। जब अपने अधीन इतना बड़ा अंतरिक्ष यान है तो क्यों न सपरिवार चांद पर पहुंचकर फिल्म देखने का लुत्फ उठाया

जाए! फटाफट फिल्म देखने का प्रोग्राम बनाया गया और चांद से लौटते हुए कुछ कंकड़-पत्थर भी साथ लाए गए, यह बताने के लिए कि अंतरिक्ष अनुसंधान के हित में ही यह यात्रा की गई है।

जब समय-समय पर भारी-भरकम अंतरिक्ष यान के कल-पुर्जे बदलते रहते हैं तो बदले हुए पुराने पुर्जों से एक छोटा-सा सड़क पर दौड़ने वाला यान तो बनाया ही जा सकता है। भई, अंतरिक्ष यान तो गगनमंडल में अठखेलियां करने के लिए है ही, इसके अलावा रख-रखाव अधिकारी के पास गलियों, चौराहों और बाजारों में फुदकने के लिए एक यान और भी है। मजे की बात तो यह है कि पुराने कल-पुर्जों को जोड़-तोड़कर बनाए गए इस यान में कभी कोई खराबी नहीं आती। यह हमेशा चमचमाता हुआ साहब की हवेली में शोभायमान रहता है।

अकसर ऐसा देखा गया है कि कस्बे के इकलौते पेट्रोल पंप में महीने में दो-चार रोज के लिए पेट्रोल प्राप्त नहीं हो पाता। ऐसी संकट की विकट स्थिति में भी यह चमचमाता हुआ यान सड़कों पर चौकड़ी भरता रहता है। इस यान को कभी पेट्रोल का संकट नहीं झेलना पड़ता। अरे! जिसका बड़ा भाई कस्बे का दादा हो 'उसके' छोटे भाई को भला कोई तंग कर सकता है!

हां, संकट की बात दूसरी है। वह यह कि इतने विशाल अंतरिक्ष में एक या दो अंतरिक्ष यानों से क्या होगा? रख-रखाव अधिकारी रोज अपने हाईकमान और शासन को तरह-तरह के रंग-बिरंगे पत्र लिखते रहते हैं। वे लिखते हैं—हम अंतरिक्ष की दुनिया में बौनों की तरह जी रहे हैं। पड़ोसी देश नित नए, आरामदेह यान बनाकर अंतरिक्ष में लंबी-लंबी छलांगें लगा रहे हैं और हम उपलब्ध खटारा यानों के बल पर अंतरिक्ष में सिर्फ मेंढकी-कूद लगा पाते हैं। अतः शासन से अनुरोध है कि अविलंब आधुनिक सुख-सुविधाओं से युक्त एक यान भेजने की व्यवस्था करे। यदि देश में उत्तम यान उपलब्ध न हों (जो कि नहीं हैं) तो तुरंत अमरीका से आधुनिक तकनीक से परिपूर्ण यान मंगाया जाए। (नोट—'टाइम्स' में प्रकाशित नवीन अमरीकी यान के विज्ञापन का अवलोकन करें)

कस्बे की मुख्य सड़क के नुक्कड़ पर अंतरिक्ष यान के कल-पुर्जों की एक भव्य दुकान है, रख-रखाव अधिकारी प्रायः यहीं पसरे रहते हैं। शायद पुराने जनम में ससुर-दामाद का रिश्ता रहा होगा। यूं तो कार्यालय का भवन अलग से

बना हुआ है, परंतु अधिकारी महोदय सभी जरूरी फाइलों के साथ इसी एकमात्र दुकान पर पाए जाते हैं।

यान फर्राटे से अंतरिक्ष में अठखेलियां करता रहता है। नीचे प्रयोगशाला में अनुसंधान भी चलता रहता है। अनुसंधानकर्ता जीनियस वैज्ञानिकों को जब भी कभी अपने कार्य के लिए अंतरिक्ष यान की आवश्यकता होती है तो उस समय या तो यान सुधरने के लिए गैरिज में पड़ा रहता है, अन्यथा साहबों की सेवा में संलग्न रहता है। बेचारे वैज्ञानिक अपनी प्रयोगशाला में दूरबीन से देखकर चांद के पत्थरों में धातु-अयस्कों की खोज करते रहते हैं।

रेडियो, टी.वी. और समाचार-पत्र बताते हैं कि अंतरिक्ष की दुनिया में देश दिन-दूनी, रात-चौगुनी प्रगति कर रहा है। अंतरिक्ष संबंधी क्रांतिकारी उपलब्धियों के लिए हमारे कर्मठ, सुयोग्य अंतरिक्ष अधिकारी बधाई के पात्र हैं।

(जैसी कि परंपरा है, रख-रखाव अधिकारी से क्षमा-याचना सहित)

एक साहित्यसेवी की कथा

उसने कहानियां लिखीं, कविता की झील में तैरने का असफल प्रयास किया, काफ्का और कामू की पुस्तकें अपने कमरे में सजाईं, कहवाघर से लेकर चरित्रहीन नारियों तक से उसने अपने संबंध बनाए, परंतु हाय रे दुर्भाग्य! किसी ने भी उसे साहित्यकार नहीं कहा। उसे प्रतिभाहीन होने का दुःख नहीं था, दुःख था तो बस इस बात का कि लोग उसे साहित्यसेवी क्यों नहीं कहते।

एक दिन उसके कार्यकर्तानुमा मन ने सोचा—अकेला चना भाड़ नहीं फोड़ता। बस, फिर क्या था! वह दिनभर सड़कों पर घूमने लगा। उसने दाढ़ी बढ़ाई। फुलपैंट और बुशर्ट की जगह अब खादी के कुर्ते-पाजामे ने ले ली। जैसे ही उसने अपने जैसे कुछ और भूखे-प्यासे साहित्यिक जीव देखे, उसकी हिम्मत बुलंद हो गई। झटपट उसने अपनी मौलिक और अप्रकाशित संपत्ति के सहारे एक साहित्यिक-सांस्कृतिक संस्था का गठन कर डाला। फिर गोष्ठियां, साक्षात्कार और परिचर्चाएं आयोजित होने लगीं। क्रांति के श्याम घन अभी पूरी तरह गड़गड़ा भी न पाए थे कि विद्रोही युवा मेंढक टर्र-टर्र करने लगे।

उसने एक बहुसूत्रीय कार्यक्रम तैयार किया। कुछ महत्त्वपूर्ण योजनाएं बनाईं। पहला कार्य तो यही था कि प्रत्येक शनिवार को किसी एक सदस्य के यहां गोष्ठी का आयोजन किया जाएगा। गोष्ठी में मेजबान सदस्य को सभी साहित्यप्रेमियों के लिए चाय, बिस्कुट और समोसों का इंतजाम अवश्य करना होगा। क्योंकि वे इस संस्था के संस्थापक थे, अतः पहली गोष्ठी उन्हीं के घर पर आयोजित हुई। उन्होंने आगंतुक साहित्यिकों के लिए समुचित व्यवस्था की थी। गोष्ठी का संचालन वे स्वयं कर रहे थे। कविताएं, कहानियां और व्यंग्य रचनाएं पढ़ी जाने लगीं। तथाकथित प्रगतिशीलों को चांदनी में अलसाया हुआ यौवन

अत्यंत मनमोहक लगा। कुछों को कचनार, गुलाब और गुलमोहर छायावादी युग की तरह इठलाते, गाते और धूम मचाते हुए नजर आए। कुछों ने फूलों को राजनीतिक झंडों के रूप में देखा। किसी ने हरी-हरी घास को सर्वहारा का प्रतीक बताया। किसी किशोर कवि ने 'चुरा लिया है दिल तो सनम ने...' मार्का कविता सुनाकर गोष्ठी में व्याप्त गंभीरता को एक नया अर्थ प्रदान किया। इस तरह साहित्य आगे बढ़ता रहा और हम चुपचाप भाव-विभोर होते रहे।

कस्बे में साहित्यिक-सांस्कृतिक कार्यक्रमों की बाढ़ आ गई। उनका नाम इठलाता, धूम मचाता, बरसाती नाले की तरह बह निकला। चौराहों, गलियों और पान की दुकानों पर फिल्मी हीरो-हीरोइनों की रोमांस-चर्चा की तरह ही उनका नाम भी बहुचर्चित हो गया। अब भला मैं उनके प्रभाव से कैसे अछूता रहता! उसने मुझे अपनी विशाल लाइब्रेरी दिखाई। वहां आधुनिक साहित्य की अधिसंख्य पुस्तकें करीने से सजी हुई रखी थीं। जिस प्रकार घरों की सजावट के लिए फिल्म स्टारों के कैलेंडर और खजुराहो की युगल मूर्तियां रखी जाती हैं, लगभग वैसे ही उसने अपने कमरे को पुस्तकों से सजाया था। अपना बेहतरीन पुस्तकालय दिखाकर अगले चरण में उसने मुझे अपनी कुछ अप्रकाशित कहानियां दिखाईं। मैं उसकी कहानियों के पन्ने पलट ही रहा था कि उसने लेखकों की ग्रुपबाजी, बड़ी पत्रिकाओं के संपादकों के पक्षपातपूर्ण रवैये और शासन द्वारा लेखकों-कलाकारों की उपेक्षा पर एक संक्षिप्त किंतु महत्त्वपूर्ण भाषण मुझे सुनाया। उसकी कहानी मैंने गंभीरता से पढ़नी चाही। मेरी दिलचस्पी देखते हुए वह फिर शुरू हो गया—भाई, ये महत्त्वपूर्ण कहानियां भविष्य में मुझे चंद्रधर शर्मा 'गुलेरी' की भांति साहित्य में स्थापित कर देंगी। मैं मन ही मन हंसा। अब भला मैं उनसे क्या कहता? कुछ कह पाने के लिए उस समय मेरे पास उपयुक्त शब्द न थे।

धीरे-धीरे दिन बीतते गए। मैं उनकी दुकान के सामने से गुजरता रहा। उनसे रोज दुआ-सलाम होती रही। कस्बे के बड़े चौक में उनकी कपड़े की एक भव्य दुकान है। वह दुकान एक साफ-सुथरा साहित्यिक अड्डा भी है। प्रायः हर रोज सुबह-शाम वहां कोई न कोई कवि या लेखक अवश्य पसरा रहता है। वे सबकी सुनते हैं। खुद गंभीर और मौन रहते हैं। हर वक्त उनके मुखमंडल पर एक साहित्यिक बुजुर्गियत छाई रहती है। बोलते हैं, तो किसी भी विषय

पर बोल रहे हों, बीच-बीच में वे यह जरूर कहते हैं—अरे मियां, मैंने बहुत पढ़ा है। आपने मेरी लाइब्रेरी देखी है? आइए, शाम को दिखाता हूं आपको अपनी विशाल लाइब्रेरी। दंग रह जाएंगे आप देखकर। ...जैसे वह लाइब्रेरी न हुई, एटम बम हो गया।

सहसा एक दिन मालूम हुआ कि कस्बे में मंत्रीजी एक नए अखबार का विमोचन करने आ रहे हैं। यूं तो कस्बे से कई एक-पेजीय पाक्षिक, त्रैमासिक और वार्षिक अखबार निकल रहे थे, परंतु इन सबके बीच 'उनके' द्वारा एक दैनिक अखबार का शुभारंभ, निश्चय ही एक धमाका था। मंत्रीजी आए और अखबार की पहली प्रति पढ़ने को मिली। बहुत जबरदस्त जलसा हुआ। जिले के सारे अफसर, विधायक, सांसद और प्रभावशाली लोगों का अच्छा-खासा जमघट जुटा। सदाबहार शैली में भाषणबाजी हुई। मंत्रीजी ने उपलब्धियों के आंकड़े गिनवाए। विरोधियों को बुरा-भला कहा और देश की अखंडता का नारा लगाकर बैठ गए। इस अवसर पर उनका नया नाम 'भैयाजी' सुनने को मिला। भैयाजी ने अपने भाषण में नगर के लिए एक निष्पक्ष अखबार की आवश्यकता और उपयोगिता पर विस्तार से प्रकाश डाला। आगे उन्होंने लेखकों, कवियों और पत्रकारों के उद्धार की बात की, तत्पश्चात् स्वच्छ प्रशासन में अपने अखबार की अहम भूमिका का वादा करते हुए उन्होंने अपने इस समाचार-पत्र को नगर का गौरव निरूपित किया।

सचमुच उनका अखबार चल निकला। छपास रोग से पीड़ित कई लेखक और पत्रकार बिना पारिश्रमिक उससे जुड़ गए। कंपोजिटर को तनख्वाह दिया जाना जरूरी है। कागज का मूल्य भी समय पर चुकता करना जरूरी है, वरना फिर अगला कोटा कैसे मिलेगा! परंतु लेखक को पारिश्रमिक देना अनावश्यक है। भले ही वह उन कोरे कागजों को पढ़ने योग्य बनाए, परंतु उसका वर्क प्रोडक्टिव नहीं माना जाता। उनका अखबार विज्ञापनों से भरा रहता और पार्टी विशेष की नीतियों, कार्यक्रमों और उपलब्धियों का भरपूर प्रचार करता। अखबार के साहित्यिक परिशिष्ट में लेख, कहानियां और कविताएं भी धड़ाधड़ छप रही थीं। लेखक-पत्रकार लिख भी रहे हैं और अखबार के लिए विज्ञापन भी जुटा रहे हैं। भाई, इस देश में अखबार तो विज्ञापनों से ही चलता है, कोई पाठकों के भरोसे थोड़े ही अखबार चल सकता है! धीरे-धीरे उनका अखबार

भलीभांति स्थापित हो गया। वे एक बहुत बड़े साहित्यकार के रूप में पहचाने जाने लगे। साहित्य सम्मेलनों और उत्सवों में उन्हें सम्मान सहित बुलाया जाता है। वे साहित्य पर अब अत्यंत गंभीर मीमांसा प्रस्तुत करते हैं। विशाल जनसमूह उसे मौन और गंभीर हो सुनता है। उनका सपना अब साकार हो गया है। जैसे उनके दिन फिरे, सबके दिन फिरें।

अब तो वे प्रदेश के ही नहीं, देश के बहुत बड़े साहित्यसेवी के रूप में विख्यात हैं। इस नगर में उनके दर्शन दुर्लभ हैं। वे अब हमेशा कुर्ता-पाजामा ही पहनते हैं। हर मिनिस्टर, विधायक एवं सांसद के दौरे पर उसके साथ-साथ देखे जाते हैं। किसी को कोई लाइसेंस दिलवाना हो, किसी अफसर का ट्रांसफर करवाना हो या ट्रांसफर रुकवाना हो, किसी की जमानत करानी हो तो उनकी सेवाएं अत्यंत उपयोगी सिद्ध होती हैं। नगर में वे एक महान् साहित्यसेवी के रूप में जाने जाते हैं। उन्होंने साहित्य की क्या सेवा की है, उन्होंने क्या महत्त्वपूर्ण लिखा है—यह शोध का विषय है।

कल अखबार में पढ़ा कि वे एक साहित्यिक जलसे में भारतीय प्रतिनिधि के रूप में विदेश जा रहे हैं। मेरा मन समाचार पढ़कर गद्गद् हो गया है। उनकी साहित्य सेवा अब राष्ट्रीयता की सीमा लांघकर अंतर्राष्ट्रीय क्षितिज में प्रवेश कर गई है। वह दिन दूर नहीं जब उनकी संघर्षमय साहित्यिक जीवनगाथा विश्वविद्यालयों में पढ़ाई जाएगी। वे एक महान् साहित्यसेवी हैं। हिंदी साहित्य उनके व्यक्तित्व और कृतित्व से धन्य-धन्य है।

यह सपना मैं कहौं बिचारी...

मुझे सपने बहुत आते हैं। कुछ सपने बहुत दिलचस्प होते हैं और कुछ बहुत डरावने। पिछले दिनों एक कंपकंपा देने वाला डरावना सपना मैंने देखा। देखता क्या हूं कि मैं मर गया हूं। धरती पर लोग रो रहे हैं। मैं जीते-जी बहुतों के काम नहीं आया, कुछ दिन और जीता तो शायद उनका उल्लू सीधा करने में कुछ मदद करता। कुछ लोग जश्न मना रहे हैं। निश्चित है, वे मेरे दुश्मन हैं। जाम टकराते हुए वे कहते हैं—"चलो अच्छा हुआ, स्साला चला गया। खुद को तीसमार खां समझता था। हमेशा दूसरों के अवगुण ही उजागर किए उसने। जरूर स्साले की आत्मा नर्क में सड़ेगी।"

मेरी आत्मा आसमान में उड़ते हुए धरती पर यह नजारा साफ-साफ देख रही है। सहसा मुझे कबीरदास याद हो आते हैं—'रहना नहीं देश बिराना है...' सो मेरी आत्मा इस असार संसार को छोड़कर किसी सातवें आसमान की ओर तेजी से उड़ने लगती है। साथ में काले-कलूटे दो यमदूत भी हैं, जो अंतरिक्ष में मुझे रास्ता दिखा रहे हैं। यहां मौसम सुहाना है। अब यहां से मुझे यह सारे जहां से अच्छा वाला भू-भाग बिलकुल दिखाई नहीं दे रहा है। हां, एक नीला-सा गोला जरूर दिखाई दे रहा है। साथ में उड़ रहे यमदूत बताते हैं—वह बड़ा-सा नीला गोला पृथ्वी है। वहीं से तुझे लाया गया है। मुझे राकेश शर्मा की याद हो आती है। वे जब अंतरिक्ष में विचर रहे थे तो उन्हें नीले गोले में, सारे जहां से अच्छा वाला भू-भाग साफ-साफ दिखाई दे रहा था।

सहसा मैं अपने आपको एक बहुत बड़े हॉल में पाता हूं। यह हॉल बहुत कुछ धार्मिक-पौराणिक फिल्मों में दिखाए गए हॉल जैसा ही लग रहा था। सामने दूर सिंहासन तक रंगीन कालीन बिछा हुआ है। दोनों ओर रत्नजड़ित सिंहासनों पर सुंदर सजीले पुरुष विराजमान हैं। शायद देवतागण होंगे। सामने के सबसे

ऊंचे सिंहासन पर एक भारी-भरकम बुजुर्ग-से, रत्नजड़ित मुकुटधारी सज्जन विराजमान हैं। मुझे लगता है, वे धर्मराज हैं।

दो यमदूत मेरी बांहें खींचते हुए, लगभग घसीटकर बीच दरबार में लाकर खड़ा कर देते हैं। मैं अपनी संकुचित निगाहें चारोंओर घुमाता हूं। सभी उपस्थित जन फुसफुसाने लगे। वह रत्नजड़ित मुकुटधारी सज्जन मुझसे रौबदार आवाज में पूछता है—"तुम्हारा नाम और पेशा?"

"जी, मेरा नाम अश्विनी कुमार दुबे और पढ़ना-पढ़ाना मेरा खानदानी पेशा है। आजकल धरती पर मेरे देश में यह पेशा सबसे निकृष्ट माना जाता है, इसलिए मेरे मां-बाप ने अभावों में जीते हुए मुझे आधुनिक शिक्षा दिलवाकर एक अर्ध-इंजीनियर अर्थात् ओवरसियर बनवा दिया। किंतु महाराज, खानदानी पेशा भला कहां छूटता है। अतः जीवन की आखिरी सांस तक मेरा लिखना-पढ़ना जारी रहा। इस प्रकार न तो मैं सफल इंजीनियर बनकर खूब पैसा कमा पाया और न ही बुद्धिजीवी कहलाकर राज्यसभा का सदस्य हो पाया। बस यूं समझिए महाराज, हीरा जनम, माटी मोल गया।"

दूसरे देवता ने गुर्राकर पूछा—"किसी मंत्री, सांसद या उद्योगपति से कोई संबंध?"

"जी नहीं सरकार! एक बार मैंने कोशिश की थी कि बिहार के मुख्यमंत्री श्री बिंदेश्वरी दुबे से किसी प्रकार कोई दूर का रिश्ता निकल आए, परंतु कामयाब नहीं हुआ, प्रभु! एक बार मैंने चुनाव में अपनी जाति के एक उम्मीदवार का खूब प्रचार किया। सच कहता हूं माई-बाप, उन दिनों मैंने रात को रात और दिन को दिन नहीं समझा। भूखा-प्यासा लगातार गांव-गांव घूमकर उनके जिंदाबाद के नारे लगाता रहा। वे चुनाव जीतकर मिनिस्टर बन गए। मैंने सोचा, अब अपने दिन फिरेंगे। परंतु एक दिन स्थानीय स्कूल की अपनी पहली उद्घाटन सभा में ही उन्होंने मुझे पहचानने से इनकार कर दिया। इस प्रकार राजनीति के क्षेत्र में मैं आसमान से गिरा और लटकने को एक अदना खजूर का पेड़ भी न मिला। जब राजनीति में मेरी यह दुर्गति हुई तो सोचा, चलो साहित्य और कला-जगत् में कुछ हाथ-पांव पटकूं। पता चला कि साहित्याचार्य महावीरप्रसाद द्विवेदी और आचार्य हजारीप्रसाद द्विवेदी बहुत पहले ही इस धरती से कूच कर गए हैं। इस प्रकार साहित्य-जगत् में भी मैं अनाथों की भांति भटकता रहा। रंगमंच और फिल्मों में घुसने के लिए मुंबई निवासी कला-मर्मज्ञ पं. सत्यदेव दुबे से संपर्क

साधा, परंतु हाय दुर्भाग्य, यहां भी मेरा जातीय प्रमाण पत्र काम नहीं आया। यूं हमारे देश में प्रत्येक क्षेत्र में, सफलता और सम्मान के लिए जातीयता का आधार महत्त्वपूर्ण होता है। यहां चुनाव से लेकर सड़कछाप दंगों तक, जातीयता का जहर फैला हुआ है।"

एक गिलास पानी गटगटाकर मैं फिर शुरू हो गया—"ठीक इसी प्रकार महाराज, एक उद्योगपति की इकलौती कन्या से जब मेरा विवाह होना तय हुआ तो ऐन निर्णय के क्षणों में, मेरे भीतर का लेखक मुखर हो गया और मैंने दहेज लेकर घर-जंवाई बनने से साफ इनकार कर दिया। अतः किस्मत का दरवाजा मेरे लिए खुलने की जगह सदा के लिए बंद हो गया। इस प्रकार प्रभु, मैं एक थोथे आदर्श के लिए जीते-जी शहीद हुआ।"

धर्मराज की रौबदार आवाज गूंजी—"चित्रगुप्त, नोट करो...समूचा जीवन भाई-भतीजावाद, जातिगत लाभों से वंचित, पृथ्वी पर पहुंचकर इस दुष्ट आत्मा ने किसी बड़े आदमी से कोई सबंध नहीं बनाए। यह पूरा जीवन यूं ही अकर्मण्य और अव्यावहारिक होकर जिया।"

एक देवता ने फिर दबोचा—"नौकरी में कोई तरक्की?"

रूमाल से पसीना पोंछकर कुछ हकलाते हुए मैं बोला—"माई-बाप, नौकरी मेरे लिए ऐसे रही, जैसे अंधे के लिए दो आंखें। पुनर्जन्म के पुण्यफल और मां-बाप द्वारा भगवान को निरंतर मस्का लगाते रहने से नौकरी मुझे मिल गई थी, क्योंकि मैं अपने विषय का जानकार था और अपने कार्य में कुशल, इसलिए कभी किसी अफसर का चहेता न बन सका। अफसर उन्हें पसंद करते जो ऑफिस में कम, उनके बंगले पर ज्यादा उपस्थित रहते थे। अफसर के चहेतों को अपने विषय के अलावा और सब कुछ आता था। मैं अखबारों में किस्से-कहानियां लिखता था। हमारे सुयोग्य अफसर उसे पत्रकारिता समझते थे। मैं छायावादी गीत गाता तो वे मुझे क्रांतिकारी कहते। मैं कार्यालयीन कार्य राष्ट्रभाषा हिंदी में करता तो वे मुझे रूढ़िवादी मानते। मैंने क्लब में उनके साथ दारू नहीं पी, रमी नहीं खेली और कभी किसी स्टेनो, टाइपिस्ट बाला को नहीं छेड़ा, तो वे मुझे हमेशा दकियानूस कहते थे।

"शासन की नीति कुछ इस कदर साफ-सुथरी और निरापद थी कि मंत्री महोदय रोज घोषणा करते, दस वर्षों में सबको अनिवार्य रूप से नौकरी में तरक्की दी जाएगी। परंतु किसी को दस वर्षों में चार-चार बार तरक्की मिली

और कोई जिस पोस्ट पर भर्ती हुआ, उसी पोस्ट पर मर-खप गया। अफसरों ने जिसका जैसा सेवा-भाव देखा, उसकी वैसी गोपनीय चरित्रावली लिखी। इस प्रकार महाराज, कुछ अफसरों की अनुकंपा और कुछ शासन की अति उदारवादी नीति के फलस्वरूप, मैंने जिस पोस्ट में ज्वॉइन किया था, उसी पोस्ट से रिटायर हो गया।"

वह रौबदार आवाज फिर गूंजी—"चित्रगुप्त, लिखो : असामाजिक, पढ़ा-लिखा बेवकूफ। अपना काम निकालने में अक्षम! बीसवीं सदी के छोर पर पाषाण युग की निरीह आत्मा।"

यूं तो उस सभा में सभी देवता गोरे-चिट्टे अभिजात वर्ग के लोग थे, परंतु धर्मराज की दाईं ओर बैठा हुआ एक टीन-एज देवता, अपने विशिष्ट लिबास और चमचमाते हुए आभूषणों में बिलकुल पौराणिक हिंदी फिल्मों का नायक लग रहा था। उसने मुझे अपनी भेदी नजरों से घूरा, फिर सहसा पूछ बैठा—"जीवन में कोई प्रेम-प्रसंग?"

मैं हकबकाया। उसने मुझे और तीखी नजरों से घूरा और गुर्राया—"कॉलेज में पढ़े हो?"

"हां!" मैंने सहमकर कहा।

"हिंदी फिल्में देखते थे?"

"हां।" मैंने सिर झुका लिया।

"फिर प्रेम-प्रसंग क्यों छुपा रहे हो?" वह दहाड़ा।

मारे डर के मेरा गला रुंध गया। हिम्मत करके मैं बुदबुदाया—"गंगा मैया की कसम, महाराज! मुझे किसी ने प्रेम-व्रेम नहीं किया। प्रभु, मेरी सूरत ही अजीब थी। जब बोलता तब अटल बिहारी वाजपेयी का नाम मुझ पर चिपका दिया जाता। इस प्रकार हमारे हिस्से में वही एकमात्र लड़की आई जो हमारे पूज्य पिताजी ने हमसे बिना पूछे, अपनी इज्जत और समाज की मर्यादा का वास्ता देकर हमारी झोली में डाल दी। इस मामले में मैं पूरा श्रवणकुमार साबित हुआ। शादी के बाद महाराज, आप तो जानते हैं कि प्यार करने की फुर्सत किसे रहती है? फिर तो एक आदर्श दंपती की छवि बनाए रखने में ही पूरी उमर खप जाती है।"

धर्मराज फिर बोले—"चित्रगुप्त, लिखो—आदमी के रूप में कोल्हू का बैल। आंख पर पट्टी बांधे हुए इसने अपना समूचा जीवन व्यर्थ गंवाया। कलियों, फूलों, घटाओं और इंद्रधनुषों की रंगीन भाषा से अपरिचित आत्मा। कुल मिलाकर आधुनिक युवा पीढ़ी के नाम पर कलंक!"

एक देवता लंबा, भरा-पूरा, तगड़ा-सा। उसकी आंखों में लाल डोरे तैर रहे थे। उसने झूमते हुए पूछा—"कभी सोमरस का पान किया है?"

"नहीं।" मैंने कहा।

वह जोर से हंसा—"अजीब बेवकूफ हो! लेखक बनते हो और सोमरस का स्वाद नहीं जानते! सचमुच, व्यर्थ है तुम्हारा जीवन!"

पूरा हॉल ठहाकों से गूंज गया। मेरी आंखें डबडबा आईं। मुझे समझ में नहीं आया कि सब लोग क्यों हंसे। मैंने हिम्मत करके निवेदन किया—"महात्मा गांधी को तो आप सब लोग जानते ही होंगे, मैं उन्हीं का भक्त हूं। वे मद्यपान-निषेध का नारा दे गए थे। मैं आज तक उसी आदर्श पर चल रहा हूं।"

दूसरे देवता गुर्राए—"स्साले, गांधीवादी कहकर हमें बेवकूफ बनाता है। भुक्खड़ कहीं के! गांधीवादी तो वे हैं, जो राज करते हैं। सोडा-वाटर पीकर कहीं राज-काज चलता है? अरे, उद्घाटन, भाषण, रैली और जाने क्या-क्या करना पड़ता है उन्हें। अब रात में थकान मिटाने के लिए यदि दो-चार बोतलें शराब पी भी ली तो इसमें गांधीवाद का भला क्या बिगड़ जाएगा! और एक तू है कि कभी इस तरह थका ही नहीं। अरे बेवकूफ, मद्य-निषेध का नारा उछालकर जो दारू के ठेके देते हैं, वे ही सच्चे गांधीवादी हैं।"

मैं गिड़गिड़ाया—"प्रभु, मेरे रूढ़िवादी संस्कार मुझसे चिपके हुए हैं। इसीलिए मैं जीवनभर मद्यपान-सुख से वंचित रहा। कृपा कर क्षमा करें।"

अबकी धर्मराज का उग्र स्वर पूरे हॉल में गूंजने लगा। वे लाल आंखें दिखाते हुए बोले—"चित्रगुप्त, इस दुष्ट आत्मा ने देवताओं के प्रिय सोमरस का घोर अपमान किया है। धरती पर गलत आदर्शों में फंसकर इसने अपने दोनों लोक बिगाड़े हैं। इस गुणविहीन आत्मा ने व्यर्थ की बातों में अपना समूचा जीवन बर्बाद किया है। इसके पुण्य-खाते में कोई भी ऐसा शुभ कार्य नहीं है, जिससे इसे पुनः मानव-रूप दिया जा सके। अतः इस आत्मा को पुनर्जन्म में कीट-पतंग या घास-फूस खाने वाला पशु बना दिया जाए।"

धर्मराज का फैसला सुनकर मानो मेरे ऊपर पर्वत टूटकर गिर पड़ा। मैं पुनः गिड़गिड़ाया—"कृपानिधान, दयासागर, क्षमा करें। भूल हो गई। अब ऐसी गलतियां किसी जन्म में न होंगी। कृपा कर मुझे पुनः मनुष्यरूपी चोला दे दें। आपकी सभी बातें मैं हर जन्म में याद रखूंगा।"

वह भारी स्वर फिर गूंजा—"यह धर्मराज की अदालत है। जब धरती की

अदालत में सिर्फ रोने-धोनेभर से कुछ नहीं होता, तो हम तेरे आंसुओंभर से भला कैसे पिघल सकते हैं?"

इतने में चित्रगुप्तजी महाराज मुझे एक कोने में ले गए। फिर धीरे से बोले—"देखो, मामला बहुत गंभीर है। तुम्हारे पापों का खाता भारी है और पुण्य का बिलकुल खाली। इस दारुण दशा में यदि तुम कुछ पत्रं-पुष्पं भेंट चढ़ा सको तो तुम्हारी समस्या पर नए सिरे से विचार हो सकता है।"

सौभाग्य से मुझे आज ही पेंशन के चंद रुपए मिले थे। उन्हें मैं अपनी इकलौती पत्नी को दे पाता कि उसके पूर्व ही यमदूत मुझे यहां उठा लाए थे। मैंने फटाफट वे खरे-खरे पत्र-पुष्प निकालकर चित्रगुप्तजी की हथेली पर रख दिए।

उन्होंने आशीर्वाद देते हुए कहा—"यही तुम्हारे पुण्य-खाते में लिखा जाएगा।"

धर्मराजजी ने मेरा पुण्य-खाता पुनः अवलोकित किया और प्रशंसाभरे शब्दों के साथ मुझे पुनः मानवरूप देने का फैसला सुनाया। देवताओं ने सुवासित पुष्पों की वर्षा की। राजभवन की सुंदर अप्सराओं ने मुझ पर गुलाब जल छिड़का। धर्मराज ने आगामी जीवन के लिए शुभाशीर्वाद देकर मुझे वहां से विदा किया।

सहसा मेरी नींद टूट गई। मैं स्तब्ध-सा चारोंओर निहारता हूं। माथे पर पसीने की बूंदें टपटपा रही हैं। घड़ी देखता हूं। सुबह के चार बजे हैं। ठीक ब्रह्म मुहूर्त है! मुझे अपनी दादी की बातें याद आने लगती हैं। वे कहा करती थीं—"बेटा, ब्रह्म मुहूर्त में देखा गया सपना पूरी तरह सच होता है।" मुझे अब नींद नहीं आती। मन बहुत घबड़ाता है। मैं एक ही सांस में लोटाभर पानी गटगटा जाता हूं।

सुबह पूजा के समय नहा-धोकर मैं पंडितजी के पास यह स्वप्न विचरवाने जाता हूं। वे मेरा प्रश्न सुनकर रामचरितमानस की पोथी मेरी ओर बढ़ाकर कहते हैं—"बेटा, राम का नाम लेकर आंखें बंद किए हुए इस पोथी में कहीं भी अपनी उंगली फंसाओ।"

पंडितजी की बात मानते हुए आंखें बंद करके मैं अपनी तर्जनी रामचरितमानस की पोथी में फंसाता हूं। आंख खोलकर जब देखता हूं तो लंका कांड की यह चौपाई निकलती है—

'यह सपना मैं कहौं बिचारी। हुइहैं सत्य गए दिन चारी!'

●●

एक बंगला बने न्यारा

कल दुर्भाग्य से वर्षा हो गई। किराए की एक खोली, जिसमें मैं रहता हूं, उसकी छत टपकने लगी। कॉपी, किताबें और कपड़े सबको बरसाती पानी से उसी तरह प्रेम करना पड़ा, जैसे हमारे देश की किसी बाला को दहेज की बलिवेदी पर चढ़कर किसी अधेड़ से प्रेम करना पड़ता है। सामने ऊंची-ऊंची अट्टालिकाएं हैं, सुंदर, सजीले और विशाल भवन हैं, वहां से एक स्वर सुनाई दे रहा है—'आई बरखा बहार पड़े अंगना फुहार...' पास ही एक घनी और गंदी बस्ती है, झोंपड़पट्टी। वहां से भी एक स्वर सुनाई दे रहा है—'जिंदगीभर नहीं भूलेगी ये बरसात की रात!'

मैंने अपने मकान मालिक से कहा—"कृपया छत सुधरवा दीजिए। कल रात कमरे में पानी भर गया था।"

वे छूटते ही बोले—"कल हमारे खेत की मेड़ बह गई, हमें उसकी बहुत चिंता है।"

मैं सहमा हुआ आगे कुछ नहीं बोला। डर था कि कहीं वे कह न दें—बरखुरदार, ज्यादा परेशानी हो तो मकान खाली कर दो। बहुत किराएदार मिल जाएंगे।

वे कर्मचारी भाग्यशाली होते हैं, जिन्हें हाउस एलाउंस मिलता है। पिछले दिनों पड़ोस में पचास रुपए किराए का एक मकान खाली हुआ। एक अध्यापकजी उसमें आने के इच्छुक थे। फिर पता लगा, एक फॉरेस्ट कॉरपोरेशन के कर्मचारी ने उस मकान को तीन सौ रुपए किराए पर ले लिया। बेचारे मास्टर साहब कुड़मुड़ाते रहे। अब मास्टर साहब को कोई हाउस-रेंट तो मिलता नहीं कि वे तीन सौ रुपए में उस मकान को ले पाते। वैसे भी अब समाज में अध्यापक

दलित होकर रह गया है। लोग सोचते हैं, हवलदार को सलाम ठोंकने में फायदा है, मास्टर से नमस्कार करके क्या करेंगे। क्या पता बेचारा आर्थिक रूप से परेशान हो और उधार मांग बैठे।

पिछले दिनों एक मास्टर साहब से भेंट हुई। कहने लगे—"मेरे कई विद्यार्थी आज राष्ट्र के रत्न हैं। मैं रिटायर होने को हूं और अपनी जिंदगीभर की नौकरी के बाद भी सिर छुपाने को एक मकान न बनवा सका।"

मैं अभी उनके दुःख से द्रवित हो ही रहा था कि वे चाय पिलाने का आग्रह करते हुए मुझे अपने खंडहरनुमा किराए के मकान में ले गए। मैं अभी एक साधारण-सी कुर्सी पर पसर भी न पाया था कि मास्टरजी ने हंसते हुए एक वाक्य उछाला—'भाई, जीना यहां मरना यहां, इसके सिवा जाना कहां।'

मैंने कहा—"मास्साहब, आपने अपनी मेहनत और लगन से देश को कई रत्न दिए, परंतु देश ने आपको एक मकान के लिए मुहताज कर दिया। इसे कहते हैं, 'नेकी कर दरिया में डाल।'

मेरे एक मित्र अपनी नवोदिता पत्नी के साथ एक पुराने-से किराए के मकान में रहते हैं। मकान मालिक महोदय 'कब्र में पैर लटकाए' वाली उमर के हैं। मित्र जब ऑफिस चले जाते हैं, तब मकान मालिक महोदय उनकी पत्नी से झगड़ने पहुंच जाते हैं। "यहां पानी क्यों गिराया...बहुत गंदगी है यहां...लाइट का बिल ज्यादा आता है, लाइट कम जलाइए...ये कचड़ा यहां क्यों पड़ा है...ये दीवार का पलस्तर कैसे उधड़ गया..." इस तरह के डायलॉग अपनी भर्राई हुई आवाज में जब तक वे चिल्ला-चिल्लाकर न कह लें, तब तक उनकी आत्मा छटपटाती रहती है। मैं जब भी उन्हें देखता हूं तो कबीरदासजी की यह पंक्ति साकार हो उठती है—'माया महा ठगिनी हम जानी।'

कुछ लोग बहुत समझदार होते हैं। वे मकान ढूंढने की झंझट में नहीं पड़ते। ऑफिस में ही फैमिली सहित डेरा डाल दिया और लगे भजन गाने—'मकान ही नहीं मिलता...मकान ही नहीं मिलता...क्या करें?' भले ही अब ऑफिस के कर्मचारियों को शौच के लिए नदी-तालाब की शरण लेनी पड़े, पर उन्हें कोई फर्क नहीं पड़ता। वे और तेज स्वर में गाते हैं—'मकान ही नहीं मिलता।...'

कुछ ऐसे लोग भी मैंने देखे हैं जो सरकारी मकानों में रहते हैं। फिर मकान को छोड़ते वक्त वे छप्पर की टीन निकाल लेंगे। उससे बनेंगी पेटियां,

पीपे और डिब्बा-डिब्बी आदि। बरामदे की छड़ें निकाल लेंगे। बस चले तो दरवाजे-खिड़कियां निकालकर वे अपने साथ ही ले जाएं।

पिछले दिनों मैंने एक कुशल व्यापारिक बुद्धि के मकान मालिक को नगरपालिका के एक कर्मचारी की खातिरदारी करते देखा। 'बिन मौसम बरसात' वाला उनका यह स्वभाव देखकर मुझे आश्चर्य हुआ। बाद में पता लगा कि मकान के पीछे सरकारी जमीन पर उन्होंने बगिया लगा ली है। बहुसंख्यक मकान मालिक इसी कोशिश में रहते हैं कि उनके घरों में नगरपालिका कर्मचारी, सेल्सटैक्स इंस्पेक्टर और पुलिस इंस्पेक्टर टाइप के लोग रहें। इससे मकान और मकान मालिक दोनों की सुरक्षा रहती है। तुलसीदासजी ने बहुत पहले ही कहा था—'स्वारथ लागि करें सब प्रीती।'

कस्बों में किराए का मकान पाने के मुआमले में विद्यार्थियों का हाल बेहाल है। मकान मालिक उवाच—"भई, हम तो अपना मकान फैमिली वालों को ही देंगे।" घिघियाते हुए एक विद्यार्थी का उत्तर—"परम आदरणीय भाई साहब! अब आप ही बताइए, बीवी कहां से लाएं? 21 वर्ष के पहले का विवाह तो सरकार ने भी अवैध करार दिया है। फिर क्या 21 वर्ष से कम आयु के लोग मकानों में नहीं रहते? क्या वे यूं ही सड़कों पर पल-पुसकर बड़े हो जाते हैं? भाई साहब! हमें सड़क पर मत ढकेलिए। कृपा कर सिर छुपाने के लिए छोटा-सा एक छत का टुकड़ा ही दे दीजिए।"

"नहीं-नहीं, ऐसा नहीं हो सकता। आखिर हम लोग भी सुसंस्कृत फैमिली वाले हैं, इज्जतदार हैं।" मकान मालिक ने उत्तर उछाला।

बेचारे उस विद्यार्थी ने पड़ोस के एक टपरा में अपना डेरा डाल दिया। उस सुसंस्कृत फैमिली में एक शादीशुदा व्यक्ति समा गए। वे शादीशुदा व्यक्ति रोज रात को दारू पीकर आते और अपनी पत्नी और बच्चों के साथ दे घूंसा...दे लात...दे चप्पल...फिर भी मकान मालिक संतुष्ट हैं, क्योंकि उनके किराएदार फैमिली वाले हैं। उनकी संतुष्टि का बांध तो तब टूटा, जब उनकी इकलौती नवयौवना बेटी का किराएदार के साथ प्रेम-प्रसंग चलने लगा। जब यह प्रेम-प्रसंग सार्वजनिक चर्चा का विषय बन गया तो किसी ने चुटकी लेते हुए उन्हें समझाया—"महाशय, जो खतरा आप एक कुंआरे विद्यार्थी से मान बैठे थे, वह तो किसी से भी हो सकता है। खैर...अब पछताए होत क्या, जब चिड़ियां चुग गईं खेत।

पिछले दिनों हमारे कस्बे में मकान मालिकों से सताए गए लोगों ने मिलकर एक 'किराएदार संघ' की स्थापना कर डाली। अब जब संघ की स्थापना हो ही गई तो अध्यक्ष, उपाध्यक्ष, मंत्री, सेक्रेटरी, कोषाध्यक्ष आदि भी बनाए गए। फिर चंदा वसूला गया, समस्याओं का अध्ययन हुआ, भाषणबाजी हुई और सारा चंदा नाश्ते में फूंक दिया गया। पर समस्या अपनी जगह से टस से मस नहीं हुई। इस देश के दुर्भाग्यों में यह भी एक दुर्भाग्य है कि यहां कोई भी सामाजिक संगठन बनता है तो उसकी शक्ति का उपयोग राजनीतिज्ञ अपने हितों में करने लगते हैं। 'छात्र संघ', 'मजदूर संघ' और 'कर्मचारी संघ' से लेकर नवनिर्मित 'किराएदार संघ' तक सबके सब सत्ता की गंदी राजनीति से ग्रसित हैं। इस देश के प्रत्येक सामाजिक संगठन की आंख अपनी आत्मा को नहीं, कुर्सी की स्थिति को निहारती है। महात्मा कबीर ने इस स्थिति पर बहुत ठीक कहा है–'रमैया की दुल्हन लूटो बाजार!'

मैंने कुछ गांवों में देखा है, आदिवासियों के लिए सुंदर से मकान बनवाए गए हैं। उन भवनों में आदिवासी तो कम रहते हैं, हां, उच्च जाति वालों के जानवर जरूर उनमें बांधे जाते हैं। कई नवनिर्मित मकानों की खिड़कियां और दरवाजे ही गायब कर दिए गए हैं। देख रहा हूं, गांव में बने हुए इन पक्के मकानों में जानवर रह रहे हैं और पास ही स्थित एक छोटे कस्बे में लोग मकान के लिए दर-दर भटक रहे हैं।

कभी किसी बुजुर्ग से सुना था–'आशा जीवन की संजीवनी है।' एक बंगला बने न्यारा...सोने का बंगला, चांदी का जंगला...जामें कुनबा रहे सारा...इस गीत में मुझे जीवन की संजीवनी दृष्टिगत होती है। फिलहाल सहगल का मैं 'प्रशंसक' हो गया हूं।

●●

मुखौटेधारी

वे एक बहुत बड़े प्रगतिशील लेखक हैं। अखबारों में छपते-छपते अब रंगीन पत्रिकाओं में भी छपने लगे हैं। उनकी कहानियों में आम आदमी की पीड़ा है। बेकारी, भुखमरी और भ्रष्टाचार के खिलाफ कुछ कर गुजरने की जबरदस्त चीख है। मैं उनकी प्रगतिशीलता पर गद्‌गद्‌ हूं। वे मेरे बचपन के मित्र हैं। पढ़ाई खत्म करने के पश्चात्‌ वे साहित्य नगरी दिल्ली में स्थापित हो गए और मैं हमेशा के लिए अपने कस्बे का होकर रह गया।

पिछले दिनों एक लेखक सम्मेलन में उनसे भेंट हो गई। मंच पर अपने भाषण में वे आम आदमी की दारुण व्यथा पर खूब रोए, भ्रष्टाचार को जड़-मूल से उखाड़ फेंकने का उन्होंने संकल्प दोहराया। आगे उन्होंने लेखकों को अपने कर्तव्य का ध्यान दिलाते हुए कहा—"रचनाकारों को अपने परिवेश के प्रति प्रतिबद्ध होना चाहिए और अपने आसपास जो गलत हो रहा है, उसका अपनी रचनाओं में कड़ा विरोध करना चाहिए।" वे आगे धाराप्रवाह बोलते रहे—"लेखन को व्यवसाय से नहीं जोड़ना चाहिए। जो लेखक बिक गया, वह बेईमान है। लेखक के व्यक्तित्व, अस्तित्व और कृतित्व की एक सामाजिक जिम्मेदारी है। सामाजिक संदर्भों से जुड़ा हुआ लेखक ईमानदार है और उसका लेखन क्रांति की भूमिका तैयार करता है..."

उनके भाषण पर खूब देर तक तालियां बजीं। उनके अमृत-वचन सुनकर श्रोता धन्य-धन्य हो गए। वे मंच के पीछे मुझसे मिले तो बहुत ज्यादा दारू पिए हुए थे। सिगरेट भी वे लगातार फूंके जा रहे थे। मैंने उनसे कहा—बंधु, चलो पास के होटल में चाय पीते हैं। इसी बहाने तुमसे कुछ बातें भी हो जाएंगी।

वे मेरे साथ हो लिए। रास्ते में एक मोची के यहां उन्होंने अपने जूतों पर

पॉलिश कराई। मोची की ओर वे चवन्नी फेंककर चलने लगे। मोची ने उन्हें रोककर पचास पैसे की मांग की। महोदय ने उसे थोक में सस्ती गालियां दे दीं।

उनका मूड अब बुरी तरह बिगड़ चुका था। मैंने उनके लेखन का जिक्र छेड़ा ही था कि वे तुरंत आत्मप्रशंसा में लिप्त हो गए। उन्होंने अपने सारगर्भित साहित्य का मर्म मुझे हेडमास्टरीय शैली में समझाया—"ये रेडियो, टी.वी. और फिल्म वाले भी बहुत तंग करते हैं। मुझे समय नहीं मिलता। लोग हाथ धोकर पीछे पड़ जाते हैं, इसलिए लिखना ही पड़ता है।"

वे आगे कुछ और बोलते, यदि मैं उनके कर-कमलों में चाय का गिलास न थमा देता। अभी वे चाय का घूंट घुटक भी न पाए थे कि फिर शुरू हो गए—"यार, इन दिनों मुझे लेखकीय कर्म से बिलकुल फुरसत नहीं मिलती। भाई, ये फिल्म वाले भी खूब होते हैं! पैसा और दारू के अलावा भी ये बहुत कुछ देते हैं। मैं तो इन दिनों पूरी तरह फिल्मों के लिए ही लिख रहा हूं। अपुन तो डियर, मनोरंजन में विश्वास करते हैं। आखिर कितनी सेवा कर रहे हैं जनता की हम! जैसा जनता देखना पसंद करती है, हम उसके लिए ठीक वैसा ही लिख देते हैं।"

मैं चुपचाप चाय की चुस्कियां लेता रहा और वे धाराप्रवाह बोलते रहे—"अभी इस सम्मेलन में उस नवोदित के बच्चे ने बीस हजार रुपए दिए हैं। उसका नया कविता-संग्रह निकलवाना है। तुम्हें भी अपना कहानी-संग्रह निकलवाना हो तो कुछ पैसों की व्यवस्था करनी होगी। वैसे, तुम मेरे बचपन के मित्र हो इसलिए तुम्हारा काम कुछ सस्ते में निपटा दूंगा। साहित्य में एक चर्चित लेखक के रूप में स्थापित होने के लिए गुटबाजी, बड़ों का चरण-वंदन और कई प्रकार के हथकंडे अपनाने पड़ते हैं। फिर अपने बुजुर्ग लोग भी लिख गए हैं—''कह गिरधर कविराय छांह मोटे की गहिए।'' बस, किसी मोटे को पकड़ लो और साहित्य की दुनिया में अर्थात् रेडियो, टी.वी. और रंगीन पत्रिकाओं में छा जाओ।"

विषयांतर के लिए मैंने पूछा—"बंधु, यह दारू और सिगरेट कब से पीने लगे? पहले तो बहुत घृणा करते थे तुम इन चीजों से!"

"डियर, पहले मैं पिछड़ा हुआ और रूढ़िवादी किस्म का लेखक था न! अब तो बहुत प्रगतिशील हो गया हूं। पिछले दिनों तुमने वो मेरी लिखी फिल्म 'हाय दैया, मार डाला' नहीं देखी क्या? एक आंचलिक कहानी में मैंने चटपटे सीन और अटपटे संवाद ठूंस दिए थे। बस, फिल्म हिट हो गई। कई महानगरों में तो

मेरी इस फिल्म ने बॉक्स ऑफिस पर नए कीर्तिमान खड़े कर दिए।

मुझे शांत, गंभीर और चुप देखकर उन्होंने जिज्ञासा प्रकट की—"क्या तुम नहीं पीते?"

"नहीं!"

"वाह यार, कैसे लेखक हो? बिलकुल पिछड़े हुए!"

"भाई, गोस्वामी तुलसीदास क्या पिछड़े लेखक थे?"

मेरा प्रश्न सुनकर वे चुप तो हो गए, परंतु उन्होंने अत्यंत हेय दृष्टि से मुझे घूरा। अब तक हमारे गिलासों की चाय खत्म हो चुकी थी। मैंने झटपट चाय का बिल चुकाया और होटल के बाहर आ गया। वे बाहर निकले तो मैंने देखा, उनके कदम अब पहले से भी ज्यादा डगमगाने लगे थे। मैंने उन्हें रिक्शे पर बिठाकर विदा ली। रिक्शा जब चल दिया तो वे हाथ उठाकर चिल्लाए—"वो कथा-संग्रह निकलवाना हो तो कुछ प्रबंध करके रखना।"

मैं एक ओर अपने रास्ते चल दिया। रास्तेभर तालियों की वह गड़गड़ाहट, जो सम्मेलन में उनके भाषण के पश्चात् हुई थी, मेरे मन को मथती रही।

सावधान! मीटिंग चल रही है

जी हां, यहां कर्मचारी संघ की मीटिंग चल रही है। जैसे छात्र संघ, मजदूर संघ और राष्ट्र संघ के विषय में आप जानते होंगे। ऐसे ही एक कर्मचारी संघ भी होता है। राष्ट्रीय या प्रादेशिक स्तर पर इस संघ के लोग क्या करते हैं, मुझे नहीं पता। अलबत्ता हमारे यहां पाक्षिक मीटिंग। चंदा वसूली। साल-दो साल में एकाध अधिवेशन। कोई बड़ी रैली और संघ का चुनाव जरूर होता है।

भारतीय परंपरा के अनुसार हर संगठन में दो ग्रुप होते हैं। इसलिए कर्मचारी संघ में भी दो गुट तो साफ-साफ दिखाई देते हैं परंतु भीतर अनेक गुट हैं।

हमारे इस छोटे से कस्बे में एक सिविल लाइन नामक पवित्र स्थान है, जहां बहुत सारे कर्मचारी रहते हैं। यहीं एक छोटा-सा हॉल है, जहां कर्मचारियों की आज एक आवश्यक मीटिंग चल रही है। हमेशा की तरह समस्या यह है कि अफसर अपने मातहतों को प्रताड़ित कर रहा है, उसे कैसे लाइन पर लाया जाए—यह मीटिंग में प्रमुख मुद्दा है।

सबसे पहले रामलखन बाबू ने अपनी दास्तान सुनाई, "भाइयो, ये नया अफसर बिलकुल हिटलर है। बात-बात पर गाली-गलौज करता है। अपने मातहतों को जबरदस्ती तंग करता है। कल एक मामूली-सी गलती पर ऑफिस में सबके सामने उसने मुझे बहुत डांटा। यह हमारे आत्मसम्मान पर प्रहार है। मैं चाहता हूं कि हम सब मिलकर इस विषय में कुछ करें।"

श्रीवास्तवजी ने भी अपनी व्यथा यों कही, "यह अफसर हम लोगों से अपने घर के काम करवाता है। कभी किसी को सब्जी लाने के लिए बोलता है, किसी को गैस सिलेंडर भरवाने के लिए भेज देता है, किसी की ड्यूटी उसने बच्चों को स्कूल छोड़ने और लाने के लिए लगा रखी है। परसों मुझे उसने रिजर्वेशन

के लिए रेलवे स्टेशन भेज दिया। तीन घंटे तक मैं वहां लाइन में लगा रहा। राजधानी एक्सप्रेस में कोटा फुल था। रिजर्वेशन नहीं मिला तो इसमें मेरा क्या दोष है! परंतु साहब ने मुझे खूब डांटा, "मिस्टर, तुम किसी काम के नहीं हो। एक मामूली रिजर्वेशन नहीं करा पाए।"

हेड क्लर्क वर्माजी ने बात आगे बढ़ाई, "अजीब साहब है यह। इसके घर जाओ तो बैठने तक को नहीं पूछता। जरा-जरा-सी बात पर वार्निंग लेटर लिख देता है। मैं तो उसके पत्रों के स्पष्टीकरण लिखते-लिखते परेशान हूं। इस समस्या को हमें मिलकर निपटाना है। वरना यह अफसर एक दिन हम लोगों को पूरी तरह बंधुआ मजदूर बनाकर रख देगा।"

तिवारीजी ने भी अपना दुःखड़ा बताया, "मैं दो दिन के लिए बिना बताए छुट्टी क्या चला गया कि साहब ने तो पूरा दफ्तर ही सिर पर उठा लिया। पहले तो मैं हफ्ते-दस दिन की छुट्टियां यूं ही मार लेता था परंतु पुराने साहब कुछ नहीं कहते थे। इन्होंने तो मेरी दो दिन की अपसेंट लगा दी और ऊपर से फटकार भी लगाई। यह बात ठीक नहीं है। यह तो सरासर अत्याचार है। हमें इसके खिलाफ संघर्ष करना चाहिए।"

एकाउंट सेक्शन के सिन्हाजी भी गुर्राए, "भाइयो, मेरी सर्विस के बीस साल हो गए। आज तक किसी अफसर ने मेरे वाउचर चेक नहीं किए। मैंने जो नोट शीट लिख दी सो लिख दी। अफसरों ने हमेशा आंख मूंदकर उस पर दस्तखत कर दिए। यह नया रंगरूट मेरे वाउचर देखता है। उनमें मीनमेख निकालता है। मेरी सीनियरिटी तक का उसे खयाल नहीं। हिम्मत तो देखिए इसकी! मैं तो तंग आ गया इसकी कार्यशैली से। अब मुझसे बर्दाश्त नहीं होता। बहुत झेल लिया इसको। हम सबको मिलकर कुछ करना ही होगा।"

कर्मचारी संघ की स्थानीय इकाई के संरक्षक ठाकुर दद्दा भी दहाड़े, "सबको पता है कि मैं कभी दफ्तर नहीं जाता। पास ही गांव मे मेरी खेती-बाड़ी है, वहीं के काम से फुरसत नहीं मिलती। फिर गांवभर के झगड़े मुझे ही निपटाने पड़ते हैं। कहीं लाठी चल गई। किसी का सिर फट गया। पुलिस, अदालत का कोई मामला फंस गया। गुंडों ने किसी को परेशान कर दिया। सब जगह मेरी सेवाएं जरूरी होती हैं। अब तक जितने साहब इस दफ्तर में आए, सब बाकायदा मेरी तनख्वाह घर भिजवा देते थे। इस ससुरे ने मेरी शिकायत ऊपर तक कर

दी। लिख दिया उच्च अधिकारियों को कि ये दफ्तर कभी नहीं आते। वैसे तो हम खुदई उस ससुरे से निपटने में सक्षम हैं। किसी दिन अपने चेलों के साथ अंधियारे में धर देंगे तो ससुरा हमेशा के लिए सुधर जाएगा। फिर आप सब लोग न कहना कि दद्दा ने दंगा कर दिया। ऑफिस की शांति भंग कर दी। इसलिए हमारा सबसे यही कहना है कि ससुरे को उसकी औकात समझा दी जाए तो वह लाइन पे आ जाएगा।"

इस प्रकार कई कर्मचारियों ने अपनी-अपनी कहानी सुनाई। अंत में कर्मचारी संघ की स्थानीय इकाई के अध्यक्ष महोदय खड़े हुए। सबसे पहले उन्होंने कर्मचारियों की एकता और संघ की अखंडता पर बल दिया। फिर प्रांतीय कार्यालय से आए पत्रों के विषय में उन्होंने सभी कर्मचारियों को बताया। तत्पश्चात् किसी भी संघर्ष के लिए संघ के आर्थिक आधार को मजबूत करने की उन्होंने अपील की। आगे उन्होंने कहा, "पिछले कई वर्षों से बहुत कर्मचारियों ने अपने चंदे इस संघ को नहीं दिए हैं। इस कारण से हमारे संघ की स्थिति काफी कमजोर है। तो सबसे पहले तो मैं चाहूंगा कि सभी कर्मचारी अपना बकाया शुल्क अविलंब कोषाध्यक्ष के पास जमा कराएं। अगले महीने राजधानी में रैली है, उसके लिए भी हमें अभी से तैयारी करनी है। रही स्थानीय समस्या की बात, जिस ओर आप लोगों ने अभी सदन का ध्यान आकर्षित किया। तो उस संदर्भ में सभी कर्मचारियों से मेरा निवेदन है कि वे साहब के व्यक्तिगत कार्यों में अपना योगदान देना बंद करें और सभी पीड़ित जन ठाकुर दद्दा के नेतृत्व में परसों साहब से मिलेंगे। वहीं आमने-सामने शिकायतों का निराकरण हो जाएगा और साहब से अपना व्यवहार सुधारने के लिए भी कह दिया जाएगा।"

अध्यक्ष महोदय के संबोधन के पश्चात् समिति के कोषाध्यक्ष ने उपस्थित सदस्यों के नाम पुकारकर उनसे आवश्यक कोष जमा करने की अपील की। सचिव (मैं) ने अपना रजिस्टर खोलकर उसमें संपूर्ण कार्यवाही दर्ज की और लोगों के हस्ताक्षर हेतु रजिस्टर आगे बढ़ा दिया। समिति के सदस्य आज से साहब का कोई व्यक्तिगत कार्य नहीं करेंगे—इस संकल्प के साथ आज की महत्त्वपूर्ण मीटिंग संपन्न हुई।

शाम को टहलते हुए मैं सिनेमा हॉल की तरफ गया तो वहां रामलखन बाबू

टकरा गए। हाथ में सिनेमा की कई टिकटें लिए हुए जल्दी में दिखे। मैंने पूछा, "का हो रामलखन बाबू, सिनेमा देखने जा रहे हैं?"

वे शरमाकर बोले, "वो...वो साहब के यहां गेस्ट आए हैं। उन्हीं के लिए...।"

दूसरे दिन साइकिल में बड़ा-सा झोला लटकाए श्रीवास्तवजी सब्जी मंडी में टकराए। मुझे देखते ही कन्नी काटने को हुए। परंतु मैंने पूछ ही लिया, "साहब के लिए सब्जी ले जा रहे हो?"

वे झेंपते हुए बोले, "मैं तो अपने लिए सब्जी लेने घर से निकला था। मेम साहब ने देख लिया और लिस्ट सहित ये झोला थमा दिया। साहब होते तो मैं साफ मना कर देता। अब मेम साहब से भला क्या कहता! सोचा, चलो आखिरी बार बेगारी कर देता हूं। फिर न करूंगा।"

दोपहर को ऑफिस जाते समय मैंने एकाउंट सेक्शन के सिन्हाजी को साहब के बच्चों के साथ स्कूटर पर देखा। वे चेहरा घुमाकर तेजी से निकल गए।

ऑफिस में साहब के चेंबर में घुसा तो तिवारीजी वहां खुसुर-फुसुर करते दिखे। वे कल की मीटिंग का संपूर्ण ब्योरा साहब को बता रहे थे। मुझे देखकर सहमे।

स्थापना-कक्ष में जाकर बैठा तो मालूम हुआ कि साहब ऑफिस की व्यवस्था में कुछ परिवर्तन करने जा रहे हैं। बड़े बाबू ने बताया कि कुछ लोगों की सीटें बदलेंगी। कुछ फील्ड वाले ऑफिस में आएंगे और ऑफिस वाले फील्ड में जाएंगे। एकाउंट सेक्शन में भी परिवर्तन होगा।

अगले दिन ठाकुर दद्दा के नेतृत्व में कर्मचारियों के प्रतिनिधिमंडल को साहब से मिलना था। दस-बारह लोगों को घेरकर, बमुश्किल एक जगह इकट्ठा किया गया। साहब को जानकारी थी कि आज कुछ कर्मचारी उनसे मिलने आ रहे हैं। वे पूरी तरह तैयार थे। कॉलोनी से तो लोग इकट्ठे चले। रास्ते में पान की दुकान पड़ी। आधे लोग वहां पान खाने रुक गए। साहब के घर पहुंचते-पहुंचते कुछ लोगों को जोर की पेशाब लगी। वे किसी कोने में फारिग होने चले गए। अंततः साहब के कमरे में सिर्फ दो ही लोग पहुंचे—ठाकुर दद्दा और समिति के अध्यक्ष महोदय।

साहब दस लोगों को सुपरसीट करके अफसर बने हैं। कई मंत्रियों और सांसदों से उनके मधुर संबंध हैं। वे भलीभांति जानते हैं, किसको किस प्रकार पटाना है। उन्होंने दोनों लोगों को बड़े प्रेम से बिठाया। नाश्ता कराया। चाय पिलाई। कुछ मधुर-मधुर बातें हुईं। अंत में प्रसन्नचित्त कर्मचारियों के दोनों प्रतिनिधि बाहर आ गए।

जैसे अंग्रेज किसी के कंधे सहलाते थे और किसी पर चढ़ाई करते थे। किसी को रायबहादुर का खिताब देते थे और किसी को फांसी पर लटका देते थे। इस देश में यह शैली अत्यंत सफल है। हमारे साहब इस शैली में पारंगत हैं।

आगामी इतवार को फिर कर्मचारियों की मीटिंग है। अगले महीने राजधानी में रैली निकाली जानी है। लोगों से चंदे वसूलने हैं। भविष्य में संघर्ष की रूपरेखा तय करनी है।

मुझे यह शेर याद आता है–

बहुत शोर सुनते थे पहलू में दिल का,
जो काटा तो एक क़तरा-ए-ख़ूं निकला।

●●

शोकसभा

बचपन में लोग उसे कल्लू कहते थे। मिडिल तक पढ़ाई पूरी करके उसने अपना सार्थक रास्ता पकड़ लिया। जल्द ही उसने तस्करी का सामान बाजार में गलाने से लेकर सुपारी (ठेका) लेकर हत्याएं करने की दिशा में आशातीत प्रगति कर ली। अब वह तस्कर सम्राट के. कालिया के नाम से विख्यात था। हथियारों की तस्करी, जमीनों पर जबरन कब्जा, फ्लैटों की मनमाने ढंग से बिक्री और होटलों में अवैध धंधों से लेकर सत्ता की शतरंज में अपने मोहरे बिठाने तक सभी महत्त्वपूर्ण कार्यों में के. कालिया की केंद्रीय भूमिका हुआ करती थी। राष्ट्र की प्रगति में कालियाजी का विशिष्ट योगदान देखते हुए लोग उन्हें प्यार से कालिया साहब कहा करते थे।

इसे दुर्भाग्य ही कहें कि नगर में नए-नए आए युवा पुलिस अधिकारी की गोली से, कल रात कालिया साहब शहीद हो गए। पहले तो कालिया साहब की मौत पर किसी को विश्वास ही न हुआ, लोग बराबर यही कहते रहे कि जरूर इस खबर में कालिया साहब का कोई कमाल होगा। परंतु सुबह के पूरे अखबार में कालिया साहब की संघर्षमय जीवनगाथा और उनके जीवन की झलकियों के रंगीन चित्र देखकर लोगों को भरोसा हो गया कि सचमुच कालिया साहब अब इस दुनिया में नहीं रहे।

उनकी मौत पर पूरे शहर ने शोक मनाया। बड़े उद्योगपतियों ने शोक-संतप्त होकर अपनी दुकानें बंद रखीं। कुछ लोगों ने लूटपाट और दंगे-फसाद के डर से अपनी दुकानों के शटर गिरा दिए। शेष लोगों की दुकानें जबरन बंद करा दी गईं। राजनीतिक और सामाजिक कार्यकर्ताओं ने कालियाजी के घर जाकर शोक प्रकट किया। नेता, अभिनेता, पार्षद, व्यापारी, अधिकारी समेत कई महत्त्वपूर्ण लोगों ने शाही शवयात्रा में हिस्सा लिया।

दूसरे दिन कालिया साहब की भव्य हवेली के बड़े हॉल में शोकसभा आयोजित हुई। उसमें सैकड़ों गणमान्य नागरिक उपस्थित हुए। सर्वप्रथमम नगर निगम अध्यक्ष, कालियाजी के आदमकद चित्र पर माल्यार्पण करते हुए बोले, "भाइयो, कालियाजी के आकस्मिक निधन से यह नगर अनाथ हो गया है। इस नगर के विकास के लिए उन्होंने अपने प्राणों की आहुति दे दी। वे इस नगर के, इस बस्ती के सच्चे सपूत थे। उन्हें हमेशा गरीबों की, मजदूरों की और पिछड़े वर्ग की बहुत चिंता रहती थी। इसलिए इस बस्ती में शराब का ठेका, उनके रहते कोई माई का लाल, कभी नहीं ले पाया। कालियाजी को सोते-जागते सदा अपने नगर के उत्थान की चिंता लगी रहती थी। नगर में उन्होंने कई आलीशान होटल बनवाए। बड़े पुल के पास वाली सरकारी जमीन, जो बहुत दिनों से खाली और बेकार पड़ी थी, उस पर कई लोग अपनी गिद्ध निगाहें गड़ाए हुए थे परंतु मैंने वह कालियाजी को दे दी। कालियाजी ने तो उस बेकार जमीन का उद्धार कर दिया। वहां एक विशाल डिस्कोथिक खोलकर कालियाजी ने युवा पीढ़ी के नैराश्यभरे जीवन में उमंग और तरंग की नई थिरकन पैदा कर दी। सही माने में वे एक स्वप्नद्रष्टा थे। उनकी महानता और त्याग के किस्से अनंत हैं। आज वे हमारे बीच नहीं हैं। मुझे हार्दिक दुःख है कि नगर की बेकार और खाली पड़ी जमीनों का उद्धार अब कौन करेगा?" इतना कहते-कहते उनकी आंखें गीली हो गईं। अपने नेत्रों को रूमाल से पोंछते हुए वे एक ओर बैठ गए।

खादी का सफेद झकाझक कुर्ता-पाजामा पहने हुए 'भैयाजी' आगे बढ़े, अंजुरीभर फूल कालियाजी की तसवीर में चरणों के निकट अर्पित करते हुए, भरे गले से वे कहने लगे, "कालियाजी गरीबों के मसीहा थे, मुझ पर उनके बड़े एहसान हैं। राजनीति के पावन क्षेत्र में आज मेरी जो स्थिति है, उसके निर्माण में कालियाजी का अमूल्य योगदान है। पिछले आम चुनाव में मुझ जैसे मामूली आदमी को पार्टी का टिकट दिलवाने से लेकर येन-केन-प्रकारेण चुनाव जितवाने तक, कालियाजी की महत्त्वपूर्ण भूमिका को मैं कभी नहीं भूल सकता। मैं उनके एहसानों के बोझ तले दबा हुआ हूं। उन्होंने मेरे लिए इतना किया और मैं चंद परमिट, कुछ ठेके और थोड़े से लाइसेंस आदि दिलवाने के अलावा उनके लिए कुछ न कर सका। हाय! मेरा तो दिल बैठा जा रहा है। चुनाव सिर पर आ गए हैं। इस संकट की घड़ी में प्यारे कालियाजी हमें छोड़कर बहुत दूर चले गए। उनके अभाव से सक्रिय राजनीति में जो शून्य उभरा है, उसे कभी नहीं भरा जा सकता।"

भैयाजी अभी आगे और बोलते परंतु उनके गले में कफ अटक गया इसलिए वे खंखारते हुए उदास-से अपने स्थान पर बैठ गए।

वातावरण में महंगी अगरबत्ती और ताजे फूलों की भीनी खुशबू तैर रही थी। सहसा प्रसिद्ध समाजसेवी पंडित रामखिलावनजी अपना मुंह लटकाए हुए सामने आए। तस्वीर के सम्मुख हाथ जोड़कर प्रणाम करते हुए वे बोले, "भाइयो, मेरी बहुत उमर हो गई है। मैंने अब तक बहुत जमाना देखा है परंतु कालियाजी जैसा सच्चा समाजसेवी मैंने आज तक नहीं देखा। अपने देश में होली एवं दीवाली की भांति हर साल कहीं न कहीं सूखे और बाढ़ का आगमन जरूर होता है। ऐसे अवसरों पर कालियाजी कभी पीछे न हटे। वे दिल खोलकर दान करते थे। हम जब किसी भी प्रकरण के लिए उनके पास चंदे के लिए गए, तो उन्होंने हमें कभी निराश नहीं किया। नगर में जो एकमात्र 'नारी कल्याण केंद्र' पिछले वर्ष खुला, उसके पीछे उन्हीं की प्रेरणा थी। वे सदा निराश्रित नारियों की समाज में दुर्दशा पर चिंता व्यक्त किया करते थे। उनके जैसे रहमदिल और नेक इंसान दुनिया में बहुत कम पाए जाते हैं। ऐसे महान् व्यक्ति को मेरा शत-शत प्रणाम!"

जिला व्यापारी संघ के अध्यक्ष सेठ चंदूलालजी एक भारी-भरकम पुष्पहार लेकर प्रकट हुए। कालियाजी की तस्वीर पर वह पुष्पहार पहनाते हुए वे शुरू हो गए, "भाइयो, सारा नगर जानता है कि कालियाजी हमारे परिवार के सर्वाधिक जिम्मेदार सदस्य थे। उद्योग और उद्योगपतियों को बढ़ाने में उनके असाधारण योगदान को कभी नहीं भुलाया जा सकता। नई दिशाएं और वृहद् संभावनाओं के साथ उन्होंने व्यापार जगत् में प्रवेश किया। सारा शहर जानता है कि बहुत कम समय में कालियाजी ने व्यापार क्षेत्र में नए कीर्तिमान स्थापित कर दिखाए। हम सबने जल्द ही उन्हें अपना पथ-प्रदर्शक मान लिया था, उन्होंने उद्योग और व्यापार के क्षेत्र में जो नए आयाम स्थापित किए, वे अद्वितीय हैं। बड़े दुःख की बात है कि ऐसे परम प्रतिभाशाली और महान् व्यक्ति कालियाजी आज हमारे बीच से उठकर चले गए। वे हमारे आदर्श थे। उनकी प्रेरणा हमें सदा आगे बढ़ने में सहायक होगी।"

युवा बेरोजगार संघ के अध्यक्ष ने कालियाजी के प्रति अपनी श्रद्धांजलि अर्पित करते हुए कहा, "आज कालियाजी को अपने बीच न पाकर हमें ऐसा लग रहा है जैसे हमारे रक्षक, हमारे अभिभावक, हमें बीच मझधार में छोड़कर कहीं खो गए हैं। उनके पास जो भी बेरोजगार युवक काम मांगने गया, उन्होंने कभी किसी को निराश नहीं किया। भले ही वह कार्य वैध या अवैध, कैसा भी

रहा हो परंतु कालियाजी ने सबका उद्धार किया। कालियाजी ने इस बस्ती के सभी पढ़े-लिखे और गैर पढ़े-लिखे युवकों को काम दिलाने में महत्त्वपूर्ण पहल की। कुछ दिनों पहले तक इस बस्ती के कितने बेरोजगार युवक दर-दर भटक रहे थे। कालियाजी से उनका दुःख-दर्द देखा नहीं गया। उन्होंने सबको लाइन पे लगा दिया। अब कोई जुए का अड्डा चला रहा है, कोई शराब बेच रहा है तो कोई बड़े होटल में लगा है। कालियाजी की दया से आज सब अपना पेट पाल रहे हैं। कोई भूखों नहीं मर रहा, परंतु आज उनकी मौत के साथ ही हमारा सुरक्षित भविष्य भी मर गया है। अब हमें कौन पालेगा? कौन सहारा देगा इन बेरोजगारों को? सचमुच आज हम अनाथ हो गए। कालियाजी बहुत महान् थे। वे आदमी के रूप में देवता थे। भगवान ऐसी पवित्र आत्मा को शांति दे।"

इस शोकसभा में कई पत्र-पत्रिकाओं के मालिक, संपादक और तथाकथित पत्रकार भी पधारे हुए थे। कालियाजी की मौत पर अखबारों ने विशेषांक निकाले और पत्रिकाओं ने अपने मुख पृष्ठ पर उनकी रंगीन तस्वीर छापीं। स्थानीय प्रेस क्लब के अध्यक्ष महोदय ने आगे बढ़कर कालियाजी की तस्वीर के सम्मुख अगरबत्ती सुलगाई और गंभीर मुखमुद्रा बनाकर कहने लगे, "कालियाजी एक कुशल व्यापारी, शक्तिशाली राजनीतिज्ञ, गरीबों के मसीहा और प्रसिद्ध समाजसेवी होने के साथ ही प्रखर बुद्धि के धनी थे। आए दिन समाचार-पत्रों में उनके वक्तव्य, तीखी टिप्पणियां और साक्षात्कारों में उनकी प्रतिभा साफ झलकती थी। प्रेस जगत् से सदा उनके मधुर संबंध रहे। वे प्रेस के महत्त्व को भलीभांति जानते थे। कभी शुभकामनाएं, कभी बधाई, कभी किसी मंत्री का स्वागत, कभी किसी का अभिनंदन, इन अवसरों पर आएदिन वे हर छोटे-बड़े अखबार को पूरे पृष्ठ का विज्ञापन देते ही रहते थे। ऐसी विलक्षण प्रतिभा के धनी कालियाजी का नाम इस शहर के इतिहास में अमर रहेगा।"

कई गणमान्य नागरिकों की भावभीनी श्रद्धांजलि के पश्चात् शोकसभा के अंत में किसी ने प्रस्ताव रखा कि नगर के प्रसिद्ध चौक में बीचोबीच कालियाजी की एक भव्य प्रतिमा स्थापित की जानी चाहिए। इससे उनके महान् गुणों और आदर्शों से भावी पीढ़ियां भी प्रेरणा पाती रहें। आनन-फानन में प्रस्ताव सर्वसम्मति से पास हो गया। कालियाजी की तसवीर जहां रखी थी, वहां से ऊंचे स्वर में आवाज गूंजी—

जब तक सूरज चांद रहेगा, कालिया तेरा नाम रहेगा।

भैयाजी का दौरा

भैयाजी बहुत व्यस्त रहते हैं। विश्वव्यापी समस्याएं हैं उनके सामने। विदेशी दौरों में, अंतर्राष्ट्रीय समस्याओं में वे इतने उलझे रहते हैं कि देशी समस्याओं के लिए उनके पास समय ही नहीं रहता। उनकी सबसे बड़ी समस्या यह है कि वे किस प्रकार आगे भी अपने पद पर बने रहें। उनकी पार्टी के लोग, उनके सहयोगी सिंहासन की टांगें खींचने का कोई भी मौका हाथ से नहीं जाने देते। इस बार यह मौका सूखे के कारण मिला। कार्यकर्ता खुश हुए। अहा! क्या बढ़िया सूखा पड़ा है। भूख से कुछ लोग मर गए। उन्हें मरना ही था। प्रभु इच्छा। सोने में सुहागा। अफसर फड़फड़ाए। जीपें दौड़ीं। कैमरे किलकाए और अखबारों के विशेषांक निकले। भैयाजी को रिपोर्ट की गई कि सिंहासन खतरे में है।

अब भैयाजी के दौरे की तारीख निश्चित हुई तो सहसा सूखा प्रभावित क्षेत्र में सक्रियता बढ़ी। मौत के मातम को दिखाना है। सूखे के दर्शन कराना है भैयाजी को। ढूंढो रे भई ढूंढो, कौन-कौन मरा है भूख से! न मरा हो तो मार डालो। संख्या बड़ी दिखनी चाहिए। अच्छा इम्प्रेशन पड़ेगा भैयाजी पर। देखो, कोई कसर न रह जाए सूखे की भव्यता में। सूखे का शृंगार होने लगा। फाइलें बनीं। वीडियो रिकॉर्डिंग की गई। फोटो एलबम सजाए गए! अखबारों की कटिंग्स सहेजी गईं। कुछ सूखा पीड़ित लोग तैयार किए गए।

इस क्षेत्र में हर साल सूखा पड़ता है। प्रायः अकाल के कारण लोग यहां मरते हैं। अकसर श्रमिक कार्य की तलाश में यहां से पलायन करते हैं। दलालों द्वारा बाहर ले जाए जाते हैं। परंतु किसी साल कोई चर्चा नहीं होती। इस साल हमारे गांव की बड़ी चर्चा है। इस गांव के कारण कई लोगों का राजनीतिक भविष्य दांव पर लगा है। लोगों को भूखे-नंगे गांव वालों की नहीं, अपने भविष्य की ज्यादा चिंता है।

हरी पार्टी में एक ग्रुप के गुर्गे मंत्रिमंडल में हैं और दूसरे ग्रुप के लोग सिर्फ कार्यकर्ता। कार्यकर्ताओं का कहना है, "उस ग्रुप के लोग सूखे के नाम पर अपना घर भर रहे हैं। क्षेत्र में कोई राहत कार्य नहीं चल रहे।"

पहले ग्रुप का जवाब है, "हम पूरा ध्यान दे रहे हैं। राहत कार्यों के लिए हमने करोड़ों रुपयों का एलॉटमेंट कराया है।"

एक ही पार्टी के लोग आपस में एक-दूसरे पर आरोप उछाल रहे हैं। विपक्ष की भूमिका भी यहां प्रशंसनीय है। वह दोनों ग्रुपों का विरोध करता है। नीली पार्टी विपक्ष में है, उसका यही काम है कि हरी पार्टी के हर ऐरे-गैरे नेता या अभिनेता के विरोध में वक्तव्य देना। यों सभी पार्टियों के सभी घटक, गरीबों का भला चाहते हैं। वे महंगाई दूर करने की बात दोहराते हैं। भ्रष्टाचार के खिलाफ लड़ मरने की बातें करते हैं। समझ में नहीं आता, जब सब लोग देश का भला ही चाहते हैं तो फिर इनमें इतना मतभेद क्यों है?

इस बार बहस का मुद्दा है, 'सूखा'। विपक्षी खुश हैं कि चलो अच्छा सूखा पड़ा। इससे हरी पार्टी की छपि धूमिल करेंगे। दस-पच्चीस आदमी अकाल में और मर जाते तो मजा आ जाता। फिर तो हम सरकार भंग करवाकर ही दम लेते। वैसे यह मांग तो हम अभी भी करेंगे 'सूखे' में उतना दम नहीं दिखता कि सरकार गिर जाए। हां, वह लड़खड़ा जरूर जाएगी। इतना तो हम नीली पार्टी वाले कर ही डालेंगे।

हरी पार्टी का वह घटक, जिसके सदस्यों को मंत्रिमंडल में नहीं लिया गया, वे सरकार से असंतुष्ट हैं। वे उस समय की तारीफ करते नहीं थकते, जब उनके लोग मिनिस्टर हुआ करते थे। उनके वरिष्ठ सदस्य मूंछों पर ताव देकर कहते हैं, "अरे, हम इतने दिन खाद्य मंत्री रहे। कभी कोई मरा भूख से? और यदि मर भी गया तो हमने उसे अखबारों में नहीं छपने दिया। हमारे समय में भी सूखा पड़ता था परंतु लोग कहते थे, देश में हरित क्रांति हो रही है। अब नए-नए लौंडों को मंत्री बनाओगे फिर सूखा न दिखेगा तो क्या हरियाली के दर्शन होंगे।"

दूसरा घटक परेशान है। उन्होंने सिंचाई के लिए अफसरों को फंड दिलवाया। सूखे से प्रभावित तो ठीक, अप्रभावित क्षेत्रों तक के लिए उन्होंने राहत कार्यों का प्रावधान कराने में एड़ी-चोटी का पसीना एक कर दिया। अफसर, दलाल, कार्यकर्ता, छुटभैये नेता, पत्रकार, कलाकार, कवि सबको उन्होंने खुश रखने का प्रयास किया। परंतु हाय! दुर्भाग्य, ये मुआ 'सूखे' की बात भैयाजी के दिमाग में बैठ गई तो समझो मंत्री पद गया हाथ से। फिर दूसरे ग्रुप के लोग आ जाएंगे।

और अपन अपने हाथ मलते ही रह जाएंगे। हे भगवान, "कृपा करो गुरुदेव की नाईं।"

जैसे-जैसे भैयाजी के दौरे की तिथि नजदीक आती जाती, वैसे ही अखबारों में बयानबाजी का दौर बढ़ता जाता। विपक्षियों ने 'सूखे' के मुद्दे को खूब उठाया। इस शुभ कार्य में हरी पार्टी के असंतुष्ट घटक वालों ने उनकी यथेष्ट मदद की। 'सूखे' के विरोध में शहरों में रैलियां निकलीं। बंद का आयोजन हुआ। सरकार भंग करने की मांग दोहराई गई। भैयाजी को तुरंत इस्तीफा दे देना चाहिए—जैसे, वाक्य भी उछाले गए।

अबकी लगता है, यह सूखा जरूर रंग लाएगा। लोगों की भूख से मौत बेकार नहीं जाएगी। सरकार में परिवर्तन निश्चित है। कुछ मंत्रियों के पद छिनेंगे और दूसरों की झोली में आ गिरेंगे। वे 'सूखे' को धन्यवाद देंगे। हे सूखा, हे अकाल, भला हुआ तू समय से आया। तेरे आते ही हमारे भाग जागे। मंत्री पद मिला, दुश्मनों की तूने मिट्टी-पलीत की। तू महान् है। तू पूज्य है। हम तेरा अभिनंदन करते हैं।

हवाई जहाज से भैयाजी आए। विपक्षियों ने काले झंडे दिखाए। पार्टी वालों ने स्वागत किया। भैयाजी द्वारा सूखे का मुआयना किया गया। उन्होंने एक नंगे बच्चे को गोद में उठाकर फोटो खिंचवाई। कुछ बूढ़े पुराने लोगों से उन्होंने बातचीत भी की। वे गांव की गलियों में घूमे। अफसरों से बतियाए। खेत की मेड़ पर बैठकर उन्होंने सूखे के लिए चिंता व्यक्त की। राहत कार्यों का जायजा लिया। एक आदिवासी के हाथ से लेकर जंगली फल चखा। इस प्रकार 'सूखा-दर्शन' के पश्चात् एक भव्य सभा आयोजित की गई। दूर-दूर से लोगों को ट्रकों में लाया गया था। उन्होंने 'जिंदाबाद', 'अमर रहे' टाइप के नारे लगाए। फिर भैयाजी ने भाषण दिया।

"मेरी प्यारी जनता! हम सूखे से लड़ने का प्रयास कर रहे हैं। आप गुमराह न हों। यह प्राकृतिक विपदा है, जिससे हमें मिल-जुलकर निपटना है। आपका विश्वास और हमारी योजनाएं ही वे हथियार हैं, जिनसे हम इस भयंकर सूखे से निपट सकते हैं। हमें दुःख है कि हमारे विपक्षी भाई इस सूखे से राजनीति कर रहे हैं। सूखे को मुद्दा बनाकर लोग तरह-तरह की बातें कर रहे हैं। वे सूखे से राजनीतिक लाभ उठाना चाहते हैं। हम ऐसा नहीं होने देंगे। चाहे सूखा पड़े या बाढ़ आए। लोग भुखमरी से मरें या महामारी से। परंतु सरकार भंग नहीं होगी। (तालियां) सरकार अपना करम करती है। नदियां अपना काम। सूरज

अपना काम। अब सूखा पड़ गया तो क्या सरकार ने पड़वा दिया? व्यर्थ ही लोग सरकार को भंग करने की मांग करते हैं। इस साल पानी नहीं बरसा तो इसमें सरकार का क्या दोष है! कोई 'इंद्र देव' हमारी सरकार में मंत्री तो हैं नहीं, जो हम उन्हें पानी रिलीज करने का ऑर्डर दे दें और वो बिना सोचे-समझे झट से पानी बरसाने लगें। हम दुःखी हैं, इस सूखे से। अपने कई विदेशी दौरे कैंसिल करके हम इसे देखने यहां तक दौड़े चले आए। अब हमने इसे देख लिया है। यह ज्यादा दिन यहां नहीं टिक सकता। आप निश्चिंत रहें। हमारे मंत्री, कार्यकर्ता और अफसर इसे जरूर मार भगाएंगे...।" (तालियां)

शाम को सर्किट हाउस में डिनर हुआ। हरी पार्टी के नेताओं की बैठक हुई। भैयाजी इस सूखे के हो-हल्ले से बहुत नाराज हैं। उन्होंने नेताओं को फटकार लगाई। कार्यकर्ताओं को झिड़का और पार्टी में गुटबाजी पर गहरी चिंता व्यक्त की। उन्होंने पार्टी में एकता और सामंजस्य पर जोर दिया। आपसी फूट के कारण सत्ता हाथ से निकल जाने के खतरे के प्रति भी उन्होंने लोगों को सचेत किया।

सूखा प्रभावित क्षेत्र में रात देर तक दारू पी गई। मुर्गों की टांगें चबाई गईं। फिर हरी पार्टी के सारे गुटों ने मिलकर एक प्रेस विज्ञप्ति जारी की—"हम लोगों में कोई गुटबाजी नहीं है।" भैयाजी के दौरे की यह सबसे बड़ी उपलब्धि थी।

भैयाजी ने खुशी-खुशी सबसे विदा ली। उनकी यात्रा सार्थक हुई। सूखा तो जहां था वहीं है। बल्कि वह अपनी जगह और फल-फूल रहा है। गरीब और असहाय लोग अब भी भूख से मर रहे हैं। बहुत सारे लोग ठेकेदारों के साथ ईंट-भट्ठों के लिए माटी थापने उत्तर प्रदेश और बिहार चले गए। विपक्षी दल वाले कुछ दिनों तक हाय-तौबा करके शांत हो गए। हरी पार्टी के असंतुष्ट घटक में से कुछ लोगों को कैबिनेट में ले लिया गया।

सूखे के कारण सरकार पर जो संकट आया था, वह टल गया। भगवान करे फिर किसी सरकार पर सूखे के कारण ऐसा संकट न आए। 'अकबर इलाहाबादी' का एक शेर याद आता है—

कौम के ग़म में डिनर खाते हैं हुक्काम के साथ।
रंज लीडर को बहुत है, मगर आराम के साथ।।

बड़े साहब का दौरा

छोटे ऑफिस में पत्र द्वारा सूचना आई कि फलां तारीख को बड़े साहब का दौरा है। चपरासी से लेकर साहब तक, सबके चेहरे पर बड़े साहब के दौरे की चिंता दिखाई देने लगी। बड़े साहब क्यों आ रहे हैं? क्या देखेंगे? किसी ने कोई शिकायत की है क्या? कई तरह की शंकाएं, कुशंकाएं छोटे दफ्तर में यहां-वहां तिरने लगीं।

साहब ने रामधन बाबू को बुलाकर निर्देश दिए, "देखो रामधन, बड़े साहब परसों आ रहे हैं। तुम्हारे पास पूरे दो दिन हैं। सारे रिकॉर्ड अप-टू-डेट कर लो। अभी तक कितना खर्च हुआ? कितनी योजनाएं स्वीकृत होने के लिए ऊपर भेजी गईं और किन-किन योजनाओं में कार्य प्रगति पर है? इस सबका विस्तृत ब्योरा बनाकर जल्द से जल्द मुझे दीजिए। बड़े साहब न जाने क्या पूछ बैठें!"

दफ्तर में प्रायः ऊंघते रहने वाले रामधन बाबू सहसा सक्रिय हुए। पुरानी फाइलों पर से धूल झाड़ी गई। नई फाइलों का अध्ययन किया गया। इस दौरे में किसकी शामत आएगी? यही सोचते हुए रामधन बाबू विस्तृत ब्योरा तैयार करने में संलग्न हो गए।

साहब ने शाम को सभी मातहतों की आपातकालीन बैठक बुलाई। सबके कार्यक्षेत्र का विवरण पूछा। कुछ लोगों को डांट पिलाई। शेष लोगों को बड़े साहब के रौद्र स्वभाव का खौफ जताया। अंत में सभी कार्यों का पूर्ण विवरण परसों सुबह तक हर हालत में तैयार करने के निर्देश दिए। लोग अपनी-अपनी फाइलें संभालते मुंह लटकाए, मन में तरह-तरह के संदेह लिए चल दिए!

बड़े साहब के दौरे की चिट्ठी क्या आई कि छोटे साहब की नाक में दम हो गया। दो साल पहले जब इस कुर्सी पर दूसरे साहब बैठते थे, तब एक बार इसी प्रकार बड़े साहब का दौरा यहां हुआ था। उस दौरे के चर्चे आज तक

इस दफ्तर में सुनाए जाते हैं। पुराने साहब को सभी मातहतों के सामने क्या लताड़ा था बड़े साहब ने! पूरे दफ्तर को जैसे सांप सूंघ गया हो। सब चुपचाप सांस रोके सुनते रहे और छोटे साहब यस सर, जी सर के अलावा एक शब्द न बोल पाए। तीन मातहतों के खिलाफ बड़े साहब ने चार्ज सीट लिखी थी। रामधन बाबू के रजिस्टरों का बंडल देखकर वे खूब चीखे-चिल्लाए। कुछ रजिस्टर उन्होंने टेबल पर ही जोर से पटके, शेष में लंबे-चौड़े रिमार्क लिखे और अंत में उन्हें अच्छी-खासी डांट पिलाई। उस दौरे की चर्चा करते हुए लोग बताते हैं कि छोटे साहब का ब्लड प्रेशर बहुत बढ़ गया था। किसी ने उनसे कह दिया था कि आपके खिलाफ बड़े साहब ने ऊपर कुछ लिख दिया है। फिर हिम्मत करके जब छोटे साहब ढेर सारे उपहारों के साथ बड़े साहब के घर जाकर उनसे मिल लिए, तब उनकी जान में जान आ पाई थी।

वही बड़े साहब पूरे तीन साल बाद फिर इस दफ्तर में आ रहे हैं। दफ्तर के पुराने साहब तो बदल गए। अब जो नए आए हैं, वे एकदम गैर अनुभवी और पिद्दी से दिखाई देते हैं। कई सालों तक वे संभागीय दफ्तर में संलग्न रहकर फाइलों से ही माथा-पच्ची करते रहे, इसलिए उन्हें सिर्फ फाइलें संवारने का ही अनुभव है। पहली मर्तबा उन्हें विकास कार्य संपन्न कराने के लिए दफ्तरी कार्यों से निकालकर रचनात्मक कार्यों वाले इस दफ्तर में पदस्थ किया गया। सिर मुड़ाते ही ओले पड़े। अभी वे ठीक से अपनी अफसरी संभाल भी न पाए थे कि इतने बड़े अफसर का दौरा झेलने का अवसर आ गया।

बड़े साहब, जो दौरे पर आने वाले हैं, वे पूरे जोन के सबसे बड़े अफसर हैं। उनके नीचे कई जिलों के, तहसीलों के और सभी ब्लॉकों के कार्यालय हैं। इस ब्लॉक में रेस्ट हाउस बहुत अच्छा है। पास ही राष्ट्रीय उद्यान भी है, जिसमें शेर, चीते और भालू आदि देखे जाते हैं। कुल मिलाकर दौरे के लिए यह काफी अच्छी जगह है।

छोटे साहब की रातों की नींद गायब हो गई। इतने बड़े अफसर का दौरा झेलने का यह उनका पहला अवसर है। वे समझ नहीं पा रहे हैं कि क्या इंतजाम करें और क्या न करें। बड़े साहब सिर्फ 'जानीवाकर' पीते हैं। नाश्ते में क्या रखें? लंच कैसा रहेगा? और डिनर में क्या बनवाया जाए? ये चिंताएं और ऊपर से जाने क्या पूछ लें? मैं जवाब दे पाऊंगा कि नहीं? यह आशंका भी उन्हें खाए जा रही है। वैसे रामधन बाबू है। एक दौरा वह करा चुका है। बड़े साहब के

स्वभाव से वाकिफ है। वह सब कुछ संभाल लेगा। परंतु बड़े साहब जरा भी नाखुश हुए तो गाज तो मेरे ऊपर ही गिरेगी। यही सब सोचते हुए देर रात तक वे बिस्तर पर करवटें बदलते रहे। पत्नी ने एक-दो बार बेचैनी का कारण भी पूछा। 'कुछ नहीं' कहकर वे टाल गए। अब उससे क्या कहते! शायद वह परेशानी का कारण जानकर मेरे ऊपर ही हंसती और कहती, "अरे, बड़े साहब आ रहे हैं। वे कोई शेर हैं क्या जो खा जाएंगे!" अब पत्नियां क्या जानें कि उनके पतियों को दफ्तरों में क्या-क्या पापड़ बेलने पड़ते हैं।

आज बारह बजे की ट्रेन से बड़े साहब आएंगे। रेस्ट हाउस में लंच लेंगे। रात रुकेंगे। और दूसरे दिन बारह बजे प्रस्थान होगा। ऐसा कार्यक्रम ज्ञात हुआ है। दो दिनों से इस दफ्तर के सभी कर्मचारी उनके दौरे की व्यवस्था में संलग्न हैं। सारी फाइलें अप-टू-डेट कर ली गईं। कार्यों का ब्योरा तैयार कर लिया गया। रेस्ट हाउस में नाश्ता, डिनर और लंच की उत्तम व्यवस्था कर दी गई। शायद बड़े साहब 'राष्ट्रीय उद्यान' जाएं या और कहीं भी जा सकते हैं इसलिए विभागीय जीप बिलकुल टिपटॉप कर दी गई।

आज सुबह से छोटे साहब पूजा-गृह में जो घुसे सो निकलने का नाम ही नहीं ले रहे हैं। रोज तो बस दो मिनट में भगवान के सामने अगरबत्ती घुमाकर नाश्ते के लिए पत्नी को आवाज देने लगते हैं। नाश्ते में थोड़ी देर हो जाए तो पत्नी को झिड़की भी देते हैं। और आज उनकी पत्नी तीन बार उन्हें नाश्ते के लिए पुकार चुकी है और वे पिछले दो घंटे से भगवान की पूजा ही कर रहे हैं। पत्नी ने जब चौथी बार आवाज लगाई, तब 'संकट कटै मिटै सब पीरा, जो सुमिरै हनुमत बलबीरा' कहते हुए वे बाहर आए। नाश्ते में उनका मन नहीं लगा। एक-दो निवाले मुंह में डालकर पत्नी को यह कहते हुए, "जी ठीक नहीं है।" जल्दी ही ऑफिस की ओर चल दिए।

ऑफिस पहुंचकर उन्होंने स्वयं हर टेबल पर जाकर फाइलों को अंतिम बार देखा। सुपरवाइजर, हेल्पर, बड़े बाबू, छोटे बाबू, डिस्पैचर, टाइपिस्ट और चपरासी सबको उन्होंने एक बार फिर आवश्यक हिदायतें दीं। किसी को रेस्ट हाउस भेजा। किसी को कोल्ड ड्रिंक के लिए कहा। किसी से बर्फ के लिए पूछा। फिर रामधन बाबू को अपने चेंबर में बुलाकर उन्होंने आवश्यक सलाह ली, "क्यों रामधन बाबू, बड़े साहब को उपहार में क्या देना पड़ेगा?"

रामधन बाबू ने अपने बुजुर्गाना अंदाज में धीरे से कहा, "बड़े साहब हैं।

इनको कब-कब आना है यहां। कोई ऐसी चीज दीजिए कि उनको याद रहे और आपके भविष्य के लिए भी उससे अच्छा प्रभाव बना रहे।"

साहब कुछ सोचकर बोले, "अपना यह क्षेत्र कोसे के कपड़ों के लिए प्रसिद्ध है। तुम कहो तो साहब के लिए एक सफारी सूट का कपड़ा और मेम साहब के लिए एक-दो साड़ियों के बंडल पैक करवा दें?"

रामधन ने अपने निचले होंठ के नीचे तंबाकू दबाते हुए कहा, "अरे, कपड़ा-अपड़ा की कोई कमी थोड़े है उनको? इतने बड़े साहब हैं सफारी एवं साड़ियों का तो अंबार होगा उनके यहां।"

"तो फिर कहो, का करें? अब तुम तो एक दफा उनका दौरा देखे भी हो। जैसा कहो सो कर दें।" साहब चिंतित हुए।

"आप तो साहब लिफाफा भर मोटा-सा रख लो। जाते समय वही टिका देना। सब चीजें भूल जाती हैं साहब, तुरंत लिफाफा हर अफसर को हमेशा याद रहता है।" रामधन बाबू ने गुरुगंभीर शैली में समझाया।

फूलमालाएं लेकर साहब रामधन बाबू के साथ रेलवे स्टेशन पहुंचे। गाड़ी राइट टाइम थी। साहब बेचैन थे। रामधन बाबू आश्वस्त। बड़े साहब प्रथम श्रेणी के डिब्बे से उतरे। उन्हें मालाएं पहनाई गईं। ससम्मान उन्हें विभागीय जीप में बिठाकर रेस्ट हाउस लाया गया। वहां पूरी व्यवस्था थी। बड़े साहब ने जमकर पी और डटकर खाया। फिर घंटेभर तक वे सोए। थकान मिटाई। तत्पश्चात् वे राष्ट्रीय उद्यान घूमने चले गए। इधर ऑफिस में उनका इंतजार होता रहा। पिछले दो दिनों से ऑफिस के हर छोटे-बड़े कर्मचारी की हालत खराब थी। जाने कहां-कहां से लोगों ने जरूरी और गैरजरूरी आंकड़े जमा किए थे। बंद, बीमार और घिसट-घिसटकर चलती योजनाओं के पूरे ब्योरे इकट्ठे किए। ऑफिस का हर रजिस्टर, हर फाइल और प्रत्येक पेपर नए सिरे से सुधारा गया। साहब ने जाने कैसी-कैसी सूचनाएं, आंकड़े और ब्योरे पूरी तरह कंठस्थ कर लिए थे। सभी मातहत पूरी तरह तैयार थे, एक कठिन परीक्षा देने के लिए।

बड़े साहब शाम को थके-हारे आए और आते ही फिर पीने बैठ गए। उन्होंने वहीं रेस्ट हाउस से दो-तीन फोन किए। फिर खाने की टेबल पर देर तक जमे रहे। थोड़ी देर बाद उनके आठ-दस परिचित वहां आ धमके और आते ही उलाहना देते हुए कहने लगे, "वाह! वर्माजी, आप यहां खाना खा लेंगे, तो फिर हम लोग आपका स्वागत किस प्रकार करेंगे?"

"आपके यहां भी खा लेंगे। अरे, आपके बेटे की शादी में आए हैं। उसके ससुराल वालों का माल ऐसे ही थोड़े छोड़ देंगे।" वर्माजी गले तक खाए हुए जब जोर से हंसे तो लगा कि वे अभी यहीं फर्श पर कहीं वमन न कर दें।

आगंतुक सज्जन फिर विनीत भाव से बोले, "वर्माजी, आपसे तो हमने अपने पत्र में ही रिक्वेस्ट की थी कि आप हमारे साथ बारात के संग ही रुकिएगा। फिर आपने ही लिखा कि आपके विभाग का कार्यालय है यहां! नाहक ही इन लोगों को परेशानी...।"

अब साहब की बारी थी। उन्होंने झट अधबीच बात पकड़ते हुए हें-हें करके कहा, "नहीं-नहीं, इसमें परेशानी की क्या बात है? ये तो हमारा परम कर्तव्य है। वो तो अच्छा हुआ कि साहब आपके यहां शादी में आए और हम लोगों को दर्शन का और सेवा का मौका मिल गया।"

बड़े साहब मंद-मंद मुस्काए। फिर हाथ-मुंह धो-पोंछकर, आने वालों के साथ विवाह कार्यक्रम में सम्मिलित होने चल दिए।

अब जाकर पता चला कि साहब के किसी मित्र के सुपुत्र का विवाह आज इस कस्बे में संपन्न होने जा रहा है। उसी में सम्मिलित होने के लिए बड़े साहब ने यह दौरा तय किया था। परंतु जब तक बड़े साहब यहां हैं, छोटे साहब की जान तो सांसत में ही रहेगी।

दूसरे दिन ठीक लंच के समय बड़े साहब रेस्ट हाउस पधारे। उन्होंने फिर पी और भरपेट मनपसंद लंच लिया। वे मुश्किल से जीप में बैठ पाए। अब उनके जाने की तैयारी थी।

साहब और रामधन बाबू उन्हें छोड़ने रेलवे स्टेशन तक गए। गाड़ी सही समय पर आई। साहब ने प्रथम श्रेणी का टिकट उनको थमाया। बड़े बाबू ने कुहनी से लिफाफा देने के लिए इशारा किया। एक बार तो मन में इच्छा प्रकट हुई कि कम से कम इसे तो बचा लें फिर जाने क्या सोचकर साहब ने वह मोटा लिफाफा बड़े साहब की तरफ बढ़ा दिया।

"अरे, इसकी क्या जरूरत थी?" ऐसा कहते हुए बड़े साहब ने इत्मीनान से वह लिफाफा अपने कोट की भीतरी जेब में डाल लिया।

साहब ने दूसरे दिन दफ्तर में आकर सबको बताया कि बड़े साहब का यह दौरा बहुत सफल रहा।

एक सुबह भैयाजी के बंगले पर

भैयाजी का बंगला। सफेद झकाझक। ठीक उनकी श्वेत खद्दर की पोशाक की तरह। सामने विशाल लौहद्वार। वहां चुस्त-दुरुस्त बंदूकधारी गार्ड। लंबा-सा लॉन पार करने के बाद, एक चौड़ा बरामदा। पास ही एक कमरे में कुछ टाइपिस्ट और कुछ क्लर्क स्वयं को अफसरों का अफसर समझने के दंभ से ग्रसित। बरामदे में अच्छी-खासी भीड़। सबके हाथों में एक अदद कागजों का पुलिंदा। बगल में भैयाजी का सुसज्जित कमरा। कमरे में–

"गुड मॉर्निंग सर!"

"गुड मॉर्निंग! हलो! कैसे हैं आप?"

"ठीक है। ट्रांसफर अभी तक नहीं हुआ सर!"

"हो जाएगा। खन्ना से मिले थे?"

"नहीं मिल पाया।"

"फिर कैसे होगा आपका काम! खन्ना से मिल लीजिए। आज ही।"

"ठीक है सर! काम तो हो जाएगा?"

(जवाब में भैयाजी आंखें तरेरकर देखते हैं।)

"ठीक है। जाता हूं सर! खन्ना के पास।"

(दूसरा आदमी भीतर जाता है।)

"नमस्कार सरकार!"

जवाब में मुंडी हिलाकर, "हां, क्या है? जल्दी कहो। मीटिंग में जाना है।"

"सरकार, आप जब दौरे के समय गांव में आए रहे...।"

"हां-हां, जल्दी कहो। मुझे तुम्हारी रामायण नहीं सुननी। बात क्या है?"

"सरकार, हमारा एकई लड़का है। हम बुढ़ा गए। इसकी पढ़ाई में खेत बिक गया। कर्जा ऊपर से है। लड़का एम.ए. पास है। प्रथम श्रेणी में। कहीं लगवा

देते तो बड़ी किरपा हो जाती!"

"कहीं ऐसे नौकरी मिलती है?"

"आप गांव में कहे थे सरकार कि पढ़े-लिखे लोगों को काम दिलवाएंगे।"

"एप्लाई कराओ। नौकरी मिल जाएगी।"

"सरकार आपकी किरपा हो जाती...।"

"मैं भला क्या कर सकता हूं! आप लड़के का आवेदन छोड़ जाओ।" वह खड़ा रहता है। चुपचाप। गुमसुम-सा।

(लगभग चीखते हुए)

"अब जाइए न यहां से।"

(तीसरे आदमी का प्रवेश)

"नमस्कार!"

"आइए, आइए। नमस्कार!"

"कहिए! कैसा चल रहा है आपका अखबार?"

"सब आपकी कृपा है। वो न्यूज जो आपने भिजवाई थी। आज विस्तारपूर्वक छप गई है।" (अखबार खोलकर दिखलाते हुए)

"ये देखिए सर!"

"हूं, ठीक कवर किया है।"

"सर, उस गुट में तो इस न्यूज से हड़कंप मच गया होगा!"

"हम भी तो चालीस साल से राजनीति कर रहे हैं। वो कल के लौंडे अभी क्या जानें, राजनीति क्या है?"

"आपका तो जवाब नहीं सर! वो...एक छोटा-सा काम लेकर आया था मैं।"

"कहो?"

"कुछ विज्ञापन और दिलवा दीजिए।"

"पिछले दिनों ही तो वो ऑर्डर...।"

"उसमें क्या होता है सर! हमारा अखबार ही तो सही माने में जनता की आवाज है। यह आवाज यूं ही बुलंद रहे, इसके लिए कुछ तो...।"

"ठीक है। खन्ना से मिल लो। बता देना मैंने कहा है।"

"थैंक यू सर!"

(अगले आदमी का प्रवेश)

"हमको रामू दादा भेजे हैं। पूछे के खातिर कि उनकी जमानत अभी तक

काहे नहीं हुई?"

"धीरज धरो। हो जाएगी जमानत। और धीरे बोलो। बाहर बहुत लोग खड़े हैं। ऐसे में नहीं आना था तुम्हें!"

"वो हम कुछ नहीं जाने साहब! रामू दादा से हम का कहें?"

"सब ठीक हो जाएगा। बलात्कार का मामला है। समय तो लगेगा ही। परंतु सब ठीक हो जाएगा। कहना, हम हैं तो। देख लेंगे।"

"रामू दादा याद दिलाए हैं कि चुनाव के दिनन में आपके कई कठिन काम निपटाए रहे हैं...।"

"हां-हां, मुझे सब याद है। अब तुम जाओ यहां से। कहना, सब ठीक हो जाएगा।"

"अच्छा चलत हैं साहब! जै रामजी की।"

"जै रामजी की।"

(कई लोगों का एक साथ प्रवेश)

"नमस्कार! नमस्कार!! नमस्कार!!!"

"नमस्कार! आइए, आप लोग कहां से आए हैं।"

"हम लोग आपई के क्षेत्र महमदपुर से आए हैं।"

"अच्छा-अच्छा। कहिए, मैं क्या सेवा करूं आपकी?"

एक : "हुजूर, हमारे कॉलेज में स्वर्ण जयंती समारोह है। आपसे विनती है कि पधारकर छात्रों का मार्गदर्शन करें।"

"कब है, आपकी शाला में यह कार्यक्रम?"

"अगले महीने की 15 तारीख को।"

(कुछ सोचकर)

"ठीक है आ जाएंगे हम। गेदरिंग अच्छी होनी चाहिए।"

"बिलकुल होगी हुजूर।"

दूसरा : "हुजूर, वो संत कवि हैं एक ठो, उनके नाम से विश्वविद्यालय में सुना है, कोनऊ पीठ खुलने वाला है! अखबार में समाचार छपा रहा है!"

"हां, वो तो सैंक्शन हो गया है।"

"तो साहब अपने ये पुत्तनजी हैं। हिंदी के परम विद्वान्, कवि, लेखक, आलोचक और जाने क्या-क्या! इनका नाम...।"

"ठीक है, इन्हीं का नाम भेज देंगे।"

“धन्यवाद साहब!”

“15 तारीख का कार्यक्रम तय रहा सर!”

“हां, ठीक है, गेदरिंग अच्छी होनी चाहिए।”

समवेत स्वर : “अवश्य होगी सर!”

“नमस्कार!”

“नमस्कार!!”

(कुछ खद्दरधारी नेतानुमा लोगों का प्रवेश)

“ओऽ आप लोग। आइए। आइए। बैठिए।”

“नमस्कार!”

“नमस्कार!”

“कहिए कैसे हैं, आप लोग?”

“अब तो सब हाईकमान की कृपा पर निर्भर है।”

“ठंडी आह क्यों भर रहे हैं?”

“खबर है कि इसी हफ्ते मंत्रिमंडल में फेरबदल होना है।”

“हां, होना तो है।”

“आपकी गोटी तो फिट है। चिंता तो हमें है। विरोधी गुट ने हाईकमान के कान भर दिए हैं। अब आप ही कुछ करिए। आपका ही सहारा है। आपकी बात हाईकमान गंभीरता से लेंगे।”

“वो तो ठीक है, परंतु इस बार सब कुछ गुपचुप चल रहा है। मेरे खिलाफ भी लोगों ने मोर्चा ताना है। हाईकमान कान के कच्चे हैं। इस बार कुछ कह नहीं सकते!”

“इस सरकार में तो आप अंगद के पांव जैसे जमे हैं। आपको भला कौन उखाड़ेगा? हां, हमारा खयाल करिएगा। आप जो कहेंगे वो औपचारिकताएं पूरी हो जाएंगी।”

“ठीक है। देखते हैं।”

“ऐसे नहीं चलेगा। हमें आश्वस्त करिए ताकि हम चैन की नींद सो सकें।”

“ठीक है भई, निश्चिंत रहिए आप लोग।”

“हां, ये बात हुई न! हम चलते हैं फिर।” (उठते हुए)

“नमस्कार!”

“नमस्कार!!”

(एक कार्यकर्ता का प्रवेश)

"पांवलागी भैया!"

"खुश रहो। इतने बेचैन क्यों हो?"

"वो थानेदार बहुत तंग करता है भैया। स्साला विरोधी गुट का है न। उसे अब हटवाना ही पड़ेगा भैया!"

"ठीक है, देखते हैं। और क्या समाचार हैं?"

"अगले महीने किसानों की रैली बिलकुल तय हो गई है।"

"हां, रैली बहुत लंबी निकलनी चाहिए। जितनी ज्यादा भीड़ होगी। हाईकमान पर उतना अच्छा इम्प्रेशन पड़ेगा।"

"आप बिलकुल फिकर न करें भैया। हम लोग जी-जान से जुटे हैं। पार्टी का काम है। चंदा कुछ कम हुआ है भैया।"

"क्यों? जंगल विभाग, आबकारी विभाग, लोक कर्म विभाग, इनकम टैक्स वाले, दारू भट्ठी के ठेकेदार, सटोरिए और काला बाजारिए, सबके सब मर गए क्या?"

"कुछ खूसट किसम के अफसर अपने क्षेत्र में घुस आए हैं। उन्हें हटाकर अपने आदमी लाने से काम बनेगा। (एक लिस्ट दिखाते हुए) ये कुछ नाम हैं, जिन्हें हटाकर अपने आदमी लाने से क्षेत्र का कल्याण होगा।"

"ठीक है, इसी महीने देखते हैं। बाकी सब ठीक है न?"

"हां, बाकी ठीक है।"

"रैली जोरदार निकलनी चाहिए।"

"वो हमारे ऊपर छोड़िए। सब फिट है।"

"भीतर भाभीजी के पांवलागी करके आते हैं।"

(उठकर भीतर चला जाता है।)

(बाहर सड़क पर)

सुमनजी : "कविसम्मेलन की अध्यक्षता के लिए किसी वरिष्ठ कवि को बुलाओ। किसी विद्वान् और भाषाविद् को बुलाओ! नेताजी का भला वहां क्या काम!"

एक वरिष्ठ कवि : "क्या सुमनजी, आप तो अभी भी वही मध्य युग में जी रहे हैं। इस कविसम्मेलन के लिए सारा जुगाड़ तो भैयाजी ने ही कराया है। बस, उन्हें अध्यक्ष बनानेभर की बात थी। जब उन्होंने अपना वादा निभाया तो क्या हम बुद्धिजीवी लोग अपना कर्तव्य भूल जाएं?"

दूसरे कवि : "सुमनजी, इस कविसम्मेलन से कई संभावनाएं जुड़ी हुई हैं। कवियों, लेखकों का एक प्रतिनिधिमंडल अगले महीने यूरोप के कई देशों के लिए जाने वाला है। यह कविसम्मेलन जम गया तो अगले महीने अपन यूरोप की सैर कर रहे होंगे।"

तीसरा कवि : "भैयाजी इसमें अध्यक्षता करेंगे इसलिए दूरदर्शन पर इसका अच्छा कवरेज रहेगा। वरना दूरदर्शन पर कौन पूछता है हमें! वहां तो वही कवि-लेखक छाए रहते हैं, जिन पर भैयाजी की कृपा है।" इतने में वे लोग भैयाजी के कमरे तक आ गए। सारे कवि, लेखक और बुद्धिजीवी खीसें निपोरते हुए भीतर प्रवेश करते हैं। "नमस्कार! प्रणाम! पांवलागी! जय हिंद!"

"नमस्कार! नमस्कार!! आइए। बैठिए।"

एक बुजुर्ग कवि : "श्रीमान, सभी कवियों की स्वीकृति आ गई है। शरद पूर्णिमा के दिन टाउन हॉल में कविसम्मेलन होना तय हो गया है। आपसे प्रार्थना है कि अध्यक्षता के लिए स्वीकृति प्रदान कर अनुगृहीत करें ताकि समाचार-पत्रों में हम विज्ञापन दें और कार्ड छपवाकर प्रचार-प्रसार कराएं।"

"वैसे तो मैं इतना व्यस्त रहता हूं कि साहित्यिक कार्यक्रमों के लिए समय ही नहीं मिल पाता। फिर भी आप इतना आग्रह कर रहे हैं तो आऊंगा। अवश्य आऊंगा।"

"धन्यवाद श्रीमान! हम लोग चलते हैं। नमस्कार!"

"ठीक है।"

सड़क पर : कवि किलकिया रहे हैं। कोई यूरोप के रंगीन सपनों में खोया है। कोई दूरदर्शन के परदे पर अपने मुखड़े की कल्पना से मुदित है। कोई भैयाजी का क्षणिक सान्निध्य पा जाने की खुशी में मस्त है।

बुजुर्ग कवि : खुद को भैयाजी का खास आदमी मानने लगे हैं। वे सोच रहे हैं, भैयाजी अब मेरी मुट्ठी में हैं। देखना मैं कैसे-कैसे काम कराता हूं उनसे।

वहीं सुमनजी धीरे-धीरे यह पद गुनगुनाने लगते हैं—

संतन को कहा सीकरी सो काम?
आवत जात पनहियां टूटीं, बिसरि गयो हरिनाम।।
जिनको मुख देखे दुःख उपजत, तिनको करिबे परि सलाम।
कुंभनदास लाल गिरधर बिनु, और सबै बेकाम।।

साहब की सरकारी गाड़ी

साहब की पहचान गाड़ी से है। वे सरकारी गाड़ी में घूमते हैं। सब्जी खरीदने जाते हैं तो सरकारी गाड़ी से। बाजार जाएंगे तो उसी गाड़ी में। बच्चों को स्कूल जाना है तो ड्राइवर सरकारी गाड़ी सहित हाजिर है। मेम साहब को सहेलियों के यहां किटी पार्टी में जाना है, वे सज-धजकर सरकारी गाड़ी में ही जाएंगी। नाते-रिश्तेदार आएंगे तो शहर में कहीं भी जाने के लिए ऑफिस की गाड़ी उपलब्ध है। कहीं-कहीं स्लोगन लिखा होता है—सरकारी संपत्ति आपकी अपनी संपत्ति है। इसमें सुधार किया जाना चाहिए—सरकारी दफ्तर की संपत्ति साहब की अपनी संपत्ति है। इस प्रकार ऑफिस की गाड़ी साहब की अपनी गाड़ी है।

गाड़ी में सुधार-कार्य बहुत होता है। जब से यह गाड़ी दफ्तर में आई, तब से अब तक उसकी मूल कीमत से कई गुना ज्यादा रकम उसके सुधार-कार्य में खर्च हो चुकी है। दफ्तर में हर महीने गाड़ी के रख-रखाव कार्य-संबंधी बहुत सारे बिल पास होते हैं। बिलों से ही पता लगता है कि इस दफ्तर में एक अदद सरकारी गाड़ी है। गाड़ी प्रायः साहब और साहब के परिवार वालों की सेवा में लगी रहती है। यों साहब सरकारी गाड़ी से ही दफ्तर आते-जाते हैं। सुबह गाड़ी उन्हें दफ्तर छोड़ आती है। शाम को आकर ले जाती है। शेष समय में साहब के घरेलू सदस्यों के लिए उपलब्ध रहती है या सुधार-कार्य के लिए किसी मिस्त्री के गैराज में होती है। कई साल पहले ऑफिस में ही साहब के चेंबर के पास गाड़ी रखने के लिए एक बढ़िया गैराज बनवाया गया था। आज तक इस गैराज में वह गाड़ी कभी नहीं रखी गई। आजकल उसमें दफ्तर का चौकीदार रहता है।

गाड़ी को जब खड़ी रखना होता है, तब वह साहब के बंगले में ही खड़ी की जाती है। ड्राइवर बाकायदा गाड़ी की चाबी साहब या साहब की 'मेम साब' को सौंपकर घर जाता है। यों साहब के पास अपनी निजी कार भी है।

बच्चों के लिए एक स्कूटर भी है; परंतु ये वाहन आपातकाल के लिए हैं। जैसे चुनाव का समय है, तब सभी सरकारी गाड़ियां कलेक्टर के अधीन हो जाती हैं। चुनाव-कार्य में सभी सरकारी वाहन लगा दिए जाते हैं, या फिर प्रोटोकाल वाले किन्हीं विशेष अवसरों पर गाड़ी अपने यहां बुलवा लेते हैं। तब साहब के यहां आपातकाल की स्थिति होती है। मजबूरन घर के सदस्यों को निजी वाहनों का उपयोग करना पड़ता है। यह स्थिति ज्यादा दिन नहीं रहती। जल्द ही दूसरे काम-काज निपटाकर गाड़ी पुनः साहब और साहब के परिवार की सेवा में लग जाती है। हां, इस दौरान गाड़ी के सुधार-कार्य संबंधी बिल शेष दिनों की अपेक्षा कई गुना बढ़ जाते हैं। साहब का मानना है कि दूसरे लोग गाड़ी का उपयोग करके उसे बीमार कर देते हैं। इसलिए अपने उपयोग से पूर्व उसे टिपटॉप कराना जरूरी है।

निजी वाहनों में सुधार-कार्य सरकारी बिलों से होता है। यह एक स्वस्थ परंपरा है। मंत्री से लेकर संतरी तक यही कर रहे हैं तो साहब क्यों न करें? साहब पूरे उत्साह से करते हैं। उनकी कार सुधरनी है तो उसी गैराज में जाएगी, जहां सरकारी गाड़ी सुधरती है। बच्चों के स्कूटर में कोई काम है तो वह भी उसी गैराज में होगा। सारे बिल सरकारी गाड़ी के नाम से बनकर फटाफट पास हो जाएंगे। यहां तक कि निजी वाहनों के टायर, ट्यूब एवं उपयोगी कल-पुर्जे सरकारी गाड़ी के मद में खरीदकर सरेआम उपयोग में लाए जाते हैं। सरकारी गाड़ी का पेट्रोल निजी वाहनों में डालते रहना तो बहुत आम बात है। शुरू में ही कहा जा चुका है, सरकारी दफ्तर की संपत्ति साहब की अपनी संपत्ति है। इस नियम के अनुसार साहब दफ्तर का बहुत सारा सामान अपने घर लाकर उसका सदुपयोग करते रहते हैं। 'सर्विस कंडक्ट रूल' के अनुसार ऐसा करने का उन्हें हक है। आखिर वे अफसर हैं। कोई मामूली आदमी नहीं।

दफ्तर के दूसरे कर्मचारियों को भी सरकारी काम के सिलसिले में अकसर गाड़ी की जरूरत महसूस होती है। वैसे तो कभी कोई अफसर से गाड़ी मांगने की हिम्मत ही नहीं करता। बहुत हिम्मत करके कोई मांग ही ले तो साहब उसे आग्नेय नेत्रों से घूरते हैं, जैसे उसने कोई जघन्य अपराध कर डाला हो। तत्पश्चात् साहब के मुंह से बोल फूटते हैं—"गाड़ी रिपेयर में है।"

इस प्रकार मातहतों के लिए गाड़ी हमेशा रिपेयर में होती है।

गाड़ी की लॉग-बुक भरने में साहब बहुत कुशल हैं। छोटी दूरी को लंबा

करना उन्हें भलीभांति आता है। इस काम में बहुत दिमाग लगता है। इसलिए वे हर शाम ड्राइवर से लॉग-बुक लेकर रात में एक पैग लेते हुए फटाफट उसे कंपलीट कर डालते हैं। यह काम उनका बहुत परफेक्ट होता है। गाड़ी रिपेयर के बिल आदि भी उनके बहुत टंच होते हैं। मजाल है कोई ऑडिटर कहीं जरा- सी भी गलती निकाल दे। न जाने कितने ऑडिटर आए, उनके बिलों का सही-सही ऑडिट करके चले गए। किसी ने कभी कोई गलती नहीं निकाली। सब उनके एकाउंट की तारीफ करते हैं। यों ऑडिटरों को खुश रखना साहब को भलीभांति आता है।

उस दिन शाम को ऑफिस टाइम के बाद गाड़ी भेजकर साहब ने कुछ मातहतों को अपने घर बुलवाया। उनका सौभाग्य, जो उन्हें ऑफिस की गाड़ी में बैठने का अवसर मिला। इस प्रकार सरकारी गाड़ी में लदकर ऑफिस के कुछ लोग साहब के घर पहुंचे। मालूम हुआ, आज दफ्तर में विधानसभा प्रश्नों के लिए जो जानकारी बनाई गई थी, उसमें बहुत कुछ जोड़ना-घटाना है। इन दिनों प्रदेश में विधानसभा सत्र चल रहा है। सरकारी दफ्तरों में भी काम चालू है। शेष दिनों में ऐसी मुस्तैदी नहीं रहती। ऑफिस टाइम के बाद भी काम चल रहा है। जानकारी लिपिबद्ध की जा रही है। दफ्तर-दफ्तर आंकड़ों का खेल खेला जा रहा है। लंबे-लंबे प्रोफार्मा भरे जा रहे हैं। पुरानी फाइलों की धूल झाड़ी जा रही है। नई फाइलें सजाई जा रही हैं। विधानसभा के प्रश्न हैं। जल्दी जवाब बनाकर भेजना है। जनता की दरख्वास्तें एक तरफ रख दो। छोड़ो दूसरे काम। पहले विधानसभा के लिए जानकारी लिपिबद्ध करो। सभी दफ्तरों में इमरजेंसी लागू है। तुरंत जानकारी भेजनी है, वरना मंत्रीजी वहां क्या करेंगे, विपक्षियों का मुंह ताकते रह जाएंगे या बगलें झांकते रहेंगे। ऐसी स्थिति न आने पाए, इसलिए फोन और फैक्स खड़खड़ा रहे हैं। तुरंत जानकारी चाहिए। आज ही। अविलंब।

अन्य दिनों में सरकारी दफ्तरों का वही पुराना रवैया रहता है—'नौ दिन चले अढ़ाई कोस।' जनता की कोई समस्या हो, किसी गरीब का कोई जरूरी आवेदन हो, तब सारी सूचना-क्रांति फिस्स हो जाती है। उस समय फोन और फैक्स काम नहीं करते। महीनों वह समस्या, वह आवेदन-पत्र सिर्फ विचाराधीन रहता है। बड़े दफ्तर तक बात ही नहीं पहुंच पाती। तब कोई जानकारी भरने के लिए सरकारी गाड़ी भेजकर मातहतों को घर नहीं बुलवाता।

साहब ने सब लोगों को समझाया—"ये प्रोफार्मा अभी अधूरे हैं। इनमें ये-ये

कॉलम अभी और भरने हैं। इन आंकड़ों को इस तरह जोड़-घटाकर लिखना है, ताकि फाइनली यह रिजल्ट आए।"

लोगों ने सारी बातें समझ लीं और गणित के उस सवाल को बनाने बैठ गए, जिसमें उत्तर पहले दे दिया गया है। अब उत्तर के अनुसार उन्हें सवाल को बनाना था।

रात बारह बजे तक काम चला। सभी कर्मचारियों ने बड़ी मेहनत से वैसी ही जानकारी बनाई, जैसी साहब चाहते थे। साहब देखकर खुश हुए। सुबह फैक्स द्वारा वे इस जानकारी को राजधानी भेज देंगे।

कर्मचारी जाने को हुए। वे एक-एककर बैठक से बाहर निकल रहे हैं। साहब ने उन्हें घर छोड़ने के लिए ड्राइवर से नहीं कहा। कर्मचारी बेचैन हैं। रात के बारह बजे उन्हें घर जाना है। गेट के बाहर सड़क पर कोई तिपहिया दिखाई नहीं दे रहा। साहब चुप हैं। कुछ नहीं बोल रहे।

एक सीनियर बाबू ने हिम्मत करके कहा, "साहब, हम लोगों को गाड़ी से घर भिजवा दीजिए।"

साहब कुछ बोल पाते, उससे पहले भीतर वाले कमरे से मेम साहब की आवाज आई—"गुड्डू को गाड़ी से रेलवे स्टेशन जाना है। एक बजे की ट्रेन है उसकी।"

मेम साहब के भाई हैं गुड्डू। साहब के साले, उन्हें रात एक बजे की ट्रेन पकड़नी है। सरकारी गाड़ी इंगेज है। अब दफ्तर के कर्मचारियों के लिए वह नहीं जा सकती। यों साहब के पास अपनी कार है, स्कूटर है, परंतु सरकारी गाड़ी के रहते साहब के साले और किसी वाहन से रेलवे स्टेशन क्यों जाएं? साहब की सरकारी गाड़ी उन्हीं के लिए है। समय पर उनके काम न आए, यह कैसे हो सकता है?

दफ्तर के कर्मचारी पैदल अपने-अपने घर की ओर जाने लगे। रात बारह बजे, दूर-दूर तक कोई तिपहिया दिखाई नहीं दे रहा। कर्मचारियों को लगभग पांच से सात किलोमीटर पैदल जाना है। वे जा रहे हैं। थोड़ी देर बाद उनके साहब की सरकारी गाड़ी गुड्डू को बिठाए हुए उनकी बगल से तेजी से गुजर गई।

एक पेट्रोल पंप की एजेंसी मुझे भी चाहिए

मेरे अभिन्न मित्र श्यामलालजी मुझे समझाते हैं—"पेट्रोल पंप की एजेंसी तुमको नहीं मिल सकती, दुबे! तुम नाहक परेशान हो।"

मैं कुछ उत्तेजित होकर उनसे कहता हूं—"क्यों नहीं मिल सकती मुझे पेट्रोल पंप की एजेंसी? क्या कमी है मुझमें? पढ़ा-लिखा आदमी हूं। मेहनती हूं। ईमानदार हूं। हर तरह का काम कर सकता हूं। कर्मठ हूं। मुझमें वे सारी योग्यताएं हैं, जो एक उद्यमी व्यक्ति में होनी चाहिए। मैंने अपना आवेदन-पत्र जरूरी सर्टिफिकेट्स के साथ पेट्रोलियम मंत्रालय को भेज दिया है। देखना, मुझे पेट्रोल पंप की एजेंसी जरूर मिलेगी।"

श्यामलालजी मुझसे उमर में बड़े हैं। उन्होंने ज्यादा दुनिया देखी है। वे मेरे आत्मविश्वास को देखकर परेशान हैं। वे फिर मुझे समझाने की कोशिश करते हैं—"मेहनती, ईमानदार और कर्मठ होना—ये पेट्रोल पंप की ही क्यों, कोई भी एजेंसी पाने के लिए अच्छे गुण नहीं हैं। और पढ़े-लिखे होने से क्या होता है? देश में करोड़ों पढ़े-लिखे युवक बेरोजगार घूम रहे हैं। सिर्फ डिग्री के बलबूते नौकरी तक नहीं मिलती, पेट्रोल पंप की एजेंसी तुम्हें कैसे मिल जाएगी? खाली आवेदन-पत्र तुमने पेट्रोलियम मंत्रालय को भेज दिया। अपने फालतू सर्टिफिकेट तुमने उसमें लगा दिए। उससे कुछ नहीं होने का। ये पेट्रोल पंप की एजेंसी का चक्कर छोड़ो। हां, कहीं पेट्रोल पंप के आसपास चाय-पान की दुकान खोलने के लिए प्रशासन से जमीन का टुकड़ा मिल जाए तो खुद को भाग्यशाली समझना।"

मैंने गंभीरतापूर्वक श्यामलालजी से कहा, "आप मुझे नर्वस कर रहे हैं। पेट्रोलियम पदार्थों की एजेंसी आवंटित करने के लिए बाकायदे एक चयन

बोर्ड होता है, जिसकी अध्यक्षता विद्वान् न्यायाधीश करते हैं। कई विद्वान् एवं महत्त्वपूर्ण लोग इस चयन बोर्ड के मेंबर होते हैं। ये समितियां पूरी तरह स्वायत्त होती हैं। यहां किसी भी प्रकार का दबाव या धांधली नहीं चलती।"

मेरी बात सुनकर श्यामलालजी ठहाका मारकर हंसे। मुझे बुरा लगा। वे उसी तरह हंसते हुए कहने लगे—"ठीक कहा तुमने! एक चयन बोर्ड होता है। प्रतिष्ठित और महत्त्वपूर्ण लोग इस बोर्ड के सदस्य होते हैं। परंतु प्रश्न यह है कि सदस्यों को चुनता कौन है?" निश्चित है, जो इन्हें चुनता है, वह इनसे ज्यादा महत्त्वपूर्ण होता है। बोर्ड में सभी उसकी मरजी के अनुसार काम करते हैं। जो ऊपर के निर्देशों का विरोध करते हैं, उन्हें तत्काल चयन समिति से हटा दिया जाता है। ये चयन समितियां स्वायत्त नहीं होतीं, स्वायत्तता का स्वांग रचती हैं। यहां सब प्रकार के दबाव और धांधलियां खुलेआम चलती हैं। इसके बावजूद तुम आस लगाए बैठे हो कि तुम्हें पेट्रोल पंप की एजेंसी मिल जाएगी! पेट्रोल पंप की एजेंसी तो नहीं, वहां पेट्रोल भरने वाले की नौकरी ही मिल जाए तो उसे बड़ी उपलब्धि समझना। उसके लिए भी लंबी लाइन है।"

मुझे श्यामलालजी की बातें अच्छी नहीं लगीं। उनकी तो ऐसी आदत है। व्यर्थ ही हर प्रसंग में मीनमेख निकालते रहते हैं। खुद तो जीवन में कुछ बन नहीं पाए। दूसरों को आगे बढ़ते हुए देखकर कुढ़ते हैं। कहते हैं कि जवानी में उन्होंने स्वतंत्रता आंदोलन में भाग लिया था। मुझे तो नकली आंदोलनकारी लगते हैं। असली तो सब सरकार में हैं। मैंने उनका पीछा नहीं छोड़ा। मैं फिर पूछ बैठा—"आखिर मेरे आवेदन-पत्र में कौन-सी कमी रह गई? मैंने सारी जानकारी ठीक-ठाक उसमें भर तो दी है। अपनी शैक्षणिक योग्यता के सारे प्रमाण-पत्र भी लगा दिए। साक्षात्कार में समिति वाले व्यक्तित्व और प्रबंध-कौशल का ही तो आकलन करेंगे। उसमें मैं खरा हूं। तब मेरे आवेदन को निरस्त करने की कोई गुंजाइश नहीं रह जाती। आप व्यर्थ ही मुझे हतोत्साहित कर रहे हैं।"

श्यामलालजी गुरु-गंभीर शैली में बोले, "पहली बात तो यह कि तुम उस वर्ग में नहीं आते, जिस वर्ग के लोगों को पेट्रोलियम पदार्थों की एजेंसी दी जाती है। यहां पूरी तरह आरक्षण नीति लागू है। नेता, अभिनेता, गुंडे, बदमाश, बिचौलिए, सेवक, कार्यकर्ता ऐसे लोगों का कोटा फिक्स है। इसके बाद यदि कुछ एजेंसियां बच गईं तो वे सामान्य लोगों के लिए हैं, जिनके लिए बहुत

भीड़ है। यहां भी खूब पापड़ बेलने पड़ते हैं। इस प्रकार प्रथमदृष्टया तुम्हारा आवेदन निरस्त होने के पूरे आसार हैं। फिर तुमने उसमें तरह-तरह के अपने सर्टिफिकेट भी ठूंस दिए हैं। वे सब बेकार के कागज हैं। उनकी जगह किसी मंत्री, सांसद या प्रभावशाली व्यक्ति की सिफारिशी चिट्ठी होनी चाहिए। इस प्रकार की चिट्ठी के अभाव में तुम्हारा आवेदन-पत्र दो कौड़ी का भी नहीं। मान लो यह सब नहीं है। जुगाड़ नहीं कर पाए तुम किसी की सिफारिश की तो एक मोटा सूटकेस काम करेगा। सूटकेस समझते हो? नहीं समझते। निरे बुद्धू हो। इसे पार्टी के लिए चंदा कहते हैं। यह पार्टी के नाम से लिया जाता है, परंतु व्यक्तिगत उपयोग में आता है। अब तुम सूटकेस का इंतजाम भी नहीं कर सकते, हद हो गई यार! रैलियां आयोजित नहीं कर सकते, सम्मेलन नहीं करा सकते, बूथ-कैप्चरिंग में तुम्हारी कोई योग्यता नहीं, दंगे-फसाद करा सकते हो? वो भी नहीं। तो तुम्हें पेट्रोल पंप की एजेंसी क्यों दी जाए? तुम किसी काम के आदमी नहीं और चले आए पेट्रोल पंप की एजेंसी मांगने।"

उनकी बातें सुनकर मैं सन्न रह गया। वे फिर शुरू हो गए—"कोई ऐसे ही चिट्ठी थोड़े लिख देगा कि ये हमारे क्षेत्र के हैं। मैं इन्हें जानता हूं। इन्हें एक पेट्रोल पंप की एजेंसी दे दें। मैं आपका आभारी रहूंगा। लोग अपनों के लिए कितने उत्साह से लिखते हैं, कृपा कर इन्हें एजेंसी दे दें। अधिकारियों को जरूरी निर्देश प्रदान करें। इन्हें डीलरशिप दिलाने पर गौर करें। डी.सी.एस. के साक्षात्कार में मदद करें, इनकी उम्मीदवारी पर सहानुभूतिपूर्वक सोचें। इनकी सहायता करना जरूरी है, ध्यान दें। बदले में मैं आभारी रहूंगा। एहसानमंद होऊंगा। कृतज्ञ रहूंगा, शुक्रगुजार रहूंगा, बड़ी कृपा होगी, अनुगृहीत रहूंगा इत्यादि। इन चिट्ठियों की भाषा यह बताती है कि इन्हें लिखवाने में उम्मीदवार को कड़ी मेहनत करनी पड़ी होगी। तुम कर सकते हो इतनी मेहनत, मिन्नत? तब तुम्हारा आवेदन-पत्र विचारणीय होगा।"

आजादी के बाद राजे-रजवाड़े समाप्त हुए। प्रिवीपर्स समाप्त हो गया, परंतु राज-परिवारों के सदस्यों का चरित्र नहीं बदला। वे सिर्फ राज करना जानते हैं, इसके सिवा कुछ नहीं कर सकते। पहले अंग्रेजों की शरण में जाकर उन्होंने अपने हित सुरक्षित किए। आजादी के बाद उन्होंने वर्तमान प्रशासन में सेंध लगाई। बदली हुई परिस्थितियों में उन्होंने राजनीति को साधा। उसमें अपने लिए

जगह बनाई। राजनीतिक पार्टियों ने उन्हें हाथोहाथ लिया। कुंवर साहब चुनाव लड़ने लगे। राज-परिवार वाले मंत्री हो गए। कुछ जागीरदार, इलाकेदार और बड़े भू-स्वामी, जो सक्रिय राजनीति में सफल न हो पाए, उन्हें बसों के परमिट और पेट्रोल पंपों की एजेंसियां देकर उपकृत किया गया। पहले जमींदार साहब बेनामी जमीनें रखते थे, अब तरह-तरह की बेनामी एजेंसियां रखते हैं। बिना परमिट के धड़ल्ले से राष्ट्रीय राजमार्गों पर निजी बसें दौड़ाते हैं। पेट्रोल पंपों में तेल कम मापने और पेट्रोल में मिट्टी का तेल मिलाने की जो आम शिकायतें हैं, शोषण का यह आधुनिक रूप है। शोषण के ऐसे ही रास्तों से उनके मालिकों को राजनीति में लंबी पारी खेलनी है। उन्हें सत्ता में बहुत दूर तक जाना है। इसलिए सभी पार्टियों ने ऐसी पेट्रोलियम संतानें पैदा कीं, जिनमें राजधानी तक दौड़ने की कूवत हो। आज जिसे पेट्रोलियम पदार्थों की एजेंसी मिल रही है, कल उसे चुनाव लड़ने के लिए टिकट मिल सकती है। या जो प्रतिभाशाली अपने लिए पेट्रोल पंप की एजेंसी का जुगाड़ फिट कर सकता है, कल वह अपने लिए किसी भी पार्टी से चुनाव टिकट भिड़ा ही लेगा, इसमें कोई संदेह नहीं है।

मैंने अभी मैदान नहीं छोड़ा। श्यामलालजी के गंभीर तर्कों का जब मुझे कोई जवाब न सूझा, तब मैंने उनसे पूछा, "क्या किया जाए श्यामलालजी? आप ही सुझाइए। मुझे एक पेट्रोल पंप की एजेंसी अवश्य चाहिए।"

श्यामलालजी ने शांतिपूर्वक फिर समझाया—"किसी राजनीतिक पार्टी में घुस जाओ। कार्यकर्ता बन जाओ। भैयाजी के सेवादल में सम्मिलित हो जाओ। बड़े-बड़े लिक्खाड़ ऐसी राजनीतिक पोलों में घुसे मिलेंगे। भैयाजी के दरबार में दंड-बैठक लगाकर ही लोग बड़े पुरस्कार पाते हैं। अकादमी के सदस्य बनते हैं। साहित्य समितियों में लिए जाते हैं। विदेश जाते हैं। तुम्हें पेट्रोल पंप की एजेंसी मिल जाएगी। बस भैयाजी की कृपा चाहिए।"

मैं आज तक भैयाजी से नहीं मिला। कोई काम ही नहीं पड़ा। मुझे तो सीधे रास्ते ही मालूम हैं। क्या पता था कि सफलता की गली वहां से मुड़ती है। एक दिन मैं हिम्मत करके भैयाजी की गली में उतर गया। पहुंच गया उनके दरबार में। वहां पहले से ही कई 'कलम के सिपाही' विद्यमान थे। मुझे देखते ही उनमें कानाफूसी होने लगी। एक-दो लोग उठकर भैयाजी के कान में कुछ कह आए। वे सब भैयाजी के अंतरंग थे, आत्मीय थे, उनके अपने आदमी

थे। भैयाजी उनसे सलाह-मशविरा करते। वे अपने हितों को साधकर भैयाजी को नीतिशास्त्र बताते। उन्होंने मेरे विषय में भी भैयाजी को समझा दिया। मैं असमंजस में था कि क्या करूं। फिर श्यामलालजी के उपदेश याद करके मैंने अपनी बात भैयाजी से कह दी।

भैयाजी मुस्कराए। फिर चतुर-सुजान की तरह बोले, "आप इतने बड़े लेखक हैं। मां भारती की सेवा कर रहे हैं। साहित्य जगत् को आपसे बहुत आशाएं हैं। मैं नहीं चाहता कि पेट्रोल बेचने जैसा साधारण काम आप करें। इससे साहित्य का बहुत नुकसान होगा। पेट्रोलियम पदार्थों की ही क्यों, कोई भी एजेंसी दिलाना हमारे लिए बहुत साधारण काम है। परंतु हम साहित्य का नुकसान होते नहीं देख सकते। साहित्यकार को क्या चाहिए—हवा, पानी और पेड़ की छांव। हमारे रहते उसकी कमी आपको नहीं होगी। पेट्रोल पंप की एजेंसी लेने का विचार आप अपने मन से निकाल दीजिए। वह आपको नहीं मिलेगी। वैसे आज ही मैंने अपने शहर के कई हिस्ट्रीशीटरों के नाम पेट्रोल पंप आवंटित करने के लिए पेट्रोलियम मंत्री को लिखा है। उन्हें जब एजेंसी मिल जाए, तब पेट्रोल पंप में आपको या आपके बेटे को कोई छोटी-मोटी नौकरी चाहिए हो तो जरूर आइएगा। हम उस पर सहानुभूतिपूर्वक विचार करेंगे।"

श्यामलालजी को जब मैंने भैयाजी के पवित्र उद्गार बताए तो वे मुझे डांटते हुए कहने लगे—"तुम कभी पेट्रोल पंप की एजेंसी नहीं पा सकते। हां, इस प्रकरण पर एक लेख लिख सकते हो।"

पाठको,

श्यामलालजी ने ठीक ही कहा था। यह लेख उसी का सुपरिणाम है।

हाय! हम न हुए माफिया

आजकल माफिया के बड़े चर्चे हैं। पुराने जमाने में एक शब्द प्रचलित था—'गुंडा'। जयशंकरप्रसादजी ने इस शीर्षक से प्रसिद्ध कहानी लिखी है। अब वैसे चरित्र दिखाई नहीं देते। माफिया का जमाना आ गया है। पहले शारीरिक बल पर पहलवान किस्म के लोग गुंडई करते थे। अब धनबल और राजनीतिक पहुंच से माफिया लुच्चई करते हैं। इन दिनों किसी भी बल के बिना कोई काम नहीं होते। इसलिए आह भर मैं कहता हूं—हाय! हम न हुए माफिया।

परसों दिनभर हमारे घर की बिजली गुल रही। सुबह-सुबह कुछ तेज हवा चली, पानी बरसा। और खंभे से—हमारी कॉलोनी में चार-पांच घरों का कनेक्शन जिस तार से था—वह बीच से टूटकर सड़क पर गिर गया। तार का एक छोर खंभे में ही लगा था और दूसरा सड़क को छू रहा था। सड़क गीली थी। सड़क पर जगह-जगह छोटे-बड़े गड्ढों में लबालब पानी भरा था। बच्चे वहां खेल रहे थे। लोग आ-जा रहे थे। कोई सहसा खंभे से लटकते हुए तार को देख लेता तो चौंककर परे हट जाता। वह तार जहरीले सांप की तरह खुला लटक रहा था और कोई सुनने वाला न था। हमने सुबह सात बजे ही संबंधित ऑफिस में कम्प्लेन दर्ज करा दी थी। दिन में तीन-चार बार स्मरण भी कराया। परंतु जब शाम तक कोई न आया तब कॉलोनी में सबको चिंता हुई। किसी ने कहा, "रम्मू भैया फोन कर दें तो फट से काम हो जाएगा।"

हम दो-तीन लोग रम्मू भैया के पास गए। उनसे अपनी समस्या के विषय में हमने बताया। उन्होंने फोन घुमाया। उधर से आवाज रही होगी—"कौन?" रम्मू भैया दहाड़े—"मैं तुम्हारा बाप बोल रहा हूं। हरामजादो! दस मिनट में उस मोहल्ले की लाइट बन जानी चाहिए। समझे!"

और सचमुच दस मिनट में मोहल्ले की लाइट सुधर गई। बाद में मालूम हुआ कि रम्मू भैया किसी माफिया गिरोह में प्रभावशाली आदमी हैं। शालीनता, सौहार्द और प्रेम की भाषा आज अप्रासंगिक हो गई। आदेश की भाषा, मारधाड़ की धमकी और क्रोध के तेवर—यही आज प्रासंगिक हैं। ज्ञान, चरित्र और सज्जनता नेपथ्य में हो गए और माफिया का प्रभाव शिखर पर आ गया। यह प्रगति है।

हमारे शहर में एक प्रसिद्ध भू-माफिया हैं। लोग बताते हैं कि दो चीजें उन्हें बहुत पसंद हैं—एक श्रीखंड, दूसरा भूखंड। वे दोनों को बड़े चाव से खाते हैं। वे बड़े भाग्यशाली हैं। उन्हें खाने के लिए भूखंड और श्रीखंड सदा उपलब्ध रहते हैं। शहर के चौक में खड़े होकर यदि चारोंओर नजर दौड़ाई जाए तो जहां तक नजर पहुंचती है वहां तक उनका साम्राज्य है। बहुमंजिली इमारतें उनकी, बाजार उनका, स्कूल उनका, धर्मशाला उनकी, होटल उनके, कहवाघर उनका, रेड लाइट एरिया उनका, अस्पताल उनका, देवालय उनका और मधुशाला उनकी। इन सबसे भी उनका पेट नहीं भरा। श्रीखंड खाकर तो उनकी भूख मिट भी जाती है; परंतु भूखंड पर भूखंड खाते रहने के पश्चात् भी वे उसके भूखे हैं। शहर के बाहर उन्होंने कई खेत खरीद लिए, सरकारी जंगल हड़प लिए, मैदानों पर कब्जा कर लिया। आसपास कहीं कोई खाली जमीन नहीं बची, जिस पर उनका अधिकार न हो। वे भू-माफिया के रूप में प्रतिष्ठित हैं।

वे भू-माफिया हुए तो अच्छा हुआ। समाज में उनका सम्मान है। राजनीति में उनकी ऊपर तक पहुंच है। बाजार उनकी मुट्ठी में है। बड़े-बड़े लोग उनसे एक अदना जमीन के टुकड़े के लिए गिड़गिड़ाते रहते हैं। वे जिसे जहां चाहें, बसा दें और वर्षों से बसे हुए को पलभर में उखाड़ फेंकें। शहरभर में सारी झोंपड़पट्टियां उन्हीं की कृपा से फल-फूल रही हैं। जब चुनाव नजदीक आते हैं तो सरकार झोंपड़पट्टी वालों के लिए चिंतित हो जाती है। इस चिंता के मूल में हमारे प्रिय भू-माफिया ही होते हैं। ये भू-माफिया सरकार को सुझाते हैं—"झोंपड़पट्टी वालों को पट्टा दे दीजिए।" सरकार तुरंत सुझाव मान लेती है। झोंपड़पट्टी वालों को पट्टे बंटने लगते हैं। इनमें आधे से ज्यादा पट्टे भू-माफियों के होते हैं।

मैं सोचता हूं, काश, मैंने भी कहीं अवैध कब्जा करके एक झोंपड़ी ही बना

ली होती! मुझे भी मुफ्त में उस जमीन का पट्टा मिल जाता। इतनी बड़ी धरती पर अपने पास एक इंच जमीन नहीं है, जिसे मैं अपनी कह सकूं। मेरे जैसे जाने कितने भूमिहीन हैं, जिनके पास एक झोंपड़ी तक नहीं है। उन्होंने कहीं कोई अवैध कब्जा नहीं किया। ऐसे भूमिहीनों के लिए सरकार कब सोचेगी?

झोंपड़पट्टी वालों को पट्टे वितरित हो रहे हैं और शहर के भू-माफिया खुश हैं। हर चुनाव पर झोंपड़पट्टी वालों को बसाने के लिए सोचा गया। परंतु वे कहां बसें? यह खोज का विषय है। हां, नई बहुमंजिली इमारतें बनीं, पंचसितारा बड़े होटल बने, औद्योगिक कॉम्पलेक्स निर्मित हुए, परंतु भूमिहीनों के लिए घर नहीं बने।

जमीन के अलावा भी कई क्षेत्रों में माफिया गिरोह सक्रिय हैं। रक्षा सौदों से लेकर चारा घोटाले तक की गौरव गाथा में माफिया सक्रिय हैं। विदेशी सामानों का आयात-निर्यात, नकली दवाइयों का निर्माण, शिक्षा के क्षेत्र में घोटालों से लेकर फिल्मी दुनिया तक में माफिया के चर्चे अब आम हैं। लोग कहते हैं कि दुबई में बैठा हुआ कोई माफिया फिल्मी दुनिया के कलाकारों को अपनी उंगलियों पर नचा रहा है। यहां कुछ देशी माफिया सरकार को अपनी उंगलियों पर नचाते हैं। ऐसी स्थिति में मेरा मन आह भरते हुए क्यों न कहे—हाय! हम न हुए माफिया।

पिछले बीस सालों से साहित्य के क्षेत्र में हम कलम घिस रहे हैं। छह पोथियां छप गईं; परंतु किसी ने नोटिस नहीं लिया। अपुन किसी साहित्य माफिया की शरण में नहीं गए। किसी गिरोह में अपुन शामिल नहीं हुए। इसलिए किसी साहित्यिक संस्थान, अकादमी और परिषद् ने अपुन को नहीं पहचाना। साहित्य के क्षेत्र में भी माफिया का बोलबाला है। कई गैंगस्टर यहां अपना-अपना गिरोह चलाते हैं। सबके अपने झंडे, पंडे, डंडे और गुंडे हैं। मुक्तिबोध मित्रों, परिचितों से मिलने पर पूछते—"पार्टनर, आपकी राजनीति क्या है?" साहित्य में अब स्थापित होने के पहले पूछा जाता है—"किस गिरोह के हो?"

कुछ बड़े समीक्षक हैं। वे साहित्य के माफिया हैं। ये समीक्षक सिर्फ अपने सेवकों की रचनाएं पढ़ते हैं। जिसकी जैसी सेवा-टहल, उसकी कृति का वैसा मूल्यांकन। साहित्य माफिया के कुछ लिक्खाड़ अत्यंत शक्तिशाली हैं। पत्रिकाएं इनकी दासी हैं, पुरस्कार इनकी मरजी के गुलाम। अकादमी इनके चरणों में।

साहित्य परिषदें इनकी जेब में। समारोह इनकी इच्छानुसार। आमंत्रण इनसे पूछकर। सम्मान-अलंकरण इनकी टिप्पणी के मुहताज। कौन-कौन लेखक विदेश जाएंगे? जिनके नाम ये सुझाएं। मंत्री, अफसर, विज्ञापनदाता, बड़े पूंजीपति और अन्य क्षेत्रों के प्रभावशाली व्यक्ति इनके परिचित-प्रशंसक। पहले साहित्य में 'संसद से सड़क तक' की चर्चा थी, अब साहित्य के रास्ते सड़क से संसद की ओर जाते हैं।

इस प्रकार साहित्य जगत् में भी माफिया जबरदस्त रूप से सक्रिय हैं। क्यों न हों! जब सब क्षेत्रों में विकास हो रहा है तब साहित्य ही क्यों पिछड़ा रहे! रक्षा सौदे, संचार सामग्री, बोफोर्स तोपें, हवाला प्रकरण, चारा घोटाला जैसी गौरव गाथाएं साहित्य जगत् में भी आ रही हैं। आनी ही चाहिए। यह क्षेत्र भी विकास की मुख्यधारा से जुड़ना चाहिए। हमारे कर्मठ साहित्यकर्मी इस दिशा में तेजी से सक्रिय हैं। कोई साक्षरता में रमा है, कोई प्रौढ़ शिक्षा में व्यस्त है। कुछ लोग अभिनंदन ग्रंथ तैयार करने का ठेका लेते हैं। सेमिनार, वर्कशॉप और सांस्कृतिक आदान-प्रदान के जलसों में कई अच्छे किस्से जन्म लेते हैं, जिनकी चर्चा होनी चाहिए। ये किस्से अभी मशहूर नहीं हुए, इस बात का दुःख है। आगे यह दुःख न होगा, इसके लिए लोग कड़ी मेहनत कर रहे हैं।

विभिन्न क्षेत्रों में माफिया सक्रिय हैं। उनका सम्मान है। समानांतर सरकार है उनकी। सर्वव्यापी प्रभाव है उनका। मैं अदना-सा लेखक। रोज सपने देखता हूं और टूट जाते हैं। माफिया वर्ग का प्रभाव और दबदबा देखकर दंग हूं। ऊपर खुदा है और नीचे ये हैं। राई को पर्वत और पर्वत को राई करने की क्षमता है इनमें। इसलिए मन है कि मानता नहीं और बार-बार यही कहता है—हाय! हम न हुए माफिया।

●●

महाकवि होता अफसर

वे पता नहीं किस विभाग में बड़े अफसर हैं। परंतु यह तय है कि वे एक बड़े अफसर हैं। जब बड़े अफसर हैं तो जनता में उनका रौब है और प्रशासन में उनकी पकड़ बहुत मजबूत है। ट्रांसफर, पदोन्नति और प्रतिनियुक्ति कराना उनके बाएं हाथ का खेल है, इसलिए उनके भक्तों की संख्या लगातार बढ़ती ही जा रही है। उन्होंने जीवन में जो चाहा उसे येन-केन-प्रकारेण पाया। अच्छा पद, सुंदर पत्नी, महिला मित्र, बेहिसाब धन, बड़ा भवन और लंबी कार। भौतिक सुख-सुविधा के सब साधन उन्होंने सहज ही पा लिए। इधर कुछ दिनों से एक पीड़ा उन्हें सालने लगी, इस सब कुछ के साथ अपना नाम भी होना चाहिए। उन्होंने बहुत सोच-विचारकर यह निष्कर्ष निकाला कि साहित्य का क्षेत्र नाम कमाने के लिए ठीक रहेगा। संगीत, पेंटिंग और खेलों की दुनिया में तो वे कुछ कर नहीं सकते। वहां उन्हें कोई यों घुसने न देगा। साहित्य के दरवाजे जर्जर हैं। थोड़ा धक्का मारने से भरभराकर चरणों में गिर जाएंगे। इसलिए क्यों न साहित्य में ही कुछ उछल-कूद की जाए।

किसी ने उन्हें सुझाया, कविता का क्षेत्र ठीक रहेगा; उपन्यास, नाटक और कहानी लिखने में बहुत मेहनत है। निबंध लिखने के लिए गहन अध्ययन चाहिए। वो सब आपके पास है नहीं। इसलिए कविता का मामला आपके लिए फिट रहेगा। दोहा, चौपाई, छप्पय और किसी भी प्रकार की छंदबद्ध कविता लिखनी हो तो पसीना छूट जाता है। नई कविता में बड़ी संभावनाएं हैं। जो किसी की समझ में न आए वह सबसे अच्छी कविता मानी जाती है। नाम ही कमाना है तो वैसी ही अच्छी कविता लिखनी चाहिए।

फिर एक दिन शुभ मुहूर्त में एक मोटी खूबसूरत डायरी निकालकर साहब ने

श्रीगणेश कर दिया। विचार कविता से शुरू करके, जनवादी कविता, प्रगतिशील कविता, ज्ञेय कविता, अज्ञेय कविता, राजनीतिक कविता, संसद छाप कविता और सड़क छाप कविता तक की लंबी यात्रा के पश्चात् वे कु-कविता पर आकर ठहरे। अब तक उनकी दो सौ पेज की मोटी डायरी पूरी तरह भर गई थी। कविता-संग्रह का प्रकाशन उनके लिए बहुत सहज बात है। इधर बड़े-बड़े लेखक पैसे देकर अपनी किताबें सहर्ष छपवा रहे हैं। प्रकाशकों की खूब बन आई है। किताब छपाने से लेकर लोकार्पण, समीक्षा, चर्चा, पुरस्कार और बिकवाने तक का पूरा काम आजकल लेखक ही कर रहे हैं। हिंदी की खूब सेवा हो रही है। लोग पिले पड़ रहे हैं हिंदी सेवा के लिए। बेचारी हिंदी आहत होकर कहीं अंधेरे में चीखती होगी—"बचाओ इन सेवकों से मुझे। ये मेरी दुर्गति करके ही दम लेंगे।"

एक नामी प्रकाशक को उन्होंने फोन करके बुलाया। वह तुरंत नंगे पांव दौड़ा आया। उसे मालूम है कि अफसर अपनी किताबें तुरंत बिकवा देगा। किताब पर खूब चर्चा होगी। साहित्य का बड़ा पुरस्कार भी मिल सकता है। किताब में क्या है, इसे कौन पूछता है। और पढ़ना किसे है! अफसर को यश चाहिए, सो उसे भरपूर मिलेगा। प्रकाशक मुनाफे का यह अच्छा अवसर बिलकुल नहीं गंवाना चाहता। वह अफसर के सामने हाजिर है।

अफसर ने अपनी मोटी डायरी उसे थमाते हुए कहा, "इसे पंद्रह दिनों में अच्छे आर्ट पेपर पर बढ़िया कवर के साथ छापना है। दो हजार प्रतियां हमारा विभाग खरीद लेगा। कुछ मैं खरीद लूंगा। शेष तुम बेच ही लोगे। हां, तुम्हारी वह स्मारिका छप गई क्या? नहीं न! उसके लिए मैंने बीस हजार रुपयों के विज्ञापन की व्यवस्था करवा दी है। कल आदेश ले लेना।"

प्रकाशक धन्य हुआ। वह खुशी-खुशी अफसर की पांडुलिपि ले आया। सब काम रोककर उसने अफसर की किताब पर कार्य प्रारंभ करा दिया। बढ़िया पेपर पर छपाई, आकर्षक कवर। फ्लैप पर दस-बारह बड़े लेखकों-आलोचकों की टिप्पणी के साथ किताब महीनेभर में अफसर के कर-कमलों में पहुंच गई। अफसर गद्‌गद् हुआ। किसी ने उससे कहा, "सिर्फ किताब छपने से क्या होता है! इसका बढ़िया लोकार्पण समारोह होना चाहिए। और विभिन्न पत्र-पत्रिकाओं में इस कालजयी कृति की चर्चा हो तो बात बने।"

अफसर को बात जंच गई। उसने अपने प्रभाव का भरपूर प्रयोग किया। कई नामी-गिरामी लेखकों और आलोचकों से उसने संपर्क बनाए। उन्हें अपनी कृति भेंट की। लोकार्पण समारोह की रूपरेखा बताई। फिर पधारने का आग्रह करते हुए उसने यह जरूर कहा, "कृपया हवाई जहाज से पधारिए। हमारा समारोह अत्यंत भव्य होगा। आपकी सेवा में हम कोई कमी न करेंगे।" कई धुरंधर साहित्यकार और नामी आलोचकों ने आने की स्वीकृति दे दी। लोकार्पण समारोह राजधानी में रखा गया। राजधानी में यदि कुत्ता भी भौंके तो पूरे देश में सुनाई पड़ जाता है। दूरदर्शन है, रेडियो है और दर्जनों अखबार हैं। सबमें भौंकने का समाचार, टिप्पणी एवं रिपोर्ट फटाफट आ जाती है। इस प्रकार अफसर द्वारा प्रायोजित लोकार्पण समारोह अत्यंत भव्य और किसी मध्यवर्गीय परिवार में बिटिया की शादी जितना खर्चीला रहा। होना भी चाहिए। अफसर की पहली ही कालजयी किताब का लोकार्पण है, जोरदार क्यों न हो! बतर्ज–आशिक का जनाजा है, जरा झूम के निकले।

लोकार्पण समारोह में खाने-पीने, ठहरने, सोने और सब तरह के आराम की बढ़िया व्यवस्था थी। सभी लेखकों और आलोचकों ने किताब और किताब के लेखक की भूरि-भूरि प्रशंसा की। किताब पर परचा पढ़ते हुए एक विद्वान् वक्ता ने लेखक की तुलना कबीर से करते हुए कहा, "कबीर जैसा अक्खड़पन एवं बेबाक बयानी यदि कहीं दिखती है तो सिर्फ लेखक के महान् व्यक्तित्व और कृतित्व में।" किसी ने निराला से, किसी ने नागार्जुन से, किसी ने नीरज से और किसी ने बच्चन से लेखक की तुलना की। अध्यक्ष महोदय ने, जो कि एक प्रसिद्ध आलोचक हैं, अपने वक्तव्य में कहा, "हिंदी में तुलसीदास के बाद इतना बड़ा कवि और कोई नहीं है।"

दूरदर्शन ने कार्यक्रम को पूरा कवर किया। आकाशवाणी से कार्यक्रम की बढ़िया समीक्षा प्रसारित हुई। राजधानी के सभी समाचार-पत्रों ने बड़े-बड़े छाया चित्रों के साथ समाचार विस्तारपूर्वक छापा। इतना सब तो होना ही चाहिए। तुलसीदास के बाद हिंदी में इतना बड़ा कवि आया और बिना चर्चा के रह जाए। ऐसा नहीं हो सकता। हिंदी वाले इतने कृतघ्न नहीं हैं। अगले महीने कई साहित्यिक पत्रिकाओं में किताब की लंबी समीक्षाएं छपीं। पत्रिकाओं में पता नहीं किन पाठकों ने कृति की तारीफ में लेखनुमा पत्र लिखे। विद्वान् समीक्षकों

ने इस कृति को युग की महान् कृति और एक कालजयी रचना बताया। इस प्रकार हर महीने किसी न किसी पत्रिका में उस किताब की वैसी ही समीक्षाएं लगातार छपने लगीं।

अफसर देखते ही देखते बहुत बड़ा कवि हो गया। पत्रिकाएं उसे छापकर धन्य होती हैं। अखबारों में उसके इंटरव्यू छप रहे हैं। रेडियो पर उसकी वार्ताएं सुनाई देती हैं। दूरदर्शन के साहित्यिक-सांस्कृतिक कार्यक्रमों में अफसर का मुखड़ा अनिवार्य रूप से चमकता दिखाई दे जाता है। सांस्कृतिक-साहित्यिक जलसों में उसे मुख्य अतिथि और अध्यक्ष के रूप में बुलाया जाता है। कई सांस्कृतिक संस्थानों, पत्रिकाओं और प्रतिष्ठानों ने उसे संरक्षक पद प्लेट में सजाकर सादर अर्पित किया। उसने पहले ना-नुकुर की, फिर एक साथ कई संस्थाओं का वह अध्यक्ष, संरक्षक और सब कुछ हो गया।

अब सिर्फ एक कमी रह गई थी, साहित्य का कोई बड़ा पुरस्कार अभी तक अफसर कवि को न मिला था। उसके लिए फिर अफसर ने कमर कसी। पुरस्कार देने वाली संस्थाओं से त्वरित संपर्क किया गया। निर्णायक समिति में कौन-कौन हैं? उन सबका पता लगाकर उनसे भेंट की गई। वैसे भी इधर साहित्यिक पुरस्कारों की विश्वसनीयता बहुत कम हुई है। अब तो सरेआम इन पुरस्कारों के लिए कहा जाने लगा है—'अंधा बांटे रेवड़ी, अपनों-अपनों को देय।' अधिकांश पुरस्कारों के निर्णायकों ने एक अंधापन ओढ़ रखा है। वहां कृति को नहीं, कृतिकार को, उसके रुतबे, राजनीतिक पहुंच, झंडे, खेमे, दल और भविष्य में उससे क्या लाभ लिए जा सकते हैं, इन बातों को ध्यान में रखकर पुरस्कार दिए जाते हैं। यह बहुत अच्छी स्थिति है। इससे 'कर्म प्रधान विश्व रचि राखा' वाली उक्ति को बल मिलता है। जो पुरस्कार के लिए प्रयास करेगा, निर्णायकों को अपने शहर में किसी गोष्ठी का अध्यक्ष बनाकर आमंत्रित करेगा, उनके लिखे हुए को महत्त्वपूर्ण बताएगा, उनके श्री चरणों में अपनी रामनामी चदरिया बिछा देगा, भला उसे पुरस्कार क्यों न मिलेगा! जरूर मिलेगा। मिलना ही चाहिए। मेहनत का फल मीठा होता है।

अफसर ने वे सारे हथकंडे अपनाए जो साहित्यिक पुरस्कार प्राप्त करने के लिए जरूरी होते हैं। कुछ दिनों बाद कई समितियों ने, जैसे आसमान से देवतागण पुष्प वर्षा करते हैं वैसे ही उपाधियों और अलंकरणों की मूसलधार

बारिश कर दी। किसी ने अफसर को 'साहित्य भूषण' की उपाधि प्रदान की, किसी ने उन्हें 'साहित्य मार्तंड' कहा। कोई संस्था उन्हें 'साहित्य सुधा निधि' की उपाधि देकर धन्य हुई। किसी ने उन्हें 'राष्ट्रीय प्रवक्ता' कहा। कोई दल उन्हें 'राष्ट्रीय आचार्य' बनाकर माना। इस प्रकार ढेर सारे अलंकरणों और साहित्यिक पुरस्कारों से अफसर की झोली लबालब भर गई।

चंद महीनों में एक किताब लिखकर अफसर महाकवि हो गया। क्या इतने कम समय में कोई व्यक्ति संगीतकार, चित्रकार और शिल्पकार बन सकता है? इधर हिंदी साहित्य में आजकल लोग कवि नहीं, सीधे महाकवि बनते हैं।

नेता, अफसर और छुटभैये न जाने ऐसे कितने लोगों को आजकल कविता का भूत सवार है। कोई जरा-सा भी प्रभावशाली आदमी कुछ भी आड़ा-तिरछा लिख दे तो लोग उसे कविता ही नहीं, अपने समय की महत्त्वपूर्ण कविता, कालजयी रचना, नया प्रयोग, अद्‌भुत शिल्प, चमत्कारिक भाषा, नई दिशा, क्रांतिकारी कदम और न जाने क्या-क्या कहकर—जो अभी ठीक से कवि भी नहीं हो पाया—उसे फटाफट महाकवि बना देते हैं।

अंत में मैं सभी नेताओं, साहबों, धन्ना सेठों और किसी भी क्षेत्र में प्रभावशाली व्यक्तियों—जिनसे हमारा उल्लू सीधा होता हो—से विनम्र निवेदन करना चाहूंगा कि वे हिंदी साहित्य के क्षेत्र में बेझिझक पदार्पण करें। उन्हें तत्काल अमर बनाने के लिए हम हिंदी वाले बहुत फुरसत में हैं।

महामूर्ख की तलाश

कई शहरों में होली के दिन महामूर्ख सम्मेलन का आयोजन होता है। देखा-देखी हमारे कस्बे के कुछ उत्साही युवकों ने भी अपने यहां होली पर महामूर्ख सम्मेलन करने का निश्चय किया। अब एक अदद महामूर्ख की तलाश प्रारंभ हुई।

मीटिंग का दृश्य विहंगम था। जालिमसिंह जो विधायकजी के नगर प्रतिनिधि हैं, उनका ठेके और सप्लाई का काम कई विभागों में चलता है, वे चहककर बोले—"हमारे नगर के माननीय विधायकजी इस पद के लिए सबसे उपयुक्त रहेंगे।"

जालिमसिंह के प्रस्ताव पर कानाफूसी हुई। कुछ असंतुष्ट लोगों ने नाक-भौं सिकोड़ी। फिर एक असंतुष्ट नेता बोले—"जालिमसिंह को विधायकजी से हमेशा काम पड़ता रहता है। इसलिए वे यहां भी विधायकजी को मस्का लगाने से बाज नहीं आ रहे हैं। अरे, जब किसी नेता को ही महामूर्ख पद के लिए चुनना है तो हमारे जग्गू भैया की दावेदारी पुख्ता है। इस बार उनको चुनाव में टिकट नहीं मिली, परंतु भैयाजी हमारे कस्बे के सीनियर नेता हैं। ये आज के विधायक भैयाजी के सामने क्या हैं? भैयाजी पुराने नेता हैं। चालीस साल से अपने कस्बे में राजनीति कर रहे हैं। इस चुनाव में उनको टिकट नहीं मिली तो इससे पॉलिटिक्स में उनका कद छोटा नहीं हो जाता। वे इस कस्बे के बड़े नेता हैं, इसलिए उन्हें ही इस सम्मेलन में महामूर्ख बनाया जाए।"

जालिमसिंह का चेहरा उतर गया। उसकी इच्छा थी कि विधायकजी ही महामूर्ख बनें। विधायकजी यदि इस सम्मेलन में महामूर्ख बनाए जाते तो जालिमसिंह की साख बढ़ जाती। विधायकजी के साथ उसका फोटो भी

अखबारों में छपता। अधिकारियों पर रौब भी अच्छा पड़ता। परंतु यदि पुराने खूसट जग्गू भैया को महामूर्ख बनाया गया तो पार्टी में खड़े होकर वह अपनी तरफ से कुछ नहीं करने वाला। जग्गू भैया अब क्या काम के! काम तो विधायकजी से पड़ना है। जालिमसिंह मन ही मन कुढ़ रहा था। इतने में कस्बे के एक युवा नेता खड़े हुए—"भाइयो, आप लोग नए खून को मौका क्यों नहीं देते? हम भी ब्लॉक स्तर के नेता हैं। स्थानीय समस्याएं तो हमीं निपटाते हैं। अब आपके घर के सामने कुत्ता मर गया। नगरपालिका वाले ध्यान नहीं देते। कुत्ता गंधा रहा है। तब आपका यह काम कौन कराएगा? क्या विधायकजी आएंगे राजधानी से या जग्गू भैया अपनी बैठक से निकल नगरपालिका वालों को बोलने जाएंगे? ऐसे काम तो हम ही कराते हैं। फिर भी आप लोगों की नजर में युवा नेताओं की कोई कदर नहीं। कस्बे में कोई भी कार्यक्रम आयोजित होता है तो आप लोगों को खट्‌ट से विधायकजी और जग्गू भैया का ही नाम याद आता है। अरे, हम लोग भी राजनीति में इतने दिनों से खट रहे हैं। (रुंधे गले से) आज राजीवजी जिंदा होते तो आप लोग युवाओं को इस प्रकार उपेक्षित न कर पाते। परंतु अब युवा शक्ति जाग चुकी है। युवाओं के बिना आपका कोई कार्यक्रम सफल नहीं हो सकता। इसलिए इस महामूर्ख सम्मेलन में एकमात्र मुझे ही महामूर्ख बनाया जाए।"

विपक्षी नेता रामखिलावनजी अब तक चुपचाप सब सुन रहे थे। अब उनसे नहीं रहा गया। वे गुर्राए—"ठीक है, आजकल हमारी पार्टी सत्ता में नहीं है। इसका ये मतलब नहीं कि नगर के कार्यक्रमों में हमें और हमारी पार्टी को पूरी तरह उपेक्षित कर दिया जाए। मूर्खता के क्षेत्र में हम भी किसी से कम नहीं हैं। यहां आप लोग महामूर्ख सम्मेलन के लिए अध्यक्ष का चुनाव करने बैठे हैं या सत्ता पक्ष के लोगों की चमचागीरी करने के लिए? महामूर्ख सम्मेलन कोई सत्ता पक्ष का राजनीतिक सम्मेलन नहीं है। यह होली मिलन का कार्यक्रम है। इसमें हमारा भी योगदान है। हम भी इसी शहर में रहते हैं। हमारी सात पीढ़ियां इसी शहर में मर-खप गईं। मूर्खता के मामले में हमारे पास एक गौरवशाली इतिहास है। इस क्षेत्र में भला हमसे आगे कौन हो सकता है? इसलिए जब शहर में पहली मर्तबा महामूर्ख सम्मेलन मनाया जा रहा है तो मुझे ही महामूर्ख बनने का सम्मान मिलना चाहिए।"

शहर की इकलौती साहित्यिक-सांस्कृतिक संस्था 'कला-केंद्र' के पदाधिकारी चाहते थे कि किसी मोटे सेठ को यह सम्मान दिया जाए, जो कार्यक्रम का पूरा खर्चा वहन करे और संस्था के सदस्यों के लिए 'शाम' को पीने-खाने का बढ़िया जुगाड़ जमा दे। संस्था के अध्यक्ष श्री किशोरीलालजी 'रसिक' पान की पीक एक ओर थूककर बोले—"भाइयो, कृपया शांत हो जाइए और मेरे विचारों पर भी तनिक सोचिए। यह बड़े गौरव की बात है कि हमारे शहर में मूर्खों की बिलकुल कमी नहीं है। सब एक से बढ़कर एक हैं। इसके पहले कि हम लोग मूर्खों के बीच में से किसी एक महामूर्ख को अपने सम्मेलन की अध्यक्षता के लिए चुनें, हमें सम्मेलन के आर्थिक पक्ष पर भी विचार कर लेना चाहिए। हमारे सम्मेलन में शहर के चार-पांच सौ मूर्ख तो अवश्य पधारेंगे। सबके लिए ठंडाई, मिठाई, नमकीन, कुर्सियां, पंडाल, माइक और रंग-गुलाल आदि का इंतजाम भी हमें करना है। इसके लिए जो व्यक्ति उदारतापूर्वक धन उपलब्ध कराए, हम लोग क्यों न उसे ही इस सम्मेलन का अध्यक्ष बनाएं?"

यह प्रस्ताव सुनकर सेठ चंदूलालजी की बाछें खिल गईं। क्षण-भर के लिए उनकी आंखों के सामने रंग-गुलाल से पुता चेहरा, माथे पर लंबी टोपी और गले में जूतों की माला वाला फोटो, जो कल के कई अखबारों में छपेगा, वह दृश्य घूम गया। वे प्रसन्नचित्त होकर बोले—"भाइयो, रसिकजी का यह प्रस्ताव हमें मंजूर है। सम्मेलन का पूरा खर्चा मैं उठाने के लिए तैयार हूं।"

बाकी लोग कुछ बोल पाते, उसके पूर्व ही संस्था के पदाधिकारियों ने हो-हो कहते हुए जोर से तालियां पीटना शुरू कर दिया। रसिकजी ने तनिक भी देर किए बगैर तुरंत प्रस्ताव पारित हो जाने की घोषणा कर दी। मीटिंग में उपस्थित शेष लोगों को अच्छा नहीं लगा। किसी को विश्वास न था कि इतनी जल्दी 'महामूर्ख' का यह महत्त्वपूर्ण पद चंदूलाल की झोली में चला जाएगा। लोग अभी ठीक से कुड़मुड़ा भी न पाए थे कि रसिकजी ने चाय बुलवा ली।

मीटिंग के बाद देर तक कानाफूसी चलती रही। लोग हाथ मल रहे थे। हर बात-बेबात में राजनीति पेलने वाले तिलमिला रहे थे। जालिमसिंह किसी से धीरे से बोले—"अरे, पैसे की क्या बात थी? मैं सिंचाई विभाग या पी.डब्ल्यू.डी. के किसी बड़े साहब को बोल देता। विधायकजी को महामूर्ख बनाने के लिए तो कोई भी अफसर सम्मेलन का सारा खर्च खुशी-खुशी भर देता।"

जग्गू भैया के समर्थक सामने आए—“पैसा तो हमारे जग्गू भैया भी देने को तैयार बैठे हैं। अपना फोटो और वक्तव्य छपवाने के लिए आएदिन वे पत्रकारों को लिफाफे पहुंचाते रहते हैं। महामूर्ख की वेशभूषा वाला अपना फोटो छपाने के लिए वे पैसे का मुंह देखते?”

युवा नेता गुर्राए—“चंदा उगाही के काम में हमारा शानी नहीं। हमारे सौ कार्यकर्ता कभी भी लूट-पाट, मारा-मारी और जबरन चंदा उगाही के लिए तैयार रहते हैं। हमने अकेले दम पर बड़े-बड़े सम्मेलन निपटा दिए। इस सम्मेलन में क्या धरा है? हम तो यूं चुटकी बजा दें तो ऐसे कई सम्मेलनों का खर्चा पूरा हो जाए।”

अब रामखिलावनजी पीछे कैसे रहते। उन्होंने भी अंगड़ाई ली—“पैसा क्या है? हाथ का मैल है। असल बात है प्रतिष्ठा। हम प्रतिष्ठा के धनी हैं। हमें महामूर्ख बनाते तो हमारे चाहने वाले पैसों की बरसात कर देते।”

‘कला-केंद्र’ वाले खुश थे। उनकी महामूर्ख की तलाश पूरी हुई। मीटिंग की समाप्ति के पश्चात् रसिकजी ने अपने साहित्यिक मित्रों को गालिब का ये शेर आधुनिक संदर्भ में कुछ इस तरह सुनाया—

मूर्खों की कमी नहीं है ग़ालिब
न ढूंढो, सरेआम मिलते हैं।

●●

तैयारी शोकसभा की

हमारे शहर में कई साहित्यिक-सांस्कृतिक संस्थाएं हैं। ये संस्थाएं राजनीतिक पार्टियों की तरह हैं। सबकी अलग-अलग विचारधाराएं। अलग झंडे। अलग-अलग बैनर। और अलग-अलग कार्यक्रम एवं एजेंडा। इन दिनों इन संस्थाओं में शोकसभाएं करने की होड़ चल रही है। लोग इंतजार करते रहते हैं कि जैसे ही कोई मरे और वे दूसरी अपनी विरोधी संस्था से पहले ही उस दिवंगत व्यक्ति की शोकसभा कर डालें। शोकसभा करने में जैसा उत्साह इन दिनों विभिन्न संस्थाओं में दिखाई दे रहा है, वैसा हर्ष और उत्साह उस व्यक्ति के पैदा होने पर भी किसी ने व्यक्त न किया होगा। यों लड़की पैदा होने की खबर सुनकर तो अभी भी घर-परिवार वालों के मुंह लटक जाते हैं। कुछ जो अपने आपको ज्यादा समझदार मानते हैं वे भ्रूण परीक्षण करा लेते हैं। लड़की को पैदा ही नहीं होने देते। एबॉर्शन कराके वे खुश होते हैं। लड़के पैदा होने पर भी सब जगह खुशियों का आलम नहीं होता। कई बिन ब्याही औरतें बेटे पैदा करके भी कहां सुख पाती हैं! गरीबों के घरों में तो एक-दो संतानें आएं, यहां तक ठीक है। फिर लड़का हो या लड़की, उनके घर में किसी भी संतान का जन्म लेना, नए दुःखों की आमद है।

अपनी पूरी उमर जीकर एक वरिष्ठ साहित्यकार दिवंगत हुए। शहर की एक नामी संस्था ने तुरंत एक भव्य शोकसभा आयोजित करने का विचार किया। बहुत दिनों से उस संस्था के बैनर तले कोई कार्यक्रम नहीं हुआ था, बुजुर्ग साहित्यकार ने मरकर उन्हें कार्यक्रम आयोजित करने का अवसर दिया। आनन-फानन संस्था के सदस्यों की बैठक हुई। अध्यक्ष दीपकजी ने कहा—''हिंदी के वरिष्ठ और महान् साहित्यकार नहीं रहे। हमें उनके सम्मान में शोकसभा करनी है।''

“डिग्री कॉलेज का सभागार ठीक रहेगा। ये शोकसभा हम वहीं करते हैं। पिछली शोकसभा में संस्था के ही पूरे सदस्य न आए थे। कोई नहीं आता ऐसे कार्यक्रमों में। पिछली बार उपस्थिति बहुत कम थी परंतु हमने अखबारों में समाचार दिया था, सैकड़ों लोग उपस्थित हुए। वो तो मंच पर आठ-दस लोग बैठ गए इसलिए बैनर के साथ फोटो अच्छा आया था, वही फोटो हमने समाचार के साथ अखबारों में दिया। शहर की सभी संस्थाओं को लगा कि सचमुच हमने बहुत बड़ा कार्यक्रम आयोजित कर लिया। अबकी हम कॉलेज के हॉल में कार्यक्रम करेंगे। हिंदी के प्रोफेसर गजाधर मिश्र को पहले से बोल देंगे कि कॉलेज के छात्र कहीं भागने न पाएं, उन्हें पकड़कर जबरदस्ती हॉल में बिठाना होगा। किसी के मन में हिंदी सेवकों के प्रति सम्मान नहीं है। गजाधर मिश्र के अलावा हिंदी के कोई प्राध्यापक ऐसे कार्यक्रमों में नहीं आते। गजाधर हर शोकसभा के लिए दिवंगत व्यक्ति के सम्मान में एक लंबी तुकबंद कविता लिख लाते हैं। श्रद्धांजलि के क्रम में यदि उनसे कविता न पढ़वाएं तो वे नाराज हो जाते हैं और ऐसे कार्यक्रमों में कभी न आने की धमकी भी दे डालते हैं। उनके कॉलेज में कार्यक्रम करेंगे तो वे अपनी कविता तो सुनाएंगे ही साथ में अपने विद्यार्थी श्रोताओं को भी जबरदस्ती हॉल में बिठाए रहेंगे। इससे कार्यक्रम में उपस्थिति तो ठीक-ठाक दिखेगी?” संस्था के सचिव पंकजजी ने कहा।

“सबसे पहले तो यह तय करो कि दिवंगत साहित्यकार के विषय में बोलेगा कौन? पिछली बार की तरह भद्द मत करना। कार्यक्रम तो आयोजित कर लिया परंतु दिवंगत व्यक्ति के विषय में कोई कुछ नहीं जानता था। सब अपनी श्रद्धांजलि में बस उतना ही दोहराते रहे जितना उन्होंने सुबह के अखबारों में छपे आधे कॉलम के समाचार में पढ़ रखा था। बहुत लोगों ने तो उतना समाचार भी नहीं पढ़ा, वे वहीं दूसरों की श्रद्धांजलि सुनकर उन्हीं शब्दों को दोहराते हुए पाए गए। उपस्थित लोगों में किसी ने भी दिवंगत साहित्यकार की कोई रचना न पढ़ी थी। परंतु वे लगातार यही बोलते रहे कि आपने हिंदी की बड़ी सेवा की है। हिंदी साहित्य में आपके योगदान को कभी नहीं भुलाया जा सकता। आपका अवसान हिंदी जगत् की अपूरणीय क्षति है। आपकी रचनाएं जन-जन में लोकप्रिय हैं। आपकी रचनाओं में इस देश के आम आदमी की तस्वीर दिखाई देती है। अध्यक्ष महोदय भी अपने भाषण में उन साहित्यकार की किसी पुस्तक

का नाम नहीं बता पाए। गजाधर भाई की कविता सभी शोकसभाओं के लिए एक सी होती है—'वे महान् थे, त्यागी थे, साधक थे, ईमानदार थे, चिंतक थे, मनीषी थे...' तो भैया मेरा यही कहना है कि जिनकी हम शोकसभा मनाने जा रहे हैं उनके विषय में हमें कुछ पता तो होना चाहिए। सिर्फ अखबार में छपे समाचार से काम नहीं चलेगा। कॉलेज में कार्यक्रम कर रहे हैं हम! किसी विद्यार्थी ने दिवंगत साहित्यकार के साहित्य के विषय में कुछ पूछ लिया तो? हम सब की बड़ी भद्द हो जाएगी। इसलिए जो लोग भी दिवंगत व्यक्ति के प्रति अपनी श्रद्धांजलि अर्पित करने का शौक रखते हैं, वे उनका साहित्य और जीवन परिचय जरूर पढ़कर आएं। अपने शहर में कोई विद्वान् वक्ता न मिले तो दूसरे शहर से किसी विद्वान् को मुख्य अतिथि के रूप में बुलवा लो।" संस्था के प्रचार सचिव चातकजी ने अपनी दो टूक बात कही।

अब संस्था के कोषाध्यक्ष मुन्नाभाई सामने आए—"चातकजी ने बड़ी आसानी से कह दिया कि दूसरे शहर से किसी विद्वान् वक्ता को मुख्य अतिथि के रूप में बुलवा लो। आप लोगों को याद होगा, दो साल पहले एक शोकसभा के लिए हमने पड़ोसी जिले सज्जनपुर से घायलजी को बुलवाया था। आप सब जानते हैं कि कितने नखरे किए थे उन्होंने, जैसे अपनी ससुराल में आए हों। सबसे पहले तो उन्होंने अपने स्वास्थ्य का रोना रोते हुए बस से सफर करने में असमर्थता व्यक्त की। हमने किसी प्रकार जीप की व्यवस्था कर दी। शोकसभा में वे दिवंगत साहित्यकार के विषय में कम बोले, अपनी ही तारीफ में देर तक बोलते रहे। किस प्रकार मैंने दिवंगत साहित्यकार की तंगी के दिनों में आर्थिक मदद की। उनकी रचनाएं छपवाने के लिए मैंने कितने पापड़ बेले। मेरी अनुशंसा पर उन्हें पुरस्कार मिले। इस प्रकार की बहुत-सी बातें घायलजी ने शोकसभा में सुनाईं और मंच पर ही उन्हें याद करते हुए दहाड़ मारकर रोने लगे। लोगों ने उन्हें ढांढस बंधाकर किसी प्रकार मंच पर बिठाया। रात में उन्होंने दारू मांग ली। अब ऐन वक्त पर मैं दारू का इंतजाम कहां से करता? वैसे भी हमने यहां उन्हें शोकसभा में बुलाया था, किसी कवि सम्मेलन में नहीं। परंतु वे नहीं माने। मचल गए। संस्था के पदाधिकारियों को बुरा-भला कहने लगे। मरता क्या न करता! मैंने किसी तरह दारू की व्यवस्था कर दी। फिर जब बोतल खुलती है तो यार जुटते देर नहीं लगती। कोषाध्यक्ष तो मैं हूं। अब देखना तो सब मुझे

ही पड़ता है। मुसीबत में फिर कोई साथ नहीं देता। सारा बजट गड़बड़ हो गया उस शोकसभा में। अपने लाड़ले कवि पुत्तनजी, जिन्होंने घायलजी के साथ चार पैग मसके थे, ने कहा था पांच सौ रुपए वो सेल टैक्स अफसर से दिलवा देंगे, आज तक नहीं दिलवाए। इसलिए भैया, बाहर से किसी को बुलवाने की तो बात ही मत करो। यहीं स्थानीय स्तर पर ढूंढो किसी को जो दिवंगत साहित्यकार के विषय में कुछ जानता हो। जिसने उनका कुछ साहित्य पढ़ा हो। वरना वही अखबार में छपे समाचारों से काम चला लेंगे।''

कविवर पुत्तनजी को कोषाध्यक्ष मुन्ना भाई की बात अच्छी नहीं लगी। वे भड़के—''किसी शोकसभा में एक बार मुन्ना भाई ने दारू क्या पिला दी हमेशा सुनाते रहते हैं। कोई मेरे लिए तो उन्होंने बुलाई न थी, बुलाई थी अपने मुख्य अतिथि के लिए। मैं तो यों ही उनका साथ देने के लिए बैठ गया था। बेचारे दहाड़ मारकर मंच पर रोए थे। अब गम गलत करने के लिए कोई तो साथी चाहिए न! इसलिए मैंने तो बस उनका साथ दिया था। सो इत्ती-सी बात को मुन्ना भाई हर बैठक में सुना देते हैं। शहर में और भी कई संस्थाएं हैं, मैं उनके द्वारा आयोजित शोकसभाओं में प्रायः जाता रहता हूं। उनकी शोकसभाएं देखते बनती हैं। भव्य और शानदार। कहीं-कहीं तो शोकसभा के बाद बाकायदा डिनर आयोजित होता है। आजकल चाय, नाश्ता, कोल्ड ड्रिंक या ड्रिंक ये सब तो शोकसभाओं के पश्चात् आम बात है। अब नहीं है बजट तो न करो शोकसभा। किसने कहा आपसे कि किसी साहित्यकार के अवसान पर शोकसभा आयोजित करो।''

संस्था के अध्यक्ष दीपकजी ने बात संभाली—''साहित्यकारों के नाम पर कोई चंदा नहीं देता। कोई नगर सेठ मरे, नेता मरे या अफसर मरे तो उसकी शोकसभा के लिए पर्याप्त से भी ज्यादा चंदा मिल जाता है। अकसर उसके परिवार वाले ही दिवंगत व्यक्ति के लिए शोकसभा प्रायोजित कर देते हैं। नेता के लिए उसकी पार्टी के लोग खर्चा उठाने में पीछे नहीं रहते। वे तो यह कहते हुए चंदा देते हैं कि पिछली बार विरोधी पार्टी के नेता जब मरे थे तब उनकी जो शोकसभा आप लोगों ने आयोजित की थी, उससे हमारे नेता की शोकसभा बीस होनी चाहिए। अफसर के मरने पर ठेकेदार, सप्लायर और वे लोग जो जीतेजी उससे खूब लाभ कमाते रहे, उसकी शोकसभा के लिए चंदा देने में

संकोच नहीं करते। ऐसे लोगों के मरने पर उनकी शोकसभा जल्द से जल्द करनी पड़ती है, वरना दूसरी संस्थाओं के लोग बाजी मार ले जाते हैं। अब सेठ, नेता और अफसर रोज-रोज तो मरते नहीं, कभी-कभार मरते हैं। बहुत दिनों तक कोई शोकसभा न हो तो लोग संस्था और उसके पदाधिकारियों को भूलने लगते हैं। संस्था की कोई भी, कैसी भी गतिविधियां चलती रहनी चाहिए। आएदिन स्थानीय समाचार-पत्रों में संस्था का नाम और पदाधिकारियों के फोटो आदि छपते रहने चाहिए। फिर हमारी संस्था एक साहित्यिक और सांस्कृतिक संस्था है इसलिए कोई साहित्यकार देश में कहीं भी दिवंगत हो जाए तो हमें उसकी शोकसभा मनाने का अवसर नहीं चूकना चाहिए। साहित्य के लिए फिलहाल हम इतना ही कर पा रहे हैं, यह कम नहीं है। चंदा ठीक-ठाक मिल जाए, सरकारी ग्रांट मंजूर हो जाए, किसी फाउंडेशन से डोनेशन का जुगाड़ जम जाए तो हम दूसरे कार्यक्रम भी कर लेते हैं। शोकसभा तो हर स्तर की हो जाती है। आज अखबार में समाचार छपा कि हिंदी के वयोवृद्ध साहित्यकार नहीं रहे। शोकसभा हमें कल शाम को सात बजे करनी है। चंदा इकट्ठा करने के लिए हमारे पास पर्याप्त समय है। आप लोग लग जाओ अभी से इस अभियान में। अखबारों में छपे समाचारों की कटिंग संभालकर रख लो। कुछ जानकारी हम इंटरनेट से निकाल लेंगे। उनका एक फोटो भी चाहिए। वह भी इंटरनेट पर होगा, उसे भी निकाल लेंगे। अब इतनी सामग्री शोकसभा में श्रद्धांजलि अर्पित करने के लिए पर्याप्त है। नहीं पढ़ा उनका साहित्य हम लोगों ने तो कोई बात नहीं, फुरसत कहां मिलती है आजकल साहित्य-वाहित्य पढ़ने की। शोकसभा के बहाने उस साहित्यकार के विषय में हम कुछ जान लेते हैं, यही क्या कम है।''

इस प्रकार कल शाम को सात बजे स्थानीय डिग्री कॉलेज के सभागार में एक शोकसभा होना तय हो गया। लोग अपने-अपने काम में लग गए। परसों के स्थानीय समाचार-पत्रों में, सिटी चैनल में शोकसभा का समाचार होगा, जिसे पढ़कर, देखकर लोग प्रसन्न होंगे।

गलत व्यवस्था में फंसा सही आदमी

वह एक सही आदमी है। क्यों है, सही आदमी? क्या उसे पागल कुत्ते ने काटा है? वह पढ़ा-लिखा है, ईमानदार है, मेहनती है, निर्भीक है, और सरकारी नौकरी में है। ये इतने सारे दुर्गुण उसमें कहां से आए? क्या वह विदेश से आया है या अंतरिक्ष से टपका है, इस देश में। जब डिग्रियां इस देश में सरेआम बिक रही हैं तो पढ़ने-लिखने की भला क्या जरूरत! व्यर्थ ही अपना समय और बाप का पैसा बर्बाद किया उसने। युवा अवस्था मौज-मस्ती के लिए होती है, पढ़ने-लिखने के लिए नहीं। एक तेज रफ्तार बाइक उसे रखनी चाहिए। कई सुंदर युवतियों से उसे मधुर संबंध बनाने चाहिए। शहर के हर बार, रेस्टोरेंट और मनोरंजन क्लब का उसे मेम्बर होना चाहिए। लेकिन उसने यह सब नहीं किया। बसंत में पतझड़ की तरह जिया। मूर्ख कहीं का। फिर ईमानदार क्यों हुआ? और कुछ होने के लिए नहीं बचा था क्या? अरे, चतुर होता। चालाक होता। बदमाश होता। कमीना होता। गुंडा होता। कुछ नहीं तो नेतागिरी के ही कुछ गुण अपना लेता। मुआ ईमानदार है, जैसे इस बात पर उसे कोई पद्मश्री मिलने वाली हो। अब मेहनती भी है। करेला और नीमचढ़ा। जिस देश में तिकड़म से सब कुछ मिलता हो, वहां मेहनत से क्या लेना-देना। अरे, वह उक्ति उसने नहीं सुनी, 'आराम बड़ी चीज है, मुंह ढँककर सोइए।' क्यों नहीं सुनी? यह महामंत्र है, इस देश में। आजकल तो पूरे साल कहीं न कहीं क्रिकेट चलता रहता है। हर समझदार आदमी को क्रिकेट मैच देखना चाहिए। इससे मन प्रसन्न रहता है। सरकारी आदमी मेहनत नहीं करता। मेहनत मजदूर करते हैं। उसे मेहनत करने की गंदी लत लग गई। पछताएगा बाद में।

वह निर्भीक भी है, यह सबसे बड़ा दुर्गुण है। एक सफल आदमी को मुहल्ले

के अदना नेता से लेकर केंद्रीय मंत्री तक, सब प्रकार के नेताओं से अच्छी तरह डरना चाहिए। नेता वह खतरनाक प्राणी है, जो बात नहीं बेबात पर कभी भी आपकी ऐसी-तैसी कर सकता है। इसी प्रकार बड़े पत्रकारों से न सही परंतु शहर के छुटभैये पत्रकारों से जरूर डरना चाहिए। होली, दिवाली, 15 अगस्त एवं 26 जनवरी जैसे अवसरों पर स्थानीय अखबारों में शुभकामना संदेश के विज्ञापन छपवाते रहने से और गाहे-बगाहे तथाकथित पत्रकारों से भेंट करते रहने से मीडिया मैनेजमेंट हो जाता है। ऐसा जरूर करना चाहिए। न करने पर आपको जो परेशानियां होंगी, वे मैं आपको नहीं बता सकता। अब रही सरकारी नौकरी की बात तो इस देश में वह बहुत मुश्किल से मिलती है, परंतु मिल जाने के बाद, आदमी की जो प्रतिभा है, उसका सत्यानाश हो जाता है। वह अपने जीवन में उस नौकरी के अलावा और कुछ नहीं कर सकता। इन तमाम अयोग्यताओं के साथ वह व्यक्ति जिंदा है, जी रहा है। उसकी सांस चल रही है। कैसे? एक आश्चर्य की तरह।

सबसे पहले तो उसके ईमानदार होने पर उसे लानत-मलामत मिली। अफसर ने कहा—"मंत्रीजी दौरे पर आ रहे हैं। विभागीय कार्यों की समीक्षा बैठक है। वे अपने कार्यकर्ताओं सहित सर्किट हाउस में रुकेंगे। दौरे की व्यवस्था विभाग को करनी है, अर्थात् हम सबको। लग्जरी गाड़ियां, ब्रेकफास्ट, लंच, डिनर...और जाने क्या-क्या, ये व्यवस्थाएं करनी हैं। समझे!"

"...क्या कहा, मुझसे न हो पाएगा...।" "स्साले, तुझसे न हो पाएगा तो सरकारी नौकरी में आया ही क्यूं? ...जा, कोयला बेच और कहीं हाथ काले कर...। मिस्टर वर्मा, इनके किए कुछ न होगा...न जाने कहां से कैसे-कैसे लोग चले आते हैं? ...यार तुम ही कुछ करो...मंत्रीजी का दौरा कार्यक्रम तो निपटाना ही है...यस सर! ...हो जाएगा सर! ...आप चिंता न करें सर, मैं हूं न सर, सब व्यवस्था हो जाएगी...मैं कर लूंगा सब...।"

कुछ दिनों बाद साहब ने उसे एक प्रोजेक्ट प्लान बनाने का काम सौंपा। ऐसे ही कुछ कार्य दफ्तर में वर्मा, तिवारी और श्रीवास्तव को भी सौंपे गए। उसने मेहनत की। फील्ड में जाकर आंकड़े इकट्ठे किए। उनका गंभीर अध्ययन किया। कुछ निष्कर्ष निकाले और एक हफ्ते में अपनी प्रोजेक्ट रिपोर्ट प्रस्तुत कर दी। साहब ने फिर डांटा—"गधे कहीं के...ऐसे प्रोजेक्ट प्लान बनते हैं! ...हमें तुम्हारे

निष्कर्ष नहीं चाहिए...जनप्रतिनिधियों के निष्कर्ष चाहिए...ऊपर के अफसरों को जो पसंद हो वो चाहिए...जनता के हित में हो न हो, विभाग का जिसमें भला हो, ऐसा प्रोजेक्ट चाहिए...सरकार की जिसमें छवि बने...नेताओं को जिससे लाभ हो...ऐसा कुछ चाहिए हमें। समझे! वर्मा, तिवारी और श्रीवास्तव के प्रोजेक्ट देखो। कितने बढ़िया, कितने व्यावहारिक। अरे, कुछ पुरानी प्रोजेक्ट फाइलें निकालो। उनसे कुछ अनुकूल आंकड़े इकट्ठे कर लो, फिर उन्हें फिट करो अपने प्रोजेक्ट में, जितना बजट है, खींच-तानकर उतने का ही प्रोजेक्ट बनाओ। सब कंप्यूटर का खेल है। वर्मा, तिवारी और श्रीवास्तव से कुछ सीखो। बड़ा-से-बड़ा प्रोजेक्ट दो दिन में बना देते हैं वे लोग। कंप्यूटर में सब फीड है। तोड़-मरोड़कर उसे वैसा बना दो, जैसा ऊपर से मांगा गया है। ऊपर जो सैंक्शन अथॉर्टी है, जो टीम है उनके विशेषज्ञों की, वो प्रोजेक्ट नहीं, प्रोजेक्ट सबमिट करने वाले को देखती है। मैं वहां निपट लूंगा। तुम तो बना दो कुछ भी। बाकी मैं देख लूंगा।''

कुछ दिनों बाद वर्मा, तिवारी और श्रीवास्तव भर के प्रोजेक्ट सैंक्शन हो पाए।

वह ऊपर के अधिकारियों से भिड़ गया। उनके सामने बुलंद आवाज में उसने कहा—''क्या कमी है मेरे प्रोजेक्ट में, मुझे बताएं? मैं वो कमी अभी दूर करता हूं। निर्भीक था वह मूर्ख। वहां प्रोजेक्ट देखने के मापदंड अलग हैं। गलतियां निकालना बहुत साधारण काम है। यह साधारण काम ऊपर वालों ने कुशलतापूर्वक किया। उसका प्रोजेक्ट निरस्त कर दिया गया। ऊपर के सारे अफसर नाराज हुए। जनप्रतिनिधियों को गुस्सा आया, क्षेत्र का एक काम अटक गया। मेहनत बेकार गई। जानी ही थी। किसने कहा था, प्रोजेक्ट पर मेहनत करो। पुराने पर सिर्फ नया लेबल लगाना था, बस, प्रोजेक्ट सैंक्शन। मेहनत की, ईमानदारी से अपना काम किया, अफसर से डांट खाई। ऊपर के अफसर भी नाराज हैं। नेता अप्रसन्न हुए। साथियों ने मजाक उड़ाया। कूड़े में फेंको मेहनत और ईमानदारी को।

सच बोलने की उसमें बुरी आदत है। ईमानदार, मेहनती और निर्भीक लोगों में ऐसी कई बुरी आदतें होती हैं। उसमें भी हैं। वह अकसर साहब से असहमत हो जाया करता। अपना स्पष्ट मत बड़े साहब के सामने या किसी के भी सामने व्यक्त करने में उसे कोई झिझक न होती। दौरों पर जब कभी उच्चाधिकारी

आते और उससे कुछ पूछते तो वह सच-सच सब कुछ बता देता। उसकी इस साफगोई से उसके बॉस परेशान रहते। उन्हें चाहिए यस मैन। विचार की कोई जरूरत नहीं। सोचना उनके सामने गुनाह है। तर्क करना बेअदबी है। उसकी सच बोलने की बुरी लत, जिससे आएदिन वह साहब से डांट खाता रहता। वह साहब की बात का जवाब देता, साहब उसे मेमो लिखते। ऐसी-ऐसी बातों का, जिनका उससे कोई सरोकार न होता, उनका स्पष्टीकरण उससे मांगा जाता। उसे नोटिस इश्यू किए जाते। उच्च अधिकारियों को उसके खिलाफ पत्र लिखे जाते। इस प्रकार उसकी पर्सनल फाइल लगातार मोटी होती जा रही थी। उसकी इकलौती पत्नी उसे बहुत समझाती, परंतु वह न जाने किस मिट्टी का बना था, नहीं सुधरा।

इस बीच उसके कई ट्रांसफर हुए। मित्रों ने समझाया कि राजधानी में ट्रांसफर के काउंटर खुले हैं। वहां फीस जमा करो और मनचाही जगह ट्रांसफर ले लो। वह उच्च अधिकारियों से मिला। वे थ्रो-प्रॉपर चैनल मिलना पसंद करते। नीचे से लिखित परमीशन लेकर आओ, तब मिलो। डायरेक्ट मिलने पर नाराज हो जाते, भगा देते लोगों को अपने चेंबर से। कभी-कभी ऐसा लगता कि अंग्रेजों का शासन भी इतना सख्त न रहा होगा। ऐसे कड़क अफसर नेताओं के सामने गिड़गिड़ाते हुए पाए जाते। कोई अदना-सा पत्रकार मिलने जाता तो अपनी कुर्सी से उठकर स्वागत करते और पूछते, क्या सेवा करूं? चाय लेंगे या कोल्ड ड्रिंक? अपने मातहतों से मिलने में उन्हें शर्म आती। वहां उनकी भाषा और तेवर बदल जाते। बात-बात पर डांट-फटकार, मेमो, नोटिस, स्पष्टीकरण और डी.ओ. थमाने में उनसे कभी चूक नहीं हुई।

शहर बदले, दफ्तर बदले और अफसर बदलते रहे, परंतु वह नहीं बदला। मेहनत, ईमानदारी और साफगोई जैसी बुरी आदतें उसने नहीं छोड़ीं। लोग आगे बढ़ते गए, वह पिछड़ता गया। विकास की मुख्यधारा से वह नहीं जुड़ पाया। वह धारा के विरुद्ध जीवनभर संघर्ष करता रहा। धारा का तो आज तक कुछ नहीं बिगड़ा, वह तो अब और तेज गति से बह रही है। जो उससे लड़ते हैं वे छिटककर किनारे आ गए। कुछ समझदार लोगों ने समय रहते धारा के साथ बहना सीख लिया। उसने ऐसा कुछ नहीं सीखा। बॉस उससे असंतुष्ट रहने लगे। उच्च अधिकारी नाराज हो गए। नेताओं को असुविधा होने लगी।

एक दिन ऑफिस के लोगों ने मिलकर योजना बनाई कि उसे निपटा दिया जाए, अर्थात् दफ्तर से हटाकर घर बैठा दिया जाए, तब शायद बच्चू को अकल आए! जुट गए सब लोग इस सत्कर्म में। उसके खिलाफ किस्म-किस्म की शिकायतें गढ़ी गईं। बाबू ने नोटशीट पर चिड़िया बैठाई। अफसर ने झट से अपने लंबे हस्ताक्षर घसीटे और उसे सस्पेंड करने का प्रस्ताव ऊपर भेज दिया। ऊपर वाले इंतजार करते रहे कि नीचे से कोई आए और फाइल पर घर में बैठकर विचार/विमर्श करे। क्या करना है, इस फाइल पर? कोई तो आकर कुछ तय करे! नीचे से रिमाइंडर गया कि फाइल पर त्वरित कार्यवाही करें। हो गई कार्यवाही, जो प्रस्तावित थी।

वह विचलित नहीं हुआ, जैसे कि इसके लिए तैयार था। उसने सबसे पहले आक्षेपों का प्रमाण सहित जवाब दिया फिर कर्मचारी संघ के सदस्यों को आजमाया। वे अपने सदस्यों से कम, अफसरों से ज्यादा मिलते-जुलते, चंदा उनसे मिलता। कार्यक्रम उनके बलबूते पर होते। उनकी गाड़ियों पर ये घूमते। उन्होंने भी प्रकरण को गंभीरता से नहीं लिया। उलटे चार बातें सुनाईं—"संघ के कार्यक्रमों में रुचि नहीं लेते। संघ में गुटबाजी है, पता है न? किस गुट को बिलांग करते हो? हमारे साथ होगे तो तुम्हारे प्रकरण को देखेंगे, वरना जाओ दूसरे गुट वालों से करवा लो अपना काम। चंदा लगता है यहां हर काम का, संघ के लिए। समझे!"

शुभचिंतकों ने अलग से समझाया—"सचमुच तुम्हारे साथ अन्याय हुआ है। झूठे आरोप लगाए गए हैं सब। पर भैये, ऊपर कोई नहीं सुनता। सब एक ही थैली के चट्टे-बट्टे हैं। हां, काउंटर वाली बात बिलकुल सटीक है। बड़े दफ्तरों में काउंटर खुले हैं। रेट तय हैं, सब कामों के। एक हाथ दे, दूसरे हाथ ले। उसमें कोई बेईमानी नहीं है। अफसर ने ले लिया तो समझो भैये वह काम जरूर करेगा। और वह खुश न हुआ आपसे, न किया आपने उसे संतुष्ट, तुनक गया किसी जरा-सी बात पर वह, तो समझो फाइल गला फाड़-फाड़कर बोलती रहे कि आप निर्दोष हैं, आपके स्पष्टीकरण में सभी बातें सही हों फिर भी सारे नियमों को धता बताकर अफसर आपकी दुर्गति करने में नहीं चूकेगा। ऐसा करते रहने से उसकी अफसरी का रौब पड़ता है, छवि बनती है कि अहा! कैसा कड़क अफसर। और पड़ गया किसी नेता का डंडा सिर पर, आ गया किसी मंत्री के

घर से फोन तो वह कड़क अफसर जी सर..., यस सर...हो जाएगा सर...अभी हो जाएगा...ठीक है सर... अभी किए देता हूं सर, करता फिरेगा।''

वह ईमानदार था। मेहनती था और निर्भीक था इसलिए उसने किसी से कोई समझौता नहीं किया। उसने अफसरों का रवैया देखा। कर्मचारी संघ के सदस्यों को परखा। उच्च अधिकारियों की सामंतशाही निकट से देखी। शुभचिंतकों की सलाह पर ईमानदारी से गौर किया फिर हाईकोर्ट में याचिका दायर कर दी। ऊपर वालों के कान खड़े हो गए। माना कि पेशियों में कुछ समय जरूर लगा परंतु दूध का दूध और पानी का पानी हो ही गया। वह जीता और फिर शान से अपना काम करने लगा। लोग उसे अजीब व्यक्ति कहते हैं। काश! ऐसे ही अजीब लोगों की भरमार हो तो देश सुधर जाए।

जाति ही पूछो साधु की

अब वे दिन लद गए जब भारत एक कृषि-प्रधान देश हुआ करता था। तब किसान होना गौरव की बात हुआ करती थी। अब 'किसान' शब्द सुनते ही मैले-कुचैले कपड़ों में, बड़ा पग्गड़ बांधे एक डरे-सहमे आदमी की छवि उभरती है। किसान, जो पूरे देश में सर्वाधिक सम्मानित होना चाहिए, उसकी छवि हमने बहुत दीन-हीन बना दी। अब कोई अपने आपको किसान कहना पसंद नहीं करता। गांव में किसी भी किसान के पास कितनी ही अधिक जमीन हो, परंतु वह अपने लड़के को अफसर, बाबू या पटवारी बनाना पसंद करता है। भले ही अंत में उसका लड़का पढ़-लिखकर सिर्फ बेरोजगार बने और किसान बनने से भी वंचित रह जाए। इस सुखद स्थिति में भारत एक कृषि-प्रधान देश कैसे बना रह सकता है? देश को कुछ तरक्की करनी है कि नहीं? करनी है। सो देश ने तरक्की की। देश आगे बढ़ा। और बढ़कर भारत एक जाति-प्रधान देश हो गया।

सबसे पहले जाति का महत्त्व राजनीति में दिखा, दिखना ही चाहिए। प्रजातंत्र में जब वोटों की संख्या के आधार पर ही यह तय होना है कि कौन बड़ा नेता है, तब यह देखा जाने लगा कि किस क्षेत्र में किस जाति के वोट ज्यादा हैं। अब नेता महत्त्वपूर्ण न हुआ, उसकी जाति महत्त्वपूर्ण हो गई। सभी राजनीतिक पार्टियों ने जाति के आधार पर टिकट वितरण की अघोषित नीति अपनाई। वर्गविहीन और धर्मनिरपेक्ष समाज बनाने का संकल्प सभी पार्टियां बहुत जोर-शोर से दोहराती हैं परंतु राजनीति में हमने खुलकर जातिवाद फैलाया। संप्रदायवाद को बढ़ावा दिया और वर्ग-भेद की नीति अपनाई। राजनीति में चुनाव के समय जातिवाद का तांडव नृत्य भलीभांति देखा जा सकता है। जिस क्षेत्र में जाति-विशेष के लोग ज्यादा हैं, उस क्षेत्र से प्रायः उसी जाति के व्यक्ति को चुनाव में उतारा जाएगा। भले ही वह नितांत प्रतिभाहीन हो। राजनीति की

उसे कोई समझ न हो। किसी दूसरी जाति के किसी भी व्यक्ति ने उस क्षेत्र में कितना भी काम किया हो, वह बेमानी है। राजनीति में उसका कोई अर्थ नहीं। उस क्षेत्र से जाति विशेष के नेता को ही पार्टी का टिकट मिलेगा। जाति ही उसकी योग्यता है। सभी राजनीतिक पार्टियां नेतृत्व की क्षमता और काम के आधार पर नहीं, जाति के आधार पर ही टिकट बांटती हैं। यह एक शुभ स्थिति है, जिससे यह पता चलता है कि जाति प्रतिभा से बड़ी चीज है।

जब-जब लोग अपनी जाति भूलने लगते हैं, भारतीय राजनीति उन्हें स्मरण कराती है, जाति बड़े काम की चीज है। इस पर गौरव करना चाहिए। तुम्हारे पूर्वज बहुत महान् थे। महापुरुषों की हमने एक सूची बनाई और जातिगत खानों में उनको बांट दिया। कुछ महापुरुष हमने ढूंढे, जिस जाति में कम पड़े, उनको बांट दिया।

अब वे महापुरुष देश के नहीं, जाति-विशेष के हो गए। परशुराम की जयंती ब्राह्मण लोग मनाएंगे। क्षत्रिय लोग राणा प्रताप जयंती मनाते हैं। बनियों को गांधी जयंती मनानी चाहिए। अंबेडकर जयंती दलित वर्ग के लोग मनाने लगे। कुर्मी समाज वल्लभभाई पटेल की जयंती मनाता है। इस प्रकार राष्ट्रीय नेताओं को हमने विभिन्न जातियों में बांट दिया।

चुनाव के समय हमें जातिवाद की कई विशेषताएं देखने को मिलती हैं। देखो भाई, हम-तुम एक जाति के। जाति में जीना, जाति में मरना। जाति में शादी करना; हर समय जाति वाले ही काम आते हैं। दूसरी जाति वाले मुसीबत में कभी साथ नहीं देते। वक्त-जरूरत जाति वाले ही काम आएंगे। इसलिए जाति वालो, संगठित हो जाओ। अपनी जाति वाले को ही वोट देना। हमें अपनी जाति वालों को आगे बढ़ाना है। जाति वाला जीतेगा तो गांव में हम जाति वालों के लिए एक अलग मंदिर बनवाएंगे अपने भगवान का। अपनी जाति वालों के लिए एक सभा-भवन भी बनवाना है। अभी बहुत आगे जाना है, अपनी जाति वालों को। दूसरी जाति वाले हमारा शोषण करते हैं। हमें तरक्की नहीं करने देते। इसलिए अब के चुनाव में हमें अपनी जाति की ताकत दिखा देनी है। बतर्ज जो हमसे टकराएगा, चूर-चूर हो जाएगा। इस प्रकार गांव-गांव में हमने जातिगत संघर्ष फैलाने की दिशा में आशातीत प्रगति की।

मंत्रिमंडल जाति के आधार पर बने। संस्थाओं के पदाधिकारी जाति के आधार चुने गए। संतुष्टीकरण की नीति अपनाई गई। शिक्षा, योग्यता और

प्रतिभा को लगातार उपेक्षित किया गया। जाति को बढ़ाने के लिए, जाति की उन्नति के लिए और सिर्फ जाति वालों के भले के लिए सोचा गया। समान आचार संहिता की मांग करने वालों को बेवकूफ कहा गया। जाति के आधार पर नियम बनाए गए। संविधान में परिवर्तन हुए और अलग-अलग जाति के लिए जुदा-जुदा कानून बनाए गए। हिंदू कानून और मुस्लिम कानून तो आजादी के समय से आज तक चला आया है। फिर हरिजन एक्ट, पिछड़ा वर्ग अधिनियम, अल्पसंख्यक कानून आदि अमल में लाए गए। हरिजन थाने खोले गए। भविष्य में ब्राह्मण, ठाकुर, यादव, कुर्मी, साहू, पटेल, सिंधी, सरदार, मुसलमान, ईसाई...(लिस्ट बहुत लंबी है), इनके लिए अलग-अलग थाने और अदालतें बनाई जाएंगी, तब जाकर सिद्ध होगा कि हम अब पूरी तरह आजाद हो चुके हैं। फिलहाल आजादी में अभी बहुत कसर बाकी है।

शिक्षा जगत् में जातिवाद का बड़ा महत्त्व है। आजादी के बाद यह सोचा गया कि दस-बीस सालों तक शिक्षा के क्षेत्र में आरक्षण व्यवस्था लागू करके हम पिछड़ी जातियों को समान स्तर तक ले आएंगे। परंतु आजादी के बाद सत्तर सालों में भी हम यह कार्य नहीं कर पाए। वैसे हम ऐसा कुछ करना भी नहीं चाहते। वरना अब तक कर न लेते।

स्कूलों, कॉलेजों और हॉस्टलों में आएदिन आरक्षण वाले और गैर-आरक्षण वाले छात्रों में खूब झगड़े होते हैं। ये जातिगत झगड़े हैं। छात्र जीवन से ही विद्यार्थी जातिगत वैमनस्य की भावना लेकर आगे बढ़ते हैं। फिर जीवन भर वे इसी भावना का विकास करते हैं। सभी मनुष्य एक समान हैं। मनुष्य मनुष्य में कोई भेद नहीं है। यह आदर्श हमारी शिक्षा का आधार नहीं है। स्कूल-कॉलेज में प्रवेश लेते ही विद्यार्थी के मन में सबसे पहले यही विचार आता है कि फलाना ओबीसी है, वह सामान्य वर्ग से है, वो तो एसटी है, एससी है। सब एक-दूसरे को अपना जानी दुश्मन समझते हैं। एक वर्ग समझता है कि ये पिछड़े लोग हमारा हक मार रहे हैं। दूसरे वर्ग का मानना है कि हम तो सदियों से दबाए और कुचले गए हैं, इसलिए हमें इनसे बदला लेना है। इस प्रकार स्कूल-कॉलेज में ही हम नई पीढ़ी को यह भलीभांति बता देते हैं कि आदमी कुछ नहीं होता। सबसे बड़ी चीज होती है जाति। और तुम्हारा लक्ष्य है संघर्ष।

हम युवा पीढ़ी को बताते हैं कि जीवन में आगे बढ़ने के लिए धनबल, राजनीतिक पहुंच और जाति का धनी होना जरूरी है। कभी-कभी तो सिर्फ जाति

से ही काम चल जाता है। ऊपर अपनी जाति के लोग बैठे हैं। सपोर्ट करेंगे। तुम तो घुस जाओ बच्चू आंख मींच के। जाति का सर्टिफिकेट संभालकर रखना, वह डिग्री से ज्यादा महत्त्वपूर्ण दस्तावेज है।

स्कूल-कॉलेज से निकलकर जब लोग सार्वजनिक जीवन में आते हैं तो यहां उसी जातिवाद का जंजाल देखते हैं। नौकरी में, दफ्तर में, प्रमोशन में—सब जगह जाति केंद्र में है। इस प्रकार जातिवाद का जहर नई पीढ़ियों के रक्त में घोलने की हमारे पास पूरी कीमियागीरी है। हम अपने इस उद्देश्य में पूरी तरह सफल हैं। इस दिशा में हमने कई प्रयोग किए। जाति के अलावा भी हमने कई तरह से विभेद को फैलाने में सफलता पाई। कभी भाषा के नाम पर, कभी प्रांत के नाम पर और अकसर धर्म एवं संप्रदाय के नाम पर।

हमारा पूरा भारतीय समाज जाति के बंधनों में अच्छी तरह जकड़ा हुआ है। इस तरह जकड़े हुए रहने में उसे मजा आता है। आजादी के बाद यह जकड़न और बढ़ी है। जगह-जगह जातिवादी संगठन बन गए। सब अपनी-अपनी जाति की गौरवगाथा गाए जा रहे हैं। हर संगठन का यह कहना है कि उनकी जाति वाले न होते तो यह देश रसातल में चला जाता। इस देश को यदि किसी ने बचाया है तो सिर्फ उनकी जाति वालों ने। आएदिन शहरों में जातीय सम्मेलन होते रहते हैं। आज फलानी जाति का सम्मेलन है, कल ढिकानी जाति का सम्मेलन है। खोजो रे भाई खोजो, अपनी जाति का कौन आदमी मंत्रिमंडल में है। उसे ही उद्घाटन के लिए आमंत्रित करेंगे। अपनी-अपनी जाति के अफसरों को ढूंढो। उनसे चंदा वसूलो। जाति वालों को अपने विभाग में आगे बढ़ाने का उद्देश्य उन्हें समझाओ। दूसरी जाति वाले भले ही योग्य हों, उन्हें पीछे धकिया दो। उन्होंने हमारा शोषण किया है। वे हमारे दुश्मन हैं। अपने रहते उन्हें कभी आगे मत बढ़ने दो। हर जातीय सम्मेलन में यही कुछ तय होता है। इससे जाति का भला है। जाति वाले आगे बढ़ेंगे तो देश आगे बढ़ेगा। इस प्रकार विभिन्न जाति वाले देश को आगे बढ़ाने में लगे हैं।

पिछले दिनों मैंने जाति आधारित कर्मचारी संगठन देखे। जैसे 'साहू कर्मचारी संघ', 'यादव कर्मचारी संघ', 'कुर्मी कर्मचारी संघ' इत्यादि। इन दिनों विभिन्न सरकारी कार्यालयों में जातिवाद के स्पष्ट दर्शन होने लगे हैं। अफसर अपनी जाति वाले का, भले ही वह सरकारी कामकाज में बहुत लापरवाह हो, अनुशासनहीन हो, अच्छी सीआर लिखेगा। उसकी पदोन्नति के लिए दूसरों को गिराकर रास्ता

बनाएगा। दूसरी जाति वाले अच्छे कर्मचारी इसलिए प्रताड़ित होंगे कि उनका अफसर उसी जाति का नहीं है। बड़े अफसर दूसरी जाति वालों की ऊपर शिकायत करते हैं। नया अफसर आता है तो फिर इसी तरह की उठापटक होती है।

जाति वाला डकैती करे, चोरी करे या बलात्कार कर दे, ऊपर यदि समान जाति का अफसर है तो सब खून माफ। समान जाति वालों ने भले ही ये सभी कुकर्म अपनी नंगी आंखों से देखे हों, परंतु कोई अपनी जाति वाले के विरोध में बोलने आगे न आएगा। हां, दूसरी जाति वाले को फंसाना हो तो सैकड़ों चश्मदीद गवाह तैयार मिलेंगे। इसे कहते हैं अनेकता में एकता, जिस पर हमें गर्व है।

साहित्य के क्षेत्र में भी जातिवाद ने घुसपैठ की। सबसे पहले महिला लेखन की बात सामने आई। तब लोगों ने इसका विरोध किया। कुछ प्रसिद्ध लेखिकाओं ने सरेआम कहा, "लेखन सिर्फ लेखन है। इसमें महिला लेखन और पुरुष लेखन की बात बेमानी है।" तमाम विरोध-असहमति के बाद आज भी 'महिला लेखन' का मुहावरा खूब चलता है। इस दिशा में और विकास हुआ। आजकल साहित्य में एक नया शब्द आया—दलित लेखन। इधर कई लेख और परिचर्चाएं पढ़ते हुए मुझे साफ महसूस हो रहा है कि साहित्य में ब्राह्मण लेखन, ठाकुर लेखन, कायस्थ लेखन जैसे वर्गीकरण भीतर ही भीतर खूब प्रचलित हैं। इनके पंडे तो जगजाहिर हैं। साहित्य सम्मेलनों में झंडे और बैनर लटकाए जाने भर की देर है। यह काम भी जल्द होने वाला है। विचारधारा वाले, बिना विचारधारा वाले, यह वर्गीकरण अब पुराना पड़ गया।

इन दिनों छोटे-छोटे ग्रुप उभरकर सामने आए हैं। ये साहित्य की नई जातियां हैं। साहित्य में इनके भी जातीय सम्मेलन होते रहते हैं। एक जाति वाले दूसरी जाति वालों के सम्मेलनों में नहीं जाते। सबकी अपनी जाति श्रेष्ठ। 'निंदारस' साहित्य में सभी जाति वालों का प्रिय रस, इसके बिना किसी का काम नहीं चलता।

इस प्रकार शिक्षा, साहित्य, राजनीति, प्रशासन और सार्वजनिक जीवन में जाति का बहुत महत्त्व है। इसके बिना किसी का काम नहीं चलता। इसलिए मैंने एक पुराने दोहे को इस प्रकार संशोधित कर दिया है—

जाति ही पूछो साधु की, कभी न पूछो ज्ञान।
डार देयो तलवार को, तिलक कीजिए म्यान।।

●●

हो जाए एक उत्सव

'डूंगरपारा'—यह हमारे गांव का नाम है। आज जब हर जंगल और बीहड़ में एक-एक स्कूल है, तो हमारे डूंगरपारा में भी एक अदद स्कूल है। छात्र यहां पांच हैं और अध्यापक पच्चीस, यह एक आदर्श स्थिति है। इसमें छात्रों और अध्यापकों के बीच सौहार्दपूर्ण वातावरण बना रहता है एवं पढ़ाई नामक कार्य भी, जो कभी-कभी यहां होता है, सुचारु रूप से चलता रहता है।

हर गांव की तरह हमारे गांव में भी ग्राम पंचायत है। यहां पंच हैं, सरपंच हैं और कुछ नेतानुमा आदमी भी हैं। अध्यापकों के अलावा ये संभ्रांत लोग रोज स्कूल के आंगन में देखे जाते हैं। इस प्रकार गांव का यह स्कूल साफ-सुथरा एक राजनीतिक अड्डा है। पंच-सरपंच के चुनाव से लेकर लट्ठबाजी और हत्याओं तक की सारी घटनाओं पर यहां गंभीर विचार-विमर्श होता है। शिक्षा और संस्कृति के पावन क्षेत्र में यह स्कूल अपना पूरा दायित्व निभा रहा है।

सहसा एक दिन गांव में मंत्रीजी के आगमन का प्रोग्राम बना। अब इस छोटे-से गांव में स्कूल के अलावा कोई माकूल जगह न थी, जहां मंत्रीजी की सभा का आयोजन किया जाता। सो स्कूल के बड़े अंगने में ही मंत्रीजी के लिए भव्य मंच बना दिया गया। मंत्रीजी जहां भी जाते, लोग विकास के नाम पर उनसे अनुदान के रूप में एक मोटी रकम की घोषणा करवा ही लेते। यहां भी तालियों की गड़गड़ाहट के बीच डूंगरपारा गांव में शिक्षा, संस्कृति और समाज कल्याण के लिए मंत्रीजी ने पांच लाख रुपए देने की घोषणा कर दी।

अब अहम प्रश्न यह था कि इन पांच लाख रुपयों का क्या किया जाए? 'शिक्षा' के क्षेत्र में विकास की कोई गुंजाइश नहीं थी। स्कूल भलीभांति चल रहा था। हां, संस्कृति और समाज-कल्याण के क्षेत्र में लोगों को संभावना नजर आई। लंबे विचार-विमर्श के बाद तय हुआ कि हो जाए एक उत्सव।

फिर एक रात देर तक स्कूल में उत्सव की भावी रूपरेखा पर बहस चली। समस्या यह थी कि इन पांच लाख रुपयों को कौन, किस मद में, किस तरह, खर्च कर सकता है। चार योद्धा सामने आए और उन्होंने क्रमशः सवा-सवा लाख रुपए खर्च करने का बीड़ा उठाया। सरपंचजी ने इस उत्सव में केंद्रीय मंत्री और प्रदेश के मुख्यमंत्री को येन-केन-प्रकारेण खींच लाने का आश्वासन दिया। हेडमास्टर साहब ने कुछ ख्याति-प्राप्त कथक-कथकली-नृत्यांगनाओं को अपने उत्सव में ले आने का विश्वास दिलाया। हवलदार साहब ने लोक-कला और लोक-कलाकारों द्वारा उत्सव में चार चांद लगाने का जिम्मा ले लिया। वहीं बड़ी मूंछ वाले ठाकुर साहब ने पंडाल, मंच, बिजली फिटिंग समेत संपूर्ण व्यवस्था का ठेका खुद ले लिया। बस अब क्या था, जोर-शोर से 'डूंगरपारा उत्सव' की तैयारियां शुरू हो गईं।

सरपंचजी राजधानी में जाकर बैठ गए। हेडमास्टर साहब भी महानगरों की यात्राएं करने लगे। हवलदार साहब गांव-गांव में डंडा घुमाकर 'नाचा मंडलियों' को जोड़ने लगे और ठाकुर साहब अपनी खुली जीप पर बंदूक टांगे बांस, बल्ली और टेंटों के जुगाड़ में निकल पड़े। समाचार-पत्रों में विज्ञापन छपे, प्रदेश की उच्च सांस्कृतिक परंपरा में एक महत्त्वपूर्ण पहल—'डूंगरपारा महोत्सव'। केंद्रीय मंत्री और मुख्यमंत्री के आगमन की सूचना के साथ ही अखबार में कई बड़े-बड़े कलाकारों के नाम भी छपे, जो इस उत्सव में शामिल हो रहे थे।

अखबार पढ़कर ही मुझे पता लगा कि मेरे इस छोटे से गांव में इतना बड़ा समारोह संपन्न होने जा रहा है। अखबार बगल में दबाए मैं स्कूल की तरफ भागा तो वहां सदा की भांति मैंने गुरुजी लोगों को अलग-अलग गुटों में बतियाते हुए पाया। मास्टर भैयाराम से मैंने पूछा—हेडमास्टर साहब कहां हैं?

उन्होंने मुझे नीचे से ऊपर तक घूरा। फिर बोले—जानते नहीं, गांव में इतना बड़ा सांस्कृतिक जलसा हो रहा है, हेडमास्टर साहब कलाकारों को तय करने के लिए पिछले महीनेभर से दक्षिण भारत की यात्रा पर हैं।

मैं संतोषभरी सांस लेकर स्कूल-गेट से बाहर निकल ही रहा था कि युवा नेता रामखिलावनजी से भेंट हो गई। उन्हें अखबार दिखाकर मैंने उत्सव की ताजा जानकारी चाही। वे अपने सफेद झकाझक कुर्ते-पाजामे में बहुत जम रहे थे। दूरदृष्टि और पक्के इरादे के साथ वे तुरंत बोले—"भैयाजी (सरपंच जी) पड़े हैं महीनेभर से राजधानी में। देखो, अब किस-किसको ला पाते हैं। अरे हमें भेजा होता, अब तक हम मंत्री क्या, प्रधानमंत्री को लेकर आ गए होते।

वे अपनी कड़ी मेहनत का और गुणगान करते कि मैं अपना अखबार लेकर आगे बढ़ गया। रास्ते में गांव के इकलौते आंचलिक कवि श्री रामानंद 'डूंगरपारी' टकरा गए। मैंने लगे हाथ उनसे भी उत्सव पर चर्चा करनी चाही।

वे उत्साहित होकर बोले—हां, हवलदार साहब ने मुझे बताया था कि स्कूल में एक बड़े कवि सम्मेलन का जुगाड़ है। साथ में वो नाच-गाना और कुछ नाटक-नौटंकी का भी आयोजन है। अब हवलदार साहब से तो महीनेभर से भेंट नहीं हुई, इधर मैंने दर्जनों लोकगीत लिख डाले हैं। घर-घर में कलाकार भरे पड़े हैं और ये उत्सव वाले जाने कहां-कहां भटकते फिरते हैं। वे अपना नया गीत सुनाने ही जा रहे थे कि मैं जरूरी काम का बहाना बनाकर वहां से तुरंत खिसक गया।

शाम को चौपाल पर ठाकुर साहब भी मिल गए। मुझे देखते ही बोले—घर में घुसे हुए क्यों किताबों पर सिर मारते रहते हो? मैंने इतना बड़ा ठेका लिया है, काम में कुछ मदद करो मेरी। चार पैसे तुम्हारे भी बन जाएंगे। फिर गांव के विकास के लिए सबको खुलकर सामने आना चाहिए। कल से लग जा बेटा काम पे। झंडियां बनवानी हैं, बंदनवार टंगवाने हैं, मंच बनवाना है और स्वागत-द्वार भी बनवाने हैं। ढेर सारे काम हैं एक अकेली जान को।

मैंने कहा—ठाकुर साहब, वो कलाकारों, मंत्रियों और अतिथियों के स्वीकृति-पत्र मिल गए क्या?

वो सब हेडमास्टर जानें। मैंने तो सिर्फ सवा लाख रुपए का ठेका लिया है, बस। ...ठाकुर साहब झल्लाकर अपनी जेब में बीड़ी टटोलने लगे।

फिर वह दिन भी आ गया, जिसका गांवभर को इंतजार था। रंगीन झंडियां लगीं, बड़े-बड़े स्वागत-द्वार बने और भव्य मंच बनाया गया। परंतु हाय रे दुर्भाग्य, मंत्रीजी नहीं आए। कार्यक्रम का शुभारंभ करते हुए कविवर रामानंद डूंगरपारी ने मंच से घोषणा की—हमें अत्यंत खेद है कि मंत्री महोदय का अचानक स्वास्थ्य खराब हो जाने से वे हमारे कार्यक्रम में नहीं आ पाए। इस महत्त्वपूर्ण सूचना के बाद परदा उठा और स्थानीय 'नाचा मंडली' का सुपरिचित नृत्य प्रारंभ हो गया। निकटस्थ गांवों की कई नाचा मंडलियां हवलदार साहब ने अपने डंडे के प्रभाव में बुलवाई थी। न उनके खाने का उचित प्रबंध था, न पारिश्रमिक का। रातभर नृत्य और संगीत का रंगारंग कार्यक्रम चलता रहा। श्री डूंगरपारी के कुशल संचालन और ठाकुर साहब के सतर्क कार्यकर्ताओं के कारण नृत्य और संगीत का यह अखिल भारतीय कार्यक्रम अत्यंत सफल रहा।

दूसरे दिन कवि सम्मेलन का आयोजन था। संचालक वही थे—श्री डूंगरपारी। जैसा कि आजकल प्रचलन है, कवि सम्मेलनों में कविताएं कम, चुटकुले ज्यादा सुनाए जाते हैं। सो उसी परंपरा का निर्वाह करते हुए यहां भी कवियों ने भरपूर चुटकुलेबाजी की। किसी कवि ने अपनी कविता में अपनी पत्नी का नख-शिख वर्णन सुना मारा तो किसी ने अपनी ओजपूर्ण कविता में पाकिस्तान को कब्रिस्तान बना डालने की धमकी दे डाली।

नृत्य, संगीत और कविता के बावजूद उत्सव में एक अदद नेता की कमी निरंतर खटक रही थी। अब सरपंचजी ने तो महीनेभर राजधानी में नाक रगड़कर बहुत कोशिश की, परंतु वे केंद्रीय मंत्री क्या, एक सांसद तक को न पटा पाए। सरपंचजी का कहना था कि आजकल 'हिटलिस्ट' का बड़ा हल्ला है, जिससे सभी मंत्री और सांसद दहशत में हैं। इस डूंगरपारा गांव में समुचित सुरक्षा व्यवस्था के अभाव में कोई बड़ा मंत्री नहीं आ सकता। अंत में यह तय हुआ कि क्षेत्रीय विधायक महोदय से ही उत्सव का समापन कार्यक्रम संपन्न करा लिया जाए।

विधायकजी ने आकर 'डूंगरपारा उत्सव' का विधिवत् समापन किया। उन्होंने अपने भाषण में फ्रांस के 'भारत उत्सव' और राजधानी के 'अपना उत्सव' की परंपरा में 'डूंगरपारा उत्सव' को मील का पत्थर बताते हुए इस सार्थक कोशिश की भरपूर प्रशंसा की।

इस प्रकार डूंगरपारा में एक भव्य साहित्यिक-सांस्कृतिक उत्सव संपन्न हुआ। दूसरे दिन जिले के सभी अखबारों में विधायकजी के साथ आयोजकों की बड़ी-बड़ी तस्वीरें छपीं। उत्सव की लंबी-लंबी समीक्षाएं छपीं, जिनमें बताया गया कि यह आयोजन अत्यंत सफल और सार्थक रहा।

बहुत दिनों बाद जब मुझे पता लगा कि जिन कवियों, कलाकारों और मंत्रियों के नाम की घोषणा 'डूंगरपारा उत्सव' में सम्मिलित होने के लिए की गई थी, उनके पास इस कार्यक्रम की कोई सूचना नहीं थी, तब मुझे लगा—सचमुच ये उत्सव, शिक्षा-संस्कृति और समाज कल्याण के क्षेत्र में गौरव के प्रतीक हैं।

हिंदी दिवस पर भैयाजी का संदेश

प्यारे भाइयो तथा बहनो, तीन-चार दिन पहले ही हमें यह पता चला कि हमारे देश में 'हिंदी दिवस' भी होता है। स्वतंत्रता दिवस, गणतंत्र दिवस, शिक्षक दिवस, बाल दिवस आदि तो हमने सुने हैं और इन अवसरों पर हमने विभिन्न समारोहों में अपने उद्गार भी व्यक्त किए हैं। परंतु यह 'हिंदी दिवस' हमने पहली बार सुना है।

हम अपने नगर के कवि, साहित्यकार और अफसर श्री सुमनजी के बहुत आभारी हैं। उन्हीं की वजह से हमें जीवन में पहली बार मालूम हुआ कि हिंदी दिवस क्या चीज है! न सुमनजी का ट्रांसफर किसी बीहड़ में होता, न वे उसे रुकवाने के लिए हमारे पास दरख्वास्त लेकर आते और न हम कभी जान पाते कि हमारे इस महान् देश में कोई हिंदी दिवस नामक पर्व भी मनाया जाता है।

सुमनजी का ट्रांसफर हमने रुकवा दिया। भले आदमी हैं। इस शहर को अभी उनकी जरूरत है। उन्होंने बड़े ही आग्रह के साथ मुझे इस कार्यक्रम में मुख्य अतिथि के रूप में आमंत्रित किया। पहले तो मैं इस नए दिवस का नाम सुनकर ही सन्न रह गया। मैं सोच में पड़ गया कि आखिर क्या बोलूंगा इस दिवस पर! फिर सुमनजी ने खुलासा करते हुए बताया कि आज के दिन ही हमारे संविधान में हिंदी को राजभाषा का दर्जा दिया गया था। तो इस प्रकार हमें यह मालूम हुआ कि आज का दिन बहुत ही खुशी का दिन है। फिर हमें यह समझते देर न लगी कि आज हमें हिंदी के महत्त्व और गौरव पर प्रकाश डालना है। सरकारी नीतियां, विकास के कार्यक्रम और विरोधियों के काले कारनामे, इन विषयों पर तो हम आएदिन बोलते रहते हैं। आज हिंदी भाषा के लिए कुछ बोलने की जिम्मेदारी आप लोगों ने मुझ पर सौंपी है। मैं बोलूंगा। हिंदी के लिए तो जरूर बोलूंगा। आप धैर्यपूर्वक सुनिए।

सबसे पहले तो मैं अपने बुजुर्ग नेताओं का शुक्रिया अदा करना चाहूंगा, जिन्होंने इतनी भाषाएं होते हुए सिर्फ हिंदी को ही राजभाषा का दर्जा दिलाने की कोशिश की। यह उन्हीं महान् नेताओं के प्रयासों का फल है कि हम और आप यहां बैठे हिंदी दिवस मना रहे हैं। (तालियां)

अभी कुछ लोग चिंता व्यक्त कर रहे थे कि आजादी के सत्तर सालों बाद भी हिंदी पूरी तरह राजभाषा का दर्जा प्राप्त नहीं कर पाई है। सच मानो तो हम भी इसी चिंता में लगातार दुबले हुए जा रहे हैं। परंतु सिवाय चिंता के और हम कर भी क्या सकते हैं!

कई राज्य ऐसे हैं, जो हिंदी का विरोध करते हैं। अच्छी बात है, करना चाहिए। प्रजातंत्र में सबको अपनी बात कहने का समान अधिकार है। मैंने कई प्रांतों में जाकर देखा है कि क्षेत्रीय भाषाओं का झगड़ा है तो सिर्फ हिंदी के साथ हमें सारे झगड़े आपसी बातचीत से सुलझाने हैं। अल्पसंख्यक, पिछड़ी जातियां और शरणार्थी के रूप में आए परंतु यहीं स्थायी रूप से बस गए लोगों की भाषा और संस्कृति को भी हमें आगे बढ़ाना है। हां, झगड़ों से निपटने के लिए हमारे पास अहिंसा का रास्ता है ही। अरे, जब अहिंसा के बल पर हमने आजादी प्राप्त कर ली तो क्या उसी रास्ते से हम हिंदी को राजभाषा का दर्जा नहीं दिला सकते? जरूर दिला सकते हैं। जैसा कि सुमनजी ने हमें बताया कि हमारे संविधान में साफ-साफ लिखा है, "संघ की भाषा हिंदी और लिपि देवनागरी होगी... ।"

अब संविधान में हमारे बुजुर्गों ने जो बात लिख दी तो उसका पालन करना हमारा परम कर्तव्य हो जाता है। यह बात अलग है कि हर लिखे हुए को व्यवहार में लाते-लाते हमें बहुत समय लग जाता है। हिंदी को राजभाषा और राष्ट्रभाषा का दर्जा दिलाने के लिए सत्तर सालों का समय बहुत कम है। फिर हमारे सिर पर कई तरह की चिंताएं रहती हैं। चुनाव लड़ने और जीतने की गहन चिंता बनी रहती है। भाई-भतीजों के राजनीतिक भविष्य की चिंता भी चैन नहीं लेने देती। अब राष्ट्र और राष्ट्रभाषा की चिंता के लिए हमारे पास समय ही कहां है! दूसरी ओर आप कवियों, लेखकों, पत्रकारों और बुद्धिजीवियों के कारण भी हमारी नाकों दम रहता है। आप लोग आएदिन अखबारों और पत्रिकाओं में जाने क्या ऊलजलूल लिखते रहते हैं। आज हिंदी दिवस के अवसर पर मैं पूछना चाहता हूं आप लोगों से—"आप लोग अच्छी-अच्छी बातें क्यों नहीं लिखते?"

हर जगह आप लोगों को वही गरीबी, भुखमरी और भ्रष्टाचार ही दिखाई देता है! इन्हीं सब बातों पर आप लोग ये साहित्य-वाहित्य लिखते रहे तो हो गई हिंदी की सेवा! फिर दिला दिया आप लोगों ने हिंदी को राजभाषा का दर्जा!

मैं पुनः आप लोगों से पूछना चाहता हूं, "क्या कोयलिया ने अमराइयों में जाना बंद कर दिया है? क्या शमा पर परवाने अब नहीं मंडराते? क्या चांद की चांदनी आजकल नहीं छिटकती? क्या सावन की घटाएं अब नहीं घुमड़तीं? क्या नायिका को परदेश गए अपने प्रीतम की याद नहीं सताती?" ये साहित्य के शाश्वत विषय हैं। इन पर हिंदी लेखक अपनी कलम के जौहर क्यों नहीं दिखाते? उधर देखो उर्दू शायरी से कितना रस टपक रहा है। वहां साकी है, सुराही है और मयखाना है, ऐसा कुछ लिखो हिंदी में तो हिंदी का उद्धार हो।

गरीबी, भ्रष्टाचार और शोषण के अलावा भी बहुत विषय हैं, साहित्य रचने के लिए। देखते नहीं, चारों तरफ इन दिनों हरियाली छाई हुई है। खेतों में फसलें लहलहा रही हैं। परंतु आप सबको यह क्यों दिखाई देगा? आप तो कहोगे फलां प्रांत में बाढ़ आ गई। ढिकां जगह सिंचाई के अभाव में फसलें बर्बाद हो गईं। किसानों और मजदूरों का शोषण हो रहा है। अरे, ये भी कोई विषय हैं साहित्य लिखने के लिए? देश की प्रगति पर तो कुछ लिखते नहीं और कहते हैं कि हम प्रगतिशील हैं। लिखना ही है तो किसी बड़े नेता का जीवन-चरित्र लिख डालो। एक से एक महान् नेता पड़े हैं हमारे देश में। अब हमीं को देखो। कितना संघर्ष किया हमने यहां तक पहुंचने के लिए। जातीय गणित बिठाया। लोगों में सोई हुई धार्मिक भावना को जगाया। अरे, जाने कितने पापड़ बेले हमने, तब कहीं जाकर यह परम पद मिला। तो ऐसे कितने महान् नेता तुम्हें गली-मोहल्ले में मिल जाएंगे, जिनका जीवन-चरित्र नई पीढ़ी के लिए अत्यंत प्रेरणास्पद है। सरकार अच्छी किताबों पर पुरस्कार देती है। लेखकों को समय-समय पर राज्यसभा का सदस्य बनाया जाता है। पद्मश्री और पद्मभूषण आदि भी बांटे जाते हैं। अब सरकार हिंदी की सेवा के लिए इतना कुछ कर रही है। और भला क्या करे!

आप लोग कहते हो कि जगह-जगह अंग्रेजी माध्यम वाले निजी स्कूल खुलते जा रहे हैं, इससे हिंदी के विकास को खतरा है।

हमारा कहना है कि इससे हिंदी के विकास को कोई खतरा नहीं है बल्कि इससे कालांतर में हिंदी को बहुत लाभ होने वाला है। मैंने देखा है और सुना

भी है कि हिंदी की वही कृति ज्यादा चर्चित और प्रशंसित होती है, जिसका अंग्रेजी में अनुवाद किया गया हो। मैंने कहीं पढ़ा था कि रवीन्द्रनाथ ठाकुर ने जब कबीरदास के सौ पदों का अंग्रेजी में अनुवाद किया, तब हिंदी जगत् में कबीरदास को पहचाना गया। इसलिए अब यह जरूरी हो गया है कि हम अंग्रेजी के माध्यम से हिंदी को जानें। तभी हिंदी का महत्त्व स्थापित हो पाएगा।

हमें यह नहीं भूलना चाहिए कि हिंदी हमारी मातृभाषा भी है। उसे तो हम अपनी मां की गोद में ही सीख लेते हैं। मां अपने बच्चों को जो लोरी गाकर सुनाती है, वह हिंदी में ही होती है। और भाषाओं में लोरी होती है या नहीं? मुझे ज्ञात नहीं। हिंदी में तो जरूर होती है।

गली में, मोहल्ले में, जब मैं महिलाओं को, बच्चों को और पुरुषों को भी आपस में झगड़ते हुए देखता हूं, उस समय जिन गालियों का प्रयोग सुनने को मिलता है, उससे हमें हिंदी की अद्‌भुत सामर्थ्य का पता चलता है। तब हमें ज्ञात होता है कि हिंदी भाषा जीवन के कितने निकट है। वह जन-जन की भाषा है।

जीवन में, आम बोलचाल के लिए, व्यवहार के लिए हिंदी की उपयोगिता सर्वविदित है। रह गया सरकारी कामकाज तो वह बहुत बड़ी चीज है। वह सबके लिए नहीं है, इसलिए वहां जबरन हिंदी को घुसेड़ने का क्या मतलब? विश्व बैंक से कर्जा लेना है। विदेशों से हथियारों के सौदे पटाने हैं। स्विस बैंकों में खाते खोलने हैं। यह सब हम हिंदी में करने लगें तो फिर हो गई देश की तरक्की!

हिंदी के विकास की जिम्मेदारी अब आप लोगों पर है। देश के बुजुर्ग नेताओं ने सर्वोच्च संविधान में हिंदी को राजभाषा का दर्जा दे दिया। सरकार ने 'हिंदी दिवस' की घोषणा कर दी। राजधानियों में साहित्य परिषदें, अकादमी और पुरस्कारों की व्यवस्था हो गई। इस प्रकार सरकार हिंदी के लिए बहुत काम कर रही है। मैं भी आज हिंदी के कार्यक्रम में आ गया। अब इस पावन हिंदी दिवस पर हमारा आपको यही संदेश है कि आप लोग सत् साहित्य लिखिए। रोटी, भूख, गरीबी, शोषण और क्रांति जैसी शब्दावलियां छोड़कर, आप लोग दूरदर्शन और फिल्मों की भाषा अपनाइए, इसी से हिंदी का विकास होगा।

"जय हिंद!"

इफ्तार संस्कृति

जब मैं यह रचना लिख रहा हूं, तब रमजान का पवित्र महीना चल रहा है। इन दिनों मोमिन रोजा रखते हैं और नेता बड़ी-बड़ी पार्टियां आयोजित करते हैं। दावतें पहले भी होती थीं, जिनमें मित्र-परिचित और पड़ोसी मुसलमान भाइयों को रोजा खोलने के लिए आमंत्रित करते थे। वे प्रेम, मैत्री और आपसी सौहार्द की दावतें थीं। इधर रमजान के महीने में एक नई संस्कृति पनप रही है, जिसे 'इफ्तार संस्कृति' कहते हैं।

भैयाजी आज सुबह से परेशान हैं। दुःखी हैं। उनके दुःख का कारण है, विपक्षी नेता के यहां हुई इफ्तार पार्टी, जिसके फोटो आज के सभी अखबारों में प्रकाशित हैं। भैयाजी भी उस पार्टी में थे। क्या भव्य आयोजन था। सभी पार्टियों के बड़े-बड़े नेता उसमें आए थे। कई नेता अलग गुट बनाकर ओने-कोने में बतियाते रहे। जरूर कोई गुल खिला रहे हैं। कहीं मेरी सरकार के खिलाफ अविश्वास प्रस्ताव लाने की मंत्रणा तो नहीं कर रहे? क्या पता, ऐसा ही कुछ कर रहे हों! इन नेताओं का क्या भरोसा, न जाने कब किधर लुढ़क जाएं। लगता है, उस इफ्तार पार्टी में कई नेताओं ने बिकने के लिए अपने-अपने रेट बता दिए हैं। तभी तो इतना हंस-हंसकर बातें कर रहे थे। उस इफ्तार पार्टी में जरूर कुछ न कुछ मेरे खिलाफ तय हो गया है। मुझे भी कुछ करना चाहिए। सब नेताओं को बुलाकर उनका मन जानना चाहिए। यह विचार आते ही भैयाजी ने अपने निजी सचिव को बुलाकर आदेश दिया—"अगले रविवार को अपने बंगले पर इफ्तार पार्टी का आयोजन करो। सभी छोटे-बड़े नेताओं को इस पार्टी में निमंत्रित करना है। कुछ नीतियां भी उसी पार्टी में तय करनी हैं।"

भैयाजी के यहां आयोजित इफ्तार पार्टी के निमंत्रण-पत्र बंटने लगे। विरोधी

पार्टी में चिंता व्याप्त हुई। भैयाजी घाघ हैं। घुटे हुए राजनेता हैं। अब उनके यहां इफ्तार पार्टी है। इस पार्टी में जरूर नए समीकरण तय होंगे। राजनीतिक सौदेबाजी के लिए नेताओं की नई दरें तय होंगी। इस पार्टी में जाना जरूरी है। चूक न हो। निमंत्रण कार्ड न मिला हो तो भिड़ा लिया जाए। पार्टी कार्यालय में लोग फोन लगाकर अपने लिए निमंत्रण कार्ड की मांग कर रहे हैं। इफ्तार पार्टी का यह निमंत्रण-पत्र चुनाव टिकट की तरह महत्त्वपूर्ण हो गया। भैयाजी ने अपने यहां इस पार्टी में सब तरह के लोगों को बुलाया। पक्ष-विपक्ष के नेता, पार्टी में विभिन्न गुटवाले, उद्योगपति, बिचौलिए, दलाल, कालाबाजारिए, आपराधिक सरगना, तथाकथित समाजसेवी, नामी पत्रकार, फिल्म स्टार और कुछ रोजादार भी।

राजधानी के राजनीतिक गलियारों में घूमने वालों के इन दिनों बड़े मजे हैं। पूरे महीने रात का खाना वे अपने घरों में नहीं खाते। आज इस नेता के यहां इफ्तार की दावत है तो कल उस नेता के यहां। इफ्तार पार्टी में उपस्थित लोगों की कद-काठी से नेता के प्रभाव का पता चलता है। देखो, फलाने के यहां इफ्तार पार्टी में तो बीस मंत्री आए थे। और मैडम के यहां की पार्टी में? मैडम की बात ही न पूछो। वहां तो पूरा मंत्रिमंडल, दर्जनों उद्योगपति, बड़े अखबारों के नामी पत्रकार और न जाने कैसे-कैसे महान् लोगों की अपार भीड़ थी। भई, क्यों न हो। अगले महीने कई राज्यों में चुनाव हैं। नए समीकरण बनाने का इससे अच्छा अवसर फिर कहां मिलेगा? कुछ रोजादार लोग भी आए होंगे? हां, एक-दो लोग ऐसे भी थे। वैसे मुस्लिम भाइयों की संख्या बहुत थी, अब सब लोग तो रोजा रखते नहीं, परंतु इस प्रकार दावतों में वे रोजा खोलने जरूर आते हैं।

जुम्मन मियां से मैंने पूछा, "भाईजान, इधर आप किसी इफ्तार पार्टी में दिखाई नहीं दिए?" जुम्मन मियां ने बताया—"अल्लाह का कौल है कि हलाल की कमाई से जो मिले, उसी से रोजा खोलना चाहिए और जो गरीब हैं, असहाय हैं, उन्हें इफ्तार की दावत में बुलाकर उनके साथ रोजा खोलने पर सबाब मिलता है। इसलिए मैं अपने घर पर ही आसपास के मित्र-परिचितों के साथ रोजा खोलता हूं।"

जुम्मन मियां द्वारा कही गई यह बात जब मैंने बड़े राजनेताओं से कही तो वे प्रसन्नमुद्रा में बोले, "हमारी सारी कमाई हलाल की है। आपको क्या पता

कि इतना पैसा कमाने के लिए हमें कितनी मेहनत करनी पड़ती है! जिस क्षेत्र में सूखा नहीं है, उसे सूखा-पीड़ित क्षेत्र घोषित करना, बाढ़-अप्रभावित क्षेत्रों को बाढ़-प्रभावित बताना। गैर-जरूरी चीजों को विदेशी कंपनियों से खरीदना, हर साल हजारों कर्मचारियों को जबरन इधर से उधर, उधर से इधर स्थानांतरित कर देना, ऐसे न जाने कितने काम हैं, जिन्हें करते हुए हमें कितना खून-पसीना बहाना पड़ता है आपको कुछ पता नहीं?"

"बिलकुल ठीक कहते हैं नेताजी। मुझे क्या पता कि इतना कुछ करने के लिए आपको किसका खून और किसका पसीना बहाना पड़ता है। हां, मुझे इतना पक्का पता है कि आपको अपना खून और अपना पसीना बिलकुल नहीं बहाना पड़ता।" मैंने कहा।

नेताजी फिर मुस्कराए और बिलकुल सहज ढंग से बोले, "एक ही बात है। खून-खून है, पसीना-पसीना, चाहे वो हमारा हो या किसी और का, उसे बहाए बिना पैसा पैदा नहीं होता, इसलिए हमारे अनुसार कोई भी कमाई हराम की नहीं होती। कमाई हमेशा हलाल की होती है। फिर हमारी कमाई तो कड़ी मेहनत और पूरी ईमानदारी की है, इसलिए हमारे दावतखाने में पधारकर रोजा खोलना भी सबाब का काम है।"

"परंतु आपकी इस पार्टी में तो सभी संपन्न लोग, बड़े राजनेता, नामी उद्योगपति, फिल्म स्टार और मीडिया की हस्तियां दिखाई देती हैं। गरीब और असहाय लोग तो आपके इस भव्य बंगले के पास भी नहीं फटक सकते।" मैंने जिज्ञासा प्रकट की।

जैसे कोई भेद की बात बता रहे हों, कुछ इस तरह नेताजी ने बताया—"इस पार्टी में आने वाले अधिकतर लोग गरीब और असहाय ही हैं। किसी को आगामी चुनाव में टिकट चाहिए, टिकट के अभाव में वह बहुत गरीब है। कोई अपनी पार्टी में असंतुष्ट है, वह अपने साथियों सहित हमारे दल में आने के लिए तड़प रहा है, उसे सहारा चाहिए। किसी को सरकार में महत्त्वपूर्ण पद चाहिए। कोई विदेश जाना चाहता है। किसी को राजदूत बनना है। कोई निगम का अध्यक्ष बनना चाहता है। कोई अपनी कंपनी के प्रोडक्ट की सरकारी सप्लाई चाहता है। कई फिल्मी हस्तियों का अवैध धन बेनामी धंधों में लगा है, उन्हें इनकम-टैक्स के छापे की चिंता है। मीडिया वालों को सनसनीखेज समाचार

चाहिए। इस प्रकार इस पार्टी में आए हुए सब लोग गरीब और असहाय हैं। सब अपना-अपना दुःख आपस में बांट रहे हैं। इस तरह इफ्तार पार्टी आयोजित कर हम गरीबों और असहायों की भरपूर मदद करते हैं।"

"आपकी इस पार्टी में रोजादार लोग कम दिखाई देते हैं। जो लोग पार्टी में आए हैं, लगता है, वे दिनभर खाते ही रहे, यहां भी वे बड़ी बेशर्मी से वही कर रहे हैं। लगता है, वे बहुत सारा खाना बर्बाद करके ही मानेंगे।"

"दरअसल, हमारे सर्किल में कम लोग रोजा रखते हैं, परंतु इफ्तार पार्टियों में वे जरूर जाते हैं। रोजा रखना एक बात है और राजनेताओं के यहां इफ्तार पार्टी में जाना बिलकुल दूसरी बात। यहां लोग संबंध बनाने, संबंध बढ़ाने और संबंध निभाने के लिए आते हैं। इन पार्टियों में राजनीतिक सौदेबाजी, सरकार गिराने के षड्यंत्र और चुनावी समर की नीति तय की जाती है। जुम्मन भाई जैसे कुछ रोजादार भी शोभा के लिए बुलाए जाते हैं। अलबत्ता ऐसे लोग आते ही नहीं। आते हैं तो अपने साथ खजूर ले आते हैं। वे खजूर खाकर ही अपना रोजा खोलना पसंद करते हैं। हमारी इफ्तार पार्टियों में जिन लोगों की भीड़ होती है, उन्हें एक ही रात में कई इफ्तार पार्टियों में शरीक होना पड़ता है, इसलिए वे खाते कम हैं, बर्बाद ज्यादा करते हैं।" नेताजी ने मुझे अपनी शैली में समझाया।

नेताजी की बात पूरी तरह मेरी समझ में आ गई। अल्पसंख्यकों का जो अपना एक वोट-बैंक है, उसे हथियाने की होड़ है। बड़े-बड़े राजनेता इस होड़ में संलग्न हैं। सभी राजनीतिक पार्टियां लुभावनी घोषणाएं करती हैं। हर कोई बताना चाहता है, एकमात्र हम ही आपके परम हितैषी हैं। चाहे वामपंथी पार्टियां हों या दक्षिणपंथी, राष्ट्रवादी पार्टियां हों या समाजवादी, लोकतांत्रिक पार्टी हो या कोई क्षेत्रीय पार्टी, सबको येन-केन-प्रकारेण चुनाव जीतना है, इसके लिए रोजा और इफ्तार की पाक रवायत का भी राजनीतिकरण करना पड़े तो चलेगा। चल रहा है।

मेरे यहां की इफ्तार पार्टी उनके यहां की इफ्तार पार्टी से बड़ी होनी चाहिए। बतर्ज मेरी साड़ी से ज्यादा उसकी साड़ी सफेद क्यों है? मीडिया ने इन पार्टियों को और महत्त्वपूर्ण बना दिया। लंबे-लंबे समाचार छप रहे हैं। इफ्तार पार्टियों के रंगीन फोटुओं से अखबार पटा पड़ा है। दूरदर्शन पर पार्टियों की तस्वीरें दिखाई जा रही हैं। कहां-कहां, किस-किस पार्टी में कौन-कौन नेता आए। नेताओं की

संख्या और उनके कद से पार्टी का स्तर तय होता है। उद्योगपतियों और फिल्म स्टारों के आगमन से इन पार्टियों में चार-चांद लग जाते हैं। रोजादार भी आते होंगे, परंतु उन्हें इन पार्टियों में ढूंढना पड़ता है।

न जाने कितने लोग इस देश में भूख से मर जाते हैं। न जाने कितने गरीब मुसलमान रोजा खोलने के लिए अपने घर में कुछ नहीं पाते। वहीं कुछ लोग एक ही रात में कई दावतों में शामिल होकर ढेर सारा खाना बरबाद कर देते हैं। खाए हुए को पचाने के लिए उन्हें फिर कुछ खाना पड़ता है। होली मिलन और दीपावली मिलन तो एक दिन होता है। एक अकेले दिन में किस-किसको पटाएं? इफ्तार पार्टी के लिए महीनेभर की सुविधा है। दूसरों की पार्टी देखकर अपनी पार्टी को उससे भी बड़ी और भव्य बनाने की गुंजाइश है। तुम्हारे यहां 4 मिनिस्टर आए तो हमारे यहां 40 मिनिस्टर आएंगे। यह स्टेटस सिंबल है। राजनीतिक हलकों में फैल रही इस इफ्तार संस्कृति को देखकर मुझे किसी कवि की ये पंक्तियां याद हो आती हैं—

वोट बैंक के बन रहे, नए-नए आधार
जात-पात की खिड़कियां, वर्ग-भेद के द्वार।

●●●

www.ingramcontent.com/pod-product-compliance
Lightning Source LLC
LaVergne TN
LVHW050644051026
849532LV00002B/523